W0343342

SUTTON
VERLAG

Manfred Böckl

# Der Bayerische Hiasl

## Das abenteuerliche Leben des Matthäus Klostermayr

SUTTON VERLAG

# Über den Autor

Manfred Böckl wurde 1948 in Landau an der Isar geboren. Zunächst Redakteur einer großen bayerischen Tageszeitung, ist er seit 1976 als freier Schriftsteller tätig und lebt im Bayerischen Wald. Böckl schreibt vor allem historische Romane, darunter Bestseller wie »Agnes Bernauer. Hexe, Hure, Herzogin«, aber auch Sachbücher. Die Gesamtauflage seiner Bücher beträgt rund eine Million. Viele seiner Werke wurden in andere Sprachen übersetzt. Außerdem verfasste er Drehbücher und Manuskripte für Rundfunksendungen.

*Hochheimer Straße 59*
*99094 Erfurt*
*www.suttonverlag.de*
*www.sutton-belletristik.de*

*Gestaltung und Satz: Sutton Verlag*


*ISBN: 978-3-95400-036-4*

*Druck: Aalexx Buchproduktion GmbH, Großburgwedel*

# Inhalt

# Prolog

## DILLINGEN AN DER DONAU
## 6. SEPTEMBER 1771

Der Gefesselte, der lediglich ein grobes, knielanges Leinenhemd trug, starrte im noch schwachen Schein der wolkenverhangenen Morgensonne zu den schwarzgekleideten Männern auf der Freitreppe des Rathauses empor. Er starrte wie gelähmt, und in seine mentale Lähmung hinein drang die knarrende Stimme des Adligen, der einen Schritt vor der Front der anderen Dunkelgekleideten stand. Doch es war ihm, als könnte er die Worte des Mannes in der protzigen, höllenschwarzen Robe nicht wirklich verstehen. Die Sätze schienen heranzuknattern und im selben Augenblick irgendwo im Nichts zu verhallen. Nicht messbare Zeit ging dies so; der Hilflose starrte stumm, der Knarrstimmige bellte seine Anklagen heraus. Am Ende dann, nachdem das letzte Wort verklungen war, lief ein dumpfes Stöhnen durch die riesige Menschenmenge, die sich auf dem Stadtplatz drängte.

Der in der Protzrobe hatte sich einen schwarzlackierten Holzstab reichen lassen und ihn im nächsten Moment zerbrochen. Gleich darauf, während verschiedene Horden in der Menschenmasse jetzt zu grölen und gellend zu pfeifen begannen, packten zwei Stadtknechte den Gefesselten. Sie zerrten ihn zu einer hölzernen Trage, die am Fuß der Rathaustreppe auf dem Steinpflaster des Platzes bereitstand, und zwangen ihn auf den Schragen, welcher mit der noch feuchten, blutbefleckten Haut einer frischgeschlachteten Kuh bedeckt war. Als der Mann im Leinenhemd ausgestreckt auf der Trage lag, schlugen die Magistratsknechte die losen Seitenteile der Kuhhaut von links und rechts her über seinen Körper und zurrten sie mit Seilen eng zusammen. Einzig der Kopf und die gefesselten Hände blieben frei; Letztere ragten aus einem Schlitz in der Tierhaut heraus – und nun traten die Stadtknechte zurück und machten vier Pfaffen Platz.

Die katholischen Kleriker umringten den Hilflosen. Einer der Priester redete beschwörend auf den in die Kuhhaut Eingezwängten ein; ein anderer drückte ihm, nicht ohne Schwierigkeiten, ein grob geschnitztes Kruzifix zwischen die verkrampften Hände. Dann kamen erneut die Magistratsknechte heran. Sie nahmen die Stricke auf, die an der Vorderseite des Schragens festgeknotet waren, und schleiften die Trage vom Rathaus weg. Die Pfaffen flankierten den Schragen; die Schwarzgekleideten, welche mittlerweile die Freitreppe herabgestiegen waren, gingen hinter der Trage her. Ihnen wiederum schlossen sich auf dem Weg quer über den Stadtplatz die Schaulustigen an: erst Dutzende, dann Hunderte, schließlich Tausende.

Teils schweigend, teils betend, teils johlend oder Zoten reißend, folgte die Menschenmenge dem Schragen, auf welchem der Hilflose unter der Kuhhaut lag. Der Delinquent wirkte auch jetzt wieder wie gelähmt; wie gebannt starrte er auf das Holzkreuz, das ihm die Kleriker überlassen hatten: starrte mit hervorquellenden Augäpfeln auf den Korpus des Gekreuzigten. Außer dem Kruzifix schien er nichts wahrzunehmen; nicht die Menschen an den Rändern der engen Gassen, durch die er nun geschleift wurde; nicht den Unrat, der dann und wann auf ihn geschleudert wurde; nicht die Hunde, die ihn, vom Blutgeruch der Kuhhaut erregt, umkläfften.

Zuletzt dann passierte die Spitze der schauerlichen Prozession den dunklen Schlund des Donautors in der Stadtmauer und die Brücke über den Fluss. Jenseits der Donau ging es auf einem holprigen Pfad zwischen abgeernteten Feldern und Viehweiden weiter – und am Ende des Karrenweges kam ein düster aussehendes Gebäude in Sicht: das Schinderanwesen, hinter dem sich ein künstlich aufgeschütteter Hügel erhob. Auf dessen

Kuppe sah der Gefesselte, der seinen Blick jetzt vom Kruzifix losgerissen hatte, den Galgen. Den freilich brauchte er nicht zu fürchten – ganz im Gegensatz zu dem liegenden, aus kantigen Balken zusammengezimmerten Andreaskreuz dort oben, das er mehr erahnte als tatsächlich gewahrte.

Um die Hinrichtungsstätte hatten sich schon bald nach Sonnenaufgang zahlreiche Stadtbürger, ambulante Kleinhändler, Gaukler und anderes fahrendes Volk versammelt. Nun, da sich der vieltausendköpfige Zug dem Galgenhügel näherte, begannen zahlreiche der bereits Anwesenden freudig zu toben oder wilde Possen zu reißen. Der Lärm umtoste den Mann auf der Trage; das mörderische Geschrei verstärkte seine ohnehin schon grauenhafte Todesangst noch. Verzweifelt bäumte er sich gegen die schwere, nasse Kuhhaut auf; das Kruzifix in seinen Fäusten drohte zu zersplittern. Doch er vermochte sich nicht aus der zwängenden, nach Blut stinkenden Hülle zu befreien.

Daher wuchs seine Panik jetzt ins Unermessliche. Sie steigerte sich dermaßen, dass der Gefesselte sich übergab; dass er während des Würgens und Speiens wie ein Irrer wimmerte. Dann, ein paar Dutzend gejagter Herzschläge später, brach er mental aus der grauenhaften Realität aus und flüchtete sich in eine seit langem verlorene Welt: in die ärmliche, aber behütete Welt seiner Kindheit.

# Erstes Buch

# *Der Hirtensohn*

UM 1740 BIS APRIL 1761

# Das Brentan-Haus

## DORF KISSING AN DER PAAR
## UM 1740 BIS 1745

Er war vier oder fünf Jahre alt und kniete auf der Wiese, die zwischen seinem Elternhaus und dem Fluss lag. Aus Holzstöckchen und Riedgras hatte er ein kleines Floß gebaut; jetzt fehlten nur noch der Mast und ein großes Sauerampferblatt, das als Segel dienen konnte.

Der Bub sprang auf, strolchte über den von der Sommersonne beschienenen Wiesengrund und fand bald, was er suchte. Wenig später war das Floß fertig; nun trug der Junge sein selbstgefertigtes Spielzeug zum Flussufer, kauerte sich erneut nieder und setzte das Floß vorsichtig aufs Wasser der Paar. Ein Windhauch trieb das Stöckchenfloß ein Stück auf den Fluss hinaus; dann jedoch geriet es in einen sanften Strudel und legte wieder am Ufer an. Daraufhin riss der Bub eine Gerte von einem Weidenstrauch ab. Mit ihrer Hilfe wollte er das Floß weiter in die Strömung hineinstoßen. Doch noch ehe er sein Vorhaben in die Tat umsetzen konnte, hörte er einen Ruf vom Haus her: »Hiasl! Geh weg vom Wasser!«

Der Junge duckte sich, stocherte mit der Weidengerte nach dem Spielzeugfloß und löste es vom Flussufer. Diesmal schwamm es ein gutes Stück auf die Paar hinaus, geriet in die Hauptströmung und wurde zügig davongetragen. Der Bub sprang auf und klatschte begeistert in die Hände. Im nächsten Moment aber vernahm er neuerlich die nun scharf klingende Stimme der Mutter: »Komm her, Matthäus! Auf der Stelle!«

Zornig ballte der Junge die Fäuste. Dann jedoch, nach einem letzten Blick auf das Floß, wandte er sich vom Fluss ab und trottete über die Wiese zu seinem Elternhaus. Als er bei der Tür des einstöckigen, mit Schindeln gedeckten Gebäudes ankam, umarmte ihn die Mutter und sagte: »Es ist zu gefährlich für dich, Hiasl, wenn du allein an der Paar spielst. Könntest ins Wasser fallen und ertrinken. Und dann hätten der Vater und ich auch noch dich verloren. So wie die Vroni ...«

Der Bub presste sich in die Arme seiner Mutter. Er erinnerte sich genau, wie seine kleine Schwester im vergangenen Winter plötzlich gestorben war. Zuvor hatte sie tage- und nächtelang ganz erbärmlich gehustet, und dann war sie im Schneetreiben zum Friedhof von Kissing getragen worden.

»Ist die Vroni jetzt im Himmel?«, fragte Hiasl kleinlaut.

Die Mutter nickte. »Ja, bei den Engeln ist sie ...« Die grünen Augen der rotblonden Mittzwanzigerin, die ihr zweites Kind schon bald nach der Geburt hatte begraben müssen, wurden feucht. Sie blinzelte, atmete tief durch und streichelte ihrem Erstgeborenen übers Haar. »Aber du bist mir ja geblieben ... Und nun lass uns ins Haus gehen. Die Erdäpfel fürs Mittagessen sind gewiss schon gar.«

Nach einer Weile kam auch der Vater heim. Der hagere, schwarzhaarige Anfangsdreißiger hatte seit dem Morgengrauen auf einem der großen Bauernhöfe in der Dorfmitte ausgeholfen und war jetzt hungrig wie ein Wolf. Doch das Mahl, das die kleine Familie einnahm, war bescheiden. Es gab Kartoffeln mit Sauerkraut, dazu für jeden einen Becher mit Ziegenmilch.

Kaum hatte er den letzten Bissen hinuntergeschluckt und seinen Milchbecher geleert, eilte der Vater wieder davon: zurück zu dem Bauernanwesen, wo er für diese Woche Arbeit bekommen hatte. Hiasl wiederum ging seiner Mutter beim Abwasch zur Hand; danach begleitete er sie auf die Hauswiese hinaus, wo Gras für die beiden Ziegen und die Käfighasen der Familie gesichelt werden musste.

Die Tiere waren unter demselben Dach wie die Menschen untergebracht: in einem Stall, der sich in dem niedrigen Haus mit den winzigen Fenstern direkt an die wenigen Wohnräume anschloss. Durch eine Bohlentür, die von einer der Schlafkammern aus in den Stallbereich führte, trugen der Bub und seine Mutter den gefüllten Graskorb zur Futterraufe für die Ziegen. Nachdem der Barren voll war, durfte Hiasl den Rest des frischen Grases den Hasen vorwerfen, die in Holzverschlägen hockten. Als die Kleintiere mümmelnd zu fressen begannen, fand der Bub das so lustig, dass er ausgelassen vor den Käfigen auf und ab hüpfte.

Dann aber musste er der Mutter beim Ausmisten des Ziegenstandes helfen. Durch eine windschiefe Tür, die im hinteren Stallbereich ins Freie führte, wurde der Dung zum Misthaufen nahe des Hausgartens gebracht. Als es geschafft war, schleppte Hiasl eine Schwinge Stroh herbei und schüttete den Ziegen die frische Einstreu auf.

»Jetzt geht's den Viechern wieder gut«, sagte die Mutter zuletzt. »Doch wir dürfen uns noch nicht ausruhen. Weil bei den Gemüsebeeten viel zu tun ist.«

Stundenlang jäteten die beiden Unkraut im großen Nutzgarten, der von einem verwitterten Lattenzaun umgeben war. Endlich war die mühsame Arbeit erledigt. »Fleißig hast du mir geholfen«, lobte die Mutter ihren kleinen Sohn. »Und zum Lohn dafür darfst du den dicken Kohlrabi da fürs Abendessen abpflücken.«

Dem Buben lief das Wasser im Mund zusammen; rasch brachte er die Knollenfrucht an sich und wusch sie im Brunnentrog vor der Haustür.

Die Sonne hing jetzt bereits tief über dem Horizont. Kurz bevor sie unterging, kehrte der Vater zurück. Sein Gang war schleppend; er war von der Arbeit auf dem Großbauernhof erschöpft und ließ sich im Haus aufseufzend auf seinen Stuhl am Küchentisch fallen. Seine Frau schnitt den Kohlrabi in Würfel und einen Kanten schon ziemlich harten Roggenbrots in Scheiben; dann griffen die Erwachsenen und der Junge hungrig zu. Weil die Ziegen erst am nächsten Morgen wieder gemolken werden konnten, gab es diesmal nur Brunnenwasser als Getränk.

Als die Familie ihr karges Nachtmahl beendet hatte, war es in der Küchenstube fast schon finster. Der Vater entzündete einen Kienspan, der in einem Wandhalter steckte; sodann murmelte er: »Bei den Wohlhabenden brennen jetzt die Wachskerzen. Wir dagegen müssen uns mit dem Armeleutelicht begnügen ...« Erneut seufzte er; nachdem er einen Moment in die flackernde Kienspanflamme gestarrt hatte, fügte er hinzu: »Und auf den Tellern haben wir auch bloß das Armeleuteessen. Aber ...«, sein Gesicht erhellte sich, und in seinen blauen Augen stand auf einmal ein freudiges Funkeln, »aber im Herbst, wenn ich wieder mit dem Jäger auf die Pirsch gehe, wird auch bei uns manchmal ein Stück Fleisch auf den Tisch kommen.«

»Geb es der Herrgott«, versetzte seine Frau und bekreuzigte sich. Und dem Buben war es plötzlich, als würde er köstliche Bratensoße schmecken.

***

Bis zum Herbst sollten allerdings noch viele Wochen vergehen, und das bedeutete, dass sich die Klostermayr-Familie auch weiterhin mit ihrer ärmlichen Nahrung begnügen musste. Obwohl Michael Klostermayr von früh bis spät arbeitete, konnte er sich und die Seinen nur mühsam durchbringen. Seine offizielle Bestallung als Gemeindehirte brachte ihm nicht mehr als einen Hungerlohn ein, weshalb er gezwungen war, sich zwischendurch als Tagelöhner auf den Bauernhöfen in Kissing und in den Nachbardörfern zu verdingen. Wenn er auf den fremden Anwesen schuftete, musste jemand anders die Hirtenarbeit übernehmen. Gelegentlich sprang ein debiler, aber gutmütiger Dorfbursche für ihn ein; meistens jedoch trieb seine Frau Elisabeth die Rinderherden auf die Weiden oder die Schweinerudel in die Wälder und hütete sie dann den ganzen Tag über.

Weil der kleine Matthäus zu solchen Zeiten nicht allein im Hirtenhaus am Kissinger Dorfrand bleiben konnte, nahm ihn die Mutter zu den Weidegründen oder in die Forsten mit. Und dem dunkelhaarigen Buben mit den kecken grüngrauen Augen gefiel das; er genoss die Abenteuer, die er in der freien Natur erlebte, und erlernte spielerisch auch den Umgang mit den Tieren.

Weniger schön dagegen fand er es, wenn er zusammen mit seinen Eltern auf den Taglohn gehen musste, was bisweilen ebenfalls geschah. Dies war immer dann so, wenn den Bauern die Feld- oder Stallarbeit über den Kopf zu wachsen drohte. Dann mussten auch die Kinder mit anpacken, selbst die Vier-, Fünf- und Sechsjährigen schon: mussten die Kartoffeln, die erst seit einer Generation in der Gegend angebaut wurden, aus den Ackerfurchen lesen, Heu zusammenrechen, Korngarben schleppen oder beim Ausmisten der Viehställe helfen.

Nach solch harten Tagen fiel Hiasl todmüde auf den Strohsack in seiner Bettstatt. Oft wünschte er sich dann, ehe ihm die Lider zufielen, Geschwister zu haben, mit denen er sich die harte Arbeit teilen könnte. Und schließlich, im Sommer des Jahres 1741, ging sein Wunsch in Erfüllung. Die Mutter schenkte einem weiteren Buben das Leben, der in der Kissinger Dorfkirche auf den Namen Willibald getauft wurde. Und von da an sprach sie auch nicht mehr so oft mit tränenfeuchten Augen von dem Mädchen, das sie schon kurz nach dessen Geburt wieder verloren hatte.

Wann immer Hiasl die Zeit dazu fand, hätschelte er seinen kleinen Bruder und erzählte dem Säugling Geschichten, die er vom Vater gehört hatte: Erlebnisse, die Michael Klostermayr in seiner Eigenschaft als Jagdgehilfe gehabt hatte.

Denn jeden Herbst und Winter ging der Gemeindehirte zusammen mit dem Herrschaftsjäger Bernhard Wörsching auf die Pirsch. Der Jäger, ein graubärtiger, schon älterer Junggeselle von jovialem Wesen, stand im Dienst der Jesuiten, denen die Hofmark[1] Kissing samt dem nahegelegenen Schloss Mergenthau gehörte. Bernhard Wörsching war seit Jahren mit Michael Klostermayr befreundet, und dies bedeutete, dass auch der Gemeindehirte öfter einmal zum Schuss kam, was ihm großes waidmännisches Vergnügen bereitete. Außerdem bestand Michael Klostermayrs Lohn für die Jagddienste in Wildbret und manchmal auch in einer Flasche Wein aus dem jesuitischen Keller, die Bernhard Wörsching seinem Kumpan spendierte. Und wenn das geschah, stieß der Herrschaftsjäger gerne mit dem Ehepaar im Brentan-Haus an, wie das Hirtenanwesen nach alter Dorftradition auch genannt wurde.

In der Küchenstube pflegten die beiden Freunde dann ausgiebig über ihre Jagdabenteuer zu schwadronieren; wann immer Hiasl ihre Waidmannsgeschichten hörte, verspürte er eine seltsame, prickelnde Erregung. Er liebte die spannenden und teils auch wilden oder sogar blutigen Erzählungen, und nicht weniger liebte er es, wenn nach einem erfolgreichen Pirschgang das köstliche Wildfleisch auf den Tisch kam: Bratenschnitten oder Innereien vom Reh; auch Hasenragout, in dem sich freilich noch die eine oder andere Schrotkugel verbergen konnte.

Dank des großherzigen Herrschaftsjägers lebte die Klostermayr-Familie während der kalten Jahreszeit bedeutend besser als während der warmen. Denn kaum brach das Frühjahr an, musste Michael Klostermayr den Kissingern wieder als schändlich schlecht bezahlter Gemeindehirte dienen oder von früh bis spät auf den Bauernhöfen schuften. Dennoch zeugte er, während der Stammhalter Matthäus langsam heranwuchs, zwei weitere Kinder: Maria, die im Frühling 1743 geboren wurde, und Regina, die im Januar 1745 zur Welt kam.

---

[1] Erläuterungen spezieller Begriffe: siehe Glossar

Als seine Schwester Regina ihren ersten Schrei tat, war Hiasl acht Jahre alt und besuchte schon seit geraumer Zeit die Kissinger Dorfschule. Dort saß er, mager aber wissbegierig, zwischen den anderen armen Kindern auf einem der hinteren Plätze; die Bankpulte in den vorderen Reihen waren den Sprösslingen der wohlhabenden Hofmarksfamilien vorbehalten. Sämtliche Schüler wurden von einem einzigen Lehrer unterrichtet: einem streng katholischen Mittvierziger namens Joseph Dosch, der auch das Mesneramt in der Kissinger Pfarrei versah. Dieser Pädagoge und Mesner, dessen teigiges Gesicht von Pockennarben entstellt war, pflegte die Kinder bei jedem kleinen Vergehen mit einem Eschenstock zu prügeln, den er stets griffbereit hatte. Darüber hinaus zwang er seine Zöglinge unnachsichtig zum regelmäßigen Besuch der ebenfalls von ihm geleiteten sonntäglichen Christenlehre in der Dorfkirche.

Angesichts dessen war Hiasls Verhältnis zur Schule zwiespältig. Zwar machte es ihm Freude, das Wissen aufzusaugen, das Dosch ihm zu vermitteln vermochte; andererseits fürchtete er die Schläge, die insbesondere den armen Kindern so häufig verabreicht wurden. Außerdem verabscheute er die Höllen- und Sündenpredigten des Pädagogen und Mesners während der Christenlehre – und vor allem dies trieb den Brentan-Buben nicht selten dazu, aus den Zwängen seines Schülerdaseins auszubrechen.

# Das Wichtelenloch

## KISSING
## SOMMER 1745

Michael Klostermayr hütete die Dorfherde; seine Frau Elisabeth hielt sich zu Hause auf und kümmerte sich um die Gemüsebeete sowie um ihre drei jüngeren Kinder, die sie mit in den Garten genommen hatte. Hiasl, der wegen einer Erkrankung des Lehrers schulfrei hatte, rannte den staubigen Weg entlang, der vom Brentan-Anwesen ins Dorf führte. Er hatte der Mutter weisgemacht, dass er eine gewisse Aussicht auf Handlangerdienste bei einem Bauern hätte – in Wahrheit jedoch war er mit einem seiner Schulfreunde verabredet: dem Plechinger-Sepp, dessen Vater die Wagnerwerkstätte in Kissing betrieb.

Vor ein paar Tagen, während der Christenlehre, die Dosch noch abgehalten hatte, war der Sepp ganz nahe an Hiasl herangerückt und hatte ihm zugeflüstert: »Ich weiß, wo wir vielleicht einen Schatz finden können!« Danach hatte der Wagnersohn, dessen blondes Strubbelhaar von keinem Kamm gebändigt werden konnte, seinem Freund noch mehr zugeraunt, und später, nach dem Ende der katholischen Unterweisung, hatten die Buben einander geschworen, so bald wie möglich auf Schatzsuche zu gehen.

Jetzt war die Gelegenheit da; sie trafen sich beim Dorfbrunnen und liefen in Richtung des Jesuitenschlosses Mergenthau weiter. Das Bauwerk, das von den klerikalen Hofmarksherren bewohnt wurde, lag gut eine halbe Meile nördlich von Kissing auf einer sanften Anhöhe, in deren Nähe die Paar in den Lech mündete. Als die Burschen das von den beiden Flüssen geschützte Barockschloss und den zugehörigen Gutshof erblickten, verlangsamten sie ihre Schritte; gleich darauf, weil ihnen eine Kutsche entgegenkam, schlugen sie sich in die Büsche seitlich des Zufahrtsweges. Dort warteten sie ab, bis die Kalesche vorbeigefahren war; dann deutete Sepp zum Lech hinüber und beschied seinen Freund: »Da drüben ist es.«

Auf dem Weg zur Flussleite passierten die Buben Reste uralter Wall- und Grabenanlagen: von Gestrüpp und Unkraut überwucherte Relikte einer mittelalterlichen Burg, die einst das Areal beherrscht hatte, auf dem sich jetzt das Jesuitenschloss erhob. Hiasl, der vom Herrschaftsjäger die eine oder andere Geschichte über die Zeit der Ritter und mächtigen Festungen gehört hatte, glaubte wilde Bilder vor sich zu sehen: Gepanzerte auf schweren, schwarzen Rössern; Zweikämpfe, bei denen die Kämpen mit Schwertern und Streitäxten aufeinander einhieben; dazu finstere, grauenhafte Verliese, in denen halbverhungerte Gefangene in ihren Ketten schmachteten.

Als die Freunde die Lechleite fast erreicht hatten, flatterte vor ihnen plötzlich ein Schwarm Rebhühner aus einem Gebüsch auf. Erschrocken blieben die Buben stehen und schauten den großen Vögeln nach, bis sie über dem Fluss waren. Dann wies Sepp auf eine Erdrunse am Rand der Leite, die von Ginstergestrüpp halb verdeckt war, und erklärte: »Da ist der Platz, den ich neulich beim Herumstreunen zufällig gefunden habe.«

»Das gefährliche Loch, in das du dich nicht hineingetraut hast«, spottete Hiasl.

»Allein nicht …«, gab der Wagnersohn zu. »Aber jetzt sind wir ja zu zweit.«

»Und du glaubst wirklich, dass wir hier einen Schatz finden könnten?«, fragte Hiasl.

»Warum denn nicht?!«, lautete die Antwort. »Wo es doch in den alten Sagen immer heißt, dass die Wichtel Gold und Silber in ihren Schlupflöchern versteckt haben.«

Zweifelnd starrte Hiasl auf die Runse unter dem Ginster. »Das da soll der Eingang zu so einem Wichtelloch sein?«

»Wirst es schon sehen!«, versetzte Sepp; dann zog er seinen Freund kurzerhand in die längliche Mulde zwischen den stachligen Ginsterbüschen und befahl ihm: »Knie nieder!«

Als Hiasl auf dem Boden kauerte, entdeckte er einen Schlupf, der, wie es schien, schräg nach unten in den Hang führte. Das kaum kniehohe Loch war offenbar durch einen kleinen Erdrutsch am Leitenrand entstanden; aus dem Inneren kam leichter Modergeruch.

»Das schaut eher aus, als ob es ein Fuchs oder Dachs gegraben hätte«, murmelte der Brentan-Bub.

»Nein«, widersprach Sepp. »Solche Viecher machen viel kleinere Löcher. Außerdem habe ich neulich mit einem Stock hineingestochert und gemerkt, dass der Gang weiter drinnen viel höher wird.«

Hiasl nagte an seiner Unterlippe, dann plötzlich packte ihn unwiderstehliche Entdeckerlust. »Los! Worauf warten wir noch?!«, stieß er hervor – im nächsten Moment zwängte er sich in den Schlupf, und der Wagnersohn folgte ihm.

Tatsächlich wurde der Gang, der durch festen Mergel führte, schon bald nach dem Einstieg so geräumig, dass beide Buben bequem kriechen konnten. Allerdings sahen sie, nachdem sie sieben, acht Meter in den Stollen eingedrungen waren, kaum noch die Hand vor Augen.

Doch Sepp hatte vorgesorgt. Er zog einen Kerzenstumpen und eine Zunderbüchse aus der Hosentasche, dann schlug er mit Hilfe von Stahl und Flintstein Feuer. Als die Wachskerze brannte, krochen die Freunde weiter – und etwa fünfzehn Meter vom Einstiegsloch entfernt wurde der Gang so hoch, dass sie aufrecht zu gehen vermochten. Es konnte jetzt auch keinen Zweifel über die Natur des Stollens mehr geben. Denn seine Wände waren sauber gearbeitet und zeigten da und dort parallele Hauspuren wie von Hacken, und das konnte nur eins bedeuten: Der Gang war von Menschen, womöglich aber auch von Zwergen gegraben worden.

Dann, ein Stück vor dem Ende des Stollens, öffnete sich auch noch der bogenförmige Zutritt zu einem Seitengang, durch welchen die Buben weitere zwanzig Schritte vordringen konnten. Ganz hinten erweiterte sich dieser Stollen zu einer kleinen Rundkammer, in der es eine nur spannengroße Wandnische und eine schmale Sitzbank gab.

Sepp stellte die Kerze in die Nische, wodurch der Raum optimal erleuchtet wurde; sodann unterzogen die Buben die Kammer einer gründlichen Untersuchung. Aber sie fanden nichts Wertvolles; kein Gold, kein Silber, keine noch so winzige Münze. Sie entdeckten lediglich ein paar rotgebrannte Tonscherben, die halb von der Sandschicht begraben waren, welche den Boden bedeckte.

Hiasl versuchte, die Scherben zusammenzufügen; nachdem er es mehr schlecht als recht geschafft hatte, murmelte er: »Schaut aus, als ob das einmal eine Schale gewesen wäre …« Im nächsten Moment übermannte ihn die Enttäuschung; er packte seinen Freund am Arm und stieß wütend hervor: »Da hast du mich schön angeschissen! Du mit deinem Schatz!«

»Hätte doch sein können«, verteidigte sich der Wagnersohn. »Und vielleicht ist ja irgendwo anders was versteckt …«

Aber das war nicht der Fall. Obwohl die Buben auf ihrem Rückweg nun das gesamte Gangsystem durchforschten, stießen sie bloß auf etliche Kleintierskelette. Zuletzt allerdings, bereits wieder in der Nähe des Einstiegs, entdeckten sie noch einmal zwei Seitenstollen, deren Zugänge halb verschüttet waren. Diese Stollen waren nur wenige Meter lang und endeten, ebenso wie der große Seitengang, in Rundkammern, die abermals mit Beleuchtungsnischen versehen waren. Doch auch hier machten die Freunde keinen nennenswerten Fund, und so krochen sie schließlich ernüchtert wieder ins Freie.

Draußen reinigten sie sich so gut wie möglich vom Schmutz; danach erklärte Sepp kleinlaut: »Das war jetzt echt blöd von uns. Dass wir gemeint haben, da drinnen gäbe es Gold oder Silber ...«

Hiasl grinste. »Ein schönes Abenteuer war es trotzdem. Weil wir noch nie vorher so tief unter der Erde gewesen sind.«

»Da hast du recht«, nickte der Wagnersohn. Er kniete nieder und spähte nochmals in den Stollen; dann fügte er hinzu: »Eins würde ich aber wirklich gern wissen. Ob die Gänge von Menschen oder vielleicht doch von Zwergen gegraben wurden.«

»Am Anfang war es schon ein richtiges Wichtelloch«, gab der Brentan-Bub zu bedenken. »So niedrig und eng ... Aber weiter hinten ...« Er schnaubte sich die Nase durch zwei Finger. »Kann so sein, kann auch anders sein ... Und wahrscheinlich werden wir's nie herausfinden ...«

Doch darin hatte sich Hiasl getäuscht. Denn auf dem Rückweg nach Kissing trafen die Freunde auf die alte Kreszenz: eine verwitwete Austragsbäuerin von einem jahrhundertealten Einödhof, die am Rand eines aus Steinen aufgeschichteten Ackerrains Brombeeren pflückte. Manche besonders fromme Kissinger behaupteten, die Frau sei eine Hexe, weil sie nur selten zur Kirche ging. Aber davon ließen sich die Buben nicht abschrecken, sondern erzählten der Witwe von ihrer Entdeckung; zuletzt sagte Sepp: »Und jetzt wissen wir nicht, ob wir Zwergengänge oder etwas anderes gefunden haben ...«

Kreszenz bedachte sich eine Weile, ehe sie antwortete: »Ihr habt ja sicher davon gehört, dass in früheren Zeiten eine Ritterburg auf dem Platz stand, wo sich heute das Schloss erhebt. Daher könnte es sich bei den Stollen, die ihr erkundet habt, um geheime Fluchtgänge aus der alten Burg handeln. Aber aufgrund eurer Beschreibung halte ich das für unwahrscheinlich. Vielmehr glaube ich fast, dass ihr das verschollene Wichtelenloch wiederentdeckt habt, von dem in gewissen Sagen die Rede ist ...«

»Wichtelen?«, unterbrach Hiasl. »Bedeutet das Wichtel?«

Die Witwe nickte. »Ja, es ist ein altes Wort für Zwerge. Und vom Wichtelenloch heißt es in den Sagen, dass es von Zwergenwesen bewohnt war, ehe sie aus der hiesigen Gegend verschwanden, weil immer mehr Menschen christlich wurden.«

»Waren die Leute denn früher keine Christen?«, fragte Sepp verwundert.

»Einst beteten die Menschen nicht in den Kirchen vor dem Kreuz, sondern in der heiligen Natur«, erwiderte Kreszenz. »Dort waren sie ihren heidnischen Gottheiten nahe: der Mutter Erde, die sie als Göttin verehrten, sowie den Göttern der Tiere, Wälder und Berge. Und außerdem erkannten sie das Göttliche in der Sonne und im Mond.«

»Das gefällt mir!«, rief der Brentan-Bub aus. »Keine Kirche und keine Pfaffen! Dafür beim Beten immer draußen im Freien sein dürfen!«

»Wenn das jetzt der Pfarrer oder der Lehrer gehört hätte, würdest du eine Tracht Prügel kriegen!«, versetzte Sepp.

Hiasl grinste. »Der Dosch muss das Krankenbett hüten, und der Pfaffe hockt wahrscheinlich im Wirtshaus.« Der Brentan-Bub spuckte in Richtung des Dorfes; dann wandte er sich wieder der Witwe zu. »Die Zwerge, von denen du gerade erzählt hast, waren wohl auch nicht getauft, oder?«

»Das wäre überhaupt nicht möglich gewesen«, beschied ihn Kreszenz. »Denn die Wichtelen der alten Sagen waren keine kleinen Menschen, sondern Totengeister.«

»Totengeister ...«, wiederholte Sepp beklommen.

»Die Heiden glaubten, dass die Verstorbenen klein wie Zwerge in einer verborgenen Welt weiterleben würden«, erklärte die Witwe. »Und ebenso glaubten unsere Ahnen, dass man den Toten zu bestimmten Zeiten an besonderen Orten im Diesseits wiederbegegnen könne – zum Beispiel in einem Wichtelenloch im Nebelmonat November.«

»Du meinst, irgendwann vor langer Zeit haben die Leute, die früher hier wohnten, den Zwergengang gegraben«, murmelte Hiasl. »Und dann sind sie hineingekrochen und haben mit den Totengeistern geredet.«

»Und dabei sind sie vielleicht auf der Erdbank ganz hinten im Zwergenloch gesessen«, warf Sepp ein.

»So könnte es gewesen sein«, bestätigte Kreszenz. Versonnen blickte sie zum Schlossplatz hinüber; dann fügte sie hinzu: »Aber behaltet für euch, was ich euch erzählt habe. Vor allem der Pfarrer und der Lehrer brauchen nichts davon zu erfahren. Sonst heißt es am Ende gleich wieder, ich wäre mit dem Teufel im Bund.«

»Ich hab nix gegen den Garifankerl«, grinste der Brentan-Bub. »Weil: Der hat mich noch nie gehauen. Der Dosch und der Pfaffe aber schon …«

Scherzhaft drohte ihm die Witwe mit dem Finger; gleich darauf jedoch bat sie die beiden Freunde nochmals, in Kissing Stillschweigen über das Gehörte zu bewahren.

Hiasl und Sepp versprachen es, dann setzten sie ihren Heimweg fort. Während sie an den Feld- und Wiesenrainen entlangtrotteten, tauschten sie sich fasziniert über all das Geheimnisvolle aus, das sie aus dem Mund der Austragsbäuerin vernommen hatten. Am Dorfrand angekommen, beschlossen sie, niemandem sonst etwas von ihrer Entdeckung des Wichtelenloches zu verraten; den Schulkameraden nicht und auch nicht den Eltern. Vielmehr wollten sie den Eingang zu den unterirdischen Gängen bei nächster Gelegenheit wieder verschließen; später einmal, wenn ihnen danach war, würden sie den Schlupf ja von neuem aufgraben können.

Der Brentan-Bub und der Wagnersohn bekräftigten ihre Abmachung durch einen feierlichen Eid. Danach gaben sie sich weiter den Erinnerungen an ihr schaurig-schönes Abenteuer hin – doch als sie den Dorfplatz erreichten, kam die Ernüchterung.

Denn einige andere Schulkinder, die am Brunnen spielten, teilten ihnen mit betretenen Mienen mit, dass der Lehrer Dosch schon wieder auf den Beinen war. Und das bedeutete: Sie mussten erneut die miefige Luft in der Schulstube, die ungeliebte Sonntagsschule und die ständige Gefahr von Schlägen ertragen.

# Das Nebelgespenst

## KISSING
## SOMMER 1745 BIS SPÄTSOMMER 1746

In den folgenden Wochen und Monaten, während der Sommer prangte und sich dann allmählich in den Herbst drehte, steckten der Brentan-Bub und sein Freund Sepp so manche Tracht Prügel ein. Dies hielt sie jedoch nicht davon ab, den einen oder anderen Streich auszuhecken.

Einmal beispielsweise klaute der Wagnersohn ein Fläschchen mit Baldrianextrakt aus der Hausapotheke seiner Mutter. Sodann verschütteten die Buben, die zu diesem Zweck spät nachts von daheim ausgebüxt waren, den stark riechenden Sud vor der Tür und den Fenstern des Lehrerhauses. Am nächsten Tag, als die Kinder zur Schule kamen, erlebten sie einen völlig übermüdeten Dosch. Denn der Baldrianduft, der auf Katzen erotisierend wirkte, hatte Dutzende dieser Tiere angelockt, welche den Pädagogen und Mesner samt seiner ganzen Familie mit ihrem brünstigen Geschrei zwischen Mitternacht und Morgengrauen beinahe zum Wahnsinn getrieben hatten.

Bei anderen Gelegenheiten taten sich die Buben in den Kissinger Baumgärten an fremden Äpfeln und Birnen gütlich; öfter auch verdrückten sie sich an die Paar oder den Lech, um dort verbotenerweise mit selbstgebasteltem Angelzeug zu fischen. Schließlich, als das Allerheiligenfest herannahte, drängte es Hiasl dazu, einen weiteren heimlichen Ausflug zum Wichtelenloch zu unternehmen, und zwei Tage nach den kirchlichen Totengedenkfeiern brachen er und Sepp zum Mergenthauer Schlossareal auf. Der Brentan-Bub hatte seinen Freund nicht ohne Mühe dazu überredet, weil er unbedingt herausfinden wollte, ob es tatsächlich so war, wie die alte Kreszenz im Sommer gesagt hatte: Dass man zur Novemberzeit im Wichtelenloch unter Umständen den Verstorbenen begegnen könne.

Dichte Nebelschwaden waberten an diesem Nachmittag über dem Land; auf den abgeernteten Feldern hockten Krähen und stießen krächzende Alarmrufe aus, wenn die Buben vorbeirannten. Als die Freunde die Lechleite erreichten und zum Fluss hinabschauten, schien der sich im Norden und Süden im grauen Dunst zu verlieren. Der Sandhaufen, den die Buben schon bald nach ihrer ersten Erforschung der Ganganlage in deren Zugangsspalte aufgeschüttet hatten, schien unberührt; zufrieden murmelte der Brentan-Bub: »Das haben wir damals gut gemacht. Keiner sonst hat das Loch gefunden.«

Sepp erwiderte nichts, presste aber die Lippen zusammen; dann brach es aus ihm heraus: »Vielleicht wär's besser, wenn wir den Platz auch in Ruhe lassen würden!«

»Hast du etwa Schiss?!«, versetzte Hiasl. »Fürchtest du dich jetzt schon wieder vor den Geistern?!«

»Ja«, gab der Wagnersohn zu.

»Brauchst du nicht!« Der Brentan-Bub trat mit dem Fuß gegen den Sandhaufen. »Weil uns kein Totengeist was tun kann.«

»Warum?«, kam es von Sepp.

»Darum!« Hiasl griff unter seine Joppe, die ihm die Mutter aus einer abgelegten Jagdjacke seines Vaters geschneidert hatte, holte ein Waidmesser aus dem Hosenbund und zog es langsam aus der Scheide. »Das habe ich daheim mitgehen lassen. Und wenn uns ein Gespenst angreift, kann es was erleben.«

Der Wagnersohn beäugte die Klinge, den Stolleneingang, wieder die Waffe. Dann gab er sich einen Ruck und forderte: »Aber du gehst als Erster hinein, wenn das Loch offen ist.«

»Klar!«, versicherte Hiasl; gleich darauf steckte er das Messer wieder weg, kniete nieder und machte sich daran, den Sand vom Stolleneingang wegzuscharren.

Kaum jedoch hatte er mit der Arbeit angefangen, packte Sepp ihn am Arm und stieß hervor: »Hör auf!«

»Wieso denn?!«, verwahrte sich der Brentan-Bub ungnädig.

»Weil da drüben … ein Geist kommt«, flüsterte Sepp mit bebenden Lippen. Er deutete zu den nebelverhangenen Ruinenresten der mittelalterlichen Burganlage hinüber. »Schau! Da, bei dem spitzen Steinstumpf …«

Tatsächlich nahm mit dem nächsten Lidschlag auch Hiasl an der angegebenen Stelle so etwas wie ein gespenstisches Huschen wahr. Hastig richtete er sich auf, tastete nach dem Messergriff unter seiner Joppe und spähte mit zusammengekniffenen Augen in den wehenden Dunst. Doch bei der Mauerschroffe bewegte sich jetzt nichts mehr, stattdessen flog ein Stück rechts davon plötzlich eine Elster auf.

»Das war dein grausiges Gespenst, du Hasenfuß«, verspottete der Brentan-Bub seinen Freund.

Verwirrt schüttelte Sepp den Kopf, wollte antworten – aber im selben Moment drang aus dem Nebel so etwas wie ein pfeifendes Fauchen heran.

Diesmal erschrak auch Hiasl. Seine Faust umkrampfte den Griff des Waidmessers; er drängte sich nahe an seinen Freund heran – dann erklang das bedrohliche Geräusch abermals.

»Weg!«, stieß Sepp hervor. »Bloß weg von hier!«

Doch im Rücken der Buben stürzte die Leite zum Lech hinunter ab, und in der anderen Richtung, wo sich das Jesuitenschloss erhob, musste sich irgendwo das unheimliche Wesen befinden. Deshalb zögerten die Freunde ratlos mit der Flucht; im nächsten Moment erscholl das pfeifende Fauchen zum dritten Mal – und fast gleichzeitig tauchte aus dem Nebelfluten eine dunkle Gestalt auf.

Ihr Schädel war riesig; aus der Stirn schienen sich breite Hörner herauszubiegen; der Körper des Wesens wirkte unförmig, schien hin und her zu wallen und keine feste Form zu besitzen. Es war den entsetzten Jungen, als würde die finstere

Gestalt schwebend auf sie zu kommen; Sepp stand wie gelähmt da; Hiasl hatte das Messer aus der Scheide gerissen und sich wie zum Kampf geduckt.

Dann verharrte das Wesen plötzlich, schien zu erstarren; einen Herzschlag später stieß es einen röhrenden Ruf aus. Dies bewirkte, dass die Buben in Panik gerieten und nun doch losrannten. Sie wollten schräg an dem Unhold vorbeikommen; doch der war schneller als sie, schnitt ihnen den Weg ab und packte den Wagnersohn am Kragen.

Hiasl war drauf und dran, die Gestalt anzuspringen – aber dann erkannte er, dass es sich bei dem unheimlichen Wesen nicht um ein Gespenst, sondern um einen Menschen handelte. Um einen kräftigen, vollbärtigen Mann, der eine Mönchskutte und darüber eine Pelerine trug und eine Pelzmütze mit langen Ohrenschützern auf dem Kopf hatte.

Der Jesuit roch nach schwerem Pfeifentabak, was seinen Raucherhusten erklärte; über der Schulter hatte er ein Jagdgewehr hängen, und jetzt fuhr er die Buben an: »Was habt ihr hier draußen zu suchen, ihr Rotznasen?! Wisst ihr denn nicht, dass das bei dem dichten Nebel gefährlich ist?! Nur ein Stück hinter euch ist die Lechleite! Und wenn ihr da abgestürzt wärt und euch was gebrochen hättet, so hätte euch gewiss keiner gefunden!«

Verstohlen hatte Hiasl während der Strafpredigt sein Messer wieder verwahrt; nun antwortete er: »Wir haben schon aufgepasst, dass uns nichts passiert.«

»Wer's glaubt!«, schnaubte der Mönch und gab den Wagnersohn frei. »Was habt ihr überhaupt hier getrieben?! Nichts Gottgefälliges, fürchte ich!«

»Wir haben uns … bloß verlaufen«, stammelte Sepp. »Auf dem Weg zu meiner … Großtante. Die wohnt auf einer Sölde ungefähr eine Meile von hier … Die wollen wir besuchen, weil sie krank ist.«

»Und wo kommt ihr her?«, wollte der Jesuit nun in milderem Tonfall wissen.

Die Buben sagten es ihm. Der Mönch nickte; dann riet er den beiden: »Geht hinüber zum Schloss. Von dort aus werdet ihr euren Weg schon wieder finden.«

Eilig liefen Hiasl und Sepp davon. Der Jesuit blickte ihnen noch eine Weile nach; sodann rückte er das Jagdgewehr auf der Schulter zurecht und setzte seinen Pirschgang, auf dem er ein Stück Niederwild zu erlegen hoffte, ebenfalls fort.

Der Brentan-Bub und der Wagnersohn ihrerseits wagten sich nach ihrem schaurigen Erlebnis nicht noch einmal zum Wichtelenloch zurück. Vielmehr rannten sie schnurstracks nach Kissing heim, und ehe sie sich im Dorf trennten, schimpften sie noch einmal gehörig auf den Mönch, der ihnen einen solchen Schrecken eingejagt hatte.

***

Bald aber kam Hiasl auf andere Gedanken. Denn schon wenige Tage nach dem Abenteuer beim Jesuitenschloss eröffnete ihm sein Vater: »In den nächsten Wochen werden ich und ein paar andere Tagelöhner Holz für einen Waldbauern drüben in Ried einschlagen. Und du bist jetzt schon groß genug, um mir dabei zur Hand zu gehen.«

Von da an lief der Neunjährige jeden Nachmittag nach der Schule zum Bauernforst, der zwischen den Dörfern Kissing und Ried lag. Dort half er beim Entasten oder Entrinden der gefällten Baumstämme und trug das beim Niederkrachen der Buchen oder Eschen anfallende Bruchholz zu Haufen zusammen. Kurz vor der Abenddämmerung füllten er und der Vater jedes Mal einen Buckelkorb mit Kleinholz und Borkenstücken, und immer sagte Michael Klostermayr bei dieser Gelegenheit: »Das gibt später, wenn es trocken ist, eine warme Stube daheim.«

Ende November war der Holzeinschlag beendet. Nun mussten die Stämme aus dem Wald heraus und nach Ried gebracht werden. Teils mit Hilfe zweier Rückepferde, teils mit Muskelkraft wurden die schweren Lasten zu einem Forstweg gezerrt, wo die Tagelöhner die Baumstämme dann auf Ochsenfuhrwerke luden. Für diese Arbeiten war Hiasl jedoch noch zu schwach; nun hielt er sich nach den Schulstunden meistens im Hirtenhaus auf und kümmerte sich um seine kleinen Geschwister, damit die Mutter ungestört ihren Pflichten in der Küchenstube, im Holzschuppen und im Stall nachgehen konnte.

Im Dezember sodann nahm Michael Klostermayr seine Pirschgänge wieder auf. Zusammen mit dem Herrschaftsjäger Bernhard Wörsching durchstreifte er wie stets in der kalten Jahreszeit die ausgedehnten Reviere der Mergenthauer Jesuiten. So kam im Brentan-Haus öfter wieder Fleisch auf den Tisch, und ein paar Tage vor Weihnachten, als sich die Familie ein Hasenragout schmecken ließ, platzte Hiasl, an seinen Vater gewandt, heraus: »Wann darf ich endlich auch mit auf die Jagd?!«

Michael Klostermayr schmunzelte. »Da musst du erst noch ein Stück wachsen.«

»Aber ich kann dein Gewehr doch schon leicht tragen«, beharrte der Bub. »Im Wald habe ich viel schwerere Äste geschleppt.« Er schaute zur Ofenwand hinüber, wo der Vorderlader des Vaters samt Pulverhorn und Kugelbeutel hing. »Und laden und schießen könnte ich ganz bestimmt auch!«

»Wahrscheinlich würdest du sogar gleich mit dem ersten Schuss einen mächtigen Keiler erlegen«, spottete Michael Klostermayr. Im nächsten Moment wurde er wieder ernst. »Nein, Hiasl, es bleibt dabei. Für die Jagd bist du wirklich noch zu jung.«

Der Bub senkte den Kopf. Er hatte begriffen, dass es keinen Sinn hatte, dem Vater weiter zu widersprechen; doch trotzig dachte er: Wenn ich mit dem Gewehr nicht jagen darf, gibt's vielleicht irgendwann eine andere Möglichkeit.

Vorerst aber gingen ruhige Tage übers Land. Bescheiden feierten die Brentan-Leute das Weihnachtsfest; Geschenke oder einen

Christbaum gab es nicht. Dafür jedoch eine stundenlange Mitternachtsmette in der überfüllten Dorfkirche, die Hiasl zusammen mit den Eltern durchstehen musste, während Willibald, Maria und Regina daheim unter der Aufsicht einer greisen Nachbarin schliefen. Am Mittag des fünfundzwanzigsten Dezember durften die Erwachsenen und Kinder im Hirtenhaus erneut ein Fleischmahl genießen, und einen Tag später brachen dann die zwölf Rauchnächte an: die verwunschene, gespensterträchtige Zeit zwischen dem Ende des Christfestes und Heiligdreikönig.

Elisabeth Klostermayr hütete sich in diesen knapp zwei Wochen, Wäsche zu waschen, denn das hätte nach uraltem Glauben Unheil gebracht. Außerdem wagte es noch nicht einmal der kecke Hiasl, in der Dunkelheit vor die Haustür zu gehen, weil dann herumstreifende Unholde zu fürchten waren.

Kaum waren die Rauchnächte vorbei, brach klirrender Frost herein. Zuerst fror die schmale Paar zu, bald auch der breitere Lech; die Kissinger Burschen und Mädchen machten sich jetzt ungeachtet der beißenden Kälte ein Vergnügen daraus, in Holzschuhe zu schlüpfen und auf den Eisflächen zu schlitteln. Michael Klostermayr wiederum erlegte auf seinen Pirschgängen mit dem Herrschaftsjäger so manches Stück Großwild: Hirsche, Rehe und Wildschweine, deren Fährten im Hartschnee nun bestens zu erkennen waren.

Mitte Februar bekam Elisabeth Klostermayr derart schlimme Zahnschmerzen, dass ihrem Gemahl zuletzt nichts anderes übrigblieb, als sie zu einem Bader zu bringen. Da es in Kissing aber keinen solchen gab und der Dorfbader im benachbarten Mering selbst krank war, musste Elisabeth den stundenweiten Weg in die nächste Stadt Friedberg auf sich nehmen. Die Leidende, deren linke Backe dick geschwollen und mit einem Tuch eingebunden war, kauerte dabei auf einem einachsigen Lastkarren; Michael Klostermayr und sein ältester Sohn zogen dieses Gefährt mit Hilfe von Schulterseilen über die verschneite und teilweise vereiste Landstraße.

In Friedberg stellte der Bader fest, dass der Backenzahn Elisabeths auf Eiter saß. »Da hilft bloß noch das Herausbrechen«, erklärte er. Dann griff er nach seiner Zange und bemühte sich, während sein Gehilfe den Kopf der Kranken festhielt, den Molar zu reißen. Nach zwei vergeblichen Versuchen glückte es ihm endlich; danach reinigte er die Wunde mit Arnikatinktur und empfahl der vor Schmerzen wimmernden Elisabeth schließlich grinsend: »In den nächsten Tagen solltest du besser auf nichts Hartes beißen.«

Erst nach Einbruch der Dunkelheit kehrten Michael Klostermayr und sein Stammhalter mit dem Karren nach Kissing zurück. Sie waren völlig erschöpft, weil sie auf dem Heimweg zu allem Überfluss auch noch in einen Schneesturm geraten waren – und in der Nacht bekam Elisabeth hohes Fieber. Ab dem nächsten Morgen bemühte sich die Hebamme des Dorfes, ihr zu helfen. Doch es dauerte Tage, ehe die Fieberschübe abklangen, und erst Anfang März hatte sich Hiasls Mutter soweit erholt, dass sie ihren vielfältigen Pflichten wieder wie früher nachkommen konnte.

Als einige Monate später das erste Gras üppig geworden war, nahm Michael Klostermayr wie jedes Jahr seine Hirtenarbeit auf und zog mit den Rinderherden auf die Weiden. In seinem Ältesten hatte er nun schon einen guten Helfer, und auch auf dem Taglohn machte sich Hiasl, wenn er nicht die Schulbank drückte, jetzt immer öfter nützlich. Während der Erntewochen, in denen der Unterricht ausfiel, schuftete er beinahe schon wie ein Großer und konnte dadurch ein Zubrot für seine Familie verdienen.

Als danach überall in den Scheunen das Korn ausgedroschen wurde, musste der Brentan-Bub von neuem die Schulbank drücken und die Schläge des Lehrers und Mesners Dosch ertragen. Doch er hatte einen Trost: Im nächsten Jahr, wenn abermals die Erntezeit kam, würde seine Schulzeit ein Ende finden, und dann würde er sich endlich nicht mehr vor dem verhassten Pauker ducken müssen.

# Der Gunzenlee

## KISSING
## FRÜHHERBST 1746

Wieder einmal hatten der Brentan-Bub und sein Freund, der Plechinger-Sepp, einen schmerzhaften Zusammenprall mit ihrem Lehrer erlebt: Weil sie ihm seinen Stuhl hinter dem Katheder mit Tischlerleim vollgeschmiert hatten, so dass der Hosenboden des Dosch festgeklebt war – und weil sie dann von einer streberhaften Mitschülerin verraten worden waren. Der Dorflehrer hatte die beiden Burschen hintereinander übers Knie gelegt und sie windelweich geprügelt. Anschließend hatten sie eine volle Stunde lang mit nackten Knien auf kantigen Holzscheiten in einer Ecke des Klassenzimmers ausharren müssen, was ihnen grausame Schmerzen verursacht und ihnen zudem den Spott der meisten anderen Kinder eingetragen hatte.

Angesichts dessen drängte es Hiasl und Sepp in den nächsten Tagen förmlich nach einem Ausbruch aus der zwängenden und demütigenden Enge der Schule. Sie wussten allerdings zunächst nicht recht, wie sie dies am besten bewerkstelligen konnten – doch dann, an einem noch sonnigen Oktobernachmittag, als sie auf dem Granitrand des Dorfbrunnens hockten, hatte der Wagnersohn eine Idee: »Lass uns den Gunzenlee suchen!«

»Das uralte Königsgrab?«, stieß Hiasl hervor. »Das wäre was!« Er besann sich. »Aber der blöde Dosch hat doch neulich gesagt, dass es schon längst weg ist. Dass der Lech den großen Grabhügel bei einem Hochwasser vor vielen Jahren davongeschwemmt hat.«

»Der Dosch weiß auch nicht alles«, widersprach Sepp. »Vielleicht ist doch noch ein Rest von dem Königsgrab da. Und drinnen könnten Schätze liegen.«

»Ja, genau solche, wie wir sie voriges Jahr im Wichtelenloch ausgebuddelt haben«, spottete der Brentan-Bub.

Sepp spuckte ins Brunnenwasser. »Wenn du nicht mitkommen willst, suche ich den Gunzenlee eben allein.«

Hiasl schnitt seinem Freund eine Grimasse. »Ohne mich wirst du ganz gewiss nichts finden.«

»Dann bist du also dabei?«, wollte der Wagnersohn wissen.

»Klar.« Der Brentan-Bub grinste. »Schon weil der geschissene Dosch als Lügenbeutel dasteht, wenn der Gunzenlee nicht ganz verschwunden ist.«

Gleich am nächsten Tag setzten die Freunde ihren Plan in die Tat um. Wie schon öfter büxten sie nach der Schule unter einem Vorwand von daheim aus und rannten zum Lechufer nordwestlich von Kissing. Dort sollte sich nach den Worten des Lehrers der noch in heidnischer Zeit aufgeschüttete Grabhügel befunden haben: Nahe des Flusses, so hatte Dosch gesagt, hätte er gelegen und sei von mächtigen Eichen umringt gewesen.

Aber als die Buben am Lech anlangten, erblickten sie lediglich eine Reihe eher dürftiger, kaum zehnjähriger Pappeln und etliche schüttere Gebüschinseln. Ansonsten war das Gelände bretteben; es gab nicht das geringste Anzeichen dafür, dass sich hier einst ein Hügel erhoben hatte.

Enttäuscht und unschlüssig schauten sich die Freunde um; dann murmelte Sepp: »Wäre ja auch zu schön gewesen, wenn wir die richtige Stelle sofort gefunden hätten.«

»Versuchen wir es halt da drüben«, schlug Hiasl vor und deutete auf eine Biegung des Flusses. »Dort, scheint's mir, hat's einen Buckel.«

Die Buben liefen etwa eine Viertelmeile nach Norden und entdeckten tatsächlich einen flachen Bodenrücken. Doch als sie mit Stöcken in der Erde herumstocherten, stießen sie auf zerbrochene, teilweise noch mit Mörtelresten bedeckte Ziegeltrümmer, die keinesfalls alt sein konnten und wahrscheinlich als Abfall in die Lechaue geschüttet worden waren.

»Scheiße«, schimpfte Hiasl. »Schon wieder nichts. Und überhaupt sind wir vielleicht auf der falschen Lechseite.«

»Dann müssen wir schauen, dass wir ans andere Ufer hinüberkommen«, erklärte Sepp.

»Und wie?« Mit dem Fuß kickte der Brentan-Bub einen Kiesel gegen den Schutthaufen. »Fürs Schwimmen ist's auf jeden Fall schon zu kalt.«

Der Wagnersohn überlegte; dann sagte er: »Wir könnten die Zille nehmen, die wir von den Pappeln aus gesehen haben.«

»Das machen wir«, stimmte Hiasl zu; gleich darauf rannten die Freunde wieder nach Süden, passierten die Baumreihe und kamen zu dem Platz, wo der Nachen auf dem erhöhten Saum einer Kiesbank am Lechufer lag.

Die hölzerne Zille war in schlechtem Zustand; auf den Bodenplanken wuchs Moos, und im Heckbereich schillerte eine grünschleimige Pfütze. Doch davon ließen sich die Buben nicht abschrecken. Sie schleppten den Nachen ins Flachwasser und stiegen ein; dann drückte Hiasl die Zille mit Hilfe einer Stange, die sich an Bord befunden hatte, ins tiefere Wasser hinaus.

Geschickt stakte der Brentan-Bub den Nachen schräg über den Lech; Sepp schöpfte mit den Händen das kräftig eindringende Flusswasser aus der Zille. Am westlichen Lechufer zogen die Freunde den Nachen wieder an Land; sodann streiften sie am Ufer entlang und schauten sich neuerlich nach möglichen Überresten des Gunzenlee um.

Wirklich fanden sie nach einer Weile einen auffälligen Erdbuckel. Er war nur noch ein, zwei Fuß hoch und besaß eine annähernd runde Form. Ringsum lagen etwa ein Dutzend runder Findlingssteine verstreut, und in der Mitte schien die flache Anhöhe ein wenig nach innen eingebeult zu sein.

Die Buben umkreisten den Buckel, untersuchten die Randsteine; plötzlich gewahrte Sepp auf einem der Findlinge so etwas wie Kerben. Als Hiasl den festgebackenen Flussschlamm wegkratzte, der sich in den Fugen angesetzt hatte, wurde deutlich, dass ein Dreieck in den Stein eingegraben war, und daraufhin rief der Wagnersohn aus: »Das ist der Beweis! Jetzt haben wir den Gunzenlee gefunden!«

»Glaubst du wirklich?«, fragte der Brentan-Bub zweifelnd.

»Ganz bestimmt!«, bekräftigte Sepp. »So ein Zeichen hat bei den Heiden früher gewiss eine besondere Bedeutung gehabt. Vielleicht eine heilige …«

»Könnte sein«, gab Hiasl zu. »Ein Kreuz wie auf einem christlichen Grab ist's auf jeden Fall nicht.«

Der Wagnersohn deutete auf die schwache Mulde im Zentrum des Erdbuckels. »Und da drunter liegt wahrscheinlich der Heidenkönig.«

Im nächsten Moment knieten die Buben an dem besagten Platz und fingen an, die Erde mit bloßen Händen wegzugraben. Doch nachdem sie sich ungefähr einen Meter in die Tiefe gewühlt hatten, mussten sie erkennen, dass ihnen die Natur ein unüberwindliches Hindernis in den Weg legte. Denn sie stießen auf Grundwasser, das ihnen ein Graben unter das Niveau des Lechspiegels unmöglich machte. Die Freunde schafften es lediglich noch ein, zwei Fuß unter die Wasseroberfläche; tiefer konnten sie beim besten Willen nicht wühlen, und so gaben sie schließlich auf.

Enttäuscht kauerten sie sich bei dem Findlingsstein mit dem eingemeißelten Dreieck nieder und schwiegen eine Weile; dann murmelte Sepp: »Aber wenigstens haben wir den richtigen Platz gefunden …«

»Und von dem König ist wahrscheinlich sowieso nicht mehr viel übrig, wenn er schon seit so langer Zeit im Wasser liegt«, äußerte Hiasl.

»Höchstens dass es da unten vielleicht noch Gold und Silber gibt …« Der Wagnersohn rieb sich einen Schmutzfleck vom Handrücken. »Bloß kommt keiner mehr an die Schätze ran.«

»Da müsste man schon den ganzen Lech umleiten, damit man in die Tiefe schaufeln könnte«, bestätigte der Brentan-Bub. Er schaute auf den Fluss; dann fügte er hinzu: »Was das wohl für einer gewesen ist, der Heidenkönig.«

»Ein wilder Hund, der die Menschen haufenweise mit seinem Schwert erschlagen hat«, vermutete Sepp.

Auf Hiasls Gesicht malten sich Zweifel. »Warum glaubst du denn sowas?«

»Weil er ein Heide war«, antwortete der Wagnersohn. »Einer, der nicht in der Kirche gebetet hat. Und am Ende hat ihn deswegen der Teufel geholt.«

»Dann hätten ihn seine Leute aber nicht hier begraben können«, wandte der Brentan-Bub ein.

Nachdenklich nickte Sepp. »Auch wieder wahr. Bloß … der Pfarrer hat erst neulich wieder gesagt, dass die Heiden allesamt in die Hölle kommen. Die Luderischen, oder wie die heißen, und auch alle anderen.«

»Der blöde Pfaffe«, schnappte Hiasl wegwerfend. »Der redet einen Haufen Schmarrn, wenn der Tag lang ist. Und besonders, wenn er besoffen ist.« Er grinste. »Vorgestern haben sie ihn wieder einmal vom Wirtshaus heimführen müssen, weil er nicht mehr geradeaus hat gehen können. Das weiß ich, weil's der Vater der Mutter erzählt hat.«

Der Wagnersohn lachte. »Ja, das habe ich auch gehört.« Gleich darauf fiel sein Blick auf die wolkenverhangene Sonne, die bereits ziemlich tief am Nachmittagshimmel stand. »Du, ich glaube, wir müssen jetzt nach Kissing zurück, sonst setzt es ein Donnerwetter daheim.«

Wenig später stakte Hiasl, während sein Freund ebenso wie bei der Herfahrt Wasser schöpfte, die Zille wieder über den

Lech. Nachdem sie den Nachen auf die Kiesbank gezogen hatten, rannten die Buben in direkter Richtung auf ihr Heimatdorf davon. Nach einer Weile kamen sie in einen Auwald, unter dessen Bäumen es schon düster war – und dort machten sie noch einmal eine Entdeckung.

Sie stießen nämlich auf einen sandigen Flecken, der von Holunderbüschen umsäumt war. Und dort gab es nicht nur eine Menge von teils noch frischen Hasenköteln, sondern auch mehrere Löcher in der sanddurchsetzten Erde.

»Ein Bau von Wildhasen!«, rief Sepp aus; fast gleichzeitig stieß Hiasl hervor: »Da könnte man einen fetten Braten kriegen!«

»Wie denn?«, fragte der Wagnersohn.

»Man muss eine Schlinge auslegen«, lautete die Antwort. »Direkt über einem von den Löchern. Dann verfängt sich ein Hase darin und würgt sich zu Tode.«

»Woher weißt du das?« Halb erschrocken, halb fasziniert blickte Sepp auf seinen Freund.

»Der Mergenthauer Jäger hat einmal mit dem Vater darüber geredet.« Hiasl bückte sich zu einem der Erdlöcher nieder, um hineinzuspähen. »Und so eine Schlinge könnten wir ganz einfach basteln. Man braucht bloß eine starke Schnur dafür.«

»Nein!« Empört schüttelte der Wagnersohn, dessen Mitleid mit den Wildtieren die Oberhand gewonnen hatte, den Kopf. »Das ist gemein, die Hasen zu erdrosseln! Da mache ich nicht mit!«

»Dann lässt du's eben bleiben.« Der Brentan-Bub richtete sich wieder auf. »Aber ich hätte schon Lust dazu …«

»Komm jetzt weiter!«, lenkte Sepp ab. »Wir müssen wirklich schauen, dass wir heimkommen.«

»Stimmt«, gab Hiasl zu; dann setzten die Freunde ihren Weg durch den Auwald fort.

***

Während der nächsten Tage dachte der Brentan-Bub immer wieder an die Wildhasen. Es war wie ein Zwang, dem er sich nicht entziehen konnte – und nach einer knappen Woche versuchte er noch einmal, den Wagnersohn zu einem Jagdausflug zu überreden. Doch Sepp weigerte sich strikt, woraufhin Hiasl beschloss, das Abenteuer allein zu wagen.

Es war nicht schwer für ihn, an eine kräftige Kordel zu kommen und eine leichtläufige Schlinge zu knüpfen. Mit diesem Wildererutensil in der Hosentasche verdrückte sich der Brentan-Bub in die Lechauen. Der Nachmittag war neblig; so gelangte Hiasl ungesehen zu dem Waldstück, wo sich die Wildhasenlöcher befanden. Er suchte sich einen Hasenschlupf, der ihm besonders vielversprechend erschien, legte die Schlinge aus, knotete das freie Kordelende an einem Holunderstämmchen fest und lief wieder nach Kissing zurück.

Am nächsten Tag konnte es der Brentan-Bub kaum erwarten, seine Wildfalle zu inspizieren. Doch zunächst musste er die vormittäglichen Schulstunden durchstehen, und nach dem Mittagessen benötigte ihn die Mutter bei der Gartenarbeit. Erst in der Nachmittagsmitte konnte Hiasl unauffällig verschwinden. Er rannte, neuerlich im Nebel, zum Auwald – und dort sah er, dass sich tatsächlich ein feister Hase in der Schlinge erwürgt hatte.

Der Tierkörper war noch warm; vorsichtig und mit einem seltsam wehen Empfinden zog der Bub die Kordel von dem Kadaver ab – dann, als er seine Beute hochhob, wandelte sich Hiasls Stimmung plötzlich, und er verspürte ein unbeschreiblich erregendes Triumphgefühl. Es war so stark, dass er einen wilden, weithin gellenden Schrei ausstieß. Im nächsten Moment erschrak er vor sich selbst, verwahrte den toten Hasen hastig unter seiner Joppe, steckte die Schlinge ein und verließ die holunderbestandene Lichtung verstohlen wie ein Dieb.

Auf dem Heimweg kehrte sein Freudengefühl zurück und wurde beinahe rauschhaft. Mit glühendem Gesicht, dann und wann von einem fast irren Lachen geschüttelt, rannte der Brentan-Bub über die Lechwiesen und durch das Dorf; beim Hirtenhaus traf er auf den Vater und platzte mit schriller Stimme heraus: »Morgen kriegen wir Fleisch auf den Tisch!«

»Wie kommst du darauf?«, fragte Michael Klostermayr verblüfft.

Stolz zog Hiasl den Wildhasen unter seiner Jacke hervor und zeigte ihn dem Vater.

Der Gemeindehirte und Jagdgehilfe starrte ungläubig auf den Tierkadaver; sodann wollte er wissen: »Wo, zum Teufel, hast du den Hasen her?!«

»Gefunden habe ich ihn«, log der Bub. »An der Paar ist er gelegen und war noch warm, wie ich hingekommen bin.«

»So ...« Michael Klostermayr schien seinem Sohn nicht ganz zu trauen und musterte ihn scharf. Auf einmal, weil Hiasl wie ertappt den Blick senkte, griff er zu, nahm den Wildhasen an sich und untersuchte ihn gründlich.

Der Bub spürte, wie ein eisiger Schauer sein Rückgrat entlangrieselte; ein paar Herzschläge später hörte er erneut die Stimme des Vaters, diesmal wütend: »Der Hase hat sich in einer Fangschlinge erwürgt!«

Unwillkürlich duckte sich Hiasl; Michael Klostermayr indessen schien nicht zu ahnen, wer die Schlinge gelegt hatte. Vielmehr schimpfte er nun zornig: »Diese Wilddiebe sind der letzte Abschaum! Keinen Funken waidmännischer Ehre haben sie im Leib! Schinden die Tiere grausam zu Tode und haben vermutlich noch ihren Spaß daran! Und das sage ich dir: Falls ich einmal einen solchen Lumpenhund erwischen sollte, dann geht's ihm dreckig! Ganz dreckig!«

Der Bub begann vor Angst zu schwitzen. Sein Vater wetterte weiter; plötzlich stutzte er, machte einen schnellen Schritt auf Hiasl zu und griff nach dem Kordelende, das aus der Hosentasche seines Sohnes hing. Mit dem nächsten Lidschlag hielt er die Fangschlinge in der Hand und stieß hervor: »Du! Du hast den Hasen gewildert!«

In seiner Furcht schüttelte Hiasl den Kopf. Dies veranlasste Michael Klostermayr, ihm eine Ohrfeige zu versetzen; daraufhin gab der Bub zu: »Ja … ich bin's gewesen …« Er unterdrückte ein Schluchzen; dann versuchte er sich zu rechtfertigen: »Aber ich hab mir nichts Böses dabei gedacht. Hab's bloß gut gemeint. Wo wir doch so selten Fleisch essen können …«

Der Vater presste die Lippen zusammen; wirkte betroffen. Eine Weile rang er mit sich; schließlich legte er seinem Sohn die Hand auf die Schulter und murmelte: »Mag sein, dass du es nicht böse gemeint hast … Aber das Wildern ist und bleibt ein Verbrechen, da beißt die Maus keinen Faden ab. Und deshalb versprichst du mir jetzt hoch und heilig, dass du nie wieder eine Fangschlinge auslegst!«

Hastig gehorchte Hiasl – und danach geschah etwas, was der Bub nie für möglich gehalten hätte. Sein Vater sagte nämlich, nachdem er sich erneut ein paar Atemzüge lang bedacht hatte: »Womöglich trage ich ja sogar eine Mitschuld an deiner Untat … Weil ich dir im vergangenen Winter deinen Wunsch abgeschlagen habe, dich mit auf die Jagd zu nehmen. Und daher werde ich mir wohl überlegen müssen, ob der Herrschaftsjäger und ich dich nicht vielleicht doch auf dem einen oder anderen Pirschgang brauchen könnten.«

Als er das hörte, strahlte Hiasl über das ganze Gesicht und schwor seinem Vater nochmals, künftig aufs Schlingenlegen zu verzichten. Und dann trug Michael Klostermayr den Wildhasen ins Haus, denn verkommen sollte das Wildbret schließlich auch nicht.

# Die Sauhatz

## KISSING
## HERBSTMITTE 1746

Michael Klostermayr stand zu seinem Versprechen. Nachdem er sich, als der gewilderte Hase verzehrt war, mit dem Herrschaftsjäger Bernhard Wörsching ausgetauscht hatte, eröffnete er seinem Sohn: »Übernächste Woche findet eine Sauhatz im Meringer Forst statt. Ich gehe als Treiber mit, und du darfst mich begleiten.«

Daraufhin träumte Hiasl beinahe jede Nacht von der bevorstehenden Wildschweinjagd. Am Morgen des großen Tages war er schon vor Sonnenaufgang auf den Beinen, und als der erste Lichtschein der matten Novembersonne den östlichen Horizont erhellte, brach der zehnjährige Bub an der Seite seines Vaters zum südlich von Kissing gelegenen Dorf Mering auf.

Die Wälder dort gehörten, ebenso wie die meisten anderen der Gegend, den Mergenthauer Jesuiten. Diese hatten zur Sauhatz ihre Ordensbrüder aus Augsburg eingeladen: um die vierzig Patres, die zusammen mit den Mergenthauern etwa eine Stunde nach den Treibern in Kutschen auf dem Meringer Dorfplatz eintrafen. Vor dem größten Gasthaus des Ortes kamen die Kaleschen zum Stehen; der Wirt buckelte vor den Mönchen, dann gönnten sich die Jesuiten einen ausgiebigen Umtrunk im Freien. Anschließend marschierte die Jagdgesellschaft in den Forst: die Treiber, zumeist Bauern und Tagelöhner, unter Führung etlicher Herrschaftsjäger voran; die geistlichen Herren mit ihren Gewehrträgern und den Hundeführern hinterdrein.

Nach einem Weg von ungefähr drei Meilen bezogen die Jesuiten am Rand einer langgestreckten Waldlichtung Position. Die Jäger und Treiber umgingen den dahinterliegenden Forstabschnitt; ein gutes Stück von der Lichtung entfernt bildeten sie eine weit auseinandergezogene Linie, und dann bewegte sich diese Treiberkette, möglichst viel Lärm erzeugend, wieder auf die Waldlichtung zu. Hiasl lief neben seinem Vater; mit einem Prügel trommelte er auf ein Stück Eisenblech ein – und bald sah er, wie ein kräftiger Keiler aus seinem Einstand hetzte und in Richtung der Jesuiten floh. Auch anderswo brachen die Wildschweine aus dem Dickicht heraus; zuletzt rasten ganze Rudel zu der Lichtung, wo die Kleriker warteten.

Wenig später knallten die ersten Schüsse; gleich darauf feuerten die Jesuiten donnernde Salven ab. Stinkender Pulverdampf stieg über der Waldlichtung auf; Sauen und Keiler überschlugen sich in vollem Lauf und blieben tot oder schwer angeschweißt liegen; nur wenigen leichtverwundeten Tieren glückte die Flucht ins Unterholz jenseits der Lichtung. Doch auch sie kamen nicht weit, denn sofort rannten die Männer mit den Fanghunden sowie einzelne Mönche, die ihre Gewehre mit Saufedern vertauscht hatten, hinter ihnen her, und so waren bald auch die letzten Wildschweine abgetan.

Gleichermaßen entsetzt und fasziniert hatte der Brentan-Bub die Szenen des Gemetzels beobachtet. Als die Keiler und Sauen jetzt zur Strecke zusammengetragen wurden, half er nach Kräften mit. Anschließend wurde das Halali geblasen, und einige Zeit danach traf ein schwerer Pferdewagen auf der Waldlichtung ein. Die Wildschweine, es waren vierunddreißig Tiere, wurden aufgeladen; dann marschierten die Jesuiten, Hundeführer und Treiber hinter dem Fuhrwerk nach Mering zurück.

Ziemlich am Ende des Zuges ging Hiasl neben seinem Vater. Stumm und in sich gekehrt lief der Bub dahin; Michael Klostermayr, der ahnte, was in seinem Sohn vorging, vermied es, das Wort an ihn zu richten. Plötzlich, nach etwa einer Viertelmeile, fasste der Bub nach der Hand des Erwachsenen und murmelte: »Dass es so grausam ist, habe ich nicht gewusst …«

»Wer das Waidwerk ausübt, darf das Blut nicht scheuen«, erwiderte Michael Klostermayr. »Aber ich verstehe dich schon. Denn mir ist es ähnlich wie dir ergangen, als ich das erste Mal an einer Sauhatz teilgenommen habe.«

Hiasl drängte sich näher an seinen Vater heran. »Es sind so viele tote Wildschweine ... Und die Mönche haben sie auch gar nicht richtig gejagt. Die haben bloß gewartet, bis wir ihnen die Schweine zugetrieben hatten, und dann haben sie die Tiere einfach abgeschossen.«

»Viele von den Jesuiten sind halt arg fett, deshalb taugen sie nicht zum echten Waidwerk«, versetzte Michael Klostermayr mit spöttischem Unterton.

»Aber du bist nicht wie sie, gell?«, kam es von Hiasl. »Und der Wörsching auch nicht.«

»Wenn ich mit meinem Freund auf die Pirsch gehe, läuft's anders ab«, bestätigte der alte Klostermayr. »Da fallen ein, zwei saubere Schüsse; damit ist's genug. Und das ist die anständige Art des Waidwerks.«

Wieder schwieg der Zehnjährige eine Weile; schließlich fragte er: »Wann darf ich mit dir und dem Wörsching auf die Jagd?«

Michael Klostermayr schmunzelte. »Vielleicht nächste Woche schon. Da wollen wir auf die Hirschpirsch, und wenn der Bernhard nichts dagegen hat, nehme ich dich mit.«

Kaum hatte er das gehört, vergaß Hiasl die Schrecken der Wildschweinhatz. Überschwänglich dankte er seinem Vater, danach löcherte er ihn mit Fragen zur Hirschjagd. Später dann, wieder in Mering, ließen sich der alte und der junge Klostermayr den Imbiss unter freiem Himmel schmecken, auf welchen die Treiber ein Anrecht hatten; außerdem bekamen sie ein paar Kreuzer Tagelohn. Am opulenten Jagdmahl der Jesuiten und Herrschaftsjäger jedoch, das im Wirtshaus aufgetragen wurde, durften die einfachen Leute nicht teilnehmen. So kam es, dass Hiasl und sein Vater bereits gegen Mittag wieder den Heimweg nach Kissing antraten, und während sie die Landstraße entlangmarschierten, kannte der Bub abermals kein anderes Thema als die hoffentlich bald bevorstehende Hirschpirsch.

***

Acht Tage nach der Wildschweinhatz war es tatsächlich soweit. Hiasl durfte den Herrschaftsjäger und seinen Vater in einen Forst bei Ottmaring begleiten, wo ein kapitaler Zwölfender stand. Am Nachmittag, der diesig war, drangen die Männer und der Bub in den Wald ein und entdeckten nach einiger Zeit eine frische Fährte, von der Wörsching vermutete, dass sie von dem Zwölfender stammte. Die Jäger folgten der Spur, die kreuz und quer durch den Forst und schließlich zu einem Flecken dichten Jungwaldes am Saum einer schmalen Wildgraswiese führte.

»Da drinnen im Jungholz hat der Hirsch wahrscheinlich sein Lager«, flüsterte Wörsching den anderen zu. Dann zogen sie sich leise wieder zurück und verbargen sich hinter einer mit Farn bewachsenen Bodenfalte, die etwa fünfzig Meter von der Waldwiese entfernt lag.

Dort harrten sie mehrere Stunden aus; zuletzt, als sich die Abenddämmerung ankündigte, wurde der Zwölfender zwischen den Jungbäumen sichtbar. Mit vorsichtigen Bewegungen legte der Herrschaftsjäger das Gewehr an und zog den Hahn auf. Michael Klostermayr, der ebenfalls bewaffnet war, tat dasselbe, um notfalls, wenn sein Freund einen Fehlschuss tun sollte, eine zweite Kugel abfeuern zu können. Doch diese Vorsichtsmaßnahme erwies sich als unnötig, denn Wörsching streckte den Hirsch mit einem meisterlichen Blattschuss auf die Decke.

Wie vom Blitz gefällt, brach der Zwölfender zusammen; als die Männer und der Bub bei ihm waren, hatte Hiasl das Empfinden, als hätte das Tier ein völlig schmerzloses und fast natürliches Ende gefunden. Die Einschusswunde war im dichten

Fell kaum sichtbar; es trat auch nur wenig Blut aus – und nun brach Michael Klostermayr einen Zweig von einer in der Nähe stehenden Tanne ab, benetzte ihn mit dem Hirschschweiß und reichte ihn seinem Freund mit den Worten: »Kannst stolz sein auf deinen sauberen Treffer!«

Der Herrschaftsjäger dankte ihm, nahm seinen Filzhut ab und steckte den Bruch hinters Hutband. Gleich darauf fiel sein Blick auf Hiasl, der mit strahlendem Gesicht dastand. Angesichts der Begeisterung des Jungen lächelte Wörsching; dann pflückte er einen Spross von dem Tannenzweig und drückte ihn dem Buben in die Hand, wobei er sagte: »Weil das heute deine erste Pirsch war, sollst du ebenso wie ich eine Trophäe haben.«

Mit feuchten Augen schaute Hiasl auf seinen kleinen Bruch; im nächsten Moment platzte er heraus: »Ich kann es gar nicht erwarten, bis ich auch ein richtiger Waidmann bin!«

Freundschaftlich kniff ihn der Herrschaftsjäger in die Wange. »Wenn dein Herz so daran hängt, wirst du es schon schaffen.«

»Aber dazu muss ich unbedingt schießen lernen!« Sehnsüchtig blickte der Bub auf Wörschings Waffe.

»Da hast du natürlich recht«, schmunzelte der Herrschaftsjäger und wandte sich an Hiasls Vater: »Wie wäre es, wenn du deinen Sprössling bei Gelegenheit in die Geheimnisse der Schießkunst einführen würdest?«

»Mein Gewehr ist doch viel zu unhandlich für den Buben«, wehrte Michael Klostermayr ab.

»Gar nicht!«, widersprach Hiasl. »Ich kann die Büchse bestimmt schon gut anschlagen und auch Feuer geben!«

»Ja, und der Rückstoß würde dich gewaltig auf den Hintern werfen«, spottete sein Vater.

Hilfesuchend schaute der Bub zu Bernhard Wörsching, woraufhin dieser einen Kompromissvorschlag machte: »Ich leihe euch meine leichte Vogelflinte, Michael. Mit der kann dein Sohn für den Anfang üben, oder?«

»Na gut, mit der Flinte macht es Sinn«, lenkte Michael Klostermayr ein. »Aber jetzt sollten wir uns um den Hirsch kümmern.«

»Richtig«, nickte der Herrschaftsjäger; sodann zogen die beiden Männer ihre Jagdmesser und machten sich daran, den Zwölfender aufzubrechen.

Gespannt beobachtete Hiasl, wie der Hirsch ausgeweidet wurde. Als die blutige Arbeit getan war, grub der Bub ein Erdloch für die Eingeweide des Zwölfenders. Die übrigen Innereien wie Herz, Leber und Nieren verwahrte Wörsching in einem mitgebrachten Beutel, den er in seinem Rucksack verstaute. Dann wurde der aufgebrochene Hirsch an einer im Wald geschnittenen Stange festgebunden; die beiden Männer schulterten die schwere Last und traten, gefolgt von Hiasl, den Rückweg an.

Es war nun beinahe schon dunkel; nur im Westen hing noch ein magerer Lichtschein über dem Horizont. Bald brach die Nacht ganz herein, so dass sich die Jäger, die zudem durch das zentnerschwere Gewicht des Zwölfenders behindert wurden, ihren Weg mühsam suchen mussten. Deshalb dauerte es mehrere Stunden, bis sich endlich die Mauersilhouetten des Schlosses Mergenthau aus der Finsternis schälten.

Der Herrschaftsjäger und sein Helfer schleppten den Hirsch in ein Kellergewölbe, wo er abhängen konnte; danach stieg Wörsching die Treppen zu den Mönchsgemächern hinauf, um dem Küchenmeister der Jesuiten von der erfolgreichen Jagd zu berichten. Michael Klostermayr und sein Sohn wiederum machten sich auf den immer noch langen Heimweg zum Hirtenhaus, und Hiasl trug jetzt stolz einen Rupfenbeutel über der Schulter, in welchem der Lohn steckte, den sein Vater und er für die Teilnahme an der Jagd bekommen hatten: ein Vorderschlegel des Zwölfenders und dazu eine der Nieren.

Einige Tage später kam der Herrschaftsjäger ins Brentan-Haus und brachte die Vogelflinte sowie Pulver und Blei mit.

Hiasl freute sich unbändig, als Bernhard Wörsching zu ihm sagte: »Ich zeige dir jetzt, wie man das Gewehr lädt. Danach kannst du dann ein paar Schüsse abgeben.«

»Aber sei bitte vorsichtig mit der Flinte, damit dir nichts passiert!«, ermahnte Elisabeth Klostermayr ihren Ältesten.

Hiasl versprach es, sodann ging er zusammen mit dem Jäger und seinem Vater zum Ufer der Paar. Dort durfte der Zehnjährige das leichte Gewehr schussbereit machen. Unter Aufsicht der beiden Erwachsenen ließ Hiasl ein Quantum Schwarzpulver in den Flintenlauf rieseln. Danach stieß er mit Hilfe des Ladestocks eine kleinkalibrige Bleikugel in den Lauf und stopfte einen Wergpfropfen hinterher. Schließlich nahm er noch einmal das Pulverhorn zur Hand, um Zündpulver auf die geöffnete Pfanne zu schütten. Nachdem dies geschehen war, griff der Herrschaftsjäger ans Gewehrschloss, klappte den Pfannendeckel zu und erklärte dem Jungen: »Nun ist die Flinte einsatzbereit. Mit geschlossener Zündpfanne kann sie getragen oder bis zum Gebrauch aufbewahrt werden. Wenn du aber schießen willst, so musst du …«

»Den Pfannendeckel wieder aufmachen, damit der Flintstein im Hahn das Pulver entzünden kann«, fiel Hiasl dem Jäger ins Wort. »Das weiß ich doch längst!«

»Gut!« Wörsching zwinkerte dem Jungen zu und forderte ihn auf: »Dann schau mal, ob du ein Ziel treffen kannst. Nimm den alten Pfosten dort vorne bei der Sandbank aufs Korn. Aber zieh den Gewehrkolben fest an die Schulter und achte auf sicheren Stand, bevor du Feuer gibst.«

Mit glühenden Wangen legte Hiasl die Flinte an, öffnete die Pulverpfanne, zog den Hahn auf, zielte kurz auf den etwa zwanzig Meter entfernten Pfahl und drückte ab. Der Rückstoß der Waffe ließ ihn wanken; sofort fasste er aber wieder festen Fuß – und im nächsten Moment rief der Jäger aus: »Donnerwetter, Bub! Du hast den Pfosten sauber getroffen! Hast ihm die Spitze wegrasiert!«

»Wird wohl ein Zufallstreffer gewesen sein«, vermutete Michael Klostermayr.

»Nein!«, widersprach Hiasl. »Ich habe auf die Pfostenspitze gehalten und sie auch erwischt.«

»Versuch's ein zweites Mal«, verlangte Wörsching. »Doch nimm das Ziel ein wenig tiefer.«

Hiasl lud das Gewehr erneut, legte an, gab Feuer – und die Kugel schlug eine Handbreit unter dem Pfahlende ins Holz.

»Wieder ein Volltreffer!«, stieß der Jäger hervor. Anerkennend klopfte er dem Zehnjährigen auf die Schulter; dann wandte er sich Michael Klostermayr zu und sagte: »Ich fürchte, du musst deinem Buben Abbitte leisten. Er hat zwei Kernschüsse hintereinander getan, und das kann kein Zufall sein.«

Daraufhin bekam Hiasl auch ein Lob von seinem Vater – und gleich danach eine weitere Lektion in der Schießkunst. Wörsching erklärte ihm nämlich: »Mit der Flinte, die ich dir von heute an in Verwahrung gebe, kannst du sowohl Kugeln als auch Kleinschrot verschießen. Und wie das geht, sollst du jetzt ebenfalls lernen.«

Damit zog der Jäger einen Beutel mit Vogelschrot aus der Tasche, reichte ihn dem Jungen und forderte ihn auf: »Mach das Gewehr mit dieser Munition schussbereit.«

Hiasl ließ Pulver in den Lauf rieseln und wollte die Schrotkügelchen nachschütten. Doch Wörsching hinderte ihn daran und beschied ihn: »Wenn du die Flinte für einen Schrotschuss laden willst, musst du, anders als bei der großen Bleikugel, zwischen Pulver und Schrotgabe pfropfen. Und wenn du den Schrot im Lauf hast, braucht es natürlich einen zweiten Wergpfropfen.«

Der Bub tat, wie ihm geheißen worden war. Als das Gewehr einmal mehr feuerbereit war, fragte er gespannt: »Worauf soll ich jetzt schießen?«

»Such dir einfach ein Ziel, auf das du Lust hast«, erwiderte der Jäger.

Angespannt schaute sich Hiasl um. Er hoffte, irgendwo einen Wildvogel zu entdecken, der einen Braten abgeben konnte: ein Blässhuhn oder Rebhuhn. Aber die Kugelschüsse hatten die Vögel in weitem Umkreis verjagt, so dass dem Buben nichts anderes übrigblieb, als von seinem Vater zu verlangen: »Wirf mir einen großen Stein in die Höhe.«

Michael Klostermayr erfüllte seinem Sohn den Wunsch. Er schleuderte einen faustdicken Kiesel gen Himmel; Hiasl folgte dem Flug des Steins mit dem Flintenlauf und drückte ab. Doch diesmal fehlte er; daraufhin äußerte sein Vater beinahe erleichtert: »Das Schießen mit der Schrotladung auf Flugwild wirst du aber noch lernen müssen.«

»Bald wird dein Sprössling auch das beherrschen, da bin ich sicher«, kam es von Wörsching – und darin sollte sich der Herrschaftsjäger nicht getäuscht haben.

# Der Schweinejunge

KISSING/MERGENTHAU
SPÄTHERBST 1746 BIS FRÜHWINTER 1747

Nachdem er dem Herrschaftsjäger und seinem Vater bewiesen hatte, dass ihm das Schießen im Blut lag, übte der Brentan-Bub fleißig mit der Flinte weiter. Ende November erlegte er sein erstes Blässhuhn, das vom Wasser der Paar aufflog, als er sich heranpirschte. Zwei Wochen danach gingen der alte und der junge Klostermayr mit Wörsching auf die Fasanenjagd; am Ende des Tages hatten sie dreizehn der großen Wildvögel in ihren Rucksäcken, und vier davon hatte Hiasl mit seinen Schrotschüssen erwischt.

Ab der Dezembermitte allerdings, als die Erde unter einer dünnen Schneedecke gefror, mussten der Brentan-Bub und sein Vater auf die Pirschgänge verzichten. Denn nun standen einmal mehr die Holzeinschläge in den Forsten an; Michael Klostermayr schuftete von früh bis spät in den Wäldern; Hiasl lief nach der Schule zu den Schlagplätzen und ging seinem Vater dort nach Kräften zur Hand.

Dann kam das Weihnachtsfest, das wie üblich bescheiden gefeiert wurde. Immerhin brauchte der Brentan-Bub in diesem Jahr aber nicht mit den Eltern zur Mitternachtsmette zu gehen, weil die Mutter ihn schon am Abend angewiesen hatte: »Du passt auf die Kleinen auf, während Vater und ich weg sind.«

Also wachte Hiasl an der Bettstatt, die sich sein Bruder und die beiden Schwestern teilten: Willibald, der im Sommer schon seinen fünften Geburtstag gehabt hatte; dazu die dreijährige Maria und die fast zweijährige Regina. Da die Kinder friedlich schliefen, konnte sich der Älteste der Klostermayr-Sprösslinge seinem Gewehr widmen. Er putzte Lauf, Schloss und Kolben auf Hochglanz und ölte die beweglichen Teile. Anschließend tat er dasselbe mit der schweren Büchse des Vaters und stellte sich dabei vor, wie es wäre, eine Kugel aus dieser Waffe auf einen kapitalen Hirsch abzufeuern.

Doch dieser Wunsch blieb Illusion; vielmehr ging die harte Waldarbeit nach den Festtagen weiter: den ganzen Winter hindurch. Im Frühling musste Hiasl seinem Vater beim Hüten der Dorfherden oder auf dem Taglohn helfen; genauso war es im Sommer. Anfang September dann vollendete der ältere Brentan-Bub sein elftes Lebensjahr, und kurz danach wurde er aus der Schule entlassen.

Hiasl feierte die Befreiung von der Tyrannei des ungeliebten Lehrers und Mesners Dosch zusammen mit seinem gleichaltrigen Freund Sepp. Letzterer hatte aus Anlass des Freudentages eine Flasche Wein aus dem Keller des Wagner-Anwesens stibitzt; am Lechufer süffelten die beiden Elfjährigen die Bouteille leer. Am frühen Abend trudelte Hiasl reichlich berauscht wieder im Hirtenhaus ein und erwartete eigentlich ein Donnerwetter, weil er seinen Vater bei dessen Arbeit im Stich gelassen hatte. Aber Michael Klostermayr grinste nur, als sich sein Sohn höchst beredt zu rechtfertigen versuchte; nachdem Hiasl geendet hatte, sagte er: »Wie ich damals aus der Schule gekommen bin, habe ich mir auch einiges geleistet, und der Apfel fällt halt nicht weit vom Stamm.«

So büßte der Brentan-Bub seinen Weinrausch lediglich mit einem Kater; seinen Freund dagegen traf bereits wenige Tage später ein schwerer Schlag. Denn die Eltern eröffneten ihm überraschend, dass er Kissing verlassen und bei einem Verwandten, der eine Schmiede in Augsburg betrieb, in die Lehre gehen müsse. Schon am darauffolgenden Montagmorgen nahmen Hiasl und Sepp am Dorfbrunnen voneinander Abschied; dann machte sich der Plechinger-Sohn an der Seite seines Vaters auf den weiten Weg in die große Stadt, und der Brentan-Bub fühlte sich auf einmal sehr allein.

Als Hiasl zum Hirtenhaus heimlief, tröstete er sich mit dem Gedanken, dass er das Glück hatte, unter dem elterlichen Dach bleiben zu dürfen. Doch als er zu Hause die Mutter darauf ansprach, bemerkte er einen feuchten Glanz in ihren Augen.

»Was hast du denn, Mama?«, fragte der Elfjährige.

Aber Elisabeth Klostermayr schüttelte nur den Kopf, hastete in die Ecke der Küchenstube, wo die kleine Regina auf dem Fußboden spielte, und nahm das Mädchen in die Arme.

Verwirrt holte Hiasl seine Flinte von der Wand und ging ins Freie, um ein paar Übungsschüsse abzugeben. Dies brachte ihn auf andere Gedanken; eine halbe Stunde danach rannte er zu dem Weidegrund, wo Michael Klostermayr eine Rinderherde hütete. Bis zum Abend blieben Vater und Sohn zusammen, und nichts deutete darauf hin, dass irgendetwas im Argen war.

Doch am Dienstagmorgen wirkte Elisabeth Klostermayr erneut bedrückt; nach dem Nachtmahl flüsterte sie abseits der Kinder mit ihrem Gemahl – und am Mittwoch, als Hiasl abermals mit seinem Vater auf der Weide war, sagte der alte Klostermayr gepresst: »Wir müssen über etwas reden …«

»Hab ich … was angestellt?«, fragte der Elfjährige, und seine Stimme klang ebenfalls belegt.

»Nein, Bub …« Michael Klostermayr schien einen Moment mit sich zu kämpfen; dann brach es aus ihm heraus: »Du musst fort von daheim. Genau wie der Plechinger-Sepp.«

»Weg?! Aber wohin denn?!«, stieß Hiasl hervor.

»Nach Mergenthau«, beschied ihn sein Vater. »Zu den Jesuiten. Sie brauchen einen Gehilfen auf dem Schlossgut.«

Erschrocken schluckte der Elfjährige; mit dem nächsten Atemzug protestierte er wütend: »Ich mag nicht! Zu den Kuttenbrunzern geh ich nicht!«

»Du bist doch schon öfter in Mergenthau gewesen«, versuchte Michael Klostermayr seinen Sohn zu beruhigen. »Und der Bernhard, unser Jagdfreund, wohnt auch dort.«

Hiasl blickte seinen Vater zweifelnd an. »Ich soll aber nicht zu ihm, oder?«

»Du wirst ihn auf jeden Fall öfter sehen«, erklärte der alte Klostermayr. »Doch arbeiten sollst du für den Gutsvogt.«

»Warum muss ich denn in Mergenthau schaffen?!« Erneut stand heftige Abwehr in den Augen des Elfjährigen. »Ich kann auch dir und der Mutter bei der Arbeit helfen!«

»Wir sind arme Leute, Bub«, antwortete der Gemeindehirte leise. »Die letzten Jahre habe ich kaum genug verdient, um euch Kinder durchzubringen. Und nun, wo du die Schule hinter dir hast und alt genug bist, um auf eigenen Füßen zu stehen …«

Hiasl begriff. »Du meinst, es wird dann leichter für dich und Mama?«

Michael Klostermayr nickte. »Ja, wenn du einsichtig bist, wäre uns wirklich geholfen.«

Eine Weile kämpfte der Elfjährige noch mit sich; schließlich murmelte er: »Also gut. Ich gehe zu den Kuttenbrunzern. Aber meine Flinte nehme ich mit!«

»Das darfst du«, versprach ihm der Vater; gleich darauf zog er seinen Sohn an sich und hielt ihn ein paar schwere Atemzüge lang fest.

***

Früh am darauffolgenden Montag trat der Brentan-Bub seinen schweren Gang zu den Jesuiten an. Allein, da an diesem Morgen weder der Vater noch die Mutter Zeit hatten, ihn zu begleiten, legte er den Weg nach Mergenthau zurück. In einer leinenen Umhängetasche hatte er seine wenigen Habseligkeiten; auf der Schulter trug er das Gewehr, das ihm der Herrschaftsjäger einst geliehen hatte.

Gegen acht Uhr erreichte Hiasl das Schloss, umging es und marschierte weiter zum dahinterliegenden Gutshof. Es handelte sich um ein mächtiges, vierseitiges Anwesen. Es gab Unterkünfte für die Vogtsfamilie und die einfachen Dienstboten; dazu Pferde-, Rinder-, Schweine- und Kleinviehställe sowie eine riesige Scheune, einen zweistöckigen Kornspeicher und eine Wagenremise. In der Hofmitte erhob sich ein hoher hölzerner Taubenkobel; unweit davon dampfte ein Misthaufen – und in dessen Dunstkreis traf der Brentan-Bub auf einen der Mönche.

»Was treibst du denn hier?!«, fuhr der fettleibige Pater barsch auf den Elfjährigen los.

Hiasl nannte seinen Namen und fügte hinzu: »Meine Eltern haben mich hergeschickt. Weil ich hier arbeiten soll.«

»Ach so, jetzt weiß ich, wer du bist«, sagte der Mönch etwas umgänglicher. Im nächsten Moment aber verfinsterte sich seine Miene wieder; er deutete auf die Flinte und herrschte den Brentan-Buben erneut an: »Bist du von allen guten Geistern verlassen, dass du mit dem Schießprügel da bei uns aufkreuzt?!«

»Der Jäger Wörsching hat mir das Gewehr gegeben«, versuchte sich Hiasl zu verteidigen.

»Das lügst du doch!«, schnauzte der Pater.

»Ich hab die Wahrheit gesagt, kreuzkruzifix!«, verteidigte sich der Brentan-Bub nicht gerade geschickt.

Der Mönch holte aus, um ihm zur Strafe für das unchristliche Fluchwort eine Ohrfeige zu geben – doch mit dem nächsten Lidschlag gewahrte er den herbeikommenden Gutsvogt und ließ die Hand wieder sinken.

Hiasl war gerettet, aber gleich darauf stellte ihn auch der Vogt, ein vierschrötiger Mann, der den Elfjährigen flüchtig kannte, wegen der Flinte zur Rede: »Ich habe mit deinem Vater zwar abgemacht, dass du hier auf dem Klostergut dienen sollst. Doch ein Gewehr brauchst du dazu gewiss nicht!«

Trotzig schwieg Hiasl; nach kurzem Bedenken zwinkerte ihm der Gutsvogt beinahe verschwörerisch zu und sagte: »Du bist bestimmt auch ohne Waffe fähig, dich hier bei uns zu behaupten.

Bist größer und kräftiger als die meisten Schulabgänger und hast, wie ich gehört habe, sogar schon bei der Waldarbeit deinen Mann gestanden.«

»Das hab ich«, versetzte der dunkelhaarige Bursche. »Und«, seine grüngrauen Augen blitzten, »fürchten tu ich mich vor keinem!« Er rückte die Flinte auf seiner Schulter zurecht. »Aber das Gewehr hat mir der Herrschaftsjäger anvertraut, der Wörsching, der ein Freund meines Papas ist. Und deshalb muss ich auf die Waffe achten und darf sie nicht aus der Hand geben.«

»Ja, ich verstehe dich schon«, kam es vom Vogt. »Doch vielleicht könntest du die Flinte vorerst wieder dem Jäger in Verwahrung geben. Denn in der Knechtsunterkunft, wo du wohnen wirst, hat's Burschen, die besser kein Gewehr in die Finger kriegen sollten, weil sie nicht damit umgehen können.«

Hiasl überlegte und gab sich einen Ruck. »Das sehe ich ein.«

»Gut!« Der Vogt stupste ihn gegen die Brust. »Dann bringst du die Waffe am besten gleich zum Wörsching. Er ist in seinem Haus, kam vorhin von einem Pirschgang zurück.«

»Aber mach schnell!«, schnappte der Mönch. »Bist schließlich nicht zum Spazierengehen, sondern zum Arbeiten hier!«

Der Brentan-Bub verkniff sich eine aufsässige Antwort; der Gutsvogt wiederum beschied ihn rasch: »Und wenn du die Flinte abgeliefert hast, kommst du wieder zu mir. Du findest mich im Pferdestall.«

Hiasl nickte, dann marschierte er in Richtung des Jägerhauses davon. Dort versprach ihm Bernhard Wörsching, dass er das Gewehr zurückbekommen würde, sobald wie früher eine gemeinsame Jagd anstünde.

Erleichtert dankte ihm der Brentan-Bub; wenig später, in der Stallung, trug ihm der Vogt auf, zwei der Wagenrösser zu putzen und zu striegeln. Hiasl verwahrte seine Umhängetasche in einer Ecke des Pferdestalles; sodann widmete er sich den Rössern, die arg verdreckt waren, weil sie in der vergangenen Nacht die

Abtskutsche von Augsburg zum Mergenthauer Schloss gezogen hatten.

An die zwei Stunden arbeitete der Elfjährige mit der groben Bürste und dem Striegeleisen, um die Felle der beiden Rappwallache sauber zu bekommen. Kaum hatte er es geschafft, kam der Gutsvogt zurück, der sich in der Zwischenzeit anderswo aufgehalten hatte. Eingehend musterte er die Pferde; danach sagte er anerkennend zu Hiasl: »Das hast du ordentlich gemacht. Und jetzt wollen wir sehen, wie du dich beim Ausmisten im Kuhstall anstellst.«

Bis zum Mittag schuftete der Brentan-Bub mit der Mistgabel: warf die schweren Dungladungen auf einen hölzernen Schubkarren, brachte sie nach draußen, hievte sie auf den Misthaufen beim Taubenkobel und kehrte dann in den Stall zurück, um die nächste stinkende und dampfende Ladung zu holen.

Endlich, als von der Schlosskirche her das Zwölfuhrläuten erklang, tauchte einmal mehr der Vogt auf. Er brachte den Elfjährigen zur Knechtsunterkunft, wo bereits ein knappes Dutzend Männer und Burschen an einem großen Holztisch saßen. Der Gutsvogt wies dem Brentan-Buben einen noch freien Platz ganz hinten am Tisch bei den Kleinknechten an. Als Hiasl sich setzte und seine Leinentasche unter die Bank stellte, spottete einer der Burschen: »Kommst ja daher wie ein windiger Bettelbub. Mit dem bisschen Zeugs, das du da im Beutel hast.«

Der Elfjährige wollte auffahren – doch an seiner Stelle wies der Vogt den Spötter zurecht: »Du hast auch nicht mehr Sachen mitgebracht, als du vor ein paar Jahren bei uns angefangen hast. Und jetzt lass den Hiasl in Ruhe! Er hat an seinem ersten Vormittag hier brav gearbeitet und sich sein Essen verdient.«

Damit verschwand der Gutsvogt, um das Mittagsmahl zusammen mit seiner Familie einzunehmen. Unter der Tür der Knechtsunterkunft begegnete er einer beleibten Magd, die einen großen, flachen Weidenkorb trug, der mit gekochten Kartoffeln gefüllt war. Die Frau stellte den Korb in der Tischmitte nieder und verschwand dann wortlos wieder; die Männer und Burschen griffen nach den Erdäpfeln, zogen die noch heißen Schalen ab und begannen gierig zu essen. Als Hiasl den ersten Bissen im Mund hatte, dachte er: Daheim war's besser. Da hat's meistens noch Ziegenmilch zu den Kartoffeln gegeben. Aber hier im Knechtshaus geht's wahrscheinlich so mager zu, damit sich die Pfaffen umso besser herausfressen können.

Nachdem der Brentan-Bub vier faustgroße Erdäpfel verzehrt hatte, war der Weidenkorb leer. Noch immer ziemlich hungrig überlegte Hiasl, wie er an ein Stück Brot kommen könnte; gleich darauf erhob sich am anderen Ende des Tisches der Altknecht, winkte den Elfjährigen zu sich heran und fragte: »Dein Nachtlager hat dir noch keiner gezeigt, oder?«

Hiasl schüttelte den Kopf.

»Dann nimm dein Bündel und komm mit«, befahl der betagte Knecht, an dessen linker Hand zwei Finger fehlten.

Der Brentan-Bub starrte auf die verkrüppelte Hand; der Alte murmelte: »Wenn du mit einem bissigen Gaul zu tun hast, musst du höllisch aufpassen. Sonst ergeht es dir wie mir. Fast zwanzig Jahre ist es nun her, dass mich der Zossen mit den Zähnen erwischt hat …«

Dann führte der Altknecht den Elfjährigen in den hinteren Teil des Raumes, wo es eine Holztreppe ohne Geländer gab. Die beiden stiegen hinauf; im oberen Stockwerk des Knechtshauses standen unter den Dachbalken zwei Reihen schlichter Bettgestelle, auf denen Strohsäcke lagen.

»Das dort in der Ecke ist deins«, erklärte der Alte. Er wartete ab, bis Hiasl seinen Leinenbeutel auf der Bettstatt abgelegt hatte; danach sagte er: »Und jetzt müssen wir machen, dass wir wieder hinunterkommen. Weil die Schufterei weitergeht.«

»Glaubst du, der Vogt schickt mich wieder in den Pferdestall?«, erkundigte sich der Elfjährige etwas unbehaglich.

»Kann sein, kann nicht sein«, lautete die Antwort – und wenig später stand Hiasl draußen im Hof erneut vor dem Genannten.

»Ich nehme an, dein Nachtquartier hast du inzwischen gesehen?«, fragte der Vierschrötige.

Als der Brentan-Bub nickte, fuhr der Gutsvogt fort: »Schön, dann kriegst du jetzt eine Belohnung für deine fleißige Arbeit am Vormittag. Du darfst mit einem erfahrenen Knecht, dem Sebastian, in den Forst hinaus, wo bei einer Jungpflanzung der Wildschutzzaun ausgebessert werden muss.«

Hiasls Augen leuchteten auf. »Das mache ich gerne. Den Wald mag ich. Bin ja auch schon auf die Jagd gegangen.«

Der Vogt schmunzelte. »Der Wörsching hat es mir erzählt … Also, du findest den Sebastian in der Wagenremise. Dort ladet ihr das Material auf, das ihr braucht, und anschließend …«

Er unterbrach sich, weil der fettleibige Mönch herbeikam, mit dem der Brentan-Bub am Morgen die Auseinandersetzung gehabt hatte. Der Pater hatte die letzten Sätze des Gesprächs zwischen dem Gutsvogt und Hiasl gehört; nun fasste er den Vogt scharf ins Auge und schnauzte ihn an: »Du bist viel zu freundlich zu dem Bengel!«

»Wieso?«, stieß der Vierschrötige verblüfft hervor.

»Weil er es nicht verdient!«, erwiderte der Jesuit. »Vom Lehrer Dosch in Kissing habe ich gehört, dass er einer der Aufsässigsten in der Schule war. Und was seine christliche Frömmigkeit angeht, so hapert es ebenfalls arg.«

Hiasl verkniff sich einen Kommentar; der Gutsvogt entgegnete: »Aber bei der Arbeit stellt er sich willig und geschickt an.«

Zornig runzelte der Mönch die Stirn. »Das sagst du, obwohl er heute früh gotteslästerlich geflucht und zudem den Schießprügel hergeschleppt hat! Nein, so geht es nicht! Wenn aus dem Lümmel etwas werden soll, muss er eine harte Hand spüren!«

Der Pater schnaufte heftig; dann richtete er den Blick auf den Brentan-Buben und fuhr fort: »Als Schweinejunge wirst du dienen. Das ist die richtige Tätigkeit für dich.«

»Wir haben doch schon einen«, wandte der Vogt ein.

»Der wird ab morgen den Küchenmägden als Gehilfe zugeteilt«, versetzte der Mönch. »Und der freche Bengel da übernimmt seine Pflichten im Saustall und draußen im Freien. Punktum!«

***

So kam es, dass Hiasl während der folgenden Monate die niedrigste und verachtetste Arbeit auf dem Klostergut verrichten musste. Kaum graute der Tag, verließ er mit leerem Magen das Knechtshaus, um die Koben im Schweinestall auszumisten. Wenn er nach etwa zwei Stunden damit fertig war, rannte er in die Gesindeküche, wo man ihm einen kargen Imbiss hinstellte: zumeist nur ein Stück trockenes Brot und dazu einen irdenen Becher mit Wasser.

Anschließend trieb der Elfjährige die Muttersauen, die Jungtiere und den Eber, insgesamt rund fünfzig Tiere, über den Gutshof und dann zu einer der Waldweiden in der Umgebung von Mergenthau. Dabei musste Hiasl darauf achten, die Leitsau richtig zu dirigieren; wenn ihm das mit Hilfe seines Treiberstockes glückte, folgten die übrigen Schweine dem alten Muttertier ohne große Sperenzchen. Manchmal freilich zeigte sich die Leitsau ungebärdig, oder der Eber machte Schwierigkeiten, so dass die Herde ausbrach. Sofern das passierte, musste der Brentan-Bub die Tiere mühsam wieder zusammentreiben, was ihn dann sehr viel Schweiß kostete.

Hatte der Elfjährige die Herde im Forst unter den Bäumen, wo jetzt im Herbst die Eicheln und Bucheckern lagen, wurde es leichter für ihn. Die Schweine mästeten sich an den Baumsamen und blieben an Ort und Stelle, solange sie Futter fanden. Gelegentlich tauchten allerdings zwei wildernde Hunde auf; wenn dies geschah, musste Hiasl seine Furcht vor den großen, struppigen Kötern überwinden und sie durch Schreie und Steinwürfe verscheuchen.

Doch an einem diesigen Nachmittag in der Oktobermitte begleitete Bernhard Wörsching den Elfjährigen und die Schweineherde in den Wald, und kurz vor Einbruch der Abenddämmerung schoss er die Hunde ab. Nachdem die Kadaver gleich im Forst verscharrt worden waren, sagte der Brentan-Bub zum Freund seines Vaters: »Jetzt gehen bald wieder die Treibjagden los. Aber ich fürchte, der Vogt wird mich nicht vom Gutshof lassen, weil er sonst Ärger mit den Kuttenbrunzern kriegt.«

Der Herrschaftsjäger grinste. »Immerhin haben die Jesuiten und insbesondere dein spezieller Widersacher dein loses Mundwerk nicht kleinkriegen können.«

»Wäre ja noch schöner«, feixte nun seinerseits der Elfjährige; gleich darauf wurde er wieder ernst und klagte: »Ein Scheißleben habe ich in Mergenthau!«

»Früher in Kissing hast du deinen Eltern doch auch schon beim Schweinehüten geholfen«, versuchte der Jäger ihn zu trösten.

»Ja, aber da hat keiner auf mir herumgehackt«, erwiderte Hiasl. »Und das Essen daheim war auch besser. Im Knechtshaus gibt's immer bloß Erdäpfel und hartes Brot. Und die Sauen werden nur aus einem Grund gemästet: Damit sich die Kuttenbrunzer die Wänste vollschlagen können.«

Damit wandte sich der Brentan-Bub abrupt ab und rannte zur Schweineherde, um sie zum Gut zurückzutreiben. Bernhard Wörsching schaute dem Elfjährigen betroffen nach; dann nahm er sich vor, ihn am nächsten Sonntag zu sich ins Jägerhaus einzuladen und ihm eine anständige Mahlzeit aufzutischen.

In den folgenden Wochen war Hiasl noch einige Male beim Freund seines Vaters zu Gast. Dies war freilich nur dann möglich, wenn er gerade nicht als Schweinejunge gebraucht wurde und der Gutsvogt zudem ein Auge zudrückte.

So verstrichen der Oktober und der November, der in diesem Jahr schneefrei blieb. Anfang Dezember jedoch schneite es so stark, dass die Schweinemast im Forst unmöglich wurde. Der Brentan-Bub, der auf den Befehl des fettleibigen Mönches hin trotzdem nochmals ausgetrieben hatte, kehrte unverrichteter Dinge zurück und sagte zum Vogt, der ihn bereits ahnungsvoll erwartet hatte: »Es geht gar nichts mehr. Im Tiefschnee erfrieren die Sauen eher, als dass sie Futter finden.«

»Das hätte sich der Pater gleich denken können«, knurrte der Vierschrötige. Danach half er dem Elfjährigen, die Herde wieder in den Stall zu bringen, und als die Koben verschlossen waren, sagte er: »Für dieses Jahr ist die Hirtenarbeit getan, Hiasl. Und das heißt: Deine Zeit in Mergenthau ist vorbei.«

Der Brentan-Bub starrte verblüfft; im nächsten Moment rief er freudig aus: »Ich darf heim, ja?!«

»So ist's«, bestätigte der Vogt. »Zwar habe ich deinem Vater in Aussicht gestellt, dich auf Dauer zu behalten, und ich hätte es auch gerne getan. Aber da ein gewisser Pater nicht gut auf dich zu sprechen ist ...«

Hiasl grinste. »Kreuzkruzifix! Das hätte ich nie gedacht, dass von dem mal was Gutes kommt.«

»Pass auf, dass ich dir zum Abschied nicht noch eine lange«, äußerte der Gutsvogt augenzwinkernd; sodann setzte er hinzu: »Und jetzt pack dein Bündel, damit du zum Mittagessen bei deinen Leuten bist.«

Unverzüglich rannte der Brentan-Bub zum Knechtshaus; als er mit seiner Umhängetasche wieder herauskam, erblickte er Bernhard Wörsching. Der Jäger trug die Vogelflinte in der Hand; nun winkte er den Elfjährigen zu sich heran und beschied ihn: »Ich habe vorhin mitgekriegt, dass dein Dienst hier beendet ist. Und da wollte ich dich nicht ohne dein Gewehr heimgehen lassen. Von heute an gehört es dir. Und wenn sich das Wetter wieder gebessert hat, komme ich bei euch im Hirtenhaus vorbei, weil ich mit dem Michael und dir auf die Rebhuhnpirsch an der Paar gehen will.«

Damit reichte Wörsching dem Halbwüchsigen die Flinte. Vor Freude strahlte Hiasl über das ganze Gesicht; überschwänglich bedankte er sich, dann schulterte er das Gewehr und machte sich auf den meilenweiten Nachhauseweg.

Der freilich wurde ihm sehr sauer, denn die schmale Straße nach Kissing war ebenso wie die Wälder, Felder und Wiesen tief verschneit. Mühsam musste sich der Elfjährige vorwärtskämpfen; bald war er völlig durchnässt und fror erbärmlich.

Erst nach Stunden erreichte er das Hirtenhaus, wo ihn seine kleinen Geschwister begeistert begrüßten. Die Eltern indessen, vor allem der Vater, waren weniger von seiner überraschenden Heimkehr angetan. Letztlich jedoch mussten sie es hinnehmen, dass nun wieder ein Esser mehr unter ihrem Dach leben würde, und nach dem bescheidenen Mittagsmahl sagte Michael Klostermayr zu seinem Ältesten: »Es ist nun einmal so, wie es ist. Und irgendwie werden wir schon durchkommen. Kannst mir ja wie vor deiner Zeit in Mergenthau bei meinen Arbeiten zur Hand gehen.«

# Der Vogelfänger

## KISSING
## WINTER 1747/48 BIS FRÜHLING 1750

Der nasse Tiefschnee des Dezembers war krustigem Januarfirn gewichen. Daher hatten Michael Klostermayr und der Bauer, bei dem der Gemeindehirte zu jener Zeit im Taglohn stand, ein Rückepferd in ein Waldstück südlich von Kissing bringen können. Hiasl war hinter den Männern und dem Kaltblüter hergelaufen; jetzt schaute er zu, wie sein Vater und der Hofbesitzer mit der schweren Zweimannsäge an einem fast meterdicken Buchenstamm zugange waren.

Der keilförmige, horizontale Einschnitt, der später den Fall des Baumes lenken sollte, war bereits gemacht; an der gegenüberliegenden Stammseite fraßen sich die scharfen Zähne der Säge tiefer und tiefer ins Holz. Es sah so aus, als würde das Fällen der hundertjährigen Buche gut verlaufen – doch plötzlich, als der Baumstamm bereits zur Hälfte eingeschnitten war, hielt der Bauer jäh im Sägezug inne und stieß einen Warnruf aus: »Aufpassen! Der Stammkern ist morsch!«

Im nächsten Moment bemühten sich die Männer, das Sägeblatt aus dem knirschenden Holz herauszureißen; zugleich herrschte Michael Klostermayr seinen Sohn an: »Renn weg!«

Sofort gehorchte Hiasl; er hastete zu dem Rückepferd, das in einer Entfernung von etwa zwanzig Schritten seitlich des Baumes stand, um es ebenfalls aus der Gefahrenzone zu bringen. Aber ehe er das unruhig stampfende Tier erreichte, begann das Buchenholz zu krachen – einen Augenblick danach stürzte der mächtige Baum, sich im Fall unvermittelt drehend, in Richtung des Elfjährigen und des Rosses.

»Obacht, Hiasl!«, schrie der alte Klostermayr erneut. Doch die Warnung kam zu spät. Ein Ast riss den Halbwüchsigen zu Boden; unmittelbar darauf traf der Baumstamm das Rückepferd, das schrill wiehernd noch auszubrechen versucht hatte. Die beiden Männer wiederum konnten sich nur mit knapper Not vor dem hinten hochschnellenden Buchenstamm und der wegfliegenden Zugsäge retten; der Bauer kam dabei zu Fall.

Hastig erhob sich der Hofbesitzer wieder und folgte dem entsetzten Tagelöhner zu der Stelle, wo Hiasl lag. Der Elfjährige war halb unter dem starken Ast begraben; sein Gesicht war blutverschmiert, und er schien bewusstlos zu sein. Michael Klostermayr packte seinen Sohn an der Schulter und rüttelte ihn; daraufhin schlug Hiasl die Augen auf und stöhnte: »Das Pferd … ist es …«

»Kannst du dich bewegen?!«, unterbrach ihn sein Vater. »Kannst du die Arme rühren?! Und die Beine?!«

Der Halbwüchsige versuchte es; erleichtert erkannte der alte Klostermayr, dass sein Sohn offenbar nicht gelähmt war. Er atmete tief durch; dann sagte er: »Wir werden dich jetzt unter dem Baum herausziehen. Aber du musst mithelfen.«

Nach einer Weile schafften es die beiden Männer, Hiasl zu befreien. Als der Halbwüchsige, der lediglich eine Platzwunde an der Stirn und Prellungen davongetragen hatte, wieder auf den Beinen war, liefen alle drei zu dem Ross, das vom oberen Stammteil der Buche getroffen worden war. Der Baumstamm hatte das Tier am Rücken erwischt und es zu Boden geschmettert; nun kniete der Bauer bei dem nur noch schwach atmenden und in einer Blutlache liegenden Kaltblüter nieder, tastete dessen Körper ab und stieß schließlich hervor: »Gottverfluchte Scheiße! Das Vieh ist hin! Hat das Rückgrat gebrochen!«

Betroffen schwiegen der alte und der junge Klostermayr; endlich murmelte der Tagelöhner: »Wenn es so steht, sollten wir das Ross erlösen.«

Der Hofbesitzer schoss einen wütenden Blick auf ihn; dann jedoch knurrte er: »Hast recht. Es muss sein.«

Damit erhob er sich, ging zu dem Platz, wo die Holzfällerwerkzeuge lagen, und ergriff eine schwere Axt. Mit der kehrte er zu dem Pferd zurück, holte mit beiden Händen aus und spaltete dem Tier den Schädel. Blut und Gehirnmasse spritzten in den Schnee; Hiasl starrte entsetzt, würgte und übergab sich.

Nachdem der Brechanfall vorüber war, zog Michael Klostermayr seinen Sohn wie beschützend an sich; der Bauer wiederum reinigte das Axtblatt und äußerte danach mit gepresster Stimme: »Jetzt können wir nur noch eins tun: andere Rösser, einen schweren Wagen und Helfer vom Hof holen und dann zusehen, dass wir den Kadaver und den verdammten Baum aus dem Wald kriegen.«

Also liefen die beiden Männer und der Halbwüchsige im beißenden Januarfrost zurück nach Kissing, was sie eine gute Stunde kostete. An die sechs Stunden und die Unterstützung mehrerer weiterer Leute brauchten sie anschließend, um das tote Pferd und die Unglücksbuche ins Dorf zu schaffen. Als die Arbeit endlich getan war, dämmerte bereits der Abend. Todmüde gingen Hiasl und sein Vater zum Hirtenhaus heim, und als sie dort anlangten, sagte Michael Klostermayr zu seinem Sohn: »Wenn jeder Tag so wäre wie der heutige, könnte man am Leben verzweifeln.«

***

Während der folgenden Januar- und Februarwochen schufteten der alte und der junge Klostermayr weiterhin auf den Holzeinschlagplätzen in den Forsten um Kissing. Im März dann begann für den Tagelöhner wieder die Arbeit auf den Feldern, und Hiasl ging ihm dabei nach Kräften zur Hand. Den Sommer über, während auf den Äckern das Korn heranreifte, unterstützte der nunmehr bald Zwölfjährige seinen Vater oder auch die Mutter beim Hüten der Herden. Dann kam die Zeit der Getreideernte, wo die Bauern und ihre Hilfskräfte von früh bis spät und zumeist in sengender Sonnenhitze tätig waren, um das Korn zu mähen, die Schober aufzurichten und die Ährengarben zuletzt in die Scheunen zu bringen.

Als sich der Spätsommer in den Frühherbst drehte, durfte sich Hiasl sagen, dass er das Brot, das er am elterlichen Tisch aß, redlich verdient hatte. Außerdem konnte er sich nun wieder auf die Pirschgänge mit dem Herrschaftsjäger freuen; kurz vor Allerheiligen war es soweit – und gleich beim ersten Jagdausflug, den der jetzt zwölf Jahre alte Bursche zusammen mit Bernhard Wörsching und seinem Vater unternahm, stellte er einmal mehr unter Beweis, wie sehr ihm das Waidwerk im Blut lag.

Mit seiner leichten Flinte, die für Weitschüsse im Grunde gar nicht tauglich war, traf er auf sechzig Schritt Entfernung einen Fuchs. Als Wörsching das erlegte Tier untersuchte, schüttelte er erstaunt den Kopf; sodann lobte er den Brentan-Buben: »Das Blei ist genau ins Blatt gegangen, obwohl der flüchtige Fuchs ein verflixt schwieriges Ziel für einen Kugelschuss abgab.«

Im weiteren Verlauf der Pirsch erbeuteten die Jäger mit Schrotschüssen neun Fasane sowie vier Rebhühner, und am Ende, bereits wieder in der Nähe von Kissing, gelang Hiasl noch einmal ein Meisterschuss. Er wettete nämlich mit seinem Vater, dass er einen Holzprügel, der in einiger Distanz auf der Paar herantrieb, aus dem Fluss herausprellen könne. »Wenn du das schaffst, brauchst du morgen Vormittag nicht mit mir auf den Taglohn zu gehen«, versetzte Michael Klostermayr; im nächsten Moment legte sein Sohn das Gewehr an, das er wieder mit einer Kugel geladen hatte, gab Feuer und traf den Prügel exakt an der richtigen Stelle, so dass das Holz von der Wasserfläche emporgeschleudert wurde und am Paarufer landete.

So kam Hiasl zu einigen arbeitsfreien Stunden, die er zum Fischen nutzte. Mit zwei fetten Barben kehrte er mittags zum Hirtenhaus heim; am Nachmittag dann, als er seinem Vater bei der Arbeit auf einem nahegelegenen Hof half, sagte er plötzlich: »Gestern warst du stolz auf mich, oder? Weil ich mit meiner Flinte zweimal so gut getroffen habe.«

»Kann schon sein«, gab Michael Klostermayr zu. »Aber wie kommst du gerade jetzt da drauf? Wo du eigentlich aufpassen solltest, dass du die Brennholzkloben richtig spaltest.«

»Um das Schießen geht's mir halt«, antwortete der Zwölfjährige. »Weil … wenn du mir manchmal dein schweres Gewehr geben würdest, könnte ich mit dem noch viel mehr leisten als mit meiner schwachen Vogelflinte.«

Der Tagelöhner überlegte; dann erwiderte er: »Ausprobieren darfst du meine Waffe bei Gelegenheit schon einmal. Doch wenn du ein ebensolches Gewehr wie ich haben willst, wirst du dir eins anschaffen müssen.«

»Aber wie denn?«, stieß Hiasl hervor. »Ich habe doch kein Geld. Nicht mal ein paar Pfennige. Und für eine gute Waffe braucht man Silberkreuzer.«

»Dann musst du eben zusehen, dass du dir die Kreuzer möglichst rasch verdienst«, scherzte der alte Klostermayr.

»Das schaffe ich nie im Leben«, murmelte der Zwölfjährige betreten – aber darin hatte er sich getäuscht, denn nur wenige Tage später machte ihm Bernhard Wörsching, mit dem Hiasls Vater zuvor ein Gespräch unter vier Augen geführt hatte, ein unverhofftes Angebot.

Der Jäger hatte den Brentan-Buben gebeten, ihm beim Ausbessern eines Hochsitzes zu helfen; als die Arbeit getan war, sagte Wörsching: »Du weißt, dass ich das Recht auf den Vogelfang im Mergenthauer Herrschaftsgebiet habe. Bloß finde ich nicht mehr so viel Vergnügen wie früher daran, den Krammetsvögeln, Lerchen und Schnepfen nachzustellen. Außerdem habe ich genug mit der Jagd auf Hoch- und Niederwild zu tun. Und deshalb möchte ich dich fragen, ob du mich beim Rutenlegen und Netzestellen entlasten könntest.«

»Das Waidwerk mit dem Gewehr wäre mir lieber«, platzte Hiasl heraus.

Der Herrschaftsjäger schmunzelte. »Das ist mir schon klar. Doch mit dem Vogelfang könntest du dir ein schönes Stück Geld verdienen.«

»Wie viel?«, fragte der Brentan-Bub.

»Für eine Lerche oder einen Krammetsvogel gibt dir der Küchenmeister im Jesuitenschloss einen Pfennig«, antwortete Wörsching. »Und sofern du ihm im Winter, wenn die Zugvögel im Süden sind, Schnepfen bringst, kriegst du das Doppelte.«

Freudige Überraschung malte sich auf Hiasls Gesicht; seine grüngrauen Augen blitzten. »Da werde ich ja reich!«

»Das nicht gerade«, dämpfte der Jäger seinen Überschwang. »Aber in ein, zwei Jahren könntest du dir so viel zusammensparen, dass es für eine ordentliche Büchse reichen würde.«

»Das ist mein größter Wunsch! So ein gutes Gewehr wie du zu haben!«, stieß der Brentan-Bub hervor.

»Dann fängst du am besten gleich mit dem Vogelfang an«, riet Wörsching. »Die Krammetsvögel und Lerchen sind zwar schon über die Alpen gezogen, doch für die Schnepfenjagd ist es jetzt die richtige Zeit. Und wenn du magst, gebe ich dir morgen ein paar Netze und zeige dir, wie man sie benutzt.«

Nur zu gerne stimmte Hiasl zu, und am nächsten Tag traf er sich mit dem Jäger am Lechufer zwischen Kissing und Mergenthau. Wie versprochen, hatte Bernhard Wörsching vier feinfädige Fangnetze mitgebracht, die nun mit Hilfe von Stöcken in einer Reihe auf einer Feuchtwiese nahe des Flusses aufgespannt wurden. Als alle Schnepfennetze befestigt waren, zogen sich der Jäger und der Zwölfjährige in ein fünfzig Schritt entferntes Dickicht zurück. Von dort aus spähten sie zu den Netzen hinüber, die im leichten Nebel, der über dem Wiesengrund hing, kaum noch zu erkennen waren – und etwa eine Stunde später flüsterte Wörsching: »Da kommt ein Vogelschwarm.«

Es waren mehrere Dutzend Schnepfen, die von Osten her einflogen und die Fangnetze erst gewahrten, als es bereits zu spät war. Die vordersten Vögel gerieten in die Maschen; den übrigen allerdings gelang es im letzten Moment, auszuweichen und zum Lech hin abzustreichen. Am jenseitigen Ufer verlor sich der dezimierte Schwarm in einer Nebelbank; der Herrschaftsjäger und Hiasl wiederum rannten nun zu den Netzen, in denen sich sieben Schnepfen verfangen hatten.

Vorsichtig wurden die Vögel aus den Maschen befreit; Wörsching drehte einer Schnepfe nach der anderen den Hals um, gab die toten Tiere in einen Beutel, reichte diesen dem Brentan-Buben und sagte: »Die Vögel gehören dir.«

»Vierzehn Pfennige kriege ich dafür vom Küchenmeister der Mönche!«, freute sich Hiasl.

Der Jäger nickte; sodann beschied er den Halbwüchsigen: »Ich muss jetzt zurück zum Jesuitengut. Doch du kannst mit der Schnepfenjagd weitermachen. Die Netze hast du ja, und wenn du sie ein Stück flussauf- oder flussabwärts von neuem aufstellst, wirst du wahrscheinlich nochmals Glück haben.«

Sofort war Hiasl Feuer und Flamme. Während Bernhard Wörsching nach Norden davonschritt, brachte der Brentan-Bub die Vogelnetze eine Viertelmeile nach Süden, und dort fing er nach etwa zweistündigem Warten weitere Schnepfen: diesmal allerdings nur fünf.

Insgesamt hatte Hiasl nun ein volles Dutzend der schmackhaften Vögel, was ihm vorerst ausreichend erschien. Durchfroren, aber bester Laune rollte er die Netze und Stangen zu einem Bündel zusammen, hängte es sich über den Rücken, schnürte den Leinenbeutel mit seiner Jagdbeute gut zu und ging nach Mergenthau. Dort kaufte ihm der Küchenmeister die Schnepfen für vierundzwanzig Kupferpfennige ab.

Auf dem Rückweg nach Kissing genoss der Brentan-Bub das Wissen, Geld in der Hosentasche zu haben, über die Maßen. Noch nie hatte er auch nur einen einzigen Pfennig besessen; jetzt fühlte er sich reich, und dies trieb ihn dazu, die Dorfschmiede zu betreten. Der Schmied pflegte jeden Herbst eine Menge dünner und nur spannenlanger Hartwürste zu räuchern, die er an die wohlhabenderen Kissinger verkaufte. Für sechs Kupferpfennige erstand Hiasl von dem erstaunten Handwerker vier Stück davon – im Hirtenhaus dann übergab er die Würste seiner Mutter und sagte stolz: »Die da und noch viel mehr hat mir das Netzestellen heute eingebracht!«

Elisabeth Klostermayr umarmte ihren Sohn und kündigte an: »Morgen und dann noch zweimal in dieser Woche wird es mittags eine Kartoffelsuppe mit leckerer Wursteinlage geben. Aber eine der Schmiedwürste teilen wir uns gleich heute Abend.«

In der folgenden Zeit brachte der halbwüchsige Vogelfänger noch mehrmals ein Zubrot in Form von Räucherwürstchen oder Bauernkäse mit nach Hause; den Großteil des Geldes jedoch, das er in Mergenthau bekam, sparte er. Hiasl verwahrte seine Kupferpfennige in einem Holzkästchen, das ihm der Vater gegeben hatte. Zu Weihnachten war der Boden des Kästchens bereits mit Münzen bedeckt, und in den ersten Monaten des neuen Jahres 1749 wurden es noch deutlich mehr.

Im Frühling sodann kehrten die Zugvögel aus dem Süden zurück. Die freilich musste der Brentan-Bub ebenso wie nunmehr auch die Schnepfen schonen, denn während der Wochen, da die Vögel brüteten und ihre Jungen aufzogen, war die Jagd auf sie streng verboten. Hiasl hätte aber ohnehin kaum Muße für seine spezielle Art des Waidwerks gehabt, weil er jetzt wieder tagtäglich mit dem Vater auf den Taglohn ging. Bald kam wie jedes Jahr das Viehhüten hinzu; im Spätsommer jedoch, als die

Kornernte eingebracht war, suchte der mittlerweile dreizehnjährige Brentan-Bub von neuem die Vogelnetze hervor und stellte den Krammetsvögeln und Lerchen sowie abermals den Schnepfenschwärmen nach.

Außerdem jagte er nun mit Leimruten: Birkenzweigen, die mit eingekochtem, klebrigem Mistelsaft bestrichen und an geeigneten Büschen befestigt wurden. Diese Ruten eigneten sich besonders gut für den Fang von Walddrosseln, da sich die Krammetsvögel gerne im Buschwerk aufhielten und dabei am zähen Mistelleim kleben blieben.

Mindestens einmal pro Woche ging Hiasl auf die eine oder andere Weise dem Vogelfang nach; den ganzen Altweibersommer, Herbst und Winter hindurch. Im Frühling des neuen Jahres 1750 schließlich war das Holzkästchen zu zwei Dritteln mit Kupferpfennigen gefüllt. Als der Dreizehnjährige zusammen mit seinem Vater die vielen Münzen sorgfältig Stück für Stück zählte, stellte sich heraus, dass er, zumindest für die Verhältnisse im Hirtenhaus, ein kleines Vermögen besaß: knapp fünfhundert Pfennige im Gegenwert von fast einhundertundzwanzig Kreuzern oder beinahe zwei Gulden.

»Damit kannst du dir ein gutes Jagdgewehr leisten«, erklärte Michael Klostermayr. »Allerdings keine neue Waffe, aber das ist auch nicht nötig. Denn mit einigem Glück lässt sich bestimmt ein ordentliches älteres Gewehr für dich finden.«

Von da an hörten sich sowohl Hiasl als auch sein Vater und der Herrschaftsjäger diesbezüglich um. Doch die Gelegenheit, auf welche der Dreizehnjährige inständig hoffte, ergab sich nicht – und Anfang Mai dann kam Bernhard Wörsching schon am frühen Morgen sichtlich aufgelöst ins Haus an der Paar und sagte: »Leute, ich habe eine traurige Nachricht! Gestern Abend ist in der Nähe von Friedberg etwas Schreckliches passiert!«

# Das Münzbündel

KISSING/FRIEDBERG
FRÜHLING 1750

Elisabeth Klostermayr erbleichte; Hiasl und seine kleinen Geschwister starrten; ihr Vater fragte mit gepresster Stimme: »Was ist geschehen?!«

»Du erinnerst dich sicher an den Max Trummler …«, kam es von Wörsching.

»Du meinst den alten Waidmann, der früher ebenso wie du im Dienst der Jesuiten jagte?«, fragte Michael Klostermayr.

»Genau den«, nickte Bernhard Wörsching. »Er war seit ungefähr zehn Jahren im Ruhestand und wohnte, seit er das Waidwerk in den Mergenthauer Revieren nicht mehr ausübte, bei seinem Sohn und dessen Familie in Friedberg …«

Wörsching verstummte, wischte sich über die feuchten Augen und fuhr fort: »Der Max war gut versorgt dort in der Stadt. Er hätte einen friedlichen Lebensabend genießen können. Aber er war auch als Greis noch ebenso leichtsinnig wie damals, als wir so manches Mal zusammen pirschten. Schon zu jener Zeit brachte ihn seine unbedachte Art öfter in die Bredouille. Und gestern forderte er das Schicksal einmal mehr heraus und erlitt dadurch ein grausames Ende …«

Neuerlich unterbrach sich der Herrschaftsjäger; Michael Klostermayr drängte: »Jetzt sag schon, was passiert ist!«

»Ein Wahnsinn war's, was sich der Max geleistet hat!«, stieß Wörsching erregt hervor; sodann fasste er sich und berichtete in gedämpfterem Tonfall: »Er ging am Nachmittag zum Lechufer südlich von Friedberg, wo er eine Zille liegen hatte, die er gelegentlich zum Fischen benutzte. Der Kahn war jedoch bereits seit Wochen nicht mehr brauchbar, weil einige Bodenplanken durchgefault waren. Max versuchte, den Schaden zu reparieren; offenbar werkelte er bis zur Abenddämmerung an der Zille herum. Zu diesem Zeitpunkt dann kam am gegenüberliegenden Ufer ein Bekannter des Ruheständlers vorbei; ein Bauer, der auf dem Weg ins Wirtshaus von Königsbrunn war. Der Landwirt rief dem alten Jäger im Spaß zu, ob er nicht über den Fluss setzen und mit zum Wirt gehen wolle. Und daraufhin bestieg der Greis doch tatsächlich den Kahn …«

»Den Nachen mit den morschen Planken?!«, fiel Elisabeth Klostermayr dem Herrschaftsjäger erschrocken ins Wort.

»Ja«, bestätigte Wörsching. »Max war wohl der Meinung, die Zille sei wieder in Ordnung. Aber das war ein fürchterlicher Trugschluss. Denn in der Flussmitte brach der Boden des Kahns in einem Strudel durch. Die Zille begann zu sinken; gleich darauf wurde sie von den wirbelnden Wassern in die Tiefe gerissen – und der alte Trummler konnte sich, obwohl er es verzweifelt versuchte, auch nicht mehr retten, sondern ertrank vor den Augen des Bauern in dem Mahlstrom.«

Nachdem der Herrschaftsjäger geendet hatte, herrschte für eine Weile tiefe Stille in der Küchenstube des Hirtenhauses. Schließlich erkundigte sich Michael Klostermayr leise: »Hat man denn den Leichnam schon bergen können?«

»Gestern nicht mehr, weil bald nach dem Unfall die Dunkelheit hereinbrach«, antwortete Wörsching. »Doch heute in aller Frühe wurde der Tote, halb auf einer Sandbank liegend, gefunden.«

»Gott schenke ihm die ewige Ruhe«, murmelte Elisabeth Klostermayr; danach ging sie zum Küchenschrank, holte eine Flasche und zwei Stamper heraus und goss dem Herrschaftsjäger und ihrem Gemahl Kornschnaps ein.

Schweigend tranken die beiden Männer; nachdem er den Schnaps intus hatte, sagte Wörsching: »Traurig, sehr traurig, was mit dem Max passiert ist …« Er füllte den Stamper erneut, leerte ihn und redete weiter: »Aber wenigstens hat der greise Waidmann einen raschen Tod gefunden ... und du, Hiasl«, er richtete den Blick auf den Dreizehnjährigen, »könntest angesichts dessen womöglich an eine gute Jagdwaffe kommen.«

»Wie denn?!«, platzte der Halbwüchsige heraus; im nächsten Moment begriff er und fügte hinzu: »Du meinst, ich könnte ein Gewehr von den Erben des Ertrunkenen kaufen?«

»Der alte Trummler besaß einen schönen Stutzen«, erklärte der Herrschaftsjäger. »Und er hat ihn bis zuletzt bestens in Schuss gehalten, das weiß ich. Bloß die Holzteile waren halt schon ziemlich abgewetzt, als ich die Büchse das letzte Mal sah.«

»Es dürfte nicht allzu schwer sein, das wieder in Ordnung zu bringen«, kam es von Michael Klostermayr; Hiasl äußerte mit erregt blitzenden Augen: »Am liebsten würde ich sofort nach Friedberg gehen!«

»Nein, das wirst du nicht tun!«, dämpfte Wörsching den Tatendrang des Dreizehnjährigen. »Die Angehörigen des Toten werden jetzt gewiss nicht mit dir über das Gewehr reden wollen.«

Beschämt senkte Hiasl den Kopf. »Ja, das sehe ich ein ...«

»Nächste Woche sieht's anders aus«, tröstete Michael Klostermayr seinen Sohn.

»Das denke ich auch«, stimmte der Herrschaftsjäger zu; sodann schenkte er sich einen dritten Schnaps ein, füllte auch den Stamper des Hausherrn wieder auf und fing an, von Jagdabenteuern zu erzählen, die er vor vielen Jahren zusammen mit dem Dahingegangenen erlebt hatte.

***

Acht Tage später, an einem Sonntagmorgen, machte sich Hiasl auf den Weg nach Friedberg. Die Begleitung seines Vaters hatte er mit den Worten abgelehnt: »Ich habe mir mein Geld selbst verdient, deshalb will ich jetzt auch den Handel allein tätigen.« In der Hosentasche hatte der Dreizehnjährige die ersparten Kupferpfennige; er hatte sie aus dem Holzkästchen genommen und in ein Tuch eingeknüpft. Während er die etwa sechs Meilen zur Stadt zurücklegte, tastete er immer wieder nach dem Bündel mit den Münzen; in der Vormittagsmitte dann langte er in Friedberg an.

Die sonntäglichen Hochämter in den verschiedenen Kirchen waren gerade vorüber; in den Gassen drängten sich die Bürger, so dass es Hiasl ein Leichtes war, sich zum Haus der Familie Trummler durchzufragen. Das Gebäude lag zu Füßen des Friedberger Burgschlosses, das sich wuchtig und abweisend auf einem Hügel über dem Lech erhob. Mit gerunzelter Stirn schaute der Dreizehnjährige zu den Mauern und Türmen hinauf, dann griff er nach dem schmiedeeisernen Türklopfer am Eichenportal des Trummler-Hauses.

Es dauerte eine Weile, ehe eine hagere, schon grauhaarige Dienstmagd öffnete und den Halbwüchsigen unwirsch fragte: »Was willst du, Bursche?!«

»Den Hausherrn sprechen«, erwiderte Hiasl. »Den Sohn des ertrunkenen Jägers.«

»Der ist nicht da!«, versetzte die Magd. »Und wenn er daheim wäre, würde er sich kaum mit einem dahergelaufenen Lümmel abgeben wollen.«

Damit schlug sie die schwere Haustür wieder zu. Der Halbwüchsige ballte die Fäuste, um gegen das Eichenholz zu trommeln; im nächsten Moment aber besann er sich anders. Er sagte sich, dass die Hausbesitzerfamilie wohl noch auf dem Heimweg von der Kirche war; daher setzte er sich nun auf den Prellstein am Gebäudeeck und wartete ab.

Tatsächlich näherten sich wenig später ein Paar mittleren Alters und ein vielleicht siebzehnjähriges Mädchen; alle drei trugen schwarze Trauerkleidung. Hiasl stand auf und redete den Mann an: »Ihr seid wohl Veit Trummler?«

Der Angesprochene zog die Brauen hoch. »Woher kennst du denn meinen Namen?«

»Bernhard Wörsching, der Herrschaftsjäger, hat ihn mir gesagt«, antwortete der Brentan-Bub. »Und ich soll Euch nochmals sein Beileid ausrichten.«

»Ja, der alte Jagdkamerad meines Vaters war vor ein paar Tagen da; hat uns kondoliert«, murmelte Veit Trummler. Er besann sich. »Und du bist der junge Klostermayr aus Kissing, nicht? Bernhard Wörsching hat mir schon angekündigt, dass du mit einem Anliegen zu mir kommen würdest …«

Hiasl nickte. »Um den Stutzen geht es, den Ihr geerbt habt.«

»Es sind vier Büchsen und Flinten im Nachlass. Gut gepflegte Waffen, die sicher ein schönes Stück Geld wert sind …« Der Stadtbürger machte zwei Schritte auf die Haustür zu. »Doch ich weiß nicht recht, ob ich sie hergeben soll.«

»Aber Ihr braucht sie doch nicht!«, stieß der Brentan-Bub hervor. »Ihr geht ja gar nicht auf die Jagd, oder?!«

»Falls wir uns dazu entschließen sollten, die Gewehre zu verkaufen, bringen wir sie zu einem Waffenhändler in Augsburg«, mischte sich die Gattin des Erben ein.

»Und der bescheißt Euch dann kräftig!«, entfuhr es Hiasl.

Die Frau starrte ihn empört an. Ihr Gemahl hingegen musste wider Willen schmunzeln, musterte den Dreizehnjährigen nun genauer und fragte: »Warum bist du denn so scharf auf den Stutzen?«

»Weil ich ein Waidmann werden will«, antwortete Hiasl. »Ein ebenso guter Jäger, wie es der Wörsching ist … und wie es Euer verunglückter Vater war.«

Veit Trummlers Miene verschattete sich – doch nach einem schweren Atemzug gab er sich einen Ruck und wollte wissen: »Könntest du das Gewehr denn überhaupt bezahlen?«

Der Dreizehnjährige zog das Münzbündel aus der Tasche. »Da drin sind fast zwei Gulden!«

»Und woher hast du das Geld?«, erkundigte sich Trummler.

Hiasl erklärte es ihm; daraufhin äußerte der Erbe: »Wenn sogar die Mergenthauer Jesuiten Geschäfte mit dir machen, kannst du kein unrechter Kerl sein.«

»Gewiss nicht«, beteuerte der Brentan-Bub grinsend.

Neuerlich schmunzelte Veit Trummler; dann sagte er: »Also gut. Komm mit ins Haus und schau dir den Stutzen, der dir so am Herzen liegt, halt einmal an.«

Gleich darauf betrat Hiasl unter den missbilligenden Blicken der hageren Dienstmagd den Flur des Bürgerhauses. Dort ermahnte Trummlers Ehefrau ihren Gatten: »Lass dich von dem Burschen bloß nicht übers Ohr hauen!«; sodann verschwand sie mit ihrer Tochter ins Obergeschoss. Der Hausherr wiederum führte den Dreizehnjährigen in die mit Eichenmöbeln eingerichtete Wohnstube im Parterre, nahm das Gewehr sowie Pulverhorn und Kugelform aus einem Schrank und legte den Stutzen samt Zubehör auf den Intarsientisch in der Stubenmitte.

Während Hiasl die Waffe eingehend betrachtete und Schloss und Lauf betastete, erklärte Veit Trummler: »Wie du siehst, ist es ein kurzläufiges Gewehr, das sich bei der Pirsch im Wald oder im Gebüsch besonders gut handhaben lässt, weil es seinen Träger bedeutend weniger als eine langläufige Waffe behindert. Die Zündpfanne schließt sauber ab, so dass das Pulver selbst bei nassem Wetter trocken bleibt, und der Lauf …«

»Ist hoffentlich gezogen«, unterbrach der Halbwüchsige den Hausherrn. »Das ist mir wichtig, weil es die Treffsicherheit erhöht.«

Anerkennend nickte Trummler. »Du verstehst etwas von Jagdwaffen. – Ja, es ist eine Büchse mit engen Zügen, und du kannst dich gerne davon überzeugen.«

Hiasl nahm den Stutzen, ging zum Fenster, hielt die Laufmündung ins Sonnenlicht und spähte hinein. »Sehr gut«, sagte er nach einer Weile, legte das Gewehr zurück auf den Tisch und fragte: »Was wollt Ihr für den Stutzen haben?«

Veit Trummler überlegte und erwiderte: »Zwei Gulden.«

»Da reicht mein Geld nicht«, versetzte der Brentan-Bub.

»Dann platzt unser Geschäft.« Der Hausherr griff nach der Büchse, um sie wieder in den Schrank zu stellen.

»Aber der Stutzen ist doch schon alt!« Hiasl deutete auf die Waffe. »Da, schaut her! Der Kolben ist abgewetzt und hat sogar einen Riss. Und der Schaft ist auch nicht mehr viel wert.«

Nachdenklich wog Trummler die Büchse in der Hand – aber dann beharrte er: »Es bleibt bei den zwei Gulden. Billiger gebe ich den Stutzen nicht her.«

Der Brentan-Bub öffnete sein Geldbündel und schüttete die Münzen auf die Tischplatte. »Auf die zwei Gulden fehlen nur fünf Kreuzer … Und die könnte ich Euch ja vielleicht später geben …«

Einmal mehr musste Veit Trummler schmunzeln. »Du steckst wohl niemals auf, was?« Im nächsten Moment gab er sich einen Ruck. »Also gut. Du bezahlst mir den Rest mit Schnepfen. Die kriegen wir hier in der Stadt nicht so oft angeboten.«

»Gleich nach der Brutzeit bringe ich Euch die ersten Vögel«, versprach Hiasl. »Und danach bekommt Ihr alle ein, zwei Wochen welche, bis der Preis für den Stutzen voll ist.«

»Abgemacht.« Trummler streckte die Hand aus; der Dreizehnjährige schlug ein – dann nahm er mit strahlendem Gesicht das Gewehr, das Pulverhorn und die Kugelform entgegen und verabschiedete sich überschwänglich von dem Erben des greisen Waidmannes, der im Lech ertrunken war.

***

Kurz vor Mittag war Hiasl wieder zu Hause. Michael Klostermayr begutachtete den Stutzen gründlich und lobte seinen Sohn danach mit den Worten: »Da hast du dir für dein Geld eine wirklich gute Büchse eingehandelt.«

Die Mutter hingegen bemängelte die schäbigen Holzteile des Gewehrs; daraufhin erklärte der Dreizehnjährige: »Vorhin, auf dem Dorfplatz, habe ich den Tischlermeister Settele getroffen. Der wird Kolben und Schaft meines Stutzens erneuern, und dafür kriegt er später zwei fette Feldhasen von mir.«

»Hoffentlich erlaubt dir der Bernhard, dass du sie auf eigene Faust schießen darfst«, scherzte der alte Klostermayr.

»Beim Niederwild drückt er beide Augen zu, das weißt du doch«, entgegnete Hiasl grinsend. »Bloß ...«, das Feixen verschwand aus seinem Gesicht, »bloß auf die Hochwildpirsch lässt er mich leider nicht allein gehen.«

»Das ist bestimmt auch besser so – jetzt, wo du die großkalibrige Kugelbüchse hast«, versetzte Michael Klostermayr augenzwinkernd; dann wandte er sich an seine Frau und sagte: »Zeit wird's, dass du uns das Mittagessen aufträgst.«

Als die Kartoffelschüssel und dazu eine Pfanne mit gebratenen Weißfischen auf dem Tisch standen, aß der Dreizehnjährige hastig. Kaum hatte er den letzten Bissen hinuntergeschluckt, griff er nach der Kugelform und verschwand nach draußen.

Zwischen dem hinteren Zugang zum Ziegenstall und dem Gemüsegarten gab es eine einfache, aus Steinen errichtete Feuerstelle. Hiasl schichtete Brennholz darin auf; danach ging er in den Stall, wo in einer Mauernische gleich neben der Gartentür ein paar eiergroße Bleiklumpen lagen. Auch ein kleiner Eisentopf mit engen, hochgezogenen Henkeln stand in der Nische; der Halbwüchsige warf eines der Metallstücke hinein und trug den Topf zum Feuerplatz.

Dort entzündete er das Holz; als die Scheite brannten, stellte er den Behälter mit dem Bleiklumpen in die Lohe. Es dauerte nicht sonderlich lange, bis das weiche Metall geschmolzen war. Nachdem sich im Topf ein silbrig schimmernder Flüssigkeitsspiegel gebildet hatte, hob Hiasl den Behälter mit Hilfe eines Kantholzes, das er unter die Henkel schob, aus der Feuersglut heraus und goss das Blei in die geöffnete Kugelform. Dann klappte er deren Eisendeckel zu und wartete eine Weile ab – als er die Deckplatte wieder hochhob, sah er, dass der Guss geglückt war: In den runden Aushöhlungen der Form glänzten acht perfekt geformte Büchsengeschosse.

Der Dreizehnjährige holte ein Brett, das an der Stallwand lehnte, und legte es auf den Boden. Sodann ließ er die noch heißen Kugeln auf die Planke fallen, damit sie dort abkühlen konnten. Als die Geschosse erkaltet waren, steckte Hiasl sie in die Hosentasche, löschte das Feuer, verwahrte den Eisentopf wieder im Ziegenstall und ging ins Haus. Während er den Stutzen, das Pulverhorn und einen Beutel mit Pfropfen an sich nahm, kam sein Vater herbei und fragte: »Na, wie ist dir der Kugelguss gelungen?«

»Bestens«, erwiderte der Halbwüchsige stolz. »Und jetzt werde ich meine Büchse ausprobieren.«

Michael Klostermayr begleitete seinen Sohn zum Ufer der Paar. Von einer mächtigen Kopfweide, die nahe am Wasser stand, schnitt der Gemeindehirte vier geradegewachsene Zweige von je einem Meter Länge ab; anschließend wollte er von Hiasl wissen: »Auf welche Entfernung willst du schießen?«

»Auf achtzig Schritt«, antwortete der Dreizehnjährige.

»Donnerwetter, du traust dich!«, versetzte sein Vater, dann steckte er die Weidenruten in der angegebenen Distanz nebeneinander in die Erde der Uferwiese.

Nachdem der alte Klostermayr zu seinem Sohn zurückgekehrt war, schlug Hiasl den inzwischen geladenen Stutzen an. Ruhig zielte er, gab Feuer – und der Zweig, der am weitesten links in der Reihe stand, wurde im oberen Drittel gekappt.

»Bravo!«, rief Michael Klostermayr beeindruckt aus.

Der Halbwüchsige aber war nicht zufrieden, sondern murmelte: »Eigentlich wollte ich die Kugel tiefer ansetzen.«

Gleich darauf lud er die Büchse von neuem, schoss und traf die zweite Rute diesmal in der Mitte. Ebenso sauber platzierte er die dritte Kugel – und dann glückte ihm einmal mehr ein Meisterschuss. Denn mit dem vierten Geschoss erlegte er, blitzschnell zielend und abdrückend, einen feisten Feldhasen, der unvermittelt aus einem Gebüschstreifen heraushetzte, welcher sich ein gutes Stück abseits der Weidenzweige erstreckte.

Der Gemeindehirte und sein Sohn rannten zu der unverhofften Jagdbeute. Lachend packte der alte Klostermayr den toten Hasen an den Löffeln und hielt ihn hoch; Hiasl erklärte grinsend: »Da habe ich jetzt schon den halben Lohn für den Tischlermeister Settele beisammen. Und dabei hat der noch überhaupt nicht mit der Arbeit angefangen.«

»An deiner Stelle würde ich ihm das Gewehr recht bald bringen«, riet Michael Klostermayr seinem Stammhalter. »Das ist nämlich in der Tat eine ausgezeichnete Waffe, ganz wie der Bernhard neulich sagte. Und deshalb verdient sie es auch, dass sie schöne neue Holzteile bekommt.«

»Gleich morgen in der Frühe schaffe ich den Stutzen und dazu den Mümmelmann in die Tischlerei«, stimmte Hiasl zu; dann schulterte er die Büchse und marschierte an der Seite seines Vaters, der den Feldhasen trug, zum Hirtenhaus zurück.

# Der Blutrausch

## KISSING/MERING/AUGSBURG/RIED
## FRÜHLING 1750 BIS SPÄTHERBST 1751

Kaum war der Stutzen zur großen Freude des Brentan-Buben neu geschäftet, endete die Brutzeit der Krammetsvögel, Lerchen und Schnepfen. Erneut stellte Hiasl seine Netze auf und legte die Leimruten aus; den Sommer und Herbst über verdiente er damit so viel Geld, dass er seine Familie kräftig unterstützen und sich kurz nach Allerheiligen einen weiteren Wunsch erfüllen konnte.

Bei einem Schwertfeger in Friedberg erstand der jetzt Vierzehnjährige einen schönen Hirschfänger samt Scheide und Gurt. Bald nach Weihnachten dann fand Hiasl Gelegenheit, die ellenlange Blankwaffe erstmals beim Waidwerk einzusetzen: während eines Pirschganges, den er zusammen mit Bernhard Wörsching unternahm.

Michael Klostermayr hatte eigentlich ebenfalls mitgehen wollen; weil aber ein Meringer Großbauer dringend einen Tagelöhner fürs Baumfällen gebraucht hatte, war nichts daraus geworden. Deshalb begaben sich der Herrschaftsjäger und der Brentan-Bub allein auf die Pirsch – und gegen Mittag sprengte der Jagdhund Wörschings einen achtendigen Hirsch von seinem Ruhelager in den Lechauen auf.

Sofort hatten der Jäger und sein junger Begleiter die Büchsen im Anschlag; der Achtender preschte, vom Hund verfolgt, auf den Fluss zu – und schon gab Wörsching Feuer. Da jedoch die Schussentfernung sehr groß war, verfehlte er den Hirsch.

»Versuch's du!«, rief der Herrschaftsjäger dem Brentan-Buben zu, während der Achtender die Fluchtrichtung änderte.

Augenblicklich feuerte Hiasl; der Hirsch tat noch einige Sprünge und stürzte nieder. Wörsching pfiff den Jagdhund zurück, welcher das Wild packen wollte; dann rannten der Jäger und der Halbwüchsige zu der Uferstelle, wo der Achtender lag.

Dort sahen sie, dass die Kugel zu hoch in die Brust des Tieres gegangen war. Der Achtender lebte noch, röchelte qualvoll; daher befahl Wörsching seinem Begleiter: »Tu ihn rasch ab!«

Hiasl riss den Hirschfänger aus der Scheide, setzte die scharfe Spitze am Blatt des Tieres an und rammte dem Achtender die beidseitig geschliffene Klinge ins Herz. Die Augen des Hirschs brachen; sein Körper streckte sich zitternd und erschlaffte. Mit verzerrtem Gesicht starrte der Vierzehnjährige auf das tote Wild, zog die Stahlklinge langsam wieder aus dessen Brust und stieß wütend hervor: »Ich hab den Schuss versaut! Hätte den Hirsch sauber treffen müssen!«

»Wir können froh sein, dass du ihn nach meinem Fehlschuss überhaupt noch erwischt hast«, entgegnete der Herrschaftsjäger. »Die Distanz betrug wenigstens hundertzwanzig Schritt!«

»Trotzdem wurmt's mich!« Hiasl bückte sich, um die blutige Klinge an einem Grasbüschel abzuwischen. »Da hab ich jetzt die gute Büchse, und dann passiert mir so was!«

»Wenn sich einer schämen muss, bin ich es.« Wörsching legte sein Gewehr ab und zog das Waidmesser. »Aber ab und zu hat man halt einen schlechten Tag. Doch wie auch immer … auf jeden Fall sollst du nun deine Trophäe bekommen, und danach wollen wir den Achtender aufbrechen.«

Damit ging der Herrschaftsjäger zu einer in der Nähe wachsenden Jungtanne, pflückte einen Zweig ab, zog ihn durch das Herzblut des Hirschs und steckte ihn dem Halbwüchsigen an die Filzkappe. Anschließend weideten die beiden das Tier aus und brachten es zur Sölde eines Lechfischers, die eine halbe Meile entfernt lag. Dort liehen sie sich einen Karren, um den Hirsch nach Mergenthau zu transportieren. Gemeinsam zogen sie das einfache Gefährt zum Jesuitenschloss – und als Hiasl später am Tag ins Hirtenhaus heimkehrte, hatte er einige schöne Fleischstücke für seine Familie in seiner Umhängetasche.

***

Im weiteren Verlauf des Winters trug der Vierzehnjährige noch so manche andere Jagdbeute nach Hause, die ihm Bernhard Wörsching für seine Hilfsdienste beim Waidwerk überließ. Auch der Schnepfenfang florierte während der kalten Jahreszeit; im Frühling sodann hatte Hiasl erneut ein schönes Stück Geld in seinem Holzkästchen. Den Sommer über sparte er fleißig weiter, und bald nach seinem fünfzehnten Geburtstag am dritten September konnte er sich daher abermals einen Wunsch erfüllen: ein Gewand, wie es die Berufsjäger zu tragen pflegten.

Einmal mehr seinen Münzbeutel in der Tasche, marschierte er drei Stunden weit nach Augsburg. In der großen Stadt fragte er sich, weil ihm der Herrschaftsjäger dazu geraten hatte, zunächst zur Ulrichskirche durch. In eine der Wände dort, so hatte Wörsching gesagt, sei ein grässlicher, von Schlangen umzüngelter Weiberkopf eingemauert. Nach einigem Suchen entdeckte der Halbwüchsige den steinernen Schädel und betrachtete ihn mit leisem Gruseln. Dann, eben als Hiasl sich wieder abwenden wollte, erhob sich ein schon betagter Stadtbürger von einer Betbank, gesellte sich zu dem Fünfzehnjährigen und erklärte ihm, dass es sich bei dem dämonischen Frauenhaupt um die berühmte Cisa von Augsburg handle.

Als Hiasl mehr wissen wollte, konnte ihm der Alte lediglich noch mitteilen: »Die Cisa kommt in etlichen Sagen unserer Stadt vor, und manche meinen, der Kopf habe einst, in grauer Vorzeit, zum Standbild einer heidnischen Göttin gehört. Aber das glaube ich eigentlich nicht, denn nach allem, was ich über die Göttinnen der Heiden gelesen habe, waren sie ausnehmend schön und keineswegs hässlich.«

Über diese Worte dachte der Bursche aus Kissing nach, während er den Sakralbau wieder verließ und sich auf die Suche nach einer zweiten Augsburger Sehenswürdigkeit machte: dem Stoinernen Ma. Schließlich stieß er unweit der Galluskirche auf dieses Bildwerk; es handelte sich um einen steinernen Mann in natürlicher Größe, der in einer Nische der Stadtmauer hinter der Kirche stand. Die Gestalt war einarmig und hatte einen Schild sowie einen Brotlaib bei sich; als Hiasl einen Passanten ansprach, um mehr über den Stoinernen Ma zu erfahren, hörte er folgende Geschichte.

»Vor mehr als hundert Jahren, zur Zeit des Dreißigjährigen Krieges, wurde unsere Stadt von Feinden belagert«, erzählte der Spaziergänger. »Wochenlang beschossen die Angreifer Augsburg mit ihren Kanonen; immer wieder versuchten sie, die Mauern zu erstürmen. Doch den Bürgern gelang es, all diese Attacken abzuschlagen; zuletzt aber wurden die Lebensmittel so knapp, dass eine Hungersnot ausbrach. Viele fürchteten, es könne nur noch wenige Tage dauern, bis die Stadt bedingungslos kapitulieren müsse – und in dieser höchst bedrohlichen Lage hatte ein Bäckermeister namens Konrad Hackher die rettende Idee. Er buk nämlich Brote aus Sägemehl und warf sie über die Mauerzinnen in den Stadtgraben; ganz so, als herrsche in Augsburg Überfluss an Nahrung. Und die Feinde fielen auf diese Täuschung herein. Entmutigt zogen sie davon; einer von ihnen jedoch schnellte zuvor noch einen Armbrustbolzen auf den Bäcker ab und traf ihn so böse am Arm, dass ihm dieser später abgenommen werden musste.«

»Deshalb ist der listige Mann wohl auch auf seinem Denkmal einarmig«, vermutete Hiasl.

»Du sagst es«, bestätigte der Augsburger. »Und nun solltest du der Nase des Steinmannes einen Stups geben.«

»Warum denn?«, fragte der Brentan-Bub verblüfft.

»Weil das Glück bringt«, schmunzelte der Spaziergänger.

Hiasl tat, wie ihm geheißen worden war; danach erkundigte er sich nach einem Schneidermeister, der Jägerkleidung herstellte – und erfuhr zu seiner glücklichen Überraschung: »Gleich in der Gasse dort drüben befindet sich eine Schneiderei, wo die Waidmänner aus und ein gehen.«

Doch als sich der Fünfzehnjährige dem Handwerkerhaus näherte, läuteten die Glocken der Galluskirche zu Mittag. Die Holzläden vor der Tür des Schneidergeschäfts wurden abrupt zugezogen; infolgedessen blieb Hiasl nichts anderes übrig, als zu einer Bank an der Stadtmauer zurückzukehren und dort einen mitgebrachten Brotkanten zu verzehren.

Schließlich öffnete die Schneiderei wieder; der Halbwüchsige trat ein und erklärte dem Handwerksmeister: »Ich brauche eine Joppe, eine Kniehose und einen Hut. Alles in grünem Loden, so wie es unter Jägern der Brauch ist.«

»Kommst du im Auftrag deines Vaters?«, fragte der Schneider.

»Nein, die Sachen sollen für mich sein«, antwortete Hiasl.

Der Handwerker zog die Brauen hoch; daraufhin holte der Fünfzehnjährige seinen Münzbeutel hervor und öffnete ihn.

Sofort wurde die Miene des Schneidermeisters freundlich; er führte den Brentan-Buben in die Anprobierstube, nahm Maß an ihm und sagte danach: »In einer Woche sind Joppe und Hose fertig. Und was den Jägerhut angeht, so besorge ich dir bis dahin einen beim Hutmacher.«

»Bringt ein paar mehr her, damit ich mir den Schönsten aussuchen kann«, verlangte Hiasl. Dann leistete er dem Schneider eine Anzahlung, verabschiedete sich und nahm den dreistündigen Weg zurück nach Kissing wieder unter die Füße.

Acht Tage später machte sich der Halbwüchsige erneut nach Augsburg auf und kehrte, seine alten Kleidungsstücke im Rucksack, in der nagelneuen moosgrünen Waidmannstracht heim. Zu deren Vervollständigung hatte er sich in der Stadt noch feste, hochschäftige Lederschuhe mit genagelten Sohlen gekauft, und als Elisabeth Klostermayr ihren Ältesten in dieser Aufmachung erblickte, stieß sie beeindruckt hervor: »Du schaust ja fast schon wie ein Herrschaftsjäger aus!«

»So einer will ich auch werden«, erwiderte Hiasl – und nahm sich vor, gleich am nächsten Morgen seinen Stutzen zu laden und auf die Fuchsjagd zu gehen.

Doch daraus wurde nichts, weil der Vater seine Hilfe brauchte. Eine Rinderherde musste von einer Weide in der Nähe von Kissing auf anderes Grasland gebracht werden, das eineinhalb Meilen entfernt in Richtung Merching lag. Wieder in seinem Alltagsgewand, rannte der Fünfzehnjährige den Kühen und Kälbern hinterdrein, die während des Treibens auszubrechen versuchten. Auf dem neuen Weideland dann, wo das Spätsommergras noch hoch stand, blieb die Herde unruhig, denn am Himmel zeigten sich immer wieder Geier. Schließlich, bereits gegen Mittag, entdeckte Hiasl in einem Gestrüpp einen frischen Dachskadaver. Der Fünfzehnjährige schleppte das verendete Tier ein gutes Stück weit weg und legte es am Rand einer Sandgrube unweit des Lechufers ab. Als Hiasl zur Rinderherde zurücklief, flatterten die Aasvögel bei dem toten Dachs nieder und begannen zu kröpfen; die Kühe und Kälber wiederum beruhigten sich allmählich.

Auch während der folgenden Tage unterstützte der Halbwüchsige seinen Vater bei der Hirtenarbeit, erst am Sonntag fand er Zeit für die Fuchsjagd. In seiner Waidmannstracht verließ er kurz nach Sonnenaufgang das kleine Anwesen an der Paar; den Stutzen trug er am Riemen über der Schulter; an seinem Gürtel hingen das Pulverhorn, der Kugelbeutel und der Hirschfänger. In Mering überquerte er den Fluss und pirschte danach in den Jesuitenforsten zwischen diesem Dorf und Tegernbach.

Bald nach der Vormittagsmitte erlegte er einen fetten Hasen und verwahrte ihn in seiner Umhängetasche. Als die Sonne ihren Höchststand erreicht hatte, setzte er sich auf den Stamm einer gestürzten Buche und aß ein Stück Brot. Etwa eine Stunde später erspähte er einen prächtigen Fuchsrüden, der eine Wildente gerissen hatte und sie nun zu seinem Bau schleppen wollte. Die Schussentfernung betrug um die sechzig Schritt; Hiasl schlug das Gewehr an, wartete kurz, bis ihm der Fuchs die Flanke zeigte, und gab Feuer.

Als der Halbwüchsige bei seiner Beute war, stellte er zufrieden fest, dass der Schuss genau gesessen hatte. »Besser hätte ich nicht treffen können«, murmelte er; dann löste er die Ente aus dem Fang des Fuchsrüden. Der Wildvogel war noch frisch, weshalb Hiasl ihn zu dem Hasen in die Jagdtasche steckte; danach band er dem Fuchs die Läufe zusammen, damit er dieses Beutetier, das nicht mehr in die Umhängetasche passte, bequem tragen konnte.

Der Fünfzehnjährige wollte den Fuchs nach Mergenthau schaffen, wo die Herrschaftsjäger das für Menschen ungenießbare Fleisch an ihre Hunde verfüttern konnten. Den Pelz hingegen wollte Hiasl für sich behalten, und weil es ihn drängte, diese Trophäe heimzubringen und sie seinem Vater zu zeigen, machte er sich unverzüglich auf den Weg zum Jesuitengut.

Nach ungefähr einer Meile Fußmarsch durch den Wald gelangte der Halbwüchsige zu den Wiesen und Feldern südlich des Fleckens Ried. Er folgte einem von Büschen gesäumten Bach, welcher das landwirtschaftliche Areal bewässerte. Nach einer Weile überschritt er einen Bohlensteg, und ein Stück jenseits des Bachlaufes erblickte er einen älteren, graubärtigen Bauern, der wie erstarrt am Rain eines Rübenackers stand.

Als Hiasl näherkam, sah er, dass ein Teil des Feldes verwüstet war. Im nächsten Moment gewahrte der Landwirt den Burschen, wandte sich ihm zu, deutete auf den Stutzen und knurrte: »So eine Kugelbüchse … die wäre das Richtige, um den Sauteufeln Herr zu werden!«

Hiasl rückte den Gewehrriemen zurecht. »Du meinst die Wildschweine, die dir den Acker aufgewühlt haben.«

»Und ob ich die meine!«, polterte der Bauer. »Mindestens zwei Ar sind bloß noch ein Dreckhaufen, und die Mistviecher haben mir die Rüben zentnerweise weggefressen!«

»Ja, das ist arg …«, murmelte der Fünfzehnjährige.

Mit zusammengepressten Lippen nickte der Graubärtige; dann beklagte er sich: »Die Jesuitenjäger könnten leicht helfen. Aber die Pfaffen haben ihnen verboten, die Wildschweinrotten abzuschießen. Damit sich die Kuttenbrunzer später, im Winter, umso besser auf ihren großen Treibjagden verlustieren können.«

Wütend spuckte der Bauer aus; Hiasl erinnerte sich an den fettleibigen Mönch, der ihm während seiner Zeit auf dem Klostergut das Leben schwergemacht hatte – und gleich darauf hörte er sich sagen: »Es müsste ja nicht unbedingt ein Herrschaftsjäger sein, der unter den Wildsauen aufräumt … oder?«

Kaum hatte er sich zu diesem Satz hinreißen lassen, schreckte der Fünfzehnjährige innerlich zurück. Er glaubte, das Gesicht Bernhard Wörschings vor sich zu sehen; das Gesicht des Jägers, der so viel für ihn getan und ihm sogar die Pirsch auf das Niederwild erlaubt hatte. Doch die Jagd auf Starkwild, zumindest auf eigene Faust, hatte ihm Wörsching aus guten Gründen verwehrt: Weil der Jäger sonst bei den Jesuiten in Teufels Küche geraten wäre. Deshalb bereute Hiasl seine leichtfertige Äußerung nun – aber der Landwirt hatte bereits Blut geleckt und wollte jetzt wissen: »Wärst du denn mutig genug, den geschissenen Kuttenbrunzern eins auszuwischen?«

Die Frage kitzelte das Ehrgefühl des Halbwüchsigen; er zögerte mit der Antwort – da setzte der Bauer noch eins drauf: »Du müsstest es nicht umsonst tun! Könntest dir einen Batzen Geld verdienen, wenn du ein oder zwei Dutzend Schüsse gegen die Drecksviecher abbrennen würdest. Bin ja schließlich nicht nur ich, der immer wieder den Schaden hat. Den anderen Landwirten im Dorf geht's genauso. Und daher würden wir zusammenlegen, wenn einer bereit wäre, uns zu helfen.«

Plötzlich sah Hiasl ein anderes Bild vor sich: glänzende Münzen, die er in sein Geldkästchen fallen ließ. Trotzdem war er noch einen Augenblick hin und her gerissen – doch dann stieß er hervor: »Zehn Kreuzer! Außerdem ersetzt ihr mir das Pulver und das Blei. Und drittens verlange ich, dass ihr alle eisern den Mund haltet!«

»Abgemacht!« Der Graubärtige griff nach der Hand des Fünfzehnjährigen und drückte sie kräftig. »Wann kannst du den Sauteufeln Feuer unterm Hintern machen?«

»Morgen, eine Weile vor der Abenddämmerung, bin ich wieder hier«, versprach Hiasl. »Und jetzt zeigst du mir noch die anderen Stellen hier beim Dorf, wo die Schwarzkittel die Felder umgewühlt haben.«

***

Als einen Tag später die Sonne sank, bezog der Halbwüchsige Posten in einem Gestrüppstreifen, der sich unweit eines der in Mitleidenschaft gezogenen Äcker erstreckte. Hiasl hatte den Stutzen und dazu die Büchse seines Vaters bei sich; das zweite Gewehr hatte er daheim unauffällig an sich gebracht. Nun überprüfte er noch einmal beide Waffen; dann wartete er ab und hoffte, dass er den Anstand richtig gewählt hatte.

Dies war der Fall. Im abendlichen Zwielicht näherte sich die Wildschweinrotte dem Feld, verhoffte kurz und begann ihr Zerstörungswerk. Als die Tiere ins Wühlen und Fressen vertieft waren, schoss der Fünfzehnjährige zuerst mit der langen Büchse und sofort danach mit dem Stutzen. Zwei Sauen blieben tot liegen; der Rest der Rotte, noch zehn Tiere stark, floh.

Hiasl lud die Gewehre nach und pirschte der dezimierten Schweinerotte hinterher. Ungefähr eine halbe Stunde später, fast schon in der Dunkelheit, kam er bei einem anderen Acker erneut zum Schuss; wieder traf es zwei Wildschweine. Diesmal flohen die restlichen acht Tiere in Panik in den Wald, was den Halbwüchsigen nicht weiter störte, weil er nun ohnehin kein Büchsenlicht mehr hatte.

Zufrieden mit seiner Beute, hängte sich Hiasl die Gewehre über die Schulter und lehnte sich an einen steinernen Gebetsstock, der am Feldrain stand. Bald näherten sich mehrere Bauern aus Ried, unter ihnen der Graubärtige. Die Männer banden die Wildschweine an Stangen, um sie in ihr Dorf zu tragen; als sie die Lasten geschultert hatten, sagte der alte Landwirt zu dem Fünfzehnjährigen: »Hast brav draufgehalten. Vier von den Mistviechern in der kurzen Zeit, das war nicht schlecht.«

»Wird noch besser kommen«, feixte Hiasl. »Weil ich morgen wieder auf die Schwarzkitteljagd gehe. Und du sieh zu, dass du mein Geld zusammenbringst.«

Der Graubärtige klopfte ihm auf die Achsel. »Kriegst den Lohn für deine Schießkunst schon.«

»Und euch bleiben die Rüben und Kartoffeln zum Schweinsbraten«, versetzte der Halbwüchsige; im nächsten Moment verschwand er wie ein Schatten in der Nacht.

Eine Stunde später schaffte es Hiasl, ins Hirtenhaus zu schleichen, ohne die Eltern zu wecken. Nachdem er eingeschlafen war, träumte er von seinem erfolgreichen Jagdzug. Während der folgenden Tage unternahm er, diesmal nur mit dem Stutzen bewaffnet, weitere Pirschgänge. Seinem Vater hatte er zuvor weisgemacht, er würde Hasen jagen, und wirklich brachte er den einen oder anderen Mümmelmann heim – doch vor allem trachtete er danach, jene Wildschweine zur Strecke zu bringen, die an seinem ersten Jagdabend entkommen waren.

Nach und nach schoss er die Schwarzkittel auf den Feldern oder in den Waldstücken um Ried ab; die Bauern schleppten die erlegten Tiere zu ihren Höfen, und am Ende der Woche drückte der Graubärtige dem jungen Wildschützen die vereinbarten zehn Kreuzer in die Hand. Als Dreingabe erhielt Hiasl außerdem drei Pfund Schwarzpulver, das einer der Landwirte in Friedberg besorgt hatte, sowie eine Tafel Blei, so dass er sich eine Menge neuer Gewehrkugeln gießen konnte.

Zu Hause erklärte der Fünfzehnjährige, er hätte den Schießbedarf von dem Geld gekauft, das er mit der Vogeljagd verdient hatte. Im Oktober und November stellte er dann tatsächlich wieder den Schnepfen nach, zudem pirschte er in der Gegend zwischen Lech und Paar auf Niederwild. Aber er empfand dabei nicht länger die erregende Spannung, die er früher bei solchen Jagdzügen verspürt hatte. Seit er die Wildschweinrotte abgeschossen hatte, drängte es ihn manchmal fast unwiderstehlich dazu, erneut heimlich auf die Starkwildjagd zu gehen. Zwar war ihm klar, dass er damit das Vertrauen missbrauchen würde, das ihm Bernhard Wörsching stets entgegengebracht hatte; andererseits wurde die Versuchung von Woche zu Woche stärker – und am ersten Dezembersonntag stellte Hiasl in einem jähen, wilden Entschluss alle seine Skrupel hintan.

Gleich nach dem Mittagessen stieß er hervor: »Ich muss auf die Pirsch! Es geht nicht anders!« Dann legte er hastig seine Jägertracht an, griff sich den Stutzen und verließ das Hirtenhaus beinahe rennend. Draußen, über der Wiese an der Paar, waberten Nebelschwaden; ebenso war es in den Lechauen westlich von Mering, welche der Halbwüchsige eine gute halbe Stunde nach seinem Aufbruch erreichte.

An einer bestimmten Stelle dort, bei einem Altwasser, hatte Hiasl schon öfter einen kapitalen Hirsch beobachtet: einen Zwölfender. Jedes Mal war er versucht gewesen, das prachtvolle Tier aufs Korn zu nehmen; er hatte sich aber immer beherrscht. Doch jetzt brannte er förmlich darauf, den Hirsch vor die Büchse zu bekommen. Er suchte sich ein Versteck hinter einer Erle, von wo aus er freies Schussfeld in Richtung des Altwasserarmes hatte; in der Folge dann, während er auf den Zwölfender lauerte, wurde sein Jagdfieber bisweilen so stark, dass ihm ungeachtet des nasskalten Wetters heiße, fast wollüstige Schauer das Rückgrat entlangrieselten.

Am Spätnachmittag trat der Hirsch aus einem ungefähr zweihundert Meter entfernten Waldstück heraus und näherte sich dem Altwasser. Der Fünfzehnjährige machte den Stutzen schussbereit, hob ihn behutsam an die Schulter und wartete, flach atmend, bis das Tier an der Tränke war. Eine ganze Weile stand der Hirsch ungünstig; endlich aber drehte er sich, wandte dem jungen Wildschützen die Flanke zu – und im selben Augenblick drückte Hiasl ab.

Der Zwölfender brach vorne nieder, sprang noch einmal auf, rannte vier, fünf zittrige Schritte und stürzte endgültig. Der Wildschütze stieß einen gellenden Triumphschrei aus und hetzte zu dem erlegten Tier. Als er bei dem Hirsch niederkniete, sah er das Blut aus der Brustwunde quellen; im nächsten Moment handelte der Fünfzehnjährige wie im archaischen Rausch. Er presste den Mund auf die Einschusswunde, spürte das warme Herzblut des Zwölfenders auf der Zunge, schluckte und schluckte und konnte nicht genug von dem salzig-süßen Blutgeschmack bekommen.

Irgendwann war seine Gier gestillt; mit rot verschmiertem Gesicht richtete er sich wieder auf, starrte auf das mächtige Geweih und wurde sich bewusst, dass es ihm, ihm allein, gehörte. Mit beiden Händen griff er zu, riss den Kopf des Zwölfenders hoch, ließ ihn wieder zur Erde fallen – und wurde erneut vom Blutrausch gepackt.

Abermals drang ein wilder Schrei aus der Kehle des Halbwüchsigen; gleichzeitig zog er den Hirschfänger aus der Scheide und setzte die Klinge am Hals des toten Tieres an. Mit aller Kraft schnitt und schlitzte er; durchtrennte Fell, Fleisch, Sehnen und Nackenwirbel – bis er das Hirschhaupt vom Rumpf lösen und mit einem dritten Triumphschrei gen Himmel recken konnte.

Gleich einem Urzeitjäger kniete er da; die gebrochenen Augen des Beutetieres glotzten ihn an, dunkles Blut troff auf ihn hernieder. Ein dicker Tropfen traf sein Gesicht; plötzlich empfand der Fünfzehnjährige Ekel, doch ein paar gehetzte Herzschläge später überwand er seine jähe Abscheu und stöhnte: »Das Geweih … Ich muss es haben …«

Wieder umklammerte er den Hirschfänger, rammte die Klingenspitze ins Schädelgebein und bemühte sich, die rechte Geweihstange aus dem Tierhaupt zu brechen. Wie besessen, mit knirschenden Zähnen und fiebrigen Händen, arbeitete er – dann, als er es geschafft hatte, hörte er ein Geräusch wie von schweren Schritten in seinem Rücken und erschrak zu Tode.

# Der Kadaver

## KISSING/MERING
## SPÄTHERBST 1751

Der Herzschlag des Fünfzehnjährigen raste; er sprang auf, fuhr herum, zückte den blutbesudelten Hirschfänger und starrte auf den Ufersaum des Altwassers. Von dort, von einer Stelle her, wo hinter einem nebelverhangenen Gestrüpp mehrere alte Pappeln aufragten, waren die Schrittgeräusche herangedrungen. Und jetzt, so fürchtete der junge Wilddieb, würde derjenige zwischen den Büschen hervorkommen, der ihn beim verbotenen Tun beobachtet hatte.

Wenn es ein fremder Jäger ist, hängt er mich hin!, schoss es dem Halbwüchsigen durch den Kopf. Seine Faust umkrampfte den Griff der schweren Klinge; er war zu allem bereit, selbst zum Äußersten – dann, einen gehetzten Lidschlag später, lachte er schrill, beinahe hysterisch, auf.

Denn mit einem Mal hatte er begriffen, was die bedrohlichen Geräusche in Wahrheit verursacht hatte: Von einem der Bäume war ein morscher Ast abgebrochen, der nun im Gestrüpp hing, und beim Herabfallen hatte der Pappelast mehrmals gegen anderes Holz geschlagen.

Zutiefst erleichtert ließ Hiasl die Waffe sinken, spähte sicherheitshalber noch kurz in die Runde und kniete neuerlich bei dem Zwölfender nieder. Bald hatte er auch die linke Geweihstange aus dem Tierschädel gebrochen; nun legte er beide Trophäen nebeneinander aufs feuchte Moos und murmelte: »Die werden ihren Platz daheim an der Ofenwand kriegen.«

Im nächsten Moment aber wurde ihm bewusst, dass dies unmöglich war. Die Eltern durften auf gar keinen Fall etwas von dem Wildraub erfahren, den er sich geleistet hatte. Und das bedeutete: Er musste seine Tat irgendwie vertuschen.

»Verflucht!«, stieß er hervor. »Daran hätte ich früher denken sollen! Was mache ich jetzt bloß?!«

Geraume Zeit überlegte er angestrengt, kam jedoch zu keinem Ergebnis. Zuletzt, weil es bis zur Abenddämmerung nicht mehr lange hin war, beschloss er, das Geweih und den Kadaver vorerst an Ort und Stelle zu lassen. Allerdings nicht offen, sondern getarnt, weshalb er nun zu einem nahegelegenen Waldstück rannte, wo Nadelbäume wuchsen. Dort hieb er Fichtenflechten ab, die er sodann über dem Körper des Zwölfenders ausbreitete; auf die gleiche Art verbarg er das Hirschgeweih.

Danach reinigte Hiasl seine Klinge, steckte sie zurück in die Scheide, wusch sich Gesicht und Hände am Altwasser, warf sich den Stutzen über die Schulter und trat den Heimweg an. Als er ins Hirtenhaus kam, war es draußen bereits dunkel, und drinnen in der Küchenstube brannten die Kienspäne. Der Fünfzehnjährige hängte sein Gewehr und die leere Jagdtasche an die Wand; der alte Klostermayr fragte verwundert: »Nanu, hast du denn heute gar keine Beute gemacht?«

»Nein«, log Hiasl und setzte sich zu den Eltern und seinen Geschwistern an den Küchentisch. »Der Nebel war zu trügerisch. Deshalb bin ich nicht zum Schuss gekommen.«

Elisabeth Klostermayr deutete auf eine Schüssel, die in der Tischmitte stand. »Ein paar Erdäpfel und ein Happen Hasenfleisch vom Mittagessen sind noch übrig. Du wirst hungrig sein nach dem langen Pirschgang.«

Der Halbwüchsige griff zu; als er sich daranmachte, die Haut von einer Kartoffel abzuziehen, begann seine Mutter zu husten. Zuerst achtete niemand darauf; dann aber erlitt Elisabeth Klostermayr einen regelrechten Hustenanfall, der sie sichtlich quälte. Ihr Gatte sprang auf und klopfte ihr den Rücken; nachdem sich der Anfall endlich gelegt hatte, fragte Hiasl besorgt: »Hast du dich erkältet, Mama?«

»Es scheint so, weil es mit dem Husten heute schon den ganzen Nachmittag so ging«, antwortete Michael Klostermayr anstelle seiner Frau. »Und bei dem feuchtkalten Wetter wäre es ja auch kein Wunder.«

»Wird schon wieder werden«, sagte Elisabeth mit schwacher Stimme; sodann stand sie langsam auf und fügte hinzu: »Das Beste wird sein, ich gieße mir einen Kräutertee auf. Und wenn ich ihn recht heiß getrunken habe, gehe ich gleich zu Bett.«

Wenig später zog sich die Leidende in die Schlafkammer zurück. Nach einer weiteren halben Stunde tappten auch Hiasls Schwestern Maria und Regina sowie sein jüngerer Bruder Willibald müde zu ihren Nachtlagern, und als er allein mit seinem Stammhalter am Tisch saß, kam der alte Klostermayr noch einmal auf den angeblich missglückten Pirschgang zu sprechen.

»Fast kann ich nicht glauben, dass du diesmal gar kein Glück hattest«, äußerte er. »Wo du doch eigentlich nie ohne einen Feldhasen oder ein Rebhuhn nach Hause kommst.«

»Der Nebel war wirklich scheußlich, drüben am Lech«, murmelte Hiasl – und während er es sagte, befiel ihn jähe Furcht.

Er sah wieder den Zwölfender vor sich, den er gewildert hatte; sah die Schusswunde in der Brust des Tieres, das so brutal herausgebrochene Geweih. Und gleichzeitig peinigte ihn die Angst, dass der Vater ihm auf die Schliche kommen und in seinem Zorn über den Wildfrevel den Wörsching verständigen könnte. Dem aber würde dann gar nichts anderes übrigbleiben, als seine Pflicht zu tun; er würde Anklage vor dem Patrimonialgericht der Jesuiten in Mergenthau erheben müssen, und im Gerichtssaal des Schlosses …

Die Stimme des alten Klostermayr riss Hiasl aus seinen beklemmenden Gedanken: »In den Lechauen warst du … Im Westen von Mering etwa?« Der Gemeindehirte fixierte seinen Sohn unter zusammengekniffenen Brauen heraus. »Dort soll ein kapitaler Hirsch stehen, habe ich gehört.«

»Nein, da war ich nicht. Ich habe weiter südlich gepirscht«, log der Halbwüchsige erneut; zugleich dachte er: Ahnt der Vater etwas?! Oder weiß er vielleicht sogar Bescheid?! Hat mich am Ende, als ich die Geräusche hörte, doch einer beobachtet?! Und wer könnte es gewesen sein?!

Hiasls Gedanken rasten; Michael Klostermayr saß eine Weile schweigend da – dann wechselte er das Thema: »Die Mutter macht mir Sorgen. Ihr Husten hört sich schlimm an.«

Der Fünfzehnjährige nickte, blickte in Richtung der elterlichen Schlafkammer. »Honig könnte ihr helfen. In heißen Tee eingerührt. Aber wir haben keinen …«

»Gleich morgen früh schaue ich, dass ich im Dorf ein Töpfchen voll kriege.« Der alte Klostermayr schenkte seinem Sohn ein Lächeln. »Einen guten Rat hast du mir da gegeben.«

Hiasl fühlte sich seelisch erleichtert. »Das Geld für den Honig kriegst du von mir. Ich habe genug gespart.«

»Ja, beim Vogelfang warst du heuer wieder fleißig.« Damit erhob sich der Gemeindehirte, gähnte und erklärte. »So, nun werde ich auch zu Bett gehen. Bin auf einmal hundemüde …«

Der Halbwüchsige blickte dem Vater nach, bis er die Schlafkammertür hinter sich schloss. Auch er fühlte sich jetzt bettschwer – doch dann kehrten seine quälenden Befürchtungen zurück, und er blieb, sich den Kopf zermarternd, noch lange allein am Tisch in der Küchenstube sitzen.

***

Am späten Montagnachmittag – der Mutter schien es dank des Honigtees wieder besser zu gehen – verdrückte sich Hiasl aus dem Hirtenhaus. Durch den Nebel, der auch heute wieder über dem Land hing, lief der Fünfzehnjährige in die Lechauen: dorthin, wo er am Vortag den Hirsch erlegt hatte. Die Fichtenflechten, mit denen er den Tierkadaver und das Geweih bedeckt hatte, schienen unberührt. Hiasl holte die Geweihstangen unter den Flechten hervor, schlug sie in ein mitgebrachtes Tuch ein und machte sich auf den Weg nach Mering. In der vergangenen Nacht hatte er sich dazu durchgerungen, die gewilderten Trophäen dort unter der Hand verschwinden zu lassen, und jetzt hoffte er, dass sein Vorhaben gelingen würde.

Wirklich traf er den Großbauern an, den er im Auge hatte. Der Mann, ein korpulenter Mittfünfziger namens Hartl, stand unter der Tür seines Pferdestalles, als der Halbwüchsige im Zwielicht der Abenddämmerung auf den Hofplatz kam. Als er Hiasl gewahrte, ging er ihm ein paar Schritte entgegen und begrüßte ihn in leicht spöttischem Tonfall: »Da schau her! Der Vogeljäger aus dem Kissinger Brentan-Haus gibt mir die Ehre.«

Der Fünfzehnjährige ignorierte den herablassenden Unterton, grinste und erwiderte: »Manchmal bringe ich statt der Schnepfen richtiges Wild zur Strecke.«

Der Bauer machte eine wegwerfende Handbewegung. »Ja, ich weiß schon, dass du auch Feldhasen abknallst.«

»Ich bin nicht hier, um über Hasen zu reden.« Hiasl hatte beschlossen, ohne weitere Umschweife zur Sache zu kommen. »Sondern über das da ...« Er klopfte auf das Bündel, das er unter dem linken Arm trug. »Die Augen werden dir übergehen, wenn du es zu sehen kriegst.«

Der Hofbesitzer wurde neugierig. »Was hast du denn in dem Leintuch? Scheint mir schwer zu sein und ziemlich sperrig ...«

»Das ist es«, bestätigte der Halbwüchsige; dann deutete er auf die Stalltür. »Lass uns zu den Rössern hineingehen. Dort zeige ich dir, was ich mitgebracht habe. Aber nur, wenn wir im Stall drinnen allein sind.«

»Es ist keiner außer mir da«, versicherte der Bauer. »Weil ich mich am Abend immer selber um meine Pferde kümmere. Und jetzt komm. Spann mich nicht länger auf die Folter!«

Gleich darauf standen die beiden unter einer Laterne, die im Stallinneren über der Brettertür zur Futterkammer brannte. Langsam öffnete Hiasl sein Bündel; als die Geweihstangen sichtbar wurden, stieß der Hofbesitzer beeindruckt hervor: »Donnerwetter! Das sind ja Prachtstücke!« Hastig zählte er die Geweihsprossen. »Von einem Zwölfender!« Er packte den Fünfzehnjährigen am Arm. »Wo hast du die denn her?!«

»Gefunden«, antwortete Hiasl feixend. »Aber ich kann wenig mit dem Geweih anfangen. Deshalb möchte ich es verkaufen. Und du, Hartl, hättest das Geld und sammelst außerdem besonders schöne Jagdtrophäen, wie man hört.«

Misstrauisch fixierte der Bauer den Halbwüchsigen. »Hast du den Hirsch etwa gewildert?!«

»Wenn du so etwas behauptest, wird nichts aus unserem Geschäft!«, drohte Hiasl. »Und falls ich dir die Geweihstangen überlasse, darfst du keinem sagen, von wem du sie hast. Das musst du mir bei deinem Seelenheil schwören!«

Der Landwirt knurrte etwas Unverständliches, betastete die starken Geweihsprossen, richtete den Blick wieder auf den Fünfzehnjährigen und fragte: »Was hast du dir denn als Preis vorgestellt?«

»Vierundzwanzig Kreuzer«, lautete die Antwort. »Für jede Sprosse einen.«

»Du bist ja verrückt!«, kam es unwirsch von dem Bauern.

»Wenn's dir zu teuer ist, kann ich auch wieder gehen!«, gab ihm Hiasl nicht weniger schroff heraus; im nächsten Moment schlug er das Tuch über die Geweihstangen und machte ein paar Schritte in Richtung Stalltür.

Hartl zerknirschte einen Fluch zwischen den Zähnen; dann rief er: »Bleib da!«

Grinsend kam der Fünfzehnjährige zurück. »Vierundzwanzig Kreuzer, dabei bleibt's!«

»Ich gebe dir zehn«, versetzte der Hofbesitzer.

Hiasl schüttelte den Kopf. »Zwanzig. Keinen weniger!«

Neuerlich fluchte der Bauer; anschließend ging der Handel noch eine Weile weiter, bis sich die beiden Kontrahenten zuletzt auf siebzehn Kreuzer einigten.

»Hast ein gutes Geschäft gemacht, Hartl«, sagte der Halbwüchsige, als er dem Landwirt das Hirschgeweih übergab. »Aber dein Schwur steht noch aus.«

Der Bauer leistete den Eid und fügte hinzu: »Falls mich einer fragt, woher die Trophäe stammt, dann erzähle ich ihm, dass ich den Zwölfender im Gebirge drin geschossen habe. Bin ja wirklich manchmal auf der Jagd in der Füssener Gegend, weil ich dort reiche Verwandtschaft habe.«

»Schlau von dir«, feixte Hiasl. »Und jetzt trag das Geweih ins Haus und bring mir das Geld. Ich warte hier im Stall auf dich.«

Wenig später sackte der Fünfzehnjährige seine siebzehn Kreuzer ein und machte sich auf den Heimweg. Anfangs empfand er noch Freude darüber, dass es ihm gelungen war, die Geweihstangen loszuwerden und zudem einen lukrativen Handel zu tätigen. Bald aber verschlechterte sich seine Stimmung, denn nach wie vor lag der Hirschkadaver in den Lechauen, und Hiasl wusste nicht, was er mit ihm anstellen sollte. Obwohl er sich das Gehirn zermarterte, fand er keine Lösung; ratlos und erneut von Ängsten gepeinigt langte er in Kissing an.

Als er die Tür des Hirtenhauses öffnete, wollte er nur noch eins: sich im Bett verkriechen. In der Hoffnung, dass die Eltern bereits schlafen würden, betrat er die Küchenstube. Dort waren die Kienspäne tatsächlich schon gelöscht worden – doch dann gewahrte der Fünfzehnjährige am Tisch eine dunkle Gestalt.

Sein schlechtes Gewissen ließ ihn zusammenzucken; gleich darauf vernahm er die Stimme seiner Mutter: »Hast dir Zeit gelassen mit dem Heimkommen, Bub.«

»Und du sitzt da im Finstern«, versuchte Hiasl abzulenken.

»Zum Warten habe ich kein Licht gebraucht«, erwiderte Elisabeth. Sie hustete, erhob sich, ging zum Ofen und stocherte mit dem Schürhaken im Glutbett. Als Feuernester aufglimmten, entfachte sie einen Kienspan. Sie steckte ihn in die Wandhalterung beim Tisch, setzte sich wieder, forderte ihren Sohn auf, es ihr gleichzutun, und sagte: »Wir müssen reden, Hiasl.«

»Worüber denn?« Der Halbwüchsige ließ sich auf einem Hocker gegenüber der Mutter nieder.

Diese antwortete nicht sofort. Forschend musterte sie ihren Ältesten; schließlich entgegnete sie: »Ich spüre, dass dich etwas bedrückt. Was ist es, Bub?«

»Du täuschst dich«, wehrte Hiasl ab.

»Nein!«, beharrte Elisabeth. »Ich kenne dich gut genug, um zu merken, wie du dich quälst. Schon bevor du heute Nachmittag verschwunden bist, warst du so komisch. Und auch jetzt wieder hast du diesen gehetzten Ausdruck in den Augen.«

Der Fünfzehnjährige öffnete den Mund zu einem weiteren Widerspruch, doch da forderte seine Mutter energisch: »Raus mit der Sprache! Sonst wecke ich deinen Vater!«

Hiasl senkte die Lider, nagte an seiner Unterlippe – dann gab er sich einen Ruck, erzählte von dem gewilderten Hirsch sowie vom Handel in Mering und sagte am Ende kleinlaut: »Und nun weiß ich nicht mehr weiter … Weiß bloß noch, dass ich eine Scheißangst habe. Denn wenn der Wörsching oder ein anderer Herrschaftsjäger rauskriegt, dass ich den Zwölfender geschossen habe, werde ich …«

»Keiner darf was erfahren!«, unterbrach ihn Elisabeth. Sie hustete erneut. »Der Hirsch muss verschwinden! In den Lechauen draußen darf er auf keinen Fall liegenbleiben!«

»Vielleicht könnten wir ihn heimlich heimbringen und das Fleisch einsalzen«, murmelte der Halbwüchsige.

Seine Mutter schüttelte den Kopf. »Das wäre zu gefährlich! Wenn uns einer sehen würde …«

»Aber was sollen wir sonst tun?!« Fast flehentlich blickte Hiasl auf Elisabeth.

Sie überlegte; für eine Weile war in der Küchenstube nur das Knistern des brennenden Kienspans zu hören; schließlich sagte sie: »Es hilft nichts. Wir müssen Vater einweihen.«

»Bitte nicht!«, stieß der Fünfzehnjährige hervor. »Er wird mich windelweich prügeln! Wird mich aus dem Haus werfen!«

»Doch! Es muss sein!« Damit stand die Mutter auf und ging zu der Kammer, wo ihr Gemahl schlief.

Hiasl war versucht, aus dem Hirtenhaus zu flüchten. Letztlich aber blieb er – wenig später verpasste ihm der alte Klostermayr etliche derbe Maulschellen, und dann ging ein fürchterliches Donnerwetter auf den Fünfzehnjährigen hernieder.

Nach der Strafpredigt beruhigte sich Michael Klostermayr ein wenig und erklärte seinem Stammhalter: »Ich werde dich nicht beim Wörsching hinhängen, obwohl du es verdient hättest. Ich bringe es nicht übers Herz; trotz allem bist du mein Sohn …«

»Danke«, kam es kaum hörbar von Hiasl.

Sein Vater deutete zur Ofenwand, wo der Stutzen hing. »Doch die Büchse rührst du zur Strafe einen Monat lang nicht an!«

Es sah aus, als wollte der Halbwüchsige auffahren; mit dem nächsten Lidschlag aber nickte er stumm.

»Keine Pirsch und keine Treibjagd in dieser Zeit!«, setzte der alte Klostermayr hinzu. »Und jetzt, du Narr, kann ich mir wegen deiner Dummheit die halbe Nacht um die Ohren schlagen!«

»Was … hast du vor?«, fragte Hiasl mit gepresster Stimme.

Sein Vater gab ihm eine knappe Antwort. Gleich darauf verschwand er wieder in der Schlafkammer, um sich anzukleiden; danach verließ er zusammen mit seinem Sohn das Haus.

Durch die Dunkelheit eilten die beiden nach Südwesten. Sie hatten eine Laterne bei sich, die einen schwachen Lichtschein spendete; es war bitterkalt, der Frost biss. Einmal stolperte der Fünfzehnjährige über eine Baumwurzel und schlug lang hin;

schließlich erreichten Vater und Sohn die Lechauen und fanden nach mühsamer Suche den Platz nahe des Altwassers, wo der Hirschkadaver unter den Fichtenflechten verborgen war.

Michael Klostermayr holte seinen Hirschfänger unter dem Mantel hervor; auch Hiasl zog seine Klinge, dann machten sie sich an ihr blutiges Werk. Sie zerteilten das gewilderte Tier in Dutzende von Stücken; schnitten das Fleisch von den größeren Knochen, zerschlugen die Gebeine mit Steinbrocken. Länger als eine Stunde arbeiteten sie; als der Hirsch gänzlich zerlegt war, brachten sie die Fleischfetzen und Knochentrümmer zum Hauptarm des Flusses und schleuderten sie so weit wie möglich aufs Wasser hinaus.

Anschließend suchten sie die Stelle, wo der Zwölfender gelegen hatte, mit Hilfe der Laterne noch einmal gründlich ab, um die letzten verräterischen Spuren zu beseitigen. Nachdem auch das geschafft war, wuschen sie sich Hände und Gesichter im Altwasser; danach knurrte der alte Klostermayr: »Eine Höllenschande ist es, dass wir den Fischen das schöne Wildbret zum Fraß vorgeworfen haben! Und das nur, weil du in deiner Blödheit ganz und gar auf die Waidmannsehre vergessen hast!«

Der letzte Satz traf Hiasl im Innersten. Er begann zu schluchzen; nach einer Weile stammelte er: »Ich werde es wiedergutmachen … Das verspreche ich … bei allem, was mir heilig ist!«

# Der Bader

## KISSING
## SPÄTHERBST 1751 BIS SPÄTWINTER 1752

Gleich am nächsten Tag bewies der Fünfzehnjährige seinem Vater, dass er nicht nur leere Worte gemacht hatte. Bei der gemeinsamen Waldarbeit für einen Kissinger Bauern schuftete Hiasl nach Kräften; der alte Klostermayr, der wahrlich kein schwacher Mann war, hatte Mühe, mit ihm Schritt zu halten. Auch im weiteren Verlauf der Woche gab der Halbwüchsige sein Bestes; als Vater und Sohn am Samstagabend müde vom Forst nach Hause gingen, sagte Michael Klostermayr zwar etwas grob, aber anerkennend: »Hast dir mit dem Zwölfender ein hundsmäßiges Schurkenstück geleistet, doch schaffen kannst du; da beißt die Maus keinen Faden ab.«

Hiasl war dankbar für diesen Satz; seine Lippen verzogen sich zu einem schüchternen Lächeln – wenig später aber, als das Hirtenhaus in Sicht kam, beschlich ihn plötzlich ein ungutes Gefühl. Denn er sah keinen Rauch aus dem Kamin aufsteigen, was zu dieser Jahreszeit ungewöhnlich war.

»Das Feuer ist ausgegangen«, murmelte er; im nächsten Moment erblickte er seinen Bruder Willibald unter der Haustür.

Der Zehnjährige rannte den Heimkehrenden entgegen; als er bei ihnen war, stieß er hervor: »Mama! Es geht ihr nicht gut!«

Erschrocken packte Michael Klostermayr den Jungen an der Schulter. »Was fehlt ihr denn?!«

Statt zu antworten, begann der Bub haltlos zu weinen; daraufhin eilten der Gemeindehirte und sein Ältester ins Haus – und drinnen in der Küchenstube sahen sie Elisabeth mit Kopf und Oberkörper auf der Tischplatte liegen.

Die achtjährige Maria und die sechsjährige Regina standen mit verheulten Gesichtern bei ihrer Mutter; Hiasl schob die Mädchen weg, kniete neben Elisabeth nieder und sprach sie an.

Doch die Mutter reagierte nicht; sie war ohnmächtig, und als Michael Klostermayr das begriff, rannte er zum Ofeneck, wo ein hölzernes Wasserschaff stand. Er tauchte einen Lappen hinein, wrang ihn aus und legte ihn seiner Frau in den Nacken. Kurz darauf kam Elisabeth zu sich; langsam richtete sie sich auf und stammelte: »Was ist … mit mir? Was ist … passiert?«

Hiasl legte ihr den Arm um die Schultern, um sie zu stützen. »Du hattest die Besinnung verloren.«

Zuerst schien seine Mutter nicht zu begreifen; dann aber murmelte sie: »Ja … ich erinnere mich. Es war ein furchtbarer Hustenanfall … Und auf einmal wurde mir schwarz vor Augen.«

Michael Klostermayr strich seiner Frau übers Haar. »Deine Lippe. Du musst dich in deiner Ohnmacht blutig gebissen haben.«

Elisabeth betastete ihren Mund. »Nein, es war der Husten … Da ist Blut gekommen, mit dem Schleim … Es war schlimm …«

Im selben Moment gewahrte Hiasl den rötlich durchschlierten Auswurf auf der Tischplatte. Er spürte, wie sich sein Herz zusammenkrampfte; er ahnte, dass die Mutter nicht nur erkältet war – und gleich darauf sagte sein Vater, welcher den Blutschleim ebenfalls gesehen hatte: »Wir müssen den Bader aus Mering holen!«

»Bitte nicht!«, wehrte Elisabeth ab. »Das kostet zu viel Geld.«

Hiasl sprang auf. »Ich hab genug Kreuzer! Und wenn ich gleich loslaufe, bin ich in zwei Stunden mit dem Bader wieder hier.«

»Da irrst du dich«, widersprach nun auch Michael Klostermayr. »In der Nacht geht der Schraml nie über Land, egal wie dringend er gebraucht wird.«

»Dann hole ich ihn eben gleich morgen in der Frühe«, kam es von Hiasl.

»Nein, das ist wirklich nicht nötig.« Elisabeth erhob sich von ihrem Stuhl. »Es wird auch ohne Bader wieder werden. Muss ja werden. Ich muss mich doch um die Kleinen kümmern …«

»Aber das Blut«, wandte ihr Gatte ein. »Das macht mir Sorgen. Bis heute hast du schließlich noch nie …«

»Mein Hals ist so wund vom vielen Husten«, unterbrach ihn seine Frau. »So, und jetzt lasst mich, damit ich mich niederlegen kann.«

Mit unsicheren Schritten ging die Kranke in die Schlafkammer. Michael Klostermayr musste es hinnehmen; nachdem er eine Weile stumm und in sich gekehrt dagestanden hatte, sagte er zu seinem Ältesten: »Die Kleinen brauchen etwas zum Abendessen … und wir auch.«

Hiasl nickte; dann versorgten er und der Vater die drei Kinder und bemühten sich, sie von ihrer Angst um die Mutter abzulenken. Nach dem Nachtmahl brachte der Fünfzehnjährige seine Geschwister zu Bett; als er in die Küche zurückkehrte, murmelte der alte Klostermayr, der sich mittlerweile einen Schnaps eingeschenkt hatte: »Warten wir halt noch ein paar Tage ab. Und hoffen wir, dass sich die Mutter erholt. Doch wenn es mit dem Blutspucken weitergeht, muss wirklich der Schraml her.«

***

Schwach, vom Fieber gepeinigt, lag Elisabeth auf dem Strohsack in der Schlafkammer. Angstvoll schaute sie auf den Meringer Bader, der ihren Urin im Nachttopf untersuchte. Der untersetzte Mittfünfziger, dessen gelbliche Gesichtsfarbe auf ein Leberleiden hindeutete, beroch die Flüssigkeit, schmeckte sie auf der Zunge ab und rührte sie mit einem Holzspatel um, damit er ihr Farbenspiel betrachten konnte. Zuletzt fasste er die Kranke scharf ins Auge und erklärte: »Du hast schlechte Säfte im Leib. Von daher kommt der blutige Auswurf beim Husten.«

Elisabeth wusste nichts darauf zu sagen; an ihrer Stelle fragte Michael Klostermayr mit belegter Stimme: »Und was kannst du dagegen tun, Schraml?«

»Ich weiß schon, wie deine Alte zu kurieren ist«, erwiderte der Bader. »Aber erst einmal muss ich meinen Lohn kriegen.«

»Wie viel kostet es?«, kam es von Hiasl, der neben seinem Vater am Krankenlager stand.

Abschätzig musterte Schraml den Halbwüchsigen. »Mit ein paar Schnepfen ist es gewiss nicht getan, du Möchtegernjäger.«

Es sah aus, als wollte Hiasl auffahren. Doch er beherrschte sich, wandte sich wortlos ab und ging in die nebenan liegende Kammer. Mit seiner Geldschatulle kam er zurück, zeigte dem Bader den Inhalt des Holzkästchens und fragte noch einmal: »Also, was kostet es?«

Schramls Miene hellte sich auf. »Vier Kreuzer bekomme ich für die Behandlung.«

Der Halbwüchsige gab ihm die Münzen; der Bader sackte sie ein, dann sagte er: »Gegen die bösartigen Körpersäfte hilft nur eins: vier Vaterunser und dazu ein kräftiger Aderlass.«

Erschrocken starrte Elisabeth auf den Meringer; ihr Gatte griff nach ihrer Hand und äußerte tröstend: »Es wird dir helfen, bestimmt!«

»Zweifellos wird's dir mit Gottes Hilfe den Wehdamm austreiben«, versicherte Schraml der Kranken; sodann bekreuzigte er sich und sprach, sie rasch herunterleiernd, die Gebete.

Danach forderte er Hiasl auf: »Bring mir eine Schüssel. Braucht nicht groß zu sein.«

Der Fünfzehnjährige holte das Gefäß. Der Bader stellte es neben dem linken Unterarm der Kranken zurecht; anschließend nahm er ein kleines Messer aus der Ledertasche, die er mitgebracht hatte, und prüfte mit dem Daumen die Schärfe der Klingenspitze. »Gut! Sehr gut!«, sagte er zuletzt – dann ergriff er Elisabeths linke Hand und schlitzte ihre Pulsader auf.

Während das Blut in die Schüssel rann, zitterte die Kranke vor Angst. Hiasl fürchtete, dass seine Mutter erneut ohnmächtig werden könnte. Aber Elisabeth stand den Aderlass durch, ohne die Besinnung zu verlieren. Am Ende, nachdem der Meringer den Schnitt in der Pulsader mit den Fingerspitzen zusammengepresst und die Wunde auf diese Weise geschlossen hatte, flüsterte die Kranke stockend: »Jetzt ist mir … wirklich ein wenig leichter. Bloß ist alles … so seltsam schwummrig.«

»Wirst sehen, wie schön du nun schlafen kannst«, sagte der Bader. »Und wenn du wieder aufwachst, wirst du den Husten kaum noch spüren, weil wir durch das Blutabzapfen deine Lunge gereinigt haben.«

Mit schwacher Kopfbewegung nickte Elisabeth; Schraml holte ein Tiegelchen aus seiner Tasche, entnahm ihm einen Batzen zäher Paste und klebte diese als Pflaster auf die Schnittwunde. Danach instruierte er den Gemahl der Kranken: »Eine Sache bleibt noch zu tun, damit die Kur bei deiner Alten voll und ganz anschlagen kann. Du musst die Schüssel nach draußen bringen und ein tiefes Loch neben dem Dunghaufen beim Ziegenstall graben. Dort hinein gießt du das Blut, spuckst siebenmal drauf und betest noch einmal vier Vaterunser. Danach schaufelst du das Erdloch wieder zu, und wenn du das alles erledigt hast, gehst du ins Haus zurück. Du darfst dich dabei jedoch auf gar keinen Fall nach dem Misthaufen hin umdrehen.«

Michael Klostermayr schaute den Bader zweifelnd an; dann aber ergriff er das Gefäß, auf dessen Boden das Blut schwappte, und verschwand. Gleich darauf machte sich auch Schraml auf den Heimweg nach Mering; Hiasl wiederum setzte sich zu seiner Mutter und sprach besänftigend mit ihr, um sie nach der schmerzhaften Prozedur zur Ruhe zu bringen.

Nach einer Weile schlief Elisabeth ein; nun kümmerte sich der Halbwüchsige um seine Geschwister, die sich in der Küchenstube aufhielten. Nach einer Viertelstunde kam der alte

Klostermayr von draußen zurück und fragte nach dem Befinden der Kranken; Hiasl beschied ihn: »Ich hab vorhin noch ein bisschen mit ihr geredet, dann sind ihr die Augen zugefallen.«

»Ganz wie der Bader gesagt hat«, stellte der Gemeindehirte fest und fügte hinzu: »Hoffentlich wirkt der Aderlass auch gegen den Bluthusten.«

»Gewiss wird er der Mutter helfen«, versuchte der Fünfzehnjährige sich, dem Vater und den Kleinen Mut zu machen.

»Gebe es der Herrgott!«, seufzte Michael Klostermayr; sodann ging er zur Anrichte im Ofeneck und goss sich, wie schon öfter während der letzten Tage, einen Schnaps ein.

Am nächsten Morgen sah es ganz so aus, als hätte der fromme Stoßseufzer des Gemeindehirten Wirkung gezeigt. Denn Elisabeth fühlte sich deutlich besser; sie verließ das Bett und war bis zum Spätnachmittag fähig, ihre häuslichen Arbeiten zu verrichten. Nur gelegentlich musste sie husten; wenn es geschah und sich dabei Schleim löste, schmeckte sie kein Blut. Bei Einbruch der Abenddämmerung aber erlitt sie neuerlich einen heftigen Anfall, der sie erschöpfte.

Auch in der folgenden Zeit besserte sich ihr Gesundheitszustand nicht entscheidend. Manchmal stand sie einen Arbeitstag durch; dann wieder war sie so entkräftet, dass sie sich niederlegen musste, und an Weihnachten konnte sie ihren Gatten und die beiden Söhne nicht zur Christmette begleiten. Zusammen mit den kleinen Mädchen blieb sie zuhause, und als die Kirchgänger heimkehrten, sagte ihnen Elisabeth mit schwacher Stimme: »Vorhin habe ich wieder Blutschleim ausgehustet.«

»Dann muss der Bader noch mal kommen!«, stieß Hiasl hervor.

»Nein!«, widersprach sein Vater. »Dem verdammten Quacksalber werfen wir kein Geld mehr in den Rachen! Besser ist es, ich gehe gleich morgen früh zur Wehfrau unseres Dorfes.«

»Tu das«, kam es von der Kranken. »Die alte Anna hat mich von allen Kindern entbunden. Und hat's immer gut gemacht.«

»Aber sie ist doch keine Heilkundige«, wandte Hiasl ein.

»Manche sagen, dass sie den Leidenden dreimal besser als der Schraml helfen kann«, versetzte Michael Klostermayr. »Und deshalb hätten wir sie gleich um Beistand bitten sollen.«

Am nächsten Tag, während in Kissing die Kirchenglocken zur Frühmesse läuteten, führte der Gemeindehirte die Wehfrau in die Schlafkammer, wo Elisabeth lag. Die Hebamme war hochbetagt; weil es seit der Morgendämmerung heftig schneite, war ihr dunkler Umhang schneeverkrustet. Als Anna den Überwurf ablegte, wurde deutlich, wie mager und altersgebeugt sie war. Doch ihre blassblauen Augen funkelten, und mit klarer Stimme forderte sie die Kranke auf: »Erzähl mir genau, was dir fehlt.«

Nachdem sie Elisabeth zugehört und auch von dem Aderlass erfahren hatte, sagte die Wehfrau: »Der Schraml ist ein Narr. Es sind keine bösen Säfte, welche den Bluthusten bei dir ausgelöst haben. Vielmehr hast du eine Erkältung verschleppt, weshalb sich eine Lungenentzündung entwickeln konnte. Und die werden wir nun mit Hilfe bestimmter Kräuter bekämpfen.«

Die Kranke tastete nach Annas Hand. »Wirst du mich wieder auf die Beine bringen? Die Kinder, sie brauchen mich doch ...«

»In den Heilkräutern, die uns die Erdmutter schenkt, steckt große Kraft«, erwiderte die Wehfrau.

Sodann ging sie, ihren Umhang mitnehmend, in die Küchenstube. Dort holte sie mehrere Leinensäckchen aus der Innentasche ihres Überwurfs, die getrocknete Wald- und Feldkräuter enthielten. Sie gab die Heilkräuter in verschiedenen Dosierungen in einen Topf, goss heißes Wasser darüber und ließ den Sud eine ganze Weile ziehen. Während dieser Zeit betete sie flüsternd und nicht unbedingt auf christliche Art; Hiasl, der am Tisch saß und sich dort um seine jüngeren Geschwister kümmerte, hörte mehrmals, wie Anna drei heidnisch klingende Namen raunte: Wilbeth, Borbeth und Ambeth.

Schließlich seihte die Wehfrau den Aufguss durch ein Tuch in einen zweiten Topf, füllte ein Drittel des Kräutertees in einen Holzbecher und brachte diesen zur Bettstatt Elisabeths. Michael Klostermayr, der bei seiner Gattin geblieben war, roch den herben Duft des Suds; Anna flößte der Kranken den Tee ein, und nachdem Elisabeth den Becher geleert hatte, sagte die Wehfrau zu ihr: »Der Kräutersud wird dir auf bessere Art als ein unsinniger Aderlass Schlaf schenken und zudem hilfreich auf deine entzündete Lunge einwirken. Am Mittag, wenn du wieder wach bist, trinkst du den Tee erneut, und einen dritten Becher soll dir dein Mann am Abend bringen. Ich aber komme morgen früh wieder zu euch, um frischen Sud für dich aufzusetzen.«

»Danke«, flüsterte die Kranke, der bereits die Lider schwer wurden. Und gleich darauf hatte Elisabeth das Gefühl, als würde der quälende Reiz in ihrer Brust sich bereits lindern.

***

Aufgrund des Kräuterwissens und der Fürsorge der Wehfrau besserte sich Elisabeth Klostermayrs Zustand erheblich. Als das neue Jahr anbrach, war ihr Fieber stark gesunken, und sie warf bei den seltener gewordenen Hustenanfällen keinen blutigen Schleim mehr aus. Ab der zweiten Januarwoche wurde der Husten locker; er bereitete Elisabeth nun keine ernsthaften Beschwerden mehr, und Ende des Monats erklärte ihr Anna: »Deine Lunge hat sich gut erholt. Doch über den Berg bist du noch nicht, weil dich die wochenlang verschleppte Krankheit allzu sehr angegriffen hat. Daher müssen wir noch eine Nachbehandlung mit anderen Kräutern als den bisherigen durchführen. Gleich morgen bereite ich dir eine Salbe aus ihnen, die du auf den Brustkorb auftragen und einatmen kannst. Und wenn du das einige Wochen machst, bist du wieder völlig gesund.«

Elisabeth Klostermayr umarmte die Greisin, die ihr so hingebungsvoll geholfen hatte; dann sagte sie: »Ich weiß gar nicht, wie ich dir alles vergelten kann.«

»Tu anderen Menschen Gutes, das ist mir Lohn genug«, antwortete Anna; danach verabschiedete sie sich mit warmen Worten und machte sich auf den Heimweg zu ihrer bescheidenen, einschichtigen Hütte.

Am folgenden Tag jedoch kam die Wehfrau nicht ins Hirtenhaus. Bis zum Abend wartete Elisabeth vergeblich auf sie; am nächsten Morgen bat sie Hiasl: »Geh zu Anna und schau nach ihr. Womöglich ist sie jetzt selbst krank geworden.«

Der Fünfzehnjährige lief los; durchquerte im beißenden Januarfrost das Dorf und langte jenseits von Kissing, auf Friedberg zu, bei der Behausung der Greisin an. Die Holzhütte stand auf einer kleinen Wiese am Waldsaum; vom Rand des niedrigen Schindeldaches hingen Eiszapfen herab; im Brunnentrog, einem halbierten und ausgehöhlten Stück eines Eichenstammes, war das Wasser eingefroren.

Hiasl klopfte an die Hüttentür; als er von drinnen nichts hörte, versuchte er es noch einmal. Aber auch diesmal erfolgte keine Reaktion; daraufhin öffnete der Halbwüchsige die Tür, betrat den halbdunklen, kalten Raum dahinter – und sah die Wehfrau zur Linken, bei der erloschenen Feuerstätte, mit dem Rücken zu ihm auf den Knien liegen.

Der Anblick wirkte auf seltsame Weise beklemmend auf den Fünfzehnjährigen. Mit unsicherer Stimme sprach er die Greisin an; als sie nicht antwortete, ging er zu ihr. Erst jetzt erkannte er, dass sie vor einer Art Erdaltar kniete; einem niedrigen Lehmsockel, auf dem drei spannengroße Schnitzfiguren standen: drei Frauen. Wilbeth, Borbeth und Ambeth, durchfuhr es Hiasl – mit dem nächsten Herzschlag fiel ihm auf, dass an der Körperhaltung Annas irgendetwas nicht stimmte, und wiederum einen Moment später, als er die starren, halboffenen Augen der Wehfrau sah, begriff er: Anna war im Gebet verstorben.

Wie gelähmt schaute der Halbwüchsige auf die Tote; endlich dachte er: Ich kann sie nicht so auf den Knien liegenlassen … Ich muss sie zu ihrer Bettstatt bringen, muss sie zudecken …

Während er tat, was er für seine Pflicht gegenüber der heimgegangenen Wehfrau hielt, wurde ihm bewusst, dass seine Mutter die Heilsalbe nun nicht mehr bekommen würde. Dann jedoch, als er den zerbrechlichen Körper der Greisin auf den Strohsack gebettet und eine Wolldecke über ihn gebreitet hatte, kam es ihm in den Sinn: Vielleicht hat Anna die Salbe vor ihrem Tod noch zubereiten können.

Er durchsuchte die Hütte, fand aber lediglich gebündelte oder in Leinensäckchen verpackte Kräuter sowie einige leere Tontiegelchen. Angesichts dessen beschlich ihn Angst um Elisabeth, doch er überwand sie, indem er sich sagte, dass seine Mutter ja beinahe wieder gesund war. Gleich darauf dachte er: Ich muss ins Dorf, den Pfarrer verständigen!

Der Fünfzehnjährige lief zurück nach Kissing. Unter der Tür des Pfarrhauses teilte er dem Dorfpriester, der erst nach längerem Klopfen geöffnet hatte, mit: »Die Wehfrau, die alte Anna, liegt tot in ihrer Hütte am Waldrand draußen!«

Der Pfarrer, der schon zu dieser frühen Tageszeit nach Bier roch, grunzte etwas Unverständliches; dann raunzte er: »Was geht's mich an?!«

»Ihr müsst Euch um die Beisetzung kümmern«, verlangte Hiasl. »Anna hatte keine Angehörigen, hatte gar niemanden …«

»Und in die Kirche ist sie auch nie gekommen!«, versetzte der Priester. »Ein verfluchtes Heidenweib war sie! War mit dem Teufel im Bund! Auf dem Scheiterhaufen hätte man sie deswegen verbrennen müssen, vor Jahren schon!«

»Aber sie braucht doch ein Grab!«, beharrte der Halbwüchsige.

»Ja, ein Schandgrab!«, knurrte der Pfarrer. »Außerhalb des Friedhofs. Dort, wo die auf ewig verdammten Selbstmörder und die ungetauften Kinder liegen. Da soll sie eingescharrt werden. Aber den Segen der Heiligen Mutter Kirche kriegt sie nicht!«

Damit schlug der Priester die Tür wieder zu. Verstört blieb Hiasl eine Weile stehen, dann gewahrte er beim Brunnen auf dem Dorfplatz zwei Bauern. Er lief zu ihnen hinüber; nachdem er ihnen vom Tod der Wehfrau und der Reaktion des Klerikers berichtet hatte, äußerte der ältere Landwirt: »Wir werden schon dafür sorgen, dass die Leiche hergebracht wird und unter die Erde kommt. Doch ein christliches Begräbnis steht ihr nicht zu, das hat der Pfarrer ganz richtig gesagt.«

Vergeblich versuchte der Fünfzehnjährige, die Bauern umzustimmen. Sie blieben hart und wurden zuletzt, als Hiasl den Dorfpriester einen Säufer schalt, sogar grob. Daher blieb dem Halbwüchsigen nichts anderes übrig, als sich auf den Heimweg ins Hirtenhaus zu machen; noch bevor er dort anlangte, nahm er sich allerdings vor, nicht aufzustecken, sondern weiter dafür zu kämpfen, dass Anna auf würdige Weise beerdigt wurde.

Nachdem sie den ersten Schreck über den Tod der Wehfrau überwunden hatten, waren Michael und Elisabeth Klostermayr durchaus bereit, Hiasl in seiner guten Absicht zu unterstützen. Bis zum Spätnachmittag beratschlagten sie mit ihrem Ältesten, wie man am besten vorgehen könnte, um den widerspenstigen Sinn des Pfarrers zu brechen. Schließlich riet Elisabeth, die Kissinger Frauen, welche der verstorbenen Wehfrau allesamt viel zu verdanken hatten, gegen den hartherzigen Priester zu mobilisieren. Ihr Gemahl und Hiasl stimmten zu; Michael Klostermayr sagte: »Am besten mache ich mich gleich auf, um mit den Müttern und Großmüttern zu reden.«

Doch als der Gemeindehirte und sein halbwüchsiger Sohn auf den Dorfplatz kamen, erlebten sie einen Schock. Denn vor der Kirche hatten sich Dutzende Bauern zusammengerottet, und einer von ihnen erklärte dem alten und dem jungen Klostermayr hämisch: »Die verfluchte Hexe ist schon verscharrt. Neben dem Selbstmörder, der sich vorletztes Jahr in seiner Scheune erhängt hat. Von dem kann sich die Teufelsanbeterin jetzt in der Hölle ficken lassen. Und damit das Gespenst des Galsterweibs keinen Platz findet, wo es spuken kann, haben wir den roten Hahn aufs Dach der Hexenhütte gesetzt. Gebrannt hat's heißer als das Fegefeuer, und nun gibt's dort, wo die Satansbuhle ihr Unwesen trieb, bloß noch einen rauchenden Trümmerhaufen.«

Für einen Moment sah es so aus, als wollte Hiasl auf den Hofbesitzer losgehen; dann aber wandte er sich wortlos ab, und sein Vater tat es ihm gleich. Stumm gingen beide zu der Stelle außerhalb der Friedhofsmauer, wo die Greisin in die Grube geworfen worden war. Dort immerhin standen ein paar Frauen, die still für die Tote beteten. Der Gemeindehirte und sein Sohn gesellten sich zu ihnen; später, schon wieder auf dem Rückweg zum Dorfrand, sagte Michael Klostermayr leise: »Wollen wir hoffen, dass Anna trotz allem in Frieden ruhen kann und die Mutter daheim auch ohne ihre Hilfe wieder ganz gesund wird.«

***

Wirklich schien es bis zur Februarmitte so, als würde Elisabeth Klostermayr völlig genesen. Sie blieb weiterhin vom Fieber verschont, hustete nur noch selten und konnte in den Nächten durchschlafen. Doch als in der dritten Woche des Monats nasskaltes Nebelwetter einsetzte, erlitt sie einen schweren Rückfall. Die Hustenanfälle wurden schlimmer denn je; nach einem Tag war der ausgeworfene Schleim wieder blutig, und Elisabeth fieberte dermaßen, dass sie förmlich glühte.

In seiner Angst verfiel ihr Gatte schließlich darauf, abermals auf den Meringer Bader zu setzen. Nachdem dieser ans Krankenbett getreten war und die Leidende mit hochgezogenen

Brauen gemustert hatte, fuhr er den Hausherrn an: »Statt mir habt ihr der Hexe vertraut, und jetzt ist Matthäi am Letzten!«

Michael Klostermayr erbleichte; Hiasl stieß hervor: »Das kann nicht sein! Der Mutter ging es doch vor kurzem noch gut!«

»Das glaubst du bloß«, erwiderte Schraml. »Die Wahrheit ist, dass der Hexenzauber bei ihr nur eine scheinbare Besserung bewirkt hat, während er heimlich die bösen Säfte in ihrem Blut noch vermehrte.«

Der Bader berührte die Stirn der fast ohnmächtigen Elisabeth und zog die Hand hastig wieder zurück. »Die höllische Hitze, die von der Kranken abstrahlt, beweist, dass Teufelswerk im Spiel ist.« Er bekreuzigte sich. »Aber ganz hat die Satansbuhle nicht gesiegt, weil ich gerade noch rechtzeitig gerufen wurde.«

»Dann kannst du also helfen?!« Flehend blickte der alte Klostermayr den Meringer an.

»Die schlechten Blutsäfte müssen sofort heraus!«, versetzte Schraml. »Und hart gebetet muss werden! Nicht vier Vaterunser wie damals, sondern die doppelte Zahl!« Er fasste Hiasl ins Auge. »Hol mir eine Schüssel her, damit ich anfangen kann.«

Gleich darauf sprach der Bader die Gebete, sodann öffnete er die Schlagader an Elisabeths Handgelenk und ließ das Blut ins Auffanggefäß rinnen. Der Aderlass dauerte zweimal so lange wie beim ersten Mal; als Michael Klostermayr die irdene Schüssel ins Freie trug, um dort das Vergrabungsritual zu vollziehen, das er bereits kannte, erschrak er über die Blutmenge, die sich in dem Gefäß befand.

Drinnen in der Schlafkammer verlor die Kranke unterdessen völlig das Bewusstsein. Schraml registrierte es zufrieden und stellte, nachdem er Elisabeths Stirn neuerlich betastet hatte, freudig fest: »Der Kopf ist schon kühler. Und das bedeutet: Meine Behandlung schlägt bestens an.«

Als der Gemeindehirte von draußen zurückkehrte, beschied ihn der Bader: »Fürs Blutabzapfen und Beten kriege ich heute acht Kreuzer. Und weitere acht bekomme ich in einer Woche. Weil es dann nötig sein wird, die Kur zu wiederholen. Denn nur so kann dein Weib endgültig geheilt werden.«

Einmal mehr bezahlte Hiasl den Meringer aus seinem Münzkästchen, das danach fast leer war. Schraml verschwand; anschließend blieb Michael Klostermayr am Bett seiner Frau sitzen, während sich sein Ältester um die Geschwister in der Küchenstube kümmerte.

Erst nach Stunden kam Elisabeth wieder zu sich. Sie war nun so bleich wie das Laken, unter dem sie lag, und so verwirrt, dass sie ihren Gemahl kaum erkannte. Nach einer Weile begann sie zu phantasieren: sprach von Engeln, Teufeln und zwischendurch von ihren verstorbenen Eltern, die sie im Fegefeuer zu sehen glaubte. Lange dauerte dieser Zustand an; endlich, als sich draußen der Tag neigte, schlief die Kranke ein.

Am nächsten Morgen wirkte Elisabeth ein wenig erholt, war bei Sinnen und hatte außer einer heftigen Hustenattacke, die sie gleich nach dem Aufwachen erlitt, den Vormittag über keine weiteren derartigen Anfälle mehr. Am Nachmittag kehrte der schwere Husten zurück, legte sich jedoch am Abend wieder – und während der folgenden Zeit schien sich der Zustand der Kranken langsam zu bessern.

Nach einer Woche kam der Bader erneut ins Hirtenhaus und verkündete nach kurzer Untersuchung Elisabeths: »Hab ich's doch gewusst, dass es dank meiner Heilkunst aufwärts gehen wird. Aber Blut müssen wir trotzdem noch einmal zapfen; da beißt die Maus keinen Faden ab.«

Dann wiederholte er den Aderlass, und neuerlich musste der Gemeindehirte das bewusste Ritual auf sich nehmen. Danach kassierte Schraml weitere acht Kreuzer, die Michael Klostermayr und sein Ältester durch das Zusammenkratzen ihrer letzten Münzen gerade noch aufzubringen vermochten. Zufrieden strich der Meringer das Geld ein und erklärte: »Jetzt ist die Kur mit Gottes Hilfe vollendet. Die schlechten Körpersäfte sind allesamt draußen in den Erdgruben versickert; die können keinen Schaden mehr anrichten, weil sie durch das Vaterunserbeten gebannt wurden. Und dein Weib, Klostermayr, wird schon in Kürze ganz genesen sein.«

Diese Worte bewahrheiteten sich jedoch nicht. Denn bald nachdem Schraml das Haus verlassen hatte, fiel Elisabeth abermals in Ohnmacht und begann später noch schlimmer als eine Woche zuvor zu phantasieren. Während der nächsten Tage litt sie zudem abwechselnd unter Schüttelfrost und schwerem Fieber. Auch die Hustenanfälle quälten sie nun wieder arg, und am Abend des zweiten März spuckte sie erneut Blut.

Der Gemeindehirte war drauf und dran, seinen Ältesten nach Mering zu schicken, um den Bader zu verständigen – doch am nächsten Morgen wirkte die Kranke erstaunlich erholt. Den ganzen Tag über hatte sie nur noch leichtes Fieber und hustete seltener; ebenso war es am vierten März. Es sah ganz so aus, als wäre Elisabeth auf dem Weg der Besserung – dann, in der Nacht auf den fünften März, kurz vor der Morgendämmerung, wurde Michael Klostermayr, der neben seiner Frau geschlafen hatte, durch ein qualvolles Röcheln geweckt.

Erschrocken sprach der Gemeindehirte die Kranke an; als sie nicht antwortete, sprang er aus dem Bett und lief in die Küche, um in der Ofenglut einen Kienspan zu entzünden. Als er mit dem Licht zurückkam, sah er, dass Mund und Hals seiner Gattin mit Blut befleckt waren. Wie in unsäglicher Furcht starrte Elisabeth auf den Mann, der sie einst zum Traualtar geführt hatte; im nächsten Moment schien etwas ihre Augen zu verschatten – und wiederum ein paar gehetzte Herzschläge später, als der Kopf seiner Frau kraftlos zur Seite sank, begriff Michael Klostermayr, dass er zum Witwer geworden war.

# Das Leichenbegängnis

KISSING/LECHFELD/AUGSBURG/REGENSBURG
SPÄTWINTER 1752 BIS SOMMER 1753

Der Gemeindehirte, sein ältester Sohn, Bernhard Wörsching und ein Bruder der Verstorbenen, der in Elisabeths Geburtsort Ottmaring lebte, trugen den Sarg. Die Totenkiste war aus grobgehobelten Brettern zusammengefügt; als Schmuck lag lediglich ein kleiner Bund Tannengrün auf dem Deckel. Schweigend schleppten die drei Männer und der Halbwüchsige ihre Last zum Friedhof. Willibald, Maria und Regina gingen still weinend hinterdrein; etwa zwanzig Kissinger und Ottmaringer beiderlei Geschlechts folgten den Kindern unter halblautem Beten.

Am offenen Grab wartete der Pfarrer; sein Gesicht war vom Frühschoppen, den er sich kurz zuvor gegönnt hatte, gerötet. Als Hiasl ihm beim Abstellen des Sarges nahe kam, roch er den Bierdunst, der aus dem Mund des Priesters drang; gleich darauf fasste der Kleriker den alten Klostermayr ins Auge und fragte in gedämpftem Ton: »Hast du auch den Obolus für das Begräbnis bei dir? Ich will es wissen, weil ich gehört habe, dass dich der Meringer Bader einen Batzen Geld gekostet hat.« Er rülpste und fuhr fort: »Geholfen hat es aber nichts. Besser wäre es gewesen, du hättest der Heiligen Mutter Kirche eine Spende gemacht. Dann wäre dein Weib wohl noch am Leben.«

Michael Klostermayr antwortete nicht; er griff lediglich in die Tasche und gab dem Priester die zwölf Kreuzer, die ihm Wörsching geliehen hatte. Zufrieden grunzte der Kleriker; sodann stellte er sich ans Kopfende der Erdgrube und zelebrierte, die lateinischen Gebetssequenzen undeutlich murmelnd, eine kurze Totenandacht. Nachdem er das Amen gesprochen hatte, gab er dem Witwer das Zeichen, mit der Beisetzung zu beginnen. Die vier Sargträger ließen die Totenkiste mit Hilfe von Seilen ins Grab hinab; wenig später polterten die ersten Erdschollen auf die Deckelbretter, und zugleich begannen Willibald, Maria und Regina haltlos zu flennen.

Auf dem Weg zur Dorftaverne bemühten sich der alte Klostermayr und Hiasl vergeblich, die Kinder zu beruhigen; die Kleinen fassten sich erst dann einigermaßen, als ihnen die mitleidige Wirtin Butterbrote und Milch brachte. Für die Erwachsenen wurden Würste, Kraut und Bier aufgetischt; ein besseres Totenmahl konnte sich der Gemeindehirte trotz der Unterstützung seines Freundes, des Herrschaftsjägers, nicht leisten. Aus diesem Grund hatte sich der Pfarrer entschlossen, erst gar nicht an der Totenfeier teilzunehmen; auch die Trauergemeinschaft löste sich schon bald wieder auf, und angesichts dessen brach es auf dem Rückweg zum Hirtenhaus aus Hiasl heraus: »Das hätte sich die Mutter nicht träumen lassen, dass sie einmal so armselig unter die Erde kommen würde! Der besoffene Pfaffe hat am Grab kaum das Maul aufgebracht, und in der Taverne ist es alles andere als üppig zugegangen.«

»Wir sind halt kleine Leute«, murmelte Michael Klostermayr. »Und um das bisschen Geld, das wir besessen haben, hat uns der verfluchte Bader gebracht.«

Der Halbwüchsige ballte die Fäuste. »Womöglich hat der Schraml die Mama sogar auf dem Gewissen! Den Schädel müsste man dem blöden Quacksalber einschlagen – oder ihm das Dach über dem Kopf anzünden!«

Erschrocken starrte die siebenjährige Regina ihren großen Bruder an; daraufhin setzte Hiasl deutlich gemäßigter hinzu: »Aber wenigstens kann ich schnell wieder was verdienen. Gleich morgen gehe ich auf die Vogeljagd. Das wird uns ein paar Pfennige bringen. Wenn ich dann fleißig weitermache, werden wir die Schulden beim Wörsching mit der Zeit abstottern können, und für uns bleibt auch was übrig.«

***

Als sich der März in den April drehte und das Wetter unberechenbar, aber milder wurde, hatte der Fünfzehnjährige durch den Schnepfenfang so viel verdient, dass er dem Herrschaftsjäger ein Viertel des geliehenen Geldes zurückzahlen konnte. Neun Kreuzer fehlten jedoch immer noch; außerdem verletzte sich Michael Klostermayr am Ende der ersten Aprilwoche bei der Tagelöhnerarbeit auf einem Großbauernhof arg am Bein. Die Eisenzähne einer Egge, die von einem Wagen herabkrachte, rissen ihm die Wade auf. Der Unfall machte den Witwer vorübergehend erwerbslos – und dies trieb seinen Ältesten dazu, einmal mehr exzessiv seiner Jagdleidenschaft nachzugeben.

Schon seit dem Hinscheiden der Mutter hatte sich Hiasl oft innerlich gegen das ihm Unbegreifliche aufgebäumt; gegen den Schicksalsschlag, der ihn und seine Angehörigen so brutal und scheinbar sinnlos getroffen hatte. Seine Wut auf den Bader, dem er die Schuld am Tod Elisabeths anlastete, war hinzugekommen; sie hatte ihn noch tiefer in die mentale Rebellion getrieben – und nun, da auch noch der Vater das Unglück gehabt hatte und deshalb zusätzliche Geldnot drohte, brach bei dem Halbwüchsigen erneut jener wilde, ungebärdige Charakterzug durch, der einen Gutteil seines Wesens ausmachte.

Zwei Tage nachdem der verletzte Gemeindehirte auf einem Karren heimgebracht worden war, nahm Hiasl den Stutzen von der Wand, packte seine Vogelnetze zusammen und verließ das Hirtenhaus mit den Worten: »Heute will ich nicht bloß für ein paar Pfennige Beute machen!«

Eine Stunde später stellte der Fünfzehnjährige die Netze in den Auen am rechten Lechufer auf. Danach überquerte er den Fluss in einer Zille, die er, ohne sich mit der Suche nach dem Eigentümer aufzuhalten, bei einer Fischerhütte losgekettet hatte. Westlich des Flusses lief Hiasl weiter bis zum Lechfeld; als er am Saum der einsamen, von leichten Bodenwellen durchzogenen Ebene anlangte, dachte er: Hier sind vor Jahrhunderten die Ungarn hingemetzelt worden, die als Raub- und Mordbrenner in unser Land einfielen. Und ich werde jetzt jedes Stück Niederwild abschießen, das mir vor die Büchse kommt.

Bis zur Nachmittagsmitte pirschte der Halbwüchsige; zuletzt hatte er fünf Feldhasen und sechs Rebhühner erlegt. Er schleppte seine Jagdbeute zum Nachen; in den östlichen Flussauen inspizierte er die Vogelnetze und löste ein gutes Dutzend Schnepfen aus den Maschen.

So schwer beladen, dass er unterwegs mehrmals rasten musste, ging er nach Kissing zurück, wo er die Wildhühner und alle Hasen bis auf einen verkaufte. Den letzten Feldhasen im Rucksack, marschierte er weiter nach Mergenthau und brachte beim dortigen Küchenmeister auch die Schnepfen an. Erst nach Einbruch der Nacht kehrte er ins Hirtenhaus heim, warf den Hasen auf den Küchentisch, legte die Münzen daneben, die sich in seiner Tasche angesammelt hatten, und verkündete dem Vater und den Geschwistern: »Einen Teil unserer Schulden sind wir wieder los, und einen Braten gibt's morgen obendrein!«

Auch während der nächsten Wochen ging Hiasl häufig in den Wäldern um Kissing oder neuerlich in den Lechauen auf die Pirsch. Jedes Mal, wenn er auf ein Stück Niederwild feuerte und die Kugel ins Fell oder ins Gefieder fetzen sah, verspürte er tiefe, rauschhafte Befriedigung. Es war ihm dann, als hätte er sich durch den Schuss an der Welt gerächt; an der Welt und am feindlichen Schicksal, das ihm die Mutter geraubt hatte.

Der alte Klostermayr wiederum duldete die Jagdexzesse seines Stammhalters – zumindest so lange, wie es nötig war, um den Lebensunterhalt der Familie zu sichern und die Schuld bei Bernhard Wörsching abzutragen. Dann jedoch, als der Herrschaftsjäger sein Geld zurückbekommen hatte, Hiasl aber weiterhin fast täglich pirschte, stellte ihn der Vater zur Rede.

»Du treibst es zu wild!«, hielt Michael Klostermayr seinem Ältesten vor. »Es ist schön genug, dass der Bernhard dir den Vogelfang übertragen und dir die Jagd auf Hasen, Rebhühner und Fasane erlaubt hat. Aber die Maßlosigkeit hat er dir nicht gestattet, und die steht einem Waidmann, der du ja sein willst, auch nicht gut an.«

»Ich brauche das Schießen!«, fuhr Hiasl auf. »Weil es mich sonst inwendig zerreißt!«

»Das habe ich schon geahnt, dass es wegen der Mutter ist«, sagte der Gemeindehirte leise. »Weil sie uns so plötzlich und so früh verlassen hat …« Er griff nach der Rechten des Sohnes. »Doch das wütende Aufbegehren gegen das Unabänderliche hat keinen Sinn. Damit schaden wir uns nur selbst, machen uns kaputt …« Er zog die Hand zurück und wischte sich über die Augen, die feucht geworden waren. »Glaub mir, mein Seelenschmerz ist nicht kleiner als deiner. Auch ich muss ihn tragen, muss irgendwie damit fertig werden. Und muss dazu auf den Höfen schuften, damit die Kleinen ihr Brot bekommen. Auch wenn mir das Bein bei der Arbeit oft noch höllisch weh tut …«

»Wenn ich jage, kriegen meine Geschwister ebenfalls was zu essen!«, entfuhr es Hiasl; im nächsten Moment besann er sich und fügte hinzu: »Aber du hast schon recht. Nicht nur ich leide unter Mamas Tod. Das habe ich in der letzten Zeit wohl vergessen. Nur ist es halt so, dass mir das Waidwerk am allerbesten gegen den Schmerz hilft.«

»Ich will es dir ja nicht verbieten«, erwiderte Michael Klostermayr. »Ich möchte dich bloß zur Vernunft bringen; auch im Hinblick auf den Wörsching. Denn wenn du den Bogen weiterhin so närrisch überspannst, und er kommt dir drauf, dann könnte er dir am Ende die Jagd auf eigene Faust ganz verwehren.«

»Das wäre furchtbar!«, stieß der Fünfzehnjährige hervor; gleich darauf versprach er: »Ich will mit dem Stutzen wieder langsamer tun … obwohl es mir verdammt schwerfallen wird.«

In den folgenden Wochen pirschte Hiasl nur noch selten und kümmerte sich stattdessen um seinen jüngeren Bruder und die Schwestern; außerdem half er seinem Vater nach Kräften auf dem Taglohn oder bei der nun wieder beginnenden Hirtenarbeit. Doch oft sehnte er sich dermaßen nach der Freiheit des Waidwerks, dass ihn das Entsagen schier körperlich peinigte; manchmal war er nahe daran, von neuem aus dem zwängenden Alltag und damit seiner inneren Pein auszubrechen.

An einem Samstag in der zweiten Maihälfte schließlich vermochte er sich beim besten Willen nicht mehr zu beherrschen. Abermals schoss er in den Lechauen innerhalb weniger Stunden eine Menge Niederwild ab und verkaufte es in Mering. Als er, den Stutzen über der Schulter und die Münzen in der Tasche, heimging, fühlte er sich besser als seit langem – doch am nächsten Tag, gegen Abend, kam der Herrschaftsjäger ins Hirtenhaus, und sein Gesichtsausdruck verhieß nichts Gutes.

Mit gerunzelter Stirn und zusammengepressten Lippen musterte Bernhard Wörsching den Fünfzehnjährigen, der zusammen mit dem Vater und den Geschwistern am Tisch in der Küchenstube saß. Hiasl senkte den Blick; in unbehaglichem Tonfall fragte Michael Klostermayr seinen Jagdfreund: »Was ist denn passiert … weil du so grimmig dreinschaust?«

Wörsching antwortete nicht gleich. Er ließ sich auf einem Schemel im Ofeneck nieder, erst dann entgegnete er: »Eine Sauwut habe ich! Und das ist beileibe kein Wunder!«

Der Fünfzehnjährige duckte sich; sein Vater stand langsam auf, füllte am Wandbord einen Schnapsstamper, reichte ihn dem

Herrschaftsjäger und forderte mit belegter Stimme: »Sag schon, wo dich der Schuh drückt.«

Bernhard Wörsching kippte den Fusel; sodann äußerte er: »Das mit dem Schuh ist schon richtig! Dir haben die Eggenzähne die Wade aufgerissen, und mir hat vor zwanzig Jahren ein Blödian von Mönch, der nicht mit seiner Büchse umgehen konnte, bei einer Treibjagd eine Kugel in den Fuß geschossen. Der Medikus der Jesuiten hat sie mir wieder herausgezogen und hat mich auch sonst gut verarztet, so dass ich später kaum noch Beschwerden hatte. Aber seit ein paar Wochen bereitet mir die alte Wunde wieder Schmerzen – und zwar so schlimme, dass mich der Schuh zuzeiten wahrlich aufs Übelste drückt.«

Plötzlich saß Hiasl wieder aufrecht da; auch der alte Klostermayr wirkte erleichtert. Er füllte Wörschings Stamper nach und sagte: »Das kann ich mir vorstellen, dass das ein Kreuz ist. Besonders auf der Jagd. Ich wünschte, ich könnte dir helfen.«

Die Miene des Herrschaftsjägers hellte sich etwas auf; er nippte am Schnaps, schmeckte ihm nach und erwiderte: »Hab Dank für dein Mitgefühl, Michael. Doch die Hilfe, die ich brauche, kannst du mir wegen deiner vielen sonstigen Arbeit nicht geben. Anders hingegen«, er wandte sich dem Fünfzehnjährigen zu, »würde es bei dir aussehen, Hiasl.«

»Was meinst du damit?« Erregt, ahnungsvoll stieß der Halbwüchsige die Worte hervor.

Bernhard Wörsching ließ ihn einen Augenblick schmoren, ehe er entgegnete: »Wegen meines Fußleidens und auch wegen meines fortgeschrittenen Alters kann ich meine Pflichten als Waidmann nicht mehr allein erfüllen. Und daher dachte ich, du könntest mir künftig als mein Jagdgehilfe zur Seite stehen.«

Hiasl sprang auf. »Als Hilfsjäger im Dienst der Mergenthauer Hofmarksherren?! Mit festem Lohn?!«

Wörsching nickte. »Jawohl, das kann ich dir anbieten. Mit dem Abt habe ich deswegen schon gesprochen.«

»Einverstanden!« Der Fünfzehnjährige strahlte über das ganze Gesicht. »Wann kann ich anfangen?«

»Sofort, wenn du willst.« Der Herrschaftsjäger leerte den Schnapsstamper. »Vorausgesetzt, dein Vater stimmt zu.«

»Natürlich ist es mir recht«, erklärte Michael Klostermayr. »Bei dir, Bernhard, ist mein Bub bestens aufgehoben, und mit einigem Glück kann er seinen Weg bei den Jesuiten machen.«

»Das ist nicht ausgeschlossen«, schmunzelte Wörsching; sodann forderte er den Gemeindehirten auf: »Und jetzt hol noch zwei Stamper her, damit ich mit dir und meinem frischgebackenen Jagdgehilfen anstoßen kann.«

***

Vom nächsten Tag an unterstützte Hiasl den Herrschaftsjäger nach Kräften. Er begleitete Wörsching, wenn diesem der kranke Fuß nicht allzu sehr zu schaffen machte, auf dessen Pirschgängen und trug das erlegte Wild nach Mergenthau. Zu anderen Zeiten, wenn der betagte Waidmann nicht ins Revier konnte, jagte der Halbwüchsige allein. Der Lohn, den ihm die klerikalen Hofmarksherren bezahlten, war nicht schlecht, so dass Hiasl damit seiner Familie helfen konnte; zudem fiel so manches Stück Wildbret für ihn und seine Angehörigen ab.

So verstrichen der Frühling und der Sommer; Anfang September vollendete der junge Hilfsjäger sein sechzehntes Lebensjahr – und zweieinhalb Monate später, in der Novembermitte, lachte ihm das Glück erneut.

»Der Städele, der Doktor der Jurisprudenz, der seit dem Tod des alten Hofmarksrichters im vorigen Jahr das Patrimonialamt in Mergenthau bekleidet, ist auf dich aufmerksam geworden«, eröffnete Bernhard Wörsching seinem Jagdgehilfen.

»Der gestrenge Herr?!«, stieß Hiasl hervor.

»Ja, so nennen ihn die Leute, weil er schon ein paar harte Urteile gefällt hat«, entgegnete Wörsching. »Doch abgesehen davon ist er auch ein passabler Waidmann, und jetzt möchte er auf die Hirschjagd gehen. Aber nicht in meiner Begleitung, sondern in deiner, da er gehört hat, dass man so gut wie immer zum Schuss kommt, wenn man mit dir pirscht.«

Der Sechzehnjährige, dem anfangs noch mulmig zumute gewesen war, grinste. »Kann schon sein. Wann will der Städele denn zur Jagd ausrücken?«

»Am kommenden Sonntag, gleich nach der Morgenmesse in Mergenthau«, lautete die Antwort.

»Und wo soll ich mit dem Richter pirschen?«, wollte Hiasl nun wissen.

»Er möchte sein Glück in den Lechauen versuchen«, beschied ihn Wörsching. »Und wenn ich dir raten darf: Geh mit ihm ins Auenland bei Mering. Dort stehen die Kapitalhirsche gerne.«

Neuerlich fühlte sich der Sechzehnjährige ein wenig beklommen, denn genau in dieser Gegend hatte er seinerzeit den Zwölfender gewildert. Doch dann sagte er sich, dass der Hofmarksrichter diesbezüglich bestimmt ahnungslos war, und versprach Bernhard Wörsching: »Am Sonntag bin ich zum Ende der Messe bei der Jesuitenkirche.«

Zum vereinbarten Zeitpunkt stand Hiasl mit umgehängtem Stutzen vor dem Kirchenportal. Bald, während drinnen die letzten Orgeltöne verklangen, kamen die ersten Gläubigen heraus, und wenig später schritt auch der Inhaber des Patrimonialamtes ins Freie: ein schlanker, hochgewachsener Mittdreißiger mit rotblondem Haar und etwas stechenden blauen Augen. Der Hofmarksrichter trug bereits seine Jagdkleidung; suchend blickte er sich um, gewahrte den Sechzehnjährigen, winkte ihn zu sich heran und sagte: »Du bist also der junge Klostermayr, dem das Wild nur so vor die Büchse springen soll.«

»Das ist übertrieben«, antwortete Hiasl. »Doch es stimmt, dass ich schon etliche gute Schüsse angebracht habe.«

»Und ich werde dir in der Schießkunst heute hoffentlich nicht nachstehen«, äußerte Städele.

»Ihr habt aber, wie ich sehe, kein Gewehr«, versetzte der Sechzehnjährige keck.

Der Hofmarksrichter fixierte ihn, plötzlich schmunzelte er. »Zum Gottesdienst konnte ich die Büchse schlecht mitnehmen. Deshalb habe ich sie in dem Wagen deponiert, der dort drüben steht und mit dem wir zur Jagd fahren werden.«

»Donnerwetter!«, entfuhr es Hiasl. »So nobel bin ich noch nie ins Revier gekommen.«

»Dann wird es höchste Zeit«, scherzte Städele; gleich darauf bestiegen beide den Einspänner, an dessen Deichsel ein kräftiger Brauner angeschirrt war, und nachdem der Hofmarksrichter von seinem Begleiter das Fahrtziel erfahren hatte, ergriff er die Zügel und trieb das Pferd an.

Am Saum der Meringer Lechauen lenkte Städele den Braunen auf den Hof einer Sölde und befahl dem Kleinbauern, sich um das Ross zu kümmern. Danach schulterte er sein Gewehr: eine sehr schöne Waffe, deren Kolben und Schaft mit reichem Schnitzwerk verziert waren. Hiasl konnte nicht an sich halten und fragte den Hofmarksrichter nach der Herkunft der Büchse; die Antwort lautete: »Das Gewehr wurde in der berühmten Büchsenmacherei Kuchenreuter in Regensburg für meinen Vater angefertigt, der dort in den Diensten des Hauses Thurn und Taxis stand, und ich habe es von ihm geerbt.«

»Gespannt bin ich, was die Büchse leistet«, äußerte der Sechzehnjährige daraufhin; einmal mehr schmunzelnd erwiderte Städele: »Das wirst du heute schon noch mitkriegen. Doch zuvor müssen wir in die Gegend, wo sich das Hirschrudel aufhält, von dem du mir auf der Herfahrt erzählt hast.«

Kaum hatten die beiden die Sölde verlassen, setzte leichter Nieselregen ein. Hiasl und der Richter schlugen Lappen um die Zündpfannen ihrer Waffen, um das Pulver trocken zu halten. Eine dreiviertel Stunde später erreichten sie ein Gehölz von Kopfweiden; Nebelfetzen hingen zwischen den Bäumen, und an einem Tümpel, der sich inmitten der Weiden verbarg, entdeckte Hiasl frische Hirschfährten. Er untersuchte die Spuren, dann deutete er nach Süden und raunte dem Hofmarksrichter zu: »Dorthin ist das Rudel gezogen, erst vor kurzem.«

Eine Meile weiter erspähten sie die Tiere: vier Hirschkühe mit drei Jungen, die von einem Zehnender geführt wurden. Das Rudel äste am Rand eines Wiesenflecks, der von Eschen, Birken und Buschwerk umsäumt war. Der Sechzehnjährige prüfte den Wind und flüsterte: »Wir müssen die Wiese nach links umgehen, sonst nimmt das Wild unsere Witterung auf.«

Vorsichtig pirschten die Jäger weiter, bis sie ein Dickicht erreichten, das östlich des Hirschrudels lag und ihnen Deckung gab. Die Schussentfernung von dort aus war allerdings sehr groß, weshalb Hiasl seinem Begleiter zuraunte: »Hundertzwanzig Schritt sind's mindestens. Traut Ihr Euch das zu?«

Als Städele zweifelnd den Kopf wiegte, beschied ihn der Sechzehnjährige: »Wartet hier. Ich treibe Euch das Rudel heran.«

Damit legte Hiasl den Stutzen ab und verschwand, jeden Sichtschutz nutzend, nach Süden. In beträchtlicher Distanz umging er die äsenden Wildtiere; als er sich südwestlich von ihnen befand, klaubte er mehrere Kieselsteine auf. Sodann schlich er wieder näher an das Hirschrudel heran, verbarg sich hinter einem Erdbuckel und warf die Steine in ein Gebüsch, das ungefähr vierzig Schritt westlich der Tiere wucherte.

Die Kiesel raschelten durch die Zweige der Sträucher; die Hirsche erschraken und flohen nach Osten – fast genau auf das Dickicht zu, wo der Hofmarksrichter lauerte. Zufrieden grinste der Sechzehnjährige; gleich darauf knallte ein Schuss aus Städeles Büchse.

Der Zehnender schien gegen eine unsichtbare Mauer zu prallen und brach nieder; der Rest des Rudels änderte die Richtung und flüchtete nach Norden. Hiasl rannte über den Wiesenfleck zu dem erlegten Tier; der Richter tat dasselbe, und als beide bei dem toten Hirsch zusammentrafen, rief Städele aus: »Das hast du sehr gut gemacht, mein Freund!«

»Euer Schuss war aber auch nicht schlecht«, erwiderte der Sechzehnjährige. Er kniete sich neben dem Zehnender ins Gras, untersuchte das Tier und fügte anerkennend hinzu: »Ein Treffer ins Herz. Und noch dazu von vorn, wo die Kugel schwerer anzubringen ist als auf dem Blatt.«

»Ich denke, Fortuna hat mir beigestanden«, gab Städele zu.

»Fortuna?«, fragte Hiasl.

»Du würdest es Jagdglück nennen«, erklärte ihm der Richter.

»Das hatten wir heute in der Tat«, antwortete der Sechzehnjährige. »Und weil uns Fortuna gewogen war, kann ich Euch jetzt auch einen schönen Bruch bringen.«

Hiasl lief zu den Büschen, wo sein Stutzen im feuchten Moos lag. Er nahm die Büchse auf und wischte sie sorgfältig trocken, dann schaute er sich um und gewahrte einen Steinwurf weiter eine Jungtanne. Er knickte einen Zweig ab, kehrte zu Städele zurück, zog den Bruch durch den Hirschschweiß und überreichte ihn dem Hofmarksrichter.

Städele dankte dem Hilfsjäger und steckte sich die Trophäe an den Hut; danach sagte er: »Ehe wir den Zehnender für den Abtransport vorbereiten, möchte ich dir eine Freude machen. Du wolltest ja wissen, was mein Kuchenreuter-Gewehr leistet, und nun hast du die Gelegenheit dazu …«

»Wirklich?!«, stieß Hiasl freudig überrascht hervor; im nächsten Moment nahm er die Büchse entgegen, welche der Hofmarksrichter während seiner Abwesenheit neu geladen hatte.

Prüfend wog der Sechzehnjährige das schwere Gewehr in den Händen; dann suchte er sich ein Ziel: den kaum armdicken Stamm einer jungen Esche, die in etwa hundert Metern Entfernung einsam auf der Auwiese stand.

Als er feuerte, spürte Hiasl einen heftigen Rückstoß; der hart hämmernde Büchsenknall dröhnte in seinen Ohren nach – das Eschenstämmchen wankte, blieb aber ganz.

»Gut getroffen!«, lobte Städele seinen Jagdgefährten; dieser jedoch war unzufrieden. »Nur ein Streifschuss«, knurrte er. »Und das mit einer Waffe aus der berühmten Büchsenmacherei.«

»Versuch es halt noch mal«, forderte ihn der Hofmarksrichter auf und reichte ihm Pulverhorn und Kugelbeutel.

Hiasl lud das Gewehr von neuem, zielte diesmal sorgfältiger und traf die Jungesche in der Mitte, so dass ihr oberes Stammstück nach hinten weggerissen wurde.

»Jetzt hat der Schuss dort gesessen, wo ich ihn haben wollte«, äußerte er, als er die Büchse zurückgab. »Und das Gewehr taugt wahrhaftig was.«

»Mehr als dein Stutzen?«, fragte Städele in neckendem Tonfall.

»Kann schon sein, besonders wegen der Reichweite«, erwiderte der Hilfsjäger. »Aber der Rückstoß prellt einen hart, und auf der Pirsch im Unterholz würde mich der lange Lauf stören.«

»Dann machen wir es eben so, dass jeder von uns seine eigene Büchse behält«, scherzte Städele.

»Das wird wohl das Beste sein«, ging Hiasl auf den Spaß ein; gleich darauf zog er seinen Hirschfänger aus der Scheide, um den Zehnender aufzubrechen.

Später trugen der Hofmarksrichter und der junge Hilfsjäger den Hirsch gemeinsam zur Sölde. Dort luden sie den Zehnender auf den Einspänner und kehrten nach Mergenthau zurück. Nachdem der Hirsch zerlegt war, schenkte Städele seinem Begleiter einen ganzen Hinterschlegel des Beutetiers;

aufgeräumt verabschiedete sich Hiasl – und als er den Heimweg zum Hirtenhaus antrat, dachte er: Der Richter ist gar kein unrechter Mensch, der hat sich ja direkt wie ein Freund benommen.

***

In der folgenden Zeit entwickelte sich tatsächlich so etwas wie Freundschaft zwischen dem Inhaber des Patrimonialamtes und dem halbwüchsigen Jagdgehilfen. Den ganzen restlichen Herbst und den Winter hindurch pirschten die beiden immer wieder zusammen und schossen so manches schöne Stück Wild. Im Frühling sodann nahm Städele den jungen Klostermayr zu einer Trophäenschau im Augsburger Bischofspalast mit, und Ende Juni des Jahres 1753 durfte Hiasl den Hofmarksrichter nach Regensburg begleiten, wo dieser seine wertvolle Büchse, in deren Schloss eine Feder gesprungen war, in der Kuchenreuter-Werkstatt reparieren ließ.

Vier Tage blieben Städele und der Jagdgehilfe in der Donaustadt; Hiasl sah den mächtigen gotischen Dom und die Steinerne Brücke, die, von drei Türmen bewehrt, über den Strom führte. Auf der Heimfahrt im Einspänner fühlte er sich angesichts der vielen neuen Eindrücke, die er gesammelt hatte, beinahe weltmännisch. Zurück in Mergenthau, dankte er dem Hofmarksrichter überschwänglich für die Reise – und wenige Wochen später, im ausgehenden Juli, hatte der Sechzehnjährige abermals Grund, Städele dankbar zu sein.

# Der Katzenschütze

## MERGENTHAU/KISSING/MERING/RIED/AUGSBURG
## SOMMER 1753 BIS FEBRUAR 1756

Bernhard Wörsching hatte seinen Hilfsjäger gebeten, einen Biber abzuschießen, der bei einer Fischteichanlage der Jesuiten nördlich von Mergenthau zur Plage geworden war. Das große Nagetier hatte durch seine Dammbauten bereits mehrmals den Bachzufluss zu den Teichen unterbrochen, wodurch beträchtlicher Überschwemmungsschaden auf den angrenzenden Wiesen entstanden war; zudem war es in einem zur Hälfte leergelaufenen Forellenteich zum Fischsterben gekommen. Daher legte sich Hiasl noch vor der Morgendämmerung auf die Lauer; bald nach Sonnenaufgang zeigte sich der Biber, und der Sechzehnjährige erlegte ihn mit einer wohlgezielten Kugel aus seinem Stutzen.

Eine halbe Stunde später lieferte Hiasl seine Jagdbeute in der Herrschaftsküche des Jesuitenschlosses ab. Der Küchenmeister dankte ihm mit den Worten: »Gut gemacht. Nun können die Teichkarpfen wieder in Frieden fett werden, und die Patres werden am Freitag eine leckere Fastenspeise bekommen.«

»So ist es«, erwiderte der Jagdgehilfe feixend. »Weil den geweihten Herren ein feister Biber ja als Fisch gilt.«

Der Koch grinste ebenfalls. »Er schwimmt schließlich im Wasser, und deshalb ist er nach theologischem Ratschluss eng mit den Schleien, Hechten, Karpfen und Forellen verwandt.«

»Hoffentlich bleibt den Patres dann keine allzu sperrige Bibergräte im Schlund stecken«, lästerte Hiasl.

Scherzhaft drohte ihm der Küchenmeister mit dem Messer, das er in der Hand hielt. »Jetzt aber raus mit dir, du Schandmaul!«

Lachend verließ der Sechzehnjährige das Küchengewölbe; draußen im Schlosshof erblickte er den Hofmarksrichter, der soeben aus seiner Unterkunft kam. Als Städele den Jagdgehilfen gewahrte, winkte er ihn zu sich heran; sodann eröffnete er ihm: »Ich habe eine gute Nachricht für dich.«

»Was für eine denn?«, fragte Hiasl gespannt.

Der Richter ließ ihn einen Moment schmoren, ehe er antwortete: »Der alte Wörsching hält viel von dir, und ich bin dir auch gewogen, wie du weißt. Daher haben wir uns beide beim Abt für dich eingesetzt, damit du eine auskömmlichere Stellung als bisher bekommst.«

Der Sechzehnjährige traute seinen Ohren nicht; gleich darauf murmelte er: »Aber ich war doch als Bub schon bei den Jesuiten in Arbeit und Brot. Und dann haben sie mich wieder weggeschickt, weil mich einer der Patres nicht leiden konnte.«

Städele nickte. »Ja, ich habe davon gehört. Mit einer Flinte bist du damals hier aufgetaucht und hast dir dadurch das Missfallen des bewussten Klerikers zugezogen.« Der Richter schmunzelte. »Doch das sind Tempi passati, vergangene Zeiten, wie wir Lateiner sagen. Und der Pater, der dir nicht gewogen war, liegt inzwischen auf dem Friedhof.«

»Der Schlagfluss hat ihn von einem Augenblick auf den anderen weggerafft«, entfuhr es Hiasl nicht gerade bedauernd; mit dem nächsten Atemzug besann er sich und wollte wissen: »Welche Stellung soll ich denn nun kriegen?«

»Nominell möchte dich der Abt als Gutsknecht zum üblichen Lohn beschäftigen«, beschied ihn Städele. »Aber in der Praxis sollst du die Jagd sowie die Fischerei- und Forstaufsicht in den nördlichen und östlichen Hofmarksrevieren übernehmen, damit Bernhard Wörsching stärker als bislang entlastet wird.«

»Das würde mir taugen!«, freute sich der Sechzehnjährige. Dann jedoch setzte er ernüchtert hinzu: »Aber dass ich für die wichtigen Pflichten, die man mir überträgt, bloß den Knechtslohn statt des Hilfsjägerlohns bekommen soll, ist ungerecht.«

»Mag sein«, gab der Richter zu. »Nur bist du halt noch sehr jung. Außerdem sollst du durchaus auch als Gutsknecht und gelegentlich als Klosterbote beschäftigt werden, weshalb du keinen Anspruch auf die volle Jägervergütung erheben kannst.«

»Der Abt ist ein Geizhals. Dabei schwimmt er im Geld ...« Ein rebellischer Unterton schwang in Hiasls Stimme mit.

»Gemach!«, mahnte Städele. »Der Klostervorsteher ist immerhin unser aller Herr, deshalb darfst du nicht so respektlos über ihn reden. Und was sein Angebot betrifft, so rate ich dir, es anzunehmen. Zwar ist der Lohn nicht nach deinem Geschmack, was ich verstehen kann. Trotzdem hättest du mit dem Knechtssalär mehr als jetzt, und sofern du deine Arbeit gut machst, kann sich deine Situation auch noch verbessern.«

Hiasl nagte an seiner Unterlippe; dann fragte er: »Wie hoch wäre die Vergütung denn genau?«

Der Richter sagte es ihm, und daraufhin hellte sich die Miene des Sechzehnjährigen wieder auf. »Ich trete die Stellung an«, erklärte er. »Denn zum einen ist der Lohn nicht ganz so schlecht, wie ich dachte. Und zum anderen, das ist mir noch wichtiger, bin ich künftig kein Jagdgehilfe mehr, sondern ein bestallter Waidmann; Titel hin oder her.«

»Richtig. Unter diesem Blickwinkel solltest du es sehen«, bestärkte ihn Städele in seinem Entschluss. »Und nun lass uns zum Abt gehen, damit er dich als seinen neuen Jäger in die Pflicht nehmen und dir dein Handgeld ausbezahlen kann.«

***

So geschah es, dass Hiasl sowohl Klosterjäger als auch Gutsknecht wurde. Anfang August dieses Jahres 1753 zog er ein zweites Mal nach Mergenthau um. Allerdings machte ihm jetzt niemand Vorwürfe, weil er den Stutzen mitbrachte, und was sein Quartier betraf, musste er sich nicht wieder mit einer Pritsche im Schlafraum des Knechtshauses zufriedengeben, sondern er bekam eine eigene Kammer unter dem Dach des Gebäudes, welches der Gutsvogt mit seiner Familie bewohnte.

Einen Monat später vollendete der Sohn des Kissinger Gemeindehirten sein siebzehntes Lebensjahr. Zu dieser Zeit hatte er sich bereits gut in seine Aufgaben hineingefunden: hatte sich während der anstrengenden Getreideernte unter der glühenden Hochsommersonne die Achtung des Vogts und der übrigen Landarbeiter erworben; hatte auch die ihm anvertrauten Jagdreviere besser als vordem kennengelernt. Im Herbst und Winter sodann brachte Hiasl so manches Stück Hochwild zur Strecke; manchmal begleitete ihn Städele auf seinen Pirschgängen, und zweimal gelang es dem Siebzehnjährigen bei solchen Gelegenheiten, seinem akademischen Freund und Gönner einen kapitalen Hirsch vor die Kuchenreuter-Büchse zu treiben.

An den Sonntagen besuchte der junge Klosterjäger öfter seine Angehörigen im Hirtenhaus. Den zwölfjährigen Bruder Willibald freilich traf er dort kaum noch an, denn dieser war im Sommer ebenfalls von daheim fortgegangen: als Kleinknecht zu einem Bauern in der Bobinger Gegend. Doch der Vater und die beiden Schwestern freuten sich, wenn Hiasl vorbeikam; auch weil er meistens schmackhaftes Wildbret mitbrachte.

In Mergenthau wiederum saß Hiasl an den Abenden häufig mit Bernhard Wörsching in dessen Kaminstube beisammen; dann wurde bei einem Krug Bier oder Wein Waidmannsgarn gesponnen. Der junge Jäger genoss diese Stunden; bisweilen bemerkte er aber, dass dem betagten Wörsching nicht nur sein kranker Fuß zu schaffen machte. Auch das Alter kündigte sich nun schon deutlich bei ihm an; er wirkte zuzeiten ein wenig fahrig, geistesabwesend oder melancholisch. Wenn dies passierte, bemühte sich Hiasl, ihm frischen Lebensmut zu vermitteln – was andererseits seine eigene Lebenslust anging, so pflegte er sie jetzt, da er beinahe schon erwachsen war, kräftig in den Gasthäusern von Kissing oder Mering auszutoben.

Mit anderen Burschen aus den Dörfern trank er zuweilen weit über den Durst und leistete sich im stark angeheiterten Zustand derbe Streiche: beispielsweise in der Nacht auf Lichtmess des neuen Jahres 1754, als er und einige seiner Saufkumpane die Wegweiser in der Umgebung von Kissing in die falschen Richtungen drehten. Der Schabernack galt den bäuerlichen Dienstboten, die am Lichtmesstag nach uraltem Brauch oft ihre Arbeitsplätze wechselten und von auswärts zu den Höfen kamen, wo sie sich neu verdingt hatten – und nun wurden viele von ihnen von den versetzten Wegmarken in die Irre geführt.

Wenn dem jungen Klosterjäger ein derartiger Streich geglückt war, ließ er am Wirtshaustisch die Pfennige und Kreuzer springen – doch auch anderweitig begann er sich jetzt zu amüsieren. In einer Frühlingsnacht verschwand der Siebzehnjährige mit einer um fünf Jahre älteren Meringer Magd auf den Heuboden einer Taverne. Die Mitteldirn, die sehr üppige Brüste und dazu reiche erotische Erfahrung besaß, führte Hiasl in die Anfangsgründe der körperlichen Liebe ein. Zunächst noch etwas unbeholfen, danach aber fast unersättlich in seiner Wollust, genoss er das Liebesspiel im Heu und ließ bis zum Morgengrauen nicht von der Vollbusigen ab.

Auch während der folgenden Wochen vögelte er die Magd bei jeder sich bietenden Gelegenheit; später dann, in den Sommermonaten, trieb er es mit einer Bauerntochter aus Ried, welche die ungebärdige Manneskraft des dunkelhaarigen Burschen nicht weniger als die Meringer Mitteldirn zu schätzen wusste. Und im Herbst, kurz nach seinem achtzehnten Geburtstag, leistete sich Hiasl eine wilde Eskapade in Augsburg.

Der Mergenthauer Abt schickte ihn zum städtischen Jesuitenkloster, um eine Kiste mit theologischen Büchern abzuholen, die sich einer der Augsburger Patres einige Zeit zuvor zu Studienzwecken ausgeliehen hatte. Hiasl fuhr mit einem Frachtkarren, der von einem Maultier gezogen wurde, in die Lechstadt; als er im dortigen Kloster ankam, stellte sich jedoch heraus, dass der bewusste Mönch seine Studien noch nicht ganz beendet hatte. Daher musste der Achtzehnjährige eine knappe Woche auf die Rückgabe der Folianten warten – und er nutzte die Gelegenheit, um sich nach einem willigen Weib umzutun.

Von einem Pferdeknecht der Abtei bekam er den Rat, mit einer gewissen Julia anzubändeln, die nur einen Steinwurf vom Jesuitenkloster entfernt in einem schmalen Fachwerkhaus wohnte. »Die rothaarige Julia ist ein mächtig geiles Stück«, steckte ihm der Stallbursche. »Kannst sie gewiss pimpern. Musst aber in Kauf nehmen, dass du dann zum Lochschwager des einen oder anderen geistlichen Herrn wirst.«

»Wenn ich nicht grad gemeinsam mit einem Pfaffen drinstecke, ist's mir egal«, versetzte Hiasl grinsend, und noch am selben Nachmittag besuchte er die mannstolle Julia und landete mit ihr im Lotterbett. Mehr noch: Das Jesuitenliebchen fand den jungen, kräftig gebauten Kerl aus Mergenthau über die Maßen anziehend. Deshalb zog sich das heiße Liebesspiel bis in die Abendstunden hin – doch bald nach dem Vesperläuten, das vom Kloster herüberdrang, kam es zum Eklat.

Einer der Mönche nämlich, der einen Schlüssel zum Hintereingang von Julias Häuschen besaß, platzte unversehens ins Schlafgemach, wo der Mergenthauer Klosterjäger seine nackte Gespielin soeben a tergo beglückte. Zunächst, während das Paar auseinanderfuhr und Julia sich erschrocken bedeckte, erlitt der schon etwas betagte Jesuit fast einen Schlaganfall; gleich darauf schrie er Hiasl außer sich vor Zorn an: »Was hast du hier zu suchen?! Du gottverdammter Sodomit! Du treibst es ja auf todsündige Art mit dem Weibsstück! Zur Strafe dafür werde ich dich bei deinem Abt verklagen, du Sauhund!«

»Wenn Ihr das tut, seid Ihr selber dran!«, gab der Achtzehnjährige dem Mönch schlagfertig heraus. »Denn dann wird man Euch fragen, wie Ihr hier ins Zimmer gekommen seid und was Ihr Eurerseits mit Julia zu schaffen habt! Also, seid gescheit! Verschwindet schleunigst wieder und haltet das Maul!«

Zutiefst verdattert starrte der Jesuit seinen Widersacher an; seine Lippen zuckten hektisch, doch er brachte keinen Ton heraus – plötzlich drehte er sich auf dem Absatz um und verließ das Gemach fluchtartig.

Hiasl wiederum zog das Laken vom Leib seiner Gespielin, nahm Julia erneut in die Arme und sagte: »Das haben die Pfaffen so an sich, dass sie einem ständig die Lebenslust vergällen wollen. Aber jetzt ist der alte Schreihals fort, und wir können schön geil da weitermachen, wo wir vorhin aufgehört haben.«

***

Da der Augsburger Jesuit aus guten Gründen schwieg, hatte das erotische Abenteuer des jungen Klosterjägers keine negativen Folgen. Die Mönche in Mergenthau erfuhren nicht, was sich Hiasl in der Lechstadt erlaubt hatte; stattdessen lernten sie in den darauffolgenden Herbstmonaten und im Winter von 1754 auf 1755 einmal mehr das waidmännische Können des Hirtensohnes zu schätzen.

Hiasl organisierte Treibjagden für die Jesuiten und sorgte dafür, dass die Patres starke Wildschweinrotten oder kapitales Rotwild vor die Gewehre bekamen. Zuweilen pirschte er auch mit einzelnen Mönchen, und wann immer er das tat, konnte sein Begleiter sicher sein, gute Jagdbeute zu machen.

So verging die kalte Jahreszeit; ab dem Frühling erwarb sich der Achtzehnjährige weitere Verdienste, denn er kümmerte sich nun intensiv um die Fischwasser des Mergenthauer Klosters. Er ließ die etwas vernachlässigten Karpfenteiche reinigen und brachte den Abt dazu, Gutsknechte abzustellen, die vier neue Fischteiche anlegen mussten. Zudem schoss Hiasl in jener Zeit mehrere Biber ab und dezimierte die Reiher, die eine ständige Gefahr für den Jungkarpfenbesatz der Teiche darstellten.

Im Frühherbst hatte sich der Zustand der Mergenthauer Fischwirtschaft deutlich verbessert, und der junge Waidmann durfte sich mit Fug und Recht auf die bevorstehende Jagdsaison freuen. Kaum jedoch war die erste Treibjagd vorüber, zog ein Kleriker ins Jesuitenkloster ein, welcher dem mittlerweile Neunzehnjährigen die Lust am Waidwerk gründlich vermieste.

Der Pater mit dem Namen Venantius – ein dicklicher, etwa vierzigjähriger Mann mit käsigem Gesicht, der ständig nach altem Schweiß roch – stammte aus dem Fränkischen. Er war dort als fünfter Sohn eines Barons aufgewachsen, hatte in Ingolstadt die Theologie studiert, hatte danach eineinhalb Jahrzehnte in der südböhmischen Jesuitenabtei von Klattau verbracht und war nun nach Mergenthau versetzt worden.

Vom Hofmarksrichter erfuhr Hiasl während eines Pirschganges unter dem Siegel der Verschwiegenheit, dass sich der Mönch in Böhmen eines abscheulichen Verbrechens schuldig gemacht hatte: der Unzucht mit Chorknaben, welche dem priesterlichen Scheusal hilflos ausgeliefert gewesen waren. Nachdem Städele seinen Jagdfreund in das Vorleben des Paters Venantius eingeweiht hatte, fügte er hinzu: »Mir war der Kerl von Anfang an suspekt, und seit ich von seinen perversen Schandtaten erfahren habe, möchte ich erst recht nichts mit ihm zu tun haben.«

»Man sollte das Schwein kastrieren«, versetzte Hiasl. »Aber das wird leider nicht passieren, weil die Mönche in solchen Fällen auf Biegen und Brechen zusammenhalten und jeden Verbrecher schützen, sofern er nur geweiht ist.«

Schweigend nickte der Richter; der Neunzehnjährige fügte grimmig hinzu: »Erst vorigen Monat habt Ihr einen Landstreicher, der aus Hunger den Opferstock in einer Kirche geplündert hatte, zu einem Jahr Zwangsarbeit im Fronhaus von Friedberg verurteilen müssen, weil es so im Gesetz steht. Doch der Venantius kam ungestraft davon; der wurde bloß von einer Pfründe in die nächste versetzt und kann sein Unwesen jetzt bei uns treiben, wenn man ihm nicht mächtig auf die Finger schaut.«

»Das werde ich schon tun!«, versprach Städele; Hiasl knurrte: »Und ich hoffe inständig, dass sich der Lump von mir fernhält!«

Dieser verständliche Wunsch ging aber nicht in Erfüllung; vielmehr ließ der Knabenschänder den jungen Klosterjäger bereits wenige Tage später zu sich rufen und eröffnete ihm: »Am Sonntag begleitest du mich auf die Jagd, Bursche. Und siehst zu, dass ich einen kapitalen Hirsch schießen kann.«

Hiasl schüttelte den Kopf. »Das geht nicht.«

»Wieso?«, fragte Venantius.

»Weil ich an diesem Tag freihabe und meine Familie besuchen will«, antwortete der Neunzehnjährige.

»Von wegen!« Der Mönch feixte höhnisch. »Deine Pflichten hier im Kloster gehen vor! Und ich befehle dir als einer deiner geistlichen Vorgesetzten, mir zur Verfügung zu stehen!«

Scharf sog Hiasl den Atem durch die Zähne; dann aber lenkte er notgedrungen ein und wollte wissen: »Habt Ihr denn überhaupt waidmännische Erfahrung?«

»Bezweifelst du das etwa?!«, schnappte Venantius; fuhr, als der Neunzehnjährige nichts erwiderte, fort: »Also, es ist abgemacht! Am Sonntag stehst du Punkt neun Uhr vor meiner Tür!«

Vier Tage danach begleitete Hiasl den Kleriker ins nördliche Klosterrevier. Doch dort kam Venantius vom Vormittag bis zum Spätnachmittag nicht zum Schuss, weil ihn sein Führer zu solchen Plätzen brachte, wo die Hirschjagd aussichtslos war. Wütend musste der Pater sein schweres Gewehr zuletzt wieder heimtragen – und auch einige Zeit später, in der Dezembermitte, hatte der käsegesichtige Venantius kein Jagdglück.

Auf einer Treibjagd in den Lechauen brachten seine Klosterbrüder zahlreiches Wild zur Strecke; der Knabenschänder hingegen schweißte lediglich einen mageren Hasen an, der dann abgeknüppelt werden musste. Und kurz vor dem Halali traf Venantius statt einer Wildsau den Standpfosten eines schon morschen Hochsitzes, welcher daraufhin zusammenkrachte.

Wegen seiner Fehlschüsse hatte der adlige Kleriker viel Spott einzustecken. Auch Hiasl freute sich diebisch über die Blamagen des Paters – und abends, als er mit den Mönchen und den anderen Waidmännern beim Jagdmahl saß, hatte er, sich an die Sudelschüsse des Venantius erinnernd, plötzlich eine Idee, wie er dem Knabenschänder einen Tort antun konnte.

Im Januar des neuen Jahres 1756 sodann, nachdem er die nötigen Vorkehrungen getroffen hatte, setzte der Neunzehnjährige seine Eingebung in die Tat um. Wieder fand eine Treibjagd statt, diesmal im südlichen Jagdrevier des Klosters. Während sich die Jesuiten auf einer Forstwiese noch durch einen Umtrunk stärkten, umgingen die Treiber den angrenzenden Wald, um an dessen jenseitigem Saum ihre Positionen zu beziehen. Eine Stunde später verkündete ein Hornsignal, dass die Treiberkette bereitstand – und nun bewog Hiasl den Knabenschänder dazu, ganz am Rand der Wiese Aufstellung zu nehmen.

Ahnungslos postierte sich Venantius in der Nähe eines schütteren Stangengehölzes, das ein Stück weiter rechts in dichtes Gestrüpp überging, und machte seine Büchse feuerbereit. Der junge Klosterjäger blieb in der Nähe des Paters; bald, nachdem in der Ferne ein zweites Signal aus dem Jagdhorn erklungen war, begann das Treiben, und nach einiger Zeit preschten die ersten Wildtiere auf die Waldwiese: ein Keiler mit sechs Sauen und etlichen Jungschweinen; dazu in einiger Distanz von der Wildschweinrotte ein Fuchs.

Venantius schlug das Gewehr an und wollte auf den starken Keiler schießen – doch da hörte er zu seiner Rechten ein brechendes Geräusch und fuhr herum. Im selben Moment hetzte ein anderes Tier mit gelbem Fell aus dem Gebüsch hinter dem Stangenholz; instinktiv feuerte der Pater auf dieses Ziel und traf. Das Vieh überschlug sich mehrmals und blieb tot liegen; Hiasl rannte hin, hob das Beutetier auf, trug es zu dem wie erstarrt dastehenden Mönch und äußerte feixend: »Da habt Ihr aber einen sauberen Fehlschuss getan. Habt eine streunende Katze ins Jenseits befördert!«

Venantius zerknirschte einen Fluch zwischen den Zähnen; dann schrie er den Neunzehnjährigen an: »Bring das Drecksvieh weg! Auf der Stelle!«

»Wie Ihr wollt, Herr.« Damit entfernte sich Hiasl mit dem Katzenkadaver – doch er ließ ihn nicht verschwinden, so wie es Venantius im Sinn gehabt hatte. Vielmehr ging er zu dem Platz, der für die Jagdstrecke vorbereitet worden war, und legte die tote Katze dort nieder.

Weil die übrigen Kleriker inzwischen sämtliche Wildschweine erlegt hatten und im Augenblick keine weiteren Tiere auf die Wiese preschten, waren mehrere Jesuiten und Jäger auf das Tun des Neunzehnjährigen aufmerksam geworden. Nun kamen zwei Mönche und dazu Bernhard Wörsching zu ihm heran; als sie den Katzenkadaver erblickten, brachen sie in Gelächter aus, und Wörsching fragte: »Hat etwa der Venantius den Schandschuss getan?«

»Jawohl, der ist der glorreiche Katzenschütze«, antwortete Hiasl grinsend – und diese Wortschöpfung machte später, als die Treibjagd vorüber war, unter der ganzen Jagdgesellschaft die Runde.

Venantius musste den Spott ertragen; selbst beim Jagdmahl am Abend wurde er immer wieder wegen seines Fehlschusses auf die Katze aufgezogen – und wusste dabei nicht, dass er keineswegs durch bloßen Zufall zum Katzenschützen geworden war. Denn Hiasl hatte den Coup bestens vorbereitet; einer seiner

Kumpane, mit denen er in den Tavernen zu zechen pflegte, hatte die herrenlose gelbe Katze in der Nacht zuvor in Kissing eingefangen und sich vor Beginn der Treibjagd mit ihr im Gestrüpp versteckt, um sie dem Knabenschänder im richtigen Moment vor den Gewehrlauf zu hetzen.

***

Bald jedoch hatte der junge Klosterjäger allen Grund, seinen Streich zu bereuen. Denn am Tag nach der Jagd begann Venantius zu ahnen, wer ihm den Tort angetan hatte. Als er nochmals zu der Waldwiese zurückkehrte, entdeckte er zudem gewisse Spuren im Gebüsch hinter dem Stangengehölz, die ihn in seinem Verdacht bestärkten.

Daraufhin verfolgte er den Neunzehnjährigen mit seinem Hass. Bei jeder sich bietenden Gelegenheit intrigierte er gegen Hiasl; Ende Februar dann ließ der Mergenthauer Abt den jungen Jäger zu sich rufen und eröffnete ihm: »Ich habe versucht, dich zu schützen. Auch der Hofmarksrichter und Bernhard Wörsching haben so manches gute Wort für dich eingelegt. Aber dein Feind Venantius hat am Ende triumphiert, weil er seine Macht als Adelsspross ausgespielt hat. Sein Vater ist beim bayerischen Ordensoberen vorstellig geworden, und deshalb muss ich dir jetzt deine Stellung als Hofmarksjäger aufkündigen, obwohl ich dich ungern verliere.«

# Der Oberknecht

KISSING/FRIEDBERG
MÄRZ 1756 BIS APRIL 1761

Der Rauswurf in Mergenthau ärgerte den Neunzehnjährigen ungemein; vor allem, weil ihm nun die Befriedigung seiner größten Leidenschaft, der Jagd, völlig verwehrt war. Der intrigante Venantius hatte nämlich zu allem Überfluss auch noch dafür gesorgt, dass Hiasl nicht einmal mehr wie früher als Jagdgehilfe für den alten Wörsching oder als Vogelfänger im Hofmarksgebiet tätig sein durfte. Zudem hatte er sein Quartier auf dem Mergenthauer Gutshof verloren, weshalb ihm nichts übriggeblieben war, als wieder ins Kissinger Hirtenhaus zu ziehen.

Dort wohnten mittlerweile nur noch der Vater und Hiasls jüngere Schwester Regina; die inzwischen dreizehnjährige Maria diente bereits seit einiger Zeit ähnlich wie ihr Bruder Willibald auf einem auswärtigen Bauernhof. Immerhin gab es deshalb mehr Platz als früher in dem bescheidenen Anwesen am Ufer der Paar, so dass Michael Klostermayr seinem Ältesten eine eigene Kammer überlassen konnte.

Ansonsten schimpfte der Gemeindehirte in den Tagen nach Hiasls Heimkehr ähnlich zornig wie sein Sohn auf die Jesuiten. Beide konnten nicht verstehen, dass der harmlose Streich, den Hiasl dem Venantius gespielt hatte, so brutal bestraft worden war. In ihrer Wut leerten der Witwer und sein Stammhalter so manchen Schnapsstamper und verfluchten dabei die Patres im Allgemeinen und den Knabenschänder im Besonderen. Dann aber, eine halbe Woche nach Hiasls Rückkehr, besann sich Michael Klostermayr und sagte zu seinem Ältesten: »Es hilft alles nichts. Du musst dir eine anderen Arbeit suchen.«

»Ja, das werde ich wohl müssen«, murmelte Hiasl. »Bloß ... wo finde ich auf die Schnelle was?«

»Fürs Erste könntest du mir wieder auf dem Taglohn und bei der Hirtenarbeit helfen«, schlug der alte Klostermayr vor. »Und nach Feierabend fragst du hier in Kissing und in den benachbarten Dörfern nach einer Stelle für dich.«

»Dann hoffen wir halt, dass ich irgendwo einen Knechtsplatz kriege«, äußerte der Neunzehnjährige nicht gerade begeistert.

Sein Vater nickte, schenkte sich und seinem Sohn noch einen Schnaps ein und sagte dabei: »Das ist der Letzte für heute. Und ab morgen bleibt die Flasche wieder in der Anrichte.«

Zwei Wochen später indessen, in der Märzmitte, kam die Schnapsflasche erneut auf den Tisch. Denn sichtlich aufgelöst erschien Bernhard Wörsching im Hirtenhaus, und nachdem er einen Stamper gekippt hatte, stieß er hervor: »Man möchte es nicht glauben, was für ein Lumpenhund dieser Venantius ist!«

»Was ist denn passiert?!«, fragten der junge und der alte Klostermayr wie aus einem Munde.

»Gehetzt hat der blaublütige Verbrecher gegen mich!«, knurrte Wörsching. Zornig schlug er mit der Faust auf die Tischplatte; dann berichtete er: »Der Dreckskerl wusste ja, dass ich mit euch befreundet bin und mich beim Abt für dich, Hiasl, eingesetzt hatte. Das kreidete er mir an, stellte mich vorgestern deswegen zur Rede. Er wollte mich zur Sau machen, doch das ließ ich mir nicht gefallen. So kam es zu einem heftigen Streit, bei dem ich den Pfaffen in meiner Wut auch beleidigte. Daraufhin rannte er zum Klostervorsteher, wo er mich nach Kräften anschwärzte und meine Entlassung aus dem Forstdienst forderte. Als sich der Abt weigerte, drohte ihm Venantius mit einer Klage beim Ordensoberhaupt, und angesichts dessen zog der Klostervorsteher heute den Schwanz ein und versetzte mich mit der Begründung, dass ich mit meinem kranken Fuß ohnehin nicht mehr diensttauglich sei, in den Ruhestand.«

»Er hat dich davongejagt?!« Michael Klostermayrs Stimme klang zutiefst erschüttert. »Obwohl du dich jahrzehntelang für die Mergenthauer aufgeopfert hast!«

»Undank ist der Welt Lohn!«, schnaubte der gewesene Herrschaftsjäger. »Aber wenigstens brauche ich jetzt den geschissenen Knabenschänder nicht mehr zu sehen! Und versorgt bin ich auch, wenn ich aus der Hofmark fortziehe, weil ich mir ein erkleckliches Geld gespart habe.«

»Weggehen willst du?!«, fragte Hiasl verstört. »Wohin denn?!«

»Ein paar Wochen bleibe ich schon noch da«, versuchte ihn der alte Waidmann zu beruhigen. »So lange, bis mein Nachfolger den Dienst antritt ... Doch dann heißt es Abschied nehmen. Weil ich meinen Lebensabend bei meinem Bruder verbringen möchte, der einen Hof in der Gegend von Augsburg besitzt.«

Für eine Weile herrschte Schweigen in der Küchenstube; schließlich sagte der Gemeindehirte: »Es ist, als ob der Teufel in die Pfaffenbrut gefahren wäre. Erst jagen sie meinen Buben davon, und nun auch noch dich. Aber immerhin musst du dir den Kopf nicht wegen deiner Zukunft zerbrechen, Bernhard; anders als Hiasl ...«

Wörsching griff nach der Schnapsflasche, hielt jedoch jäh in der Bewegung inne und schlug sich gegen die Stirn. »Himmel, Arsch und Wolkenbruch! Das hätte ich jetzt fast vergessen in meiner Wut auf den Venantius und den Abt ...« Er fasste den Neunzehnjährigen ins Auge. »Ich weiß, bei wem du vielleicht eine gute neue Arbeit kriegen kannst.«

»Wo?! Sag schon!«, drängte Hiasl.

Der betagte Waidmann zwinkerte ihm zu, schenkte sich den Stamper voll und trank; erst dann antwortete er: »Hier in Kissing gibt's einen Bauern, der dringend einen Oberknecht sucht. Es ist der Baumüller, dem das schöne Anwesen am östlichen Ortsrand gehört. Ich habe ihn kürzlich getroffen, und da hat er mir erzählt, dass ihn der Wastl, sein langjähriger Großknecht, Knall auf Fall zu Lichtmess verlassen hat, weil er eine Sölde bei Mindelheim geerbt hat. Und nun steht der Baumüller ohne ihn da, so dass er mit der Hofarbeit nicht mehr zu Rande kommt.«

»Und du meinst, ich sollte mich um die Stelle bewerben?«, fragte Hiasl mit etwas zweifelndem Unterton.

»Warum nicht?«, erwiderte Wörsching. »In Mergenthau warst du schließlich nicht nur Jäger, sondern auch Gutsknecht. Hast dich als solcher bewährt, hast zudem die Teichwirtschaft wieder hochgebracht. Und daher denke ich, dass du auch als Oberknecht beim Baumüller deinen Mann stehen könntest.«

»Fragt sich nur, ob der Bauer das angesichts meines Alters ebenfalls glaubt«, murmelte der Neunzehnjährige.

»Das ist doch sonst nicht deine Art, die Flinte ins Korn zu werfen, noch ehe du geschossen hast«, tadelte der Jäger. »Versuch dein Glück! Geh zum Baumüller, biete ihm deine Dienste an und stell dein Licht dabei nicht unter den Scheffel!«

»Genau das solltest du tun«, stieß der alte Klostermayr ins selbe Horn. »Und du solltest keine Zeit verlieren, sonst kommt dir am Ende noch ein anderer zuvor.«

Hiasl überlegte, dann nickte er. »Also gut. Ich mache mich sofort auf den Weg. Mehr als abschlagen kann mir der Bauer mein Ansinnen nicht … und vielleicht habe ich ja Glück.«

Tatsächlich meinte es das Schicksal plötzlich wieder gut mit dem Sohn des Gemeindehirten, denn bei dem Großbauern Joseph Baumüller, dessen Acker-, Wiesen- und Waldgründe an die hundertzwanzig Tagwerk umfassten, rannte er offene Türen ein. Baumüller war heilfroh, Ersatz für seinen Oberknecht zu finden, und schon am nächsten Tag zog Hiasl auf das Anwesen am Dorfrand um und nahm seine neue Arbeit auf.

Als Großknecht hatte der Neunzehnjährige Weisungsbefugnis gegenüber allen männlichen Dienstboten auf dem Hof.

Nach Absprache mit dem Bauern teilte er die vier Mittelknechte und die drei Kleinknechte jeden Morgen für ihre Tätigkeiten ein, koordinierte so die diversen Arbeitsabläufe und kümmerte sich zusätzlich um jene Dinge, die außer der Reihe anfielen: um das Beschlagen von Pferden, den Transport von Eiern, Milch und Käse zum Wochenmarkt in Friedberg, die Instandhaltung der Wagen und landwirtschaftlichen Geräte und anderes mehr.

Nach Feierabend konnte sich Hiasl in ein Insthaus mit Wohnküche und Schlafkammer zurückziehen, das ihm in seiner Stellung zustand. Anfang April nahm Bernhard Wörsching in der Küchenstube dieses Häuschens Abschied von seinem ehemaligen Waidmannskollegen; ab und zu saß Michael Klostermayr dort mit seinem Ältesten beisammen – und ab dem Spätsommer hielt sich auch Monika, die achtzehnjährige Tochter des Baumüller-Paares, öfter unter dem Dach des Insthauses auf.

Die junge Frau war hübsch; ihre blauen Augen kontrastierten auf bezaubernde Art mit ihrem tiefbraunen, fast schwarzen Haar. Nicht selten brachte sie dem Oberknecht den einen oder anderen Leckerbissen aus dem Bauernhaus herüber; wenn sich Hiasl das Geräucherte oder ein Stück Rahmstrudel schmecken ließ, betrachtete sie ihn mit einem wehen und zugleich süßen Ziehen in der Brust. Und das war kein Wunder, denn der Sohn des Gemeindehirten wirkte mit seinem hochgewachsenen, kräftigen Körper, den dunklen Locken, den kecken grüngrauen Augen und dem schmucken Jägergewand, das er nach wie vor oft zu tragen pflegte, sehr attraktiv.

Hiasl hätte leichtes Spiel bei der Bauerntochter gehabt; er spürte es, doch da gab es eine Schranke, die ihn daran hinderte, sich auf ein Liebesabenteuer mit ihr einzulassen – auch dann, als ihre Avancen im Lauf des Herbstes und Winters zielgerichteter wurden. Der jetzt Zwanzigjährige schäkerte zwar mit Monika und genoss ihre Gesellschaft durchaus. Zu mehr aber war er nicht bereit, obwohl er sie mitunter heftig begehrte; er wollte die Eltern der Braunhaarigen, die ihm nach dem Rauswurf in Mergenthau einen Neuanfang ermöglicht hatten, nicht verprellen. Zudem war ihm klar, dass er nur ein Dienstbote, Monika hingegen als einziges Kind der Baumüller-Leute die Hoferbin war, die einer wie er nie zur Frau bekommen würde, und auch dies bewog ihn dazu, sich zur Zurückhaltung zu zwingen.

Im Frühling des neuen Jahres 1757 sodann schien die Braunhaarige die Aussichtslosigkeit ihrer Schwärmerei einzusehen. Von da an begegnete sie dem Großknecht eher reserviert; Hiasl seinerseits verbrachte seine Abende nun wieder häufiger in den Wirtshäusern, zechte dort mit seinen Kumpanen und verschwand gelegentlich mit einer willigen Magd im Heu.

In der Sommermitte verschaute sich Monika in einen Bauernsohn aus Bobingen, der schon bald regelmäßig zu Besuch weilte. Im Herbst ging das Paar gemeinsam zum Kirchweihtanz; während der Weihnachtsfeiertage war der Bobinger zwei Tage lang Gast auf dem Baumüller-Anwesen, und zwölf Monate später, an Weihnachten des Jahres 1758, kam er mit seinen Eltern nach Kissing, damit die Modalitäten der Hochzeit zwischen ihm und der Hoferbin ausgehandelt werden konnten.

Als der mittlerweile zweiundzwanzigjährige Hiasl die Kutsche auf den Hof fahren sah, verspürte er einen Stich im Herzen; als Monika ihrem Geliebten entgegeneilte und ihn umarmte, wurde aus dem unverhofften Schmerz jähe Eifersucht. Wenn ich kein Knecht wäre, hätte ich um sie freien können, schoss es ihm durch den Kopf. Doch jetzt kriegt sie der andere, der Gimpel, und ich muss mich weiter mit den lockeren Weibern in den Tavernen zufriedengeben.

Wütend, vergrätzt wandte er sich ab. Am Abend ging er ins Hirtenhaus, blieb aber nicht lange, sondern kehrte bald zum Großbauernhof zurück und betrank sich im Insthaus. Der Fusel indessen vermochte seine Verbitterung, seinen schon wieder wühlenden Neid auf den Bobinger nicht abzudämpfen – dann plötzlich fiel sein Blick auf den Stutzen, der im Ofeneck hing. Seit Jahren hatte er die Büchse nur noch von der Wand genommen, um sie zu reinigen; jetzt jedoch verspürte er mit einem Mal den unwiderstehlichen Drang, das Gewehr wieder zu benutzen: zu pirschen und auf ein Stück Wild zu feuern.

»Blöd war ich, dass ich es nicht längst getan habe!«, stieß er hervor – und mit diesem zornigen inneren Aufbäumen brach Hiasls Jagdleidenschaft erneut voll durch.

Gleich am nächsten Morgen, nachdem er seine Leute an die Arbeit gescheucht hatte, verließ er den Hof; einer Magd, die ihm über den Weg gelaufen war, hatte er zuvor noch gesagt: »Ich geh nach Friedberg. Will dort zum Hochamt.« Tatsächlich verschwand er, den Stutzen unterm Mantel, Richtung Norden; doch kaum war er außer Sichtweite des Anwesens, marschierte er nach Westen, wo die Lechauen lagen.

In der Vormittagsmitte scheuchte er einen Rehbock von seinem Lager in einem Haselgestrüpp auf. Das Tier flüchtete in weiten Sprüngen; Hiasl schlug die Büchse an, feuerte und traf das Wild von schräg hinten ins Blatt. Als er den Bock ausweidete, wurde ihm bewusst, dass er im Mergenthauer Revier gewildert hatte. Gellend lachte er auf und dachte: Recht geschieht's euch, ihr Dreckspfaffen! Habt mich und den Wörsching rausgebissen, jetzt habt ihr den Lohn davon!

Am Nachmittag verkaufte der Zweiundzwanzigjährige den Rehbock an einen Winkelwirt, der seine illegale Schenke in einem Weiler unweit von Ottmaring betrieb. Als Hiasl in der Abenddämmerung wieder auf den Großbauernhof kam, fühlte er sich besser; während er den Stutzen putzte, nahm er sich vor, den Jesuiten bald wieder einen Tort anzutun.

Im Lauf der folgenden Monate dann nutzte der Oberknecht jede Gelegenheit, um den Mergenthauern Rehe, Hasen, Rebhühner und Fasane wegzuschießen. Seine Jagdbeute verhökerte er zunächst unter der Hand; ab dem Herbst dieses Jahres 1758 brachte er aber auch so manches Stück Wild ins Hirtenhaus, und der alte Klostermayr, der ebenfalls nicht gut auf die Jesuiten zu sprechen war, stellte keine unnötigen Fragen.

Auch Joseph Baumüller drückte ein Auge zu, wenn sein Großknecht vom Hof verschwand; möglicherweise ahnte der Bauer sogar, wozu es den ehemaligen Klosterjäger trieb. Doch er sagte nichts, weil Hiasl nach wie vor seine Pflichten erfüllte, und so konnte der Zweiundzwanzig- und bald Dreiundzwanzigjährige die Jagdleidenschaft, die ihn an jenem Weihnachtsabend von neuem so stürmisch gepackt hatte, unbehindert ausleben.

Mehr noch: Vom Spätwinter 1760 an gab sich Hiasl nicht mehr mit dem Pirschen in den Mergenthauer Hofmarksrevieren zufrieden. Da er den dortigen Wildbestand inzwischen spürbar reduziert hatte, verfiel er darauf, nunmehr kurfürstliches Territorium heimzusuchen. Die örtlichen Reviere des bayerischen Landesherrn erstreckten sich um Friedberg; die Aufsicht über sie hatte der in dieser Stadt residierende kurfürstliche Pfleger inne: ein Freiherr namens Wiguläus von Nothafft.

Weil der Pfleger, wie Hiasl wusste, in einer Jesuitenschule erzogen worden und zudem bei der Bevölkerung nicht beliebt war, hatte der Dreiundzwanzigjährige keinerlei Hemmungen, in dessen Gäu zu wildern. Bald jedoch stellte sich heraus, dass Nothafft im Gegensatz zu den Mergenthauer Mönchen nicht gewillt war, den sich jetzt häufenden Wildraub in den Revieren des Landesherrn mehr oder weniger tatenlos hinzunehmen.

Der Pfleger befahl den Herrschaftsjägern, ein schärferes Auge als bisher auf die betroffenen Jagdgründe zu haben, die vor allem südlich von Friedberg lagen. Dort verfolgten die Jäger nun die Spuren, welche der unbekannte Wilddieb hinterlassen hatte; immer wieder bemühten sie sich, ihn zu stellen. Aber Hiasl hatte rasch bemerkt, dass es die kurfürstlichen

Waidmänner auf ihn abgesehen hatten. Gewitzt, wie er war, glückte es ihm bei verschiedenen Gelegenheiten, ihnen eins auszuwischen – doch dann, im Frühherbst, kurz nach seinem vierundzwanzigsten Geburtstag, kam es zu einer gefährlichen Konfrontation zwischen ihm und einem der Friedberger Herrschaftsjäger.

Einmal mehr hatte der Kissinger Großknecht einen Rehbock geschossen. Er brach das Tier auf, nahm eine Decke aus seinem Rucksack, schlug das Wild darin ein, hievte es auf die Schultern und machte sich auf den Weg zu dem bewussten Winkelwirt in Ottmaring.

Ein kurfürstlicher Jäger aber hatte den Büchsenknall von ferne gehört. Kaum war Hiasl von der Waldlichtung verschwunden, wo er den Bock erlegt hatte, tauchte der Herrschaftsjäger mit seinem Hund dort auf und entdeckte die nur notdürftig verscharrten Eingeweide des Rehbocks. Daher war es dem Jagdhund ein Leichtes, die Fährte des Wildschützen aufzunehmen. Den Hund an der langen Leine, hetzte der Jäger hinter Hiasl her, der zum einen ahnungslos und zum anderen durch seine Last behindert war.

Wenig später erspähte der Kurfürstliche den soeben um eine Gebüschnase biegenden Wilddieb. Er rief ihn an; befahl ihm, stehenzubleiben. Als Hiasl nicht gehorchte, sondern mit einem schnellen Satz ins Gestrüpp sprang, gab der Jäger Feuer. Die Kugel fetzte ins Gebüsch, riss Zweige ab, und der Waidmann hatte das Gefühl, den Wildschützen erwischt zu haben.

Das jedoch war ein Trugschluss; vielmehr schoss Hiasl sofort zurück. Die Stutzenkugel streifte den Oberschenkel des Kurfürstlichen; er schrie vor Schmerz auf und taumelte zu Boden. Eilig lud der Wilderer seine Büchse nach; dann, ehe er das Weite suchte, rief er dem blessierten Herrschaftsjäger zu: »Sei froh, dass ich bloß auf dein Bein gezielt habe! Aber wenn du mir nochmals in die Quere kommst, trifft's deinen Schädel!«

Mühsam, die Schenkelwunde notdürftig verbunden, schleppte sich der Jäger aus dem Forst. Auf einem Bauernhof bat er um Hilfe; zwei Stunden später langte er, auf einem Ochsenfuhrwerk sitzend, in der Residenz des Friedberger Pflegers an. Dort berichtete er Wiguläus von Nothafft, was ihm im Wald zugestoßen war. Mit grimmiger Miene lauschte der Pfleger seinen Worten; zuletzt fragte er barsch: »Kannst du den Raubschützen denn wenigstens beschreiben, du Blödian?!«

»Er war großgewachsen und noch ziemlich jung«, murmelte der Waidmann. »Dunkle Haare … Ach ja, und sein Gewand. Das war grün, so wie ich es auch trage.«

»Seltsam«, versetzte Nothafft. »Ein Wilddieb, der sich nach Art eines Jägers kleidet. Womöglich will er sich dadurch tarnen. Aber vielleicht ist er genau deswegen zu packen.« Er überlegte; dann befahl er dem Verwundeten: »Geh zum Medikus und lass dich verarzten. Danach kannst du dich für heute ausruhen. Doch gleich morgen informierst du die anderen Forstleute über das Aussehen des Halunken. Danach forscht ihr überall im Umfeld der Stadt nach dem vermaledeiten Raubschützen, der sich wie einer von euch trägt. Außerdem durchstreift ihr regelmäßig die Wälder und haltet die Augen offen. Und sofern ihr euch anstrengt, müsste es mit dem Teufel zugehen, wenn wir den Dreckskerl nicht kriegen würden.«

Von da an bemühten sich die Herrschaftsjäger nach Kräften, des geheimnisvollen Wildschützen habhaft zu werden. Aber den ganzen Herbst hindurch blieben sie erfolglos – denn bald nach dem Schusswechsel zwischen ihm und dem Kurfürstlichen hatte Hiasl seine Pirschgänge wieder aufgegeben.

***

Schon im Spätsommer nämlich war das Verlöbnis der Hoferbin Monika geplatzt. Grund war ein Seitensprung, den sich der

Bobinger geleistet und von dem die Braunhaarige Wind bekommen hatte. Daraufhin hatte sie ihrem Bräutigam den Ring vor die Füße geschmissen und sich geschworen, lieber ins Kloster zu gehen, als sich nochmals mit einem Mann einzulassen. Diesen keuschen Vorsatz allerdings hatte Monika nicht allzu lange durchzuhalten vermocht. Bereits beim Kissinger Kathreintanz im November hatte sie erneut mit Hiasl anzubändeln versucht – und diesmal hatte sie offene Türen bei ihm eingerannt.

Im Gegensatz zu früher hatte er keine Hemmungen mehr gehabt, den Avancen der Großbauerntochter nachzugeben. Durch das exzessive Wildern und infolge des Kugelschusses, welchen der Jäger auf ihn abgefeuert hatte, hatte sich etwas in seinem Inneren verhärtet. Er war skrupel- und bedenkenloser geworden; deshalb hatte er sich genommen, was er bekommen konnte: war in der Nacht des Kathreinfestes mit Monika von der Tanzfläche verschwunden und hatte die Braunhaarige im Heustadel eines nahegelegenen Gehöfts gevögelt.

Danach hatte sich das Paar heimlich weiterhin getroffen. Meist kamen die Großbauerntochter und der Oberknecht im Insthaus zusammen, das Hiasl bewohnte; manchmal auch in Monikas Schlafkammer im ersten Stockwerk des Bauernhauses, durch deren Fenster der körperlich gewandte Vierundzwanzigjährige ohne Schwierigkeiten einsteigen konnte.

Ende Januar des neuen Jahres 1761 allerdings vergällte die Braunhaarige ihrem Liebhaber die Brunst, indem sie ihm, als er einmal mehr ihr Mieder aufknöpfen wollte, eröffnete: »Meine Blutung ist jetzt schon zweimal ausgeblieben ...«

»Heißt das, du bist schwanger?!«, stieß Hiasl hervor.

Mit betretener Miene nickte Monika; im nächsten Moment umschlang sie ihren Geliebten und verlangte: »Du musst mit meinem Vater reden. Musst dich zu unserem Kind bekennen!«

Schroff löste sich Hiasl aus ihrer Umarmung. »Wenn ich das tue, jagt er mich vom Hof!«

Die Braunhaarige schüttelte den Kopf. »Das glaube ich nicht. Sicher … zuerst wird er wütend sein. Doch dann wird er begreifen, dass wir zusammengehören; dass das Kleine seinen Papa braucht. Und wenn er das erst eingesehen hat, bleibt ihm gar nichts anderes übrig, als uns die Heirat zu erlauben.«

»Nie im Leben tut er das!«, widersprach Hiasl. »Du bist die Hoferbin und ich bloß ein mittelloser Knecht. So wird's dein Vater sehen. Und wird mir den Laufpass geben, damit ich nicht im Weg bin, wenn er einen reichen Hochzeiter für dich sucht.«

Monika schluchzte auf. »Ich will aber dich! Und sonst keinen!«

Der Vierundzwanzigjährige blieb für eine Weile stumm; streichelte eher fahrig das Haar der Bauerntochter und murmelte schließlich: »Vielleicht hast du recht … Vielleicht lassen deine Eltern wirklich mit sich reden, besonders deine Mutter … Und sofort müssen sie ja nicht erfahren, was uns passiert ist. Ein bisschen Zeit können wir uns damit schon lassen. Bist ja noch schlank, so dass keiner sieht, wie es um dich steht.«

Ein wenig später kamen Monika und Hiasl überein, ihre Beichte erst im April abzulegen. Dann nämlich würde die Baumüller-Bäuerin ihren vierzigsten Geburtstag feiern, und angesichts dieses Familienfestes hoffte das Paar auf gut Wetter.

Erleichtert ob der gefundenen Lösung verführte die Großbauerntochter ihren Galan einmal mehr. Hiasl tat sein Bestes, um ihre wiedererwachte Lust zu befriedigen – und ahnte dabei nicht, dass sich, nachdem bezüglich seiner und Monikas Zukunft ein Hoffnungsschimmer am Horizont aufgetaucht war, von ganz anderer Seite her schon bald bedrohliche Wolken über ihm zusammenbrauen würden.

***

Der Friedberger Pfleger Wiguläus von Nothafft hatte trotz aller Rückschläge nicht in seinem Bemühen nachgelassen, die Identität des grüngekleideten Wildschützen zu lüften. Wieder und wieder hatten die Herrschaftsjäger in den Dörfern und auf den Einödhöfen südlich der Stadt ihre Nachforschungen angestellt. Monatelang war nichts dabei herausgekommen; doch nun, in der Märzmitte, steckte ein junger Tagelöhner aus Ried, der früher öfter mit Hiasl pokuliert hatte, dann aber wegen einer Schankmagd mit ihm in Streit geraten war, einem der Jäger: »Beim Baumüller in Kissing solltet ihr nach dem Wilderer suchen.«

»Willst du etwa behaupten, dass der reiche Bauer das verbotene Waidwerk betreibt?«, wunderte sich der Kurfürstliche.

»Nicht der Baumüller selbst, aber sein Großknecht«, erwiderte der Denunziant – und nachdem Nothafft von dem Hinweis erfahren hatte, setzte er eine Razzia an.

Zusammen mit dem Jäger, der von Hiasl angeschossen worden war, und zwei Bütteln fuhr der Pfleger in einer geschlossenen Kalesche nach Kissing. In der Abenddämmerung lenkte der Kutscher die Pferde durch das Hoftor des Baumüller-Anwesens, schaute sich suchend um und jagte die Rösser zum Quartier des Oberknechts. Dort sprangen die Büttel aus dem Gefährt und stürmten ins Insthaus; Nothafft und der Herrschaftsjäger folgten ihnen etwas langsamer.

Im Inneren des Gebäudes mussten die Eindringlinge allerdings feststellen, dass der Großknecht nicht anwesend war. Auch konnten sie, als sie das Insthaus durchsuchten, keine Waffe entdecken. Daraufhin befahl der Pfleger dem Jäger: »Schau dich auf dem Hof nach dem Kerl um und bring ihn zu mir!« – doch im selben Moment erklang von der Tür her der barsche Ruf: »Was ist denn hier los, Himmelkreuzkruzitürken!«

Es war der Bauer, hinter dem zwei der Mittelknechte standen; nun, da der Hofbesitzer den Adligen erblickte, setzte er gemäßigter hinzu: »Wer seid Ihr denn … Herr?«

Der Pfleger stellte sich vor; dann verlangte er: »Ich will deinen Oberknecht sprechen! Auf der Stelle!«

»Der ist im Pferdestall«, erklärte Joseph Baumüller. Er deutete über den Hofplatz. »Dort drüben.«

»Lass ihn sofort herholen!«, fuhr Nothafft den Bauern an.

Joseph Baumüller schickte den einen Mittelknecht zum Stallgebäude; wenig später kam Hiasl ins Insthaus, hinter ihm drängten Monika und die Bäuerin herein.

Scharf musterte der Pfleger den an diesem Tag bescheiden gekleideten Großknecht; dann hielt er ihm vor: »Du hast in den kurfürstlichen Revieren von Friedberg gewildert! Hast dort zudem den Jäger angeschossen, der hier neben mir steht!«

»Was sagt Ihr da?!« Hiasls Miene drückte äußerste Überraschung aus. »Ein Wilddieb und Mordschütze soll ich sein?!«

»Du leugnest, du infamer Mensch!« Nothafft wandte sich an den Waidmann an seiner Seite. »Gewiss erkennst du den Schurken wieder! Hast ihn ja damals im Forst gesehen!«

Der Jäger wand sich. »Schon … aber zuerst nur von hinten. Und dann, nachdem er aus dem Gestrüpp heraus auf mich gefeuert hatte … bloß von weitem.«

»War es der da, oder war er es nicht?!«, schnauzte der Pfleger.

»Ich weiß es nicht genau …«, lautete die Antwort. »Kann sein, kann auch nicht sein …«

Nothafft überlegte einen Moment; dann packte er Hiasl am Oberarm. »Du besitzt ein Gewehr, gib's zu!«

»Jawohl«, erklärte der Großknecht. »Aber es ist schon recht alt, und wenn man …«

»Wo hast du die Waffe?!«, unterbrach ihn der Pfleger. »Raus mit der Sprache!«

»Das Gewehr ist gut verwahrt, weil so ein Ding schließlich gefährlich ist«, erwiderte Hiasl.

»Mach nicht länger Sperenzchen, sondern lass mich die Waffe sehen!«, drängte Nothafft.

Der Großknecht zuckte die Achseln; sodann ging er dem Pfleger und dessen Begleitern in die Schlafkammer voran, räumte dort eine Kleidertruhe aus, holte den Truhenboden heraus, griff nach dem Gewehr, das darunter versteckt gewesen war, und hielt es Wiguläus von Nothafft entgegen.

Mit triumphierender Miene griff der Pfleger zu, im nächsten Moment aber veränderte sich sein Gesichtsausdruck. Ungläubig starrte er auf die Waffe; stieß nach einem heftigen Atemzug hervor: »Das ist ja ein Schießprügel von anno Tobak! Völlig verdreckt dazu! Und die Laufmündung sieht aus, als ob Mäuse darin nisten würden!«

»Ich sagte doch schon, dass das Gewehr nicht mehr neu ist«, kam es von Hiasl. »Trotzdem solltet Ihr vorsichtig damit sein. Denn es steckt wahrscheinlich noch eine Ladung im Lauf. Genau weiß ich das freilich nicht. Aber mein Großvater, von dem ich das gute Stück geerbt habe, pflegte es immer schussbereit zu halten, wie mir mein Vater einmal erzählte.«

Ungeachtet der Warnung des Großknechts warf Nothafft die Waffe zornig wieder in die Truhe. In gespieltem Schreck wich Hiasl zurück; gleich darauf befahl der Pfleger seinen Leuten: »Durchsucht die Bude hier noch einmal! Irgendwo muss sich das verdammte Wilderergewehr finden!«

»Lasst unseren Oberknecht doch endlich in Ruhe!«, mischte sich nunmehr Monika ein. »Er ist so unschuldig wie ich!«

Die Bäuerin stimmte ihrer Tochter zu; Nothafft indessen ließ sich nicht von seinem Vorsatz abbringen, Hiasl zu überführen. Also durchstöberten seine Männer das Insthaus jetzt sehr viel gründlicher als beim ersten Mal. Aber die Suche blieb erneut erfolglos, weshalb dem Pfleger zuletzt nichts anderes übrigblieb, als den Rückzug anzutreten.

Ehe er jedoch in die Kutsche stieg, drohte Nothafft dem Großknecht noch: »Irgendwann erwischen wir dich, du Lump!

Und dann sorge ich dafür, dass du in den tiefsten Kerker von Friedberg geworfen wirst!«

Hiasl freilich, dessen grünes Jägergewand sich im Waschzuber des Bauernhauses befand, ließ sich dadurch nicht einschüchtern. Vielmehr grinste er den Pfleger reichlich frech an – und diese Missachtung seiner Autorität steigerte die Wut des Wiguläus von Nothafft gegenüber dem Großknecht noch.

***

Im Verlauf der folgenden Tage verwandelte sich der Zorn des Pflegers in blanken Hass; Hiasl wiederum freute sich diebisch über den Streich, den er der Obrigkeit gespielt hatte.

Schon vor Monaten nämlich, als er noch auf die verbotene Pirsch gegangen war, hatte er seinen Stutzen und den Hirschfänger nach jedem Jagdausflug in einem ganz besonderen Versteck verwahrt: in einer Kapellenruine im Wald nahe des Baumüller-Anwesens, wo er einige verwitterte Bodenfliesen ausgehoben und darunter einen Hohlraum geschaffen hatte. Dort hatten die Waffen, in Wachstuch eingeschlagen, gelegen, während die Friedberger im Insthaus nach ihnen gesucht hatten. Und was das uralte Gewehr anging, so hatte Hiasl dieses Schießeisen im Vorjahr beim Kartenspiel in der Ottmaringer Winkelwirtschaft gewonnen und es danach in der Truhe verborgen, um etwaige Häscher mit seiner Hilfe zu täuschen.

Jetzt durfte sich der Vierundzwanzigjährige voller Genugtuung sagen, dass seine List erfolgreich gewesen war; andererseits jedoch belastete ihn der Gedanke an die Beichte, die er und seine Geliebte ablegen mussten. Mitte April sodann, am vierzigsten Geburtstag der Bäuerin, setzten die Braunhaarige und ihr Galan den Vorsatz, den sie im Januar gefasst hatten, in die Tat um.

Am Nachmittag, als die Baumüller-Eheleute und die zu Besuch weilenden Verwandten bereits einiges an Alkohol intus hatten, bat Monika ihre Eltern um ein Gespräch unter acht Augen. Verwundert folgten der Großbauer und seine Gattin ihrer Tochter und Hiasl in ein Nebenzimmer; dort erfuhren sie von Monikas Schwangerschaft – und reagierten sehr unterschiedlich.

Die Bäuerin brach in Tränen aus, umarmte Monika und schluchzte: »Ich habe mir ja schon lange ein Enkelchen gewünscht, Kind … Aber doch ein eheliches …«

Joseph Baumüller hingegen lief feuerrot an und fuhr im nächsten Moment auf seinen Oberknecht los: »Du verfluchter Hundskrüppel! Da habe ich dir Arbeit und Heimat auf meinem Hof gegeben! Und du Sauhund, der du nichts hast und nichts bist, machst meiner einzigen Tochter zum Dank einen Bankert!«

Der Bauer ballte die Fäuste; es sah aus, als wollte er auf Hiasl losgehen, aber da stellte sich Monika zwischen ihn und ihren Liebhaber und rief: »Hiasl und ich lieben uns! Daher kann auch nichts Schlechtes daran sein, dass ich was Kleines kriege!«

»Kusch, du Zuchtl!«, schrie der alte Baumüller seine Tochter an. »Sonst jage ich dich samt deinem Ficker davon, und du kannst deinen Balg im Straßengraben werfen!«

Monika begann heftig zu weinen; ein mörderischer Blick Hiasls ließ den Bauern einen Schritt zurückweichen; die Baumüllerin mahnte: »Das bringt uns doch nicht weiter, wenn ihr euch gegenseitig an die Gurgel geht! Wir müssen jetzt alle miteinander vernünftig sein! Und es wäre auch nicht das erste Mal, dass auf unserem Hof ein lediges Kind geboren wird.« Die Bäuerin griff nach der Hand ihres Gemahls und schaute ihn flehend an. »Brauchst bloß an deinen Großvater zu denken …«

»Das war was anderes!«, schnappte Joseph Baumüller.

»Ach so! Warum denn?!«, erwiderte seine Frau.

»Weil er bloß ein paar lumpige Wochen vor der Heirat seiner Eltern zur Welt kam«, lautete die Antwort.

»Wenn es dir um eine Hochzeit geht«, mischte sich Monika ein, »dann könnten Hiasl und ich ja noch rechtzeitig …«

»Da bleibt dir der Schnabel sauber!«, fuhr der Bauer seine Tochter an. »Du und der Habenichts! Eher zwinge ich dich dazu, doch noch mit dem Bobinger ins Ehebett zu steigen!«

»So ein Rabenvater bist du nicht!«, wies die Bäuerin ihren Gatten zurecht. »Und nun Schluss mit der Streiterei. An der Schwangerschaft lässt sich nichts mehr ändern, wir müssen uns damit abfinden. Und was Hiasl angeht … er ist nun einmal der Kindsvater; da beißt die Maus keinen Faden mehr ab.«

»Gute Lust hätte ich trotzdem, ihm den Dienst noch heute aufzukündigen«, knurrte der alte Baumüller.

»Aber du wirst es nicht tun, gell?!«, kam es von Monika.

Der Bauer fluchte unterdrückt; gleich darauf verließ er, ohne seiner Tochter eine Antwort gegeben zu haben, den Raum.

***

Während der nächsten Tage hingen die Dinge in der Schwebe; es schien jedoch so, als würde sich Joseph Baumüller allmählich mit dem Unabänderlichen abfinden, denn er ging nicht noch einmal auf seinen Großknecht los. Monika wiederum verbrachte jetzt, da ihr Zustand kein Geheimnis mehr war, viel Zeit mit ihrer Mutter. Hiasl tat seine Arbeit und überlegte manchmal, ob all die Aufregung zuletzt vielleicht sogar mit einer Hochzeit enden könnte – doch dann kam einmal mehr der Friedberger Pfleger ins Spiel.

Der Hass des Wiguläus von Nothafft auf den Kissinger Oberknecht war nach wie vor am Sieden. Und eine Woche nachdem Hiasl und seine Geliebte ihre Beichte abgelegt hatten, erfuhr der Pfleger durch einen seiner Jäger, der Angehörige in Kissing hatte, von den Geschehnissen auf dem Baumüller-Anwesen. Die Geburtstagsgäste der Großbauernfamilie hatten damals nämlich einiges von dem Streit im Nebenzimmer mitgehört; etliche von ihnen hatten später den Mund nicht halten können, und so war es publik geworden, dass der Oberknecht die Hoferbin geschwängert hatte.

Kaum war die pikante Geschichte dem Nothafft zu Ohren gekommen, heckte dieser einen infamen Plan aus. Er ließ Joseph Baumüller nach Friedberg beordern und tauschte sich unter dem Siegel der Verschwiegenheit lange mit ihm aus. Am Ende des Gesprächs hatte der Pfleger den latent noch immer vorhandenen Groll des Großbauern auf seinen Knecht erneut bis zur Weißglut angestachelt – und ehe der alte Baumüller das Kabinett wieder verließ, sagte Nothafft unter bösartigem Feixen zu ihm: »Also, wir sind uns einig! An dem bewussten Tag schlagen wir wie verabredet zu! Damit der Lump, der deine Tochter in die Schande gebracht hat, seine verdiente Strafe kriegt!«

## Zweites Buch

# Der Renegat

APRIL 1761 BIS SEPTEMBER 1771

# Die Eisflut

## KISSING/FRIEDBERG/OTTMARSHAUSEN
## APRIL 1761

Obwohl sich der launische Monat bereits dem Ende zuneigte, machte er seinem Namen alle Ehre. An diesem letzten Aprilsonntag wechselte das Wetter beinahe stündlich; konnte sich nicht zwischen Regen- und Graupelschauern, immer wieder herantobenden heftigen Windstößen und kurzen Ruhepausen entscheiden, in denen die Wolken aufbrachen und ein paar Sonnenstrahlen zur Erde fingerten.

Trotz der ungemütlichen Witterung hatte Hiasl nach dem Mittagessen das Insthaus verlassen und war in eine der Kissinger Dorftavernen gegangen, um der unguten Stimmung auf dem Baumüller-Hof zu entfliehen. Nun, am Nachmittag, hatte er bereits etliche Krüge Bier intus. Dies hinderte ihn aber nicht daran, einen scharfen Tarock mit einigen anderen Wirtshausgästen zu spielen. Soeben hatte er ein sehr gutes Blatt auf die Hand bekommen; wenig später hieb er die As- und Königskarten der Reihe nach auf die Tischplatte und sagte gleich darauf triumphierend zu seinen Kumpanen: »Jetzt habe ich euch bis aufs Hemd ausgezogen, gell?!«

Grinsend strich er seinen Gewinn ein, mischte die Tarockkarten neu und gab aus – doch ehe die nächste Spielrunde beginnen konnte, flog die Tür der Gaststube auf, und ein Trupp Uniformierter polterte herein.

Es waren kurfürstliche Husaren: ein Waibel mit fünf Mann. Nun schaute sich der Unteroffizier suchend um, fixierte den Großknecht des Baumüller-Anwesens und schnauzte ihn an: »Du bist der Matthäus Klostermayr, gib's zu!«

»Freilich bin ich's«, erwiderte Hiasl. »Da gibt's gar nichts zu reden. Aber ich verbitte mir deinen Ton, weil ich keiner von denen bin, die du schikanieren darfst.«

Der Waibel verzog den Mund zu einem bösartigen Feixen. »Das wirst du schon noch merken, Klostermayr, was ich mir mit dir alles erlauben kann!«

Wütend sprang der Vierundzwanzigjährige auf. »Du hast sie wohl nicht mehr alle beisammen! Ich bin ein freier Mensch! Und wenn du mir noch mal dumm kommst, kannst du dein blaues Wunder erleben!«

Statt zu antworten, bellte der Unteroffizier einen Befehl in Richtung seiner Männer. Sofort stürzten sich drei Husaren auf Hiasl, überwältigten ihn ungeachtet der Proteste der übrigen Tavernengäste nach kurzem Kampf, banden ihm die Hände auf den Rücken und brachten ihn vor den Waibel.

»Was soll das?!«, stieß der Vierundzwanzigjährige hervor.

Abermals feixte der Unteroffizier diabolisch. »Gleich wirst du es erfahren. Doch nicht hier drinnen.«

Im nächsten Moment zerrten die Husaren den Gefesselten in den Hausgang hinaus; der Waibel drohte den Wirtshausgästen: »Ihr bleibt, wo ihr seid! Sonst gibt's Zunder!« Dann knallte er die Tür zur Schankstube zu, trat wieder vor Hiasl hin, holte einen kleinen Lederbeutel mit einer Kordel aus seiner Uniformtasche, hängte ihn dem Wehrlosen um den Hals und sagte: »Der Friedberger Pfleger hat beschlossen, dass dich der Landesherr in seiner Armee braucht. Deshalb hat er mich und meine Männer hergeschickt, und jetzt bist du ein kurfürstlicher Soldat.«

»Das darf doch nicht wahr sein!«, schrie Hiasl den Unteroffizier an. »Ihr könnt mich nicht zum Soldatendienst zwingen! Das ist gegen Recht und Gesetz! Ist ein himmelschreiendes Unrecht!«

Der Waibel machte eine wegwerfende Handbewegung. »Plärr nicht so. Nützt dir sowieso nichts! Und was das kürfürstliche

Gesetz zur Soldatenwerbung angeht, so ist es voll und ganz erfüllt. Denn du hast gerade das vorgeschriebene Handgeld angenommen und damit deinem Eintritt in die bayerische Armee zugestimmt.«

Entgeistert starrte Hiasl auf den Unteroffizier; plötzlich begriff er. »Der Beutel, den du mir …«

»Da sind lauter Kreuzer drin.« Der Waibel griff nach dem Lederbeutel und schüttelte ihn, so dass die Münzen klirrten. »Ein Haufen Geld! Andere wären froh um solch ein Vermögen.«

Die umstehenden Husaren lachten; der Vierundzwanzigjährige versuchte verzweifelt, seine Handfesseln aufzusprengen; als es ihm nicht gelang, fauchte er den Unteroffizier an: »Du hinterfotzige Sau! Dir werde ich es heimzahlen!«

»Erst einmal kriegst du den Lohn für deine Unverschämtheit, du schandmäuliger Bauernfünfer!«, brüllte der Waibel zurück. Er versetzte dem Wehrlosen ein paar derbe Ohrfeigen; dann fügte er hinzu: »Jetzt hast du hoffentlich kapiert, dass du vor mir kuschen musst! Ab sofort gilt für dich als Rekrut: Wenn ich dir einen Befehl gebe, hast du zu parieren! Und meine erste Order lautet: Du lässt dich gutwillig nach Friedberg bringen und muckst nicht noch einmal auf, weil dich sonst der Teufel holt!«

Hiasl senkte den Kopf, er hatte die Aussichtslosigkeit weiteren Widerstandes begriffen.

»Gut so!«, grinste der Unteroffizier; gleich darauf führten die Husaren den Gefesselten ins Freie, wo ein Pferdewagen stand.

Auf der offenen Ladefläche des Gefährts wurde Hiasl mit dem Rücken zu einer der Seitenwände festgebunden. Die Uniformierten nahmen auf Strohschütten bei ihm Platz; der Waibel setzte sich zum Fuhrmann auf den Bock, und dann trieb dieser die Rösser an.

Einige Gaffer sahen, wie der Wagen den Dorfplatz verließ; am Ortsrand erblickte der Gefesselte einen Mann, den er gut kannte. Es handelte sich um Joseph Baumüller; der Großbauer stand unter einer Linde am Straßenrain, und als das Fuhrwerk auf seiner Höhe war, rief er Hiasl zu: »Bist mein Oberknecht gewesen, du Lump! Jetzt kannst du im nächsten Krieg, den der Landesherr führt, verrecken! Das wird deine Strafe dafür sein, dass du meine Erbin in die Schande gebracht hast! Und den Bankert wirst du nie zu sehen kriegen, das schwöre ich dir!«

Dem Gefangenen stieg das Wasser in die Augen, er zerknirschte einen Fluch zwischen den Zähnen. Wenig später, als der Hofbesitzer außer Sicht war, wurden ihm die Zusammenhänge schlagartig klar. Offenbar hatten der Baumüller und der Pfleger ein Komplott geschmiedet; hatten sich gegen ihn verbündet, um sich wegen der Wilddiebereien und der Zeugung des Kindes an ihm zu rächen.

So muss es gewesen sein, dachte Hiasl, und jetzt verschleppen sie mich, und ich habe noch nicht einmal von Monika oder meinen Leuten Abschied nehmen können. Habe außerdem nichts mehr als das Gewand, das ich auf dem Leib trage; dazu den verfluchten Münzbeutel und ein bisschen Geld in der Tasche. Er starrte auf die Wiesen und Felder hinaus, über die gerade wieder ein Graupelschauer niederging. Der triste Anblick quälte ihn zusätzlich – doch kurze Zeit darauf, als ein Wolkenspalt aufriss und die Sonne durchbrach, begriff er, dass er seiner Verzweiflung auf gar keinen Fall nachgeben durfte.

Wenn ich das tue, bin ich wirklich verloren, schoss es ihm durch den Kopf; eine Weile später, nachdem er angestrengt nachgedacht hatte, redete er den direkt vor ihm sitzenden Husaren an: »Habe ich in der Taverne richtig gehört? Nach Friedberg bringt ihr mich?«

Stumm nickte der Uniformierte.

Hiasl nagte an seiner Unterlippe, schaute einen der Husaren an, die ihn im Wirtshaus überwältigt hatten, und sagte: »Du hast vorhin mächtig zugepackt. Hast mir fast den Arm ausgerenkt.«

Der Angesprochene grinste. »War schon nötig. Hast dich schließlich wie der Teufel gewehrt.«

»An meiner Stelle hättest du das auch getan«, versetzte Hiasl.

»Kann sein«, antwortete der andere. »Falls ich nicht zum Militär gewollt hätte. Aber ich hab mir das Handgeld vor zwei Jahren freiwillig geben lassen und hab's nie bereut.«

»Weil die Weiber rammelgeil werden, wenn sie einen Husaren sehen«, mischte sich ein weiterer Soldat ein.

Die übrigen Uniformierten brachen in zustimmendes Gelächter aus; auch Hiasl schmunzelte, dann sagte er: »Das hört sich ja gar nicht schlecht an, das mit den Miezen. Doch sonst ist der Militärdienst wahrscheinlich recht hart, oder?«

»So schlimm ist's auch wieder nicht«, entgegnete ein Husar, der bisher geschwiegen hatte. »In den ersten Monaten freilich, während der Ausbildung, werden sie dich schleifen. Aber wenn du dich willig zeigst und dich mit keinem Vorgesetzten anlegst, wirst du es schon überstehen. Danach, sobald du ein richtiger Soldat bist, kannst du eine ruhige Kugel schieben, weil wir Bayern nicht im Krieg sind.«

»Und wie steht's mit der Verpflegung?«, wollte Hiasl nun wissen.

»Die ist in Ordnung«, lautete die Antwort. »Wir Husaren bekommen jeden Tag einen Laib Brot sowie in der Woche eineinhalb Pfund Fleisch; dazu täglich drei Maß Bier. Und wenn ein Offizier gute Laune hat, oder wenn es ins Manöver geht, gibt's außerdem Sonderrationen; meistens Branntwein.«

»Das hört sich gar nicht schlecht an«, kam es von dem Gefesselten. Er schielte auf den Beutel, der über seiner Brust hing, und fuhr fort: »Jetzt würde ich bloß noch gerne rauskriegen, wie viele Kreuzer mir der Waibel als Handgeld zugesteckt hat. Nur komme ich leider nicht an die Münzen ran; es sei denn, einer von euch würde mir wenigstens einen Arm losbinden.«

Der auf dem Wagenbock hockende Unteroffizier, der mitgehört hatte, wandte sich um, fixierte den Zwangsrekrutierten und grinste dann plötzlich. »Mir scheint, du kommst zur Vernunft, Kerl. Also will ich gnädig sein und dir erlauben, dein

Handgeld anzuschauen. Aber mach ja keine Sperenzchen, sonst lasse ich anhalten und dich durchprügeln!«

»Ich hab's schon kapiert, dass ich Euch gehorchen muss«, erwiderte Hiasl.

»Gut!«, versetzte der Waibel – und wenig später hatte der Gefangene den linken Arm frei, so dass er den Lederbeutel öffnen und die Kreuzer in seinen Schoß schütten konnte. Sorgfältig zählte er die Münzen; danach verwahrte er sie wieder im Beutel, steckte diesen in die Tasche und erklärte dem Unteroffizier: »So einen Haufen Geld habe ich noch nie im Leben gesehen. Vierzig Kreuzer! Ich kann's kaum glauben!«

»Offenbar hast du jetzt begriffen, wie gut es der Kurfürst mit dir meint«, feixte der Waibel. »Und wenn du künftig deinen Sold sparst und ihn aufs Handgeld drauflegst, bist du bald reich.«

»Das Pfennigfuchsen liegt mir aber nicht«, versetzte Hiasl. »Eher halte ich es mit dem Bier, dem Wein und den Weibern.«

»Dann werden dich die Tavernen und die Nutten freuen, die es in Friedberg gibt«, entgegnete der Unteroffizier. Er zwinkerte dem Gefangenen zu, bedachte sich einen Moment und fuhr fort: »Bist gar kein unrechter Kerl. Deshalb hätte ich direkt Lust, dich ganz losbinden zu lassen. Doch das kann ich nur, wenn du mir schwörst, brav auf dem Wagen sitzen zu bleiben und keinen Fluchtversuch zu machen.«

»Ich hab's recht bequem hier«, erwiderte der Zwangsrekrutierte. »Noch angenehmer wäre es freilich für mich, wenn ich auch meinen rechten Arm wieder frei bewegen könnte. Und daher gebe ich Euch mein Ehrenwort, dass ich auf meinem Hintern hocken bleiben werde, bis wir in der Stadt sind.«

Der Waibel lachte; kurz darauf saß Hiasl ohne Fesseln zwischen den Husaren, und im weiteren Verlauf der Fahrt unterhielt er die Uniformierten mit Witzen, Schwänken und Jagdgeschichten. Schließlich langte das Pferdefuhrwerk in Friedberg an und kam ein Stück hinter dem südlichen Stadttor vor einem großen Wirtshaus zum Stehen: dem Bauernbräu, wo unter der Woche Landwirte und Viehhändler aus dem Friedberger Umland zu verkehren pflegten.

Nachdem er vom Wagenbock gesprungen war, sagte der Unteroffizier zu Hiasl: »Gleich wirst du etliche andere Rekruten kennenlernen.« Sodann führte er den Vierundzwanzigjährigen in die Gaststube; die übrigen Husaren folgten – und drinnen erblickte Hiasl ein halbes Dutzend Bauernburschen an einem Ecktisch sowie eine Schar weiterer Soldaten am Tisch daneben, welche ihre Kameraden nun lautstark begrüßten.

»Die Rekruten da hinten sind heute im Ottmaringer und Eurasburger Gäu angeworben worden«, erklärte der Waibel, als sich der Lärm wieder gelegt hatte; dann forderte er den Vierundzwanzigjährigen auf: »Am besten gehst du zu ihnen hinüber und schließt Freundschaft mit ihnen, weil ihr ein gemeinsames Quartier in der Kaserne bekommen werdet. Aber bevor wir dorthin aufbrechen, müssen wir noch auf einen dritten Werbertrupp warten, der von Norden her eintreffen wird.«

Hiasl musterte die Burschen, verzog das Gesicht und äußerte: »Die Kerle scheinen arg besoffen zu sein. Der eine macht gar den Eindruck, als wäre er schon ganz hinüber. Deshalb wäre ich froh, wenn ich bei euch Husaren bleiben dürfte, denn so hätte ich bessere Gesellschaft als bei den Bauerntölpeln.«

»Wenn's dir lieber ist, von mir aus«, antwortete der Unteroffizier geschmeichelt.

»Und ob«, beteuerte der Vierundzwanzigjährige – wenig später unterhielt er die Soldaten beim Bier erneut aufs beste, und nach ungefähr einer Stunde setzte er noch eins drauf, indem er den Beutel mit den vierzig Kreuzern aus der Tasche zog, einen Teil der Münzen herausnahm, sie auf die Tischplatte warf und verkündete: »Die hauen wir jetzt auf den Kopf, damit mein Einstand im Husarenregiment besonders lustig wird.«

»Das lasse ich mir eingehen«, freute sich der Waibel; einige andere Uniformierte brachten Hochrufe auf Hiasl aus, und während der folgenden Stunden floss der Alkohol in Strömen. Am Spätnachmittag, als der dritte Werbertrupp mit vier Rekrutierten ins Wirtshaus kam, waren der Unteroffizier und seine Untergebenen bereits betrunken; als von draußen das Vesperläuten in die Schankstube drang, vermochte sich der Waibel nur noch lallend zu artikulieren, und auch Hiasl machte den Eindruck, als sei er schwer besoffen. Dann, als die letzten Töne der Kirchenglocken verklangen, rief der Vierundzwanzigjährige: »Ich muss mal raus, muss brunzen! Sonst zerreißt es mir die Blase!«

Grölendes Gelächter brandete auf; Hiasl erhob sich mühsam und torkelte zur Tür. Ehe er aber nach draußen verschwand, wies er die Kellnerin noch an, den Husaren eine weitere Runde Bier zu bringen; erst danach taumelte er in den Flur hinaus.

Drinnen in der Gaststube versorgte die Bedienung die Soldaten mit den frischgefüllten Bierkrügen; einer der Uniformierten dankte es ihr durch Zoten, dann tranken die Husaren einander einmal mehr zu. Gleich darauf rutschte ein Soldat vom Stuhl und landete unsanft auf dem Fußboden. Unter groben Späßen halfen ihm seine Kameraden wieder auf; anschließend setzten sie das Trinkgelage fort – und erst nach einiger Zeit wurde ihnen bewusst, dass Hiasl längst hätte zurückkommen müssen.

»Wird ihm doch beim Pissen kein Unglück passiert sein«, brüllte einer der Husaren.

»Vielleicht ist er in die Brunzrinne beim Misthaufen draußen gefallen und schläft dort seinen Rausch aus«, schrie ein anderer.

Der Waibel stammelte etwas Unverständliches; er war nicht mehr fähig, sich vernünftig zu artikulieren – aber am Nebentisch wurde nun der Unteroffizier des zuletzt im Wirtshaus eingetroffenen Werbertrupps aufmerksam.

»Ist euch etwa der Kerl abhandengekommen, der so großzügig mit dem Geld um sich geworfen hat?«, wandte er sich an denjenigen Husaren, der ihm noch am ansprechbarsten erschien.

Der Soldat nickte und äußerte: »Den halben Krug hab ich schon leer getrunken, seit er weg ist.«

»Womöglich hat euch der Lump reingelegt und ist abgehauen«, vermutete der Unteroffizier.

»Kann uns … wurscht sein«, lallte der Husar, der neben dem Angesprochenen saß. »Das Freibier … hat er uns ja bezahlt.«

»Aber dem Kurfürsten ist es nicht egal, ihr pflichtvergessene Bande!«, fuhr der Unteroffizier auf. Im nächsten Moment, weil er begriffen hatte, dass er auf die Betrunkenen nicht rechnen konnte, befahl er seinen eigenen Leuten: »Raus in den Hof und auf die Straße! Sucht den Grüngekleideten, der vorhin gar so lustig gewesen ist!«

Die Soldaten hasteten zur Tür – nach einer Viertelstunde kamen sie zurück, und einer von ihnen meldete dem Vorgesetzten: »Wir haben den Kerl nicht gefunden. Doch der Spießwächter am Südtor hat uns gesagt, dass einer im Jägergewand kurz nach dem Vesperläuten aus der Stadt gerannt ist.«

»Warum seid ihr dem Halunken nicht hinterdrein?!«, schnauzte der Unteroffizier den Mann an.

»Weil es draußen stockfinster ist«, lautete die Antwort. »Außerdem hatte der Wächter das Stadttor wie üblich bei Einbruch der Dunkelheit schon geschlossen.«

»Dann wird er es wieder öffnen müssen!«, knurrte der Unteroffizier. Gleich darauf übertrug er die Aufsicht über die vier Burschen, die er rekrutiert hatte, dem dritten Waibel in der Gaststube. Anschließend stellte er sich, nachdem er die Besoffenen zusammengestaucht hatte, höchstpersönlich an die Spitze seiner Leute, um den Flüchtigen doch noch dingfest zu machen. Aber obwohl der Torwächter sich zu erinnern glaubte, dass der Grüngekleidete in westlicher Richtung verschwunden war, gelang es den Husaren nicht mehr, ihn aufzuspüren.

***

Hiasl, der zwar auch stark getrunken, seinen Vollrausch jedoch nur gespielt hatte, war tatsächlich nach Westen geflohen: zum Lech. In raschem Lauf hatte er den Fluss erreicht; jetzt, da die Nacht einfiel, stand er am Ufer und dachte gehetzt: Ich muss hinüber! Erst auf der anderen Seite bin ich in Sicherheit!

Im nächsten Moment biss er die Zähne zusammen und watete in die schwarze, gurgelnde Flut. Der Lech war wegen der Schneeschmelze im Gebirge angeschwollen; sein Wasser war eiskalt. Als der Flüchtige den Boden unter den Füßen verlor und untertauchte, schien ihm die bittere Kälte den Atem zu rauben. Panik drohte ihn zu packen, doch er überwand sie; gleich darauf kämpfte er mit kräftigen Arm- und Beinstößen gegen die Strömung. In der Flussmitte hörte er einen Strudel brodeln und ließ sich gerade noch rechtzeitig abtreiben. Ein Stück unterhalb des lebensgefährlichen Sogs schwamm er weiter; arbeitete sich Meter um Meter ans jenseitige Gestade heran – und kroch zuletzt auf allen vieren die schlüpfrige Uferböschung hinauf.

Erschöpft ließ er sich zu Boden fallen; begann aber sofort dermaßen zu frieren, dass er sich wieder aufraffte und in den Auwald hastete. Obwohl es nun schon fast völlig finster war, konnte er im Forst eine umgestürzte Erle ausmachen. Ihr Stamm lag zum Teil über einer Erdmulde; der Wind hatte eine Menge altes Laub in die Vertiefung geweht. Hiasl wühlte sich in den Blätterhaufen unter dem Baumstamm, krümmte sich in der Stellung eines Ungeborenen zusammen – und merkte nach einer Weile, wie die Wärme langsam in seinen Körper zurückkehrte.

Als er sich einigermaßen erholt hatte, verließ er die natürliche Höhle, entledigte sich seiner Kleider, wrang sie so gut wie möglich aus und zog sie wieder an. Dann ging er los; schlug jetzt eine südliche Richtung durch den Uferwald ein und hatte dabei das Bild eines kleinen Baueranwesens im Kopf, das er früher, wenn er auf seinen Pirschgängen westlich des Lech unterwegs gewesen war, gelegentlich aufgesucht hatte.

Stundenlang kämpfte sich Hiasl durch den dunklen Auwald und später über das verstrüppte, vom Schnee und vom Regen matschige Lechfeld voran. Das Gehen fiel ihm immer schwerer; manchmal packte ihn Schüttelfrost, und irgendwann, es mochte um die Mitternacht sein, bemerkte er, dass sein Kopf vor Fieber glühte. In der Folge quälte ihn Durst, gelegentlich trank er gierig aus einer Pfütze. Endlich graute der Morgen, und im ersten Tageslicht erspähte der Flüchtige in der Ferne ein Dorf.

Mittlerweile war er so schwach, dass er nur noch taumelnd vorwärts kam und häufig rasten musste: auf der nackten Erde kniend oder auf einem Feldstein kauernd. So dauerte es weitere zwei Stunden, bis er die Ansiedlung erreichte: den Flecken Ottmarshausen in der Nähe von Schwabmünchen. Die Sölde, die sein Ziel war, lag am östlichen Dorfrand; mit letzter Kraft schleppte sich Hiasl über eine Feuchtwiese zu dem Kleinbauernhaus, hämmerte an die Tür und brach zusammen.

Das Anwesen wurde von einem kinderlosen, schon im fortgeschrittenen Alter stehenden Ehepaar bewohnt; der Mann und die Frau trugen den Besinnungslosen in die Küchenstube, betteten ihn auf eine Bank beim Ofen und bemühten sich um ihn. Als der Fieberkranke wieder zu sich kam, schaute er verwirrt um sich; dann plötzlich packte er den Hausherrn am Arm und stieß hervor: »Du musst mich verstecken, Schöberl! Weil sie hinter mir her sind!«

»Wer denn?!«, kam es von der Bäuerin; ihr Gatte fragte erschrocken: »Die Herrschaftsjäger etwa?! Weil du wieder gewildert hast?!«

»Nein …« Hiasl hustete und fuhr fort: »Keine Jäger … Aber die Soldatenwerber …« Erneut erlitt er einen Hustenanfall; danach berichtete er dem Paar, was passiert war.

Nachdem er geendet hatte, sagte der Kleinbauer: »Böse haben sie dir mitgespielt, die Kurfürstlichen. Doch jetzt bist du in Sicherheit. Du kannst bei uns bleiben, bis du wieder auf den

Beinen bist. Und finden wird dich keiner. Auf dem Dachboden hat's nämlich eine verborgene Kammer, wo du dich verkriechen kannst, wenn es nötig ist.«

»Ich danke dir, Veit!« Hiasl drückte die Rechte des Bauern. »Und dir auch, Elsbeth!«

»Ist schon gut«, antwortete der Söldner. »Hast uns schließlich früher so manches Stück Wildbret vorbeigebracht, das ich dann unter der Hand verkauft habe. Das Geld haben wir uns redlich geteilt, so dass wir alle miteinander den Nutzen von deinen heimlichen Pirschgängen hatten. Du hast damals uns geholfen und wir dir, und deshalb werden die Elsbeth und ich auch jetzt zu dir halten, wo du in solche Not geraten bist.«

Die Bäuerin nickte zu den Worten ihres Mannes; sodann ging sie in die Schlafkammer, kam mit einem Kleiderbündel zurück und forderte den Fieberkranken auf: »Zieh dir die frischen Sachen da an und gib mir deine, damit ich sie trocknen kann.«

Hiasl gehorchte; während er sich umkleidete, wirkten seine Bewegungen fahrig und schwach, und der Husten quälte ihn ein weiteres Mal. Daraufhin legte ihm Elsbeth die Hand auf die Stirn; im nächsten Moment rief sie erschrocken aus: »Du glühst ja förmlich! Bist so heiß, dass einem angst werden kann!«

Der Kranke wollte etwas erwidern; er brachte jedoch keinen Ton heraus, sondern fiel kraftlos auf die Ofenbank zurück.

Mitleidig zog die Bäuerin die Decke über ihn; gleich darauf lag Hiasl erneut halb bewusstlos da. Elsbeth richtete einen besorgten Blick auf ihren Gatten, worauf dieser flüsterte: »Es wird Mühe machen, ihn gesund zu kriegen. Vielleicht müssen wir sogar einen Bader holen, wenn deine Hausmittel nicht helfen.«

»Hauptsache, er wird wieder der Alte, wie wir ihn früher kannten«, antwortete die Bäuerin – und ahnte dabei nicht, dass dem Besinnungslosen ein harter Kampf gegen den Tod bevorstand.

# Der Krätzenbube

OTTMARSHAUSEN/KISSING/LECHFELD
APRIL 1761 BIS AUGUST 1761

In den Tagen nach seiner Flucht aus Friedberg wurden Hiasls Fieberschübe und die bald damit verbundenen Deliriumsanfälle so schlimm, dass die Schöberl-Leute keinen anderen Ausweg mehr sahen, als tatsächlich den Schwabmünchener Bader zu verständigen. »Dem können wir vertrauen«, sagte Veit zu seiner Frau. »Den hat der Pfarrer schon einmal wegen Hexerei vors Augsburger Hochstiftsgericht zerren wollen, weil er werdenden Müttern Amulette mit Krötenfüßen drin verkauft hat, und seitdem hasst er die Obrigkeit genauso wie wir.«

Dann machte sich der Kleinbauer auf den Weg zum Marktflecken Schwabmünchen, doch im Baderhaus bekam er eine Abfuhr. Der Heilkundige weigerte sich, nach Ottmarshausen zu gehen, da es neuerlich schwer graupelte und die Straßen schlammig waren. Also kehrte Veit unverrichteter Dinge heim und beratschlagte verzweifelt mit seiner Gattin.

Zuletzt kam das Paar überein, unter einem Vorwand den örtlichen Bräu um Hilfe zu bitten, der einen Eiskeller besaß. In dem frostigen Kellergewölbe packte der Kleinbauer einen Haufen gefrorener Brocken in einen Korb und trug ihn zur Sölde. Elsbeth schlug die Eisstücke in Tücher ein und kühlte damit Hiasls Stirn und Körper; tagelang kümmerte sie sich auf diese Weise um den Kranken – schließlich, Ende April, sank das Fieber, und Hiasl wurde nicht länger von seinen Delirien gepeinigt.

Doch er war nach wie vor schrecklich schwach; konnte sich im Bett kaum aufrichten und nur flüssige Nahrung zu sich nehmen. Erst Anfang Mai besserte sich sein Zustand; langsam kam der Vierundzwanzigjährige wieder zu Kräften, doch es dauerte noch bis zur Maimitte, ehe er die Folgen seiner Flucht durch das gletscherkalte Wasser des Lech völlig überwunden hatte.

An einem Sonntagvormittag unternahm Hiasl einen langen Waldspaziergang; als er zur Sölde zurückkehrte, freute sich Veit dermaßen über die Genesung, dass er eine Schnapsflasche aus dem Küchenschrank holte und seinen Gast nötigte, etliche Stamper mit ihm zu kippen. Am Nachmittag sodann bekam der Kleinbauer Lust auf einen Besuch im Dorfwirtshaus. Er lud Hiasl ein, ihn zu begleiten; doch der lehnte ab: »Besser nicht, weil ich das Trinken noch nicht so gut vertrage.«

Daher ging Veit allein zur Taverne; als er in die Schankstube trat, stutzte er. Denn an einem der Tische saßen vier jüngere, verwegen aussehende Männer, die nicht aus Ottmarshausen stammten – aber einen von ihnen kannte der Kleinbauer trotzdem recht gut, weil er schon öfter schwarz geschossenes Wild von ihm bekommen und das Fleisch dann unter der Hand zum gegenseitigen Nutzen verkauft hatte.

»Da schau her, der Bobinger Xaver gibt uns heute die Ehre«, rief er dem Wildschützen zu.

Dieser, ein hagerer Kerl, dessen Gesicht von Pockennarben gezeichnet war, weshalb er auch Krätzenbube genannt wurde, feixte und entgegnete: »Hab halt mit meinen Freunden wieder einmal geschäftlich auf dem Lechfeld zu tun gehabt. Und weil der Handel gut abgelaufen ist, haben wir beschlossen, uns einen Braten und ein paar Schoppen Wein zu gönnen.«

Veit gab das Grinsen zurück, nahm neben Bobinger Platz und fragte in gedämpftem Tonfall: »Was habt ihr denn erwischt?«

»Eine Wildsau und ein halbes Dutzend Feldhasen«, beschied ihn der Krätzenbube.

»Fette Beute!«, sagte der Kleinbauer anerkennend; danach wollte er wissen: »Und wie steht's mit einer kleinen Handelschaft zwischen uns?«

»Tut mir leid«, erwiderte Bobinger. »Wenn ich geahnt hätte, dass wir uns treffen, wäre schon was für dich drin gewesen. Aber inzwischen bin ich mit dem Wirt hier einig geworden. Die Sau hängt bereits hinten in seinem Stall, und um die Hasen kümmert sich gerade die Küchenmagd.«

»Dann eben beim nächsten Mal, wenn du wieder in der Gegend bist«, antwortete Veit. Er bestellte sich einen Krug Bier, stieß mit den Wildschützen an und erklärte anschließend in verschwörerischem Tonfall: »Übrigens seid ihr nicht die Einzigen im Dorf, die ab und zu einen verbotenen Schuss abgeben.«

»So?«, kam es erstaunt von einem der Männer; der Krätzenbube knurrte: »Macht uns neuerdings ein Hiesiger Konkurrenz?!«

Veit schüttelte den Kopf. »Nein. Ich meine einen Auswärtigen, der im Moment allerdings wenig Lust auf die Jagd hat. Doch wenn der Matthäus Klostermayr es drauf anlegen würde …«

»Der Klostermayr?!«, stieß Bobinger hervor. »Der Brentan-Hiasl! Der beste Schütze weit und breit! Aber der ist doch spurlos verschwunden, seit er den Soldaten in Friedberg den Tort angetan hat!«

»Der Erdboden hat ihn nicht verschluckt, falls du das glaubst«, schmunzelte der Kleinbauer. »Vielmehr haust er seit drei Wochen unter meinem Dach.«

»Wie ist das denn zugegangen?!«, schnappte der Krätzenbube; einer seiner Gefährten drängte: »Erzähl schon, Schöberl!«

Veit, der nur darauf gebrannt hatte, tat den Wildschützen den Gefallen und schloss: »Ja, so ist's gekommen, dass der Hiasl mein Gast wurde und mein Weib und ich ihn gesundgepflegt haben. Aber nun, wo er wieder auf den Beinen ist, wird er es wohl nicht mehr lange in Ottmarshausen aushalten.«

»Was hat er vor? Weißt du's?«, fragte Bobinger.

Der Kleinbauer zuckte die Achseln. »Keine Ahnung. Er hat bisher nicht darüber geredet.«

»In sein Heimatdorf kann er auf keinen Fall zurück«, äußerte einer der Begleiter des Krätzenbuben. »Dort würden ihn die Husaren bestimmt gleich wieder hochnehmen.«

»So ist's«, murmelte Bobinger; im nächsten Moment leuchteten seine Augen auf, und er verlangte von Veit: »Du musst mich mit dem Brentan-Hiasl zusammenbringen!«

»Ja, ihr solltet euch kennenlernen«, stimmte Schöberl zu. »Weil ihr aus demselben Holz geschnitzt seid. Von dir, Xaver, heißt es schließlich, dass du der wildeste Raubschütze im Lechgäu bist, und über den Hiasl sagt man, er sei der gewitzteste.«

»Genau deswegen könnten wir Busenfreunde werden«, versetzte der Krätzenbube grinsend – und wenig später brach er zusammen mit Veit zu dessen Sölde auf.

***

Die Mitternacht war fast stockfinster; am Firmament stand lediglich eine dünne, wässrige Mondsichel, die kaum Licht gab. Trotzdem fand der Mann im dunklen Lodenumhang den Weg über die Felder zum Baumüller-Anwesen am Ortsrand von Kissing. In der Nähe des Hofes verharrte er und blickte lange zu den Gebäuden hinüber, in denen die Menschen und Tiere schliefen. Endlich ging er weiter, drang unweit des Anwesens in ein Waldstück ein und erreichte nach etwa fünfzig Schritten den Saum einer kleinen Lichtung.

Als der nächtliche Wanderer den ausgerodeten Platz betrat, raschelte ein Kleintier durch den Laubteppich davon, welcher die Erde bedeckte. Der Mann horchte dem Geräusch nach; dann holte er eine Blechlaterne unter seinem Umhang hervor, entzündete die Talgkerze darin und begab sich zur Mitte der Waldlichtung. Dort wurden im schwachen Lichtschein die Ruinenmauern einer Kapelle sichtbar, deren Dach schon vor Jahrzehnten eingestürzt war.

Ein Ginsterbusch und von oben herabhängende Pflanzenranken schienen das teilweise demolierte Portal zu versperren; der Dunkelgekleidete schaffte es jedoch, die Hindernisse zu überwinden. Im Inneren der Ruine stellte er die Laterne auf eine der verwitterten Bodenfliesen, kniete daneben nieder und holte ein Messer aus der Hosentasche. Mit Hilfe der Klinge hob er eine Reihe anderer Fliesen aus, bis er einen unter diesen Steinplatten befindlichen Hohlraum freigelegt hatte. Dann tastete er in die Grube; gleich darauf flüsterte er im Selbstgespräch: »Gut! Der Stutzen und der Hirschfänger sind noch da.«

Vorsichtig hob Hiasl die in Wachstuch eingeschlagenen Waffen, bei denen sich auch Pulverhorn und Kugelbeutel befanden, aus dem Versteck, verschloss den Hohlraum wieder, schulterte das schwere Bündel, löschte die Blechlaterne, steckte sie weg und verließ die Ruine. Draußen auf der Lichtung schlug er jedoch nicht die Richtung ein, aus der er gekommen war, sondern wandte sich nach Süden. In sicherem Abstand umging er das Dorf; am Ortsrand folgte er ein Stück weit der Paar, bis er zum Hirtenhaus gelangte.

Hinter den Fenstern war es längst finster; die Haustür war verschlossen, doch auf dem Umweg über den Ziegenstall war es Hiasl möglich, in die Küchenstube zu schleichen. Dort entzündete er einen Kienspan, danach begab er sich zur angrenzenden Schlafkammer und weckte seinen Vater.

»Du?!« Der im Bett hochfahrende Gemeindehirte konnte es kaum fassen, den Sohn vor sich zu sehen. »Wo, um Himmels willen, hast du bloß gesteckt?! Regina und ich haben uns die größten Sorgen gemacht, als wir von deiner Entführung aus der Taverne und deiner Flucht in Friedberg hörten! Und oft haben wir gefürchtet, dass du vielleicht gar nicht mehr am Leben …«

»Hol meine Schwester her, dann erzähle ich euch alles«, unterbrach Hiasl den Redefluss seines Vaters.

Michael Klostermayr sprang auf und hastete zu Reginas Kammer; wenig später saßen alle drei am Küchentisch, und der Vierundzwanzigjährige berichtete, was er während der vergangenen Wochen durchgestanden hatte.

Nachdem Hiasl geendet hatte, deutete sein Vater auf das Wachstuchbündel, aus welchem der Lauf des Stutzens herausragte, und sagte mit gepresster Stimme: »Du hast deine Büchse bei dir. Heißt das, du willst jetzt wieder …«

»Was soll ich denn sonst tun?!«, fuhr der junge Klostermayr auf. »Die Stelle beim Baumüller habe ich verloren, und zu allem Überfluss ist auch noch das Militär hinter mir her. Da bleibt mir doch gar nichts anderes übrig, als dass ich mich mit dem Stutzen durchschlage. Aber immerhin werde ich nicht allein sein, weil mir der Xaver Bobinger ein Angebot gemacht hat.«

»Der Bobinger?!«, schnappte Michael Klostermayr. »Der verrückte Wildererhauptmann, auf den ein Kopfgeld ausgesetzt ist!«

»Genau der«, versetzte Hiasl. »Mit dem habe ich mich vor ein paar Tagen zusammengetan. Und deshalb habe ich auch den Stutzen und den Hirschfänger aus dem Versteck geholt.«

»Bitte überleg dir das noch mal, ob du wirklich mit dem Krätzenbuben gemeinsame Sache machen willst.« Fast flehend sagte der Gemeindehirte den Satz; Regina fügte hinzu: »Der Bobinger kann jeden Tag im Kerker landen, kann vielleicht sogar zum Galgen geschleppt werden! Und wenn es der Teufel darauf anlegt, reißt dich der wahnsinnige Kerl mit in seinen Untergang! Willst du das denn riskieren?! Noch dazu, wo du in ein paar Monaten Vater wirst!«

Bitter lachte der Vierundzwanzigjährige auf. »Jawohl, das werde ich! Ein Vater! Aber die Monika darf ich nicht mehr sehen! Und mein Kind später auch nicht! Dafür wird der Baumüller schon sorgen!« Er griff nach dem Wachstuchbündel; umklammerte den Gewehrkolben, den er darunter fühlte. »Ich hätte meinen Weg machen können als Oberknecht. Hätte die Monika womöglich irgendwann heiraten können … weil wir uns geliebt haben. Doch dann haben der Großbauer und der Nothafft alles zerstört! Haben mir die Arbeit genommen, haben mir die Husaren auf den Hals gehetzt! Und deshalb bin ich jetzt ein Nichts; ein Vogelfreier, dem nur noch eins bleibt: das Raubschießen zusammen mit dem Krätzenbuben und seiner Bande.«

Hiasl öffnete die Wachstuchhülle, schnallte sich den Gurt mit dem Hirschfänger um, lud den Stutzen, verwahrte Pulverhorn und Kugelbeutel unter seinem Umhang und stand auf. »Ich gehe wieder. Wollte euch bloß noch einmal sehen, weil ich sowieso in der Gegend war. Aber jetzt wird's Zeit. Bis der Morgen graut, muss ich auf der anderen Lechseite sein.«

Beinahe verzweifelt griff Regina nach der Hand ihres Bruders. »Bleib doch wenigstens noch einen oder zwei Tage bei uns. Wir verstecken dich schon …«

Der alte Klostermayr nickte stumm; seine Augen glänzten feucht. Sein Sohn indessen schüttelte den Kopf und presste ein »Nein!« heraus. Im nächsten Moment umarmte er die Schwester, nach kurzem Zögern auch den Vater. Dann verließ er die Küchenstube, suchte sich seinen Weg durch den finsteren Ziegenstall und verschwand draußen in der Nacht.

Auf Schleichpfaden erreichte er den Lech, an dessen Ufer die Zille lag, in der er über den Fluss gekommen war. Er stakte den Nachen zurück ans jenseitige Gestade; nahe des Weilers Kleinaitingen band er den Kahn bei einer Fischerhütte an, wo er ihn Stunden zuvor heimlich weggenommen hatte. Danach lief er durch den Auwald nach Norden: bis zu einem Einödhof, der eine Meile außerhalb von Wehringen am Saum der Lechauen lag. Das heruntergekommene Anwesen gehörte einem entfernten Verwandten von Xaver Bobinger; in der Morgendämmerung langte Hiasl dort an und begab sich in die Scheune, wo der Krätzenbube und seine Gefährten noch im Heu schliefen.

Gleich darauf jedoch, weil der Hereinkommende ein Geräusch verursachte, erwachte Bobinger. Instinktiv griff er nach seinem Gewehr; dann aber erkannte er Hiasl, starrte ihn unter zusammengekniffenen Brauen hervor an und fragte mit verschleimter Stimme: »Na? Alles erledigt in deinem Dorf?«

Der Vierundzwanzigjährige verspürte einen Stich im Herzen; noch einmal glaubte er die Gesichter seines Vaters und seiner Schwester vor sich zu sehen, dazu das Antlitz von Monika. Doch im nächsten Moment zwang er sich zu einem Grinsen und antwortete: »Alles bestens!« Er hob den Stutzen hoch. »Da habe ich meine Büchse. Und wenn du willst, kannst du noch heute sehen, was sie leistet.«

***

Während der folgenden Frühlings- und Sommermonate machte die Wildererbande das ganze Lechfeld zwischen Königsbrunn und Landsberg unsicher. Teils pirschten die Wildschützen allein oder zu zweit; teils veranstalteten sie regelrechte Treibjagden, bei denen Bobinger und Hiasl die Schützen waren, während die übrigen Männer das Wild zu ihrem Standort hetzten.

Die Jagdbeute diente den Bandenmitgliedern zum Lebensunterhalt; was sie nicht selbst verzehren konnten, verkauften die Wilddiebe in den Städten und Dörfern der Gegend. Abnehmer waren die Inhaber bestimmter Gasthäuser, meist Winkelwirte; zuweilen aber auch Bauern, die sich der Schwarzschützenbande als Hehler zur Verfügung stellten.

Einmal, im Juni dieses Jahres 1761, als der Krätzenbube und seine Kumpane innerhalb von nur zwei Tagen südöstlich von Königsbrunn fast ein Dutzend Rehe abgeschossen hatten, taten sich sechs Herrschaftsjäger des Hochstiftes Augsburg zusammen, um der Bande das Handwerk zu legen. Eine volle Woche versuchten sie, der Wilddiebe habhaft zu werden; zuletzt, nachdem alle ihre Bemühungen vergeblich gewesen waren, steckte ihnen ein Landwirt, der wegen eines alten Streits einen Rochus auf Xaver Bobinger hatte, dass die Schwarzschützen nach Einbruch der Dunkelheit öfter in einer Spelunke am Ortsrand von Dopshofen zu zechen pflegten.

Daraufhin legten sich die Jäger mehrere Abende in der Nähe dieses Hauses auf die Lauer. Zunächst passierte nichts; schließlich aber, in der vierten Nacht, tauchten die Wilderer tatsächlich auf und verschwanden in der Taverne. Die Herrschaftsjäger schlichen heran, spannten die Gewehrhähne und stürmten ins Haus. Kaum jedoch hatte der vorderste Häscher die Tür zur Gaststube aufgerissen, krachte drinnen ein Schuss, welcher die Öllampe traf, die den Raum erhellte.

Schlagartig wurde es stockfinster in der Spelunke; einen Augenblick später vernahmen die Jäger ein wüstes Poltern und das Geräusch zerberstenden Holzes – und als die Wirtsstube endlich wieder beleuchtet war, begriffen die Häscher, wie die Schwarzschützen ihnen entkommen waren: Im Schutz der Dunkelheit, welche das Zielen auf sie unmöglich machte, hatten sie ein mit Brettern verschlagenes Fenster im rückwärtigen Teil des Hauses zertrümmert und waren geflohen.

In einem Erdversteck, das gar nicht weit von der Winkelwirtschaft entfernt im Forst lag, warteten die Wilderer den Morgen ab. Dann, nachdem sie festgestellt hatten, dass die Luft wieder rein war, verließen sie die Dopshofener Gegend und verbargen sich während der nächsten Tage auf dem Anwesen bei Wehringen, welches dem Verwandten Bobingers gehörte.

Dieser Einödhof war aber nicht der einzige Zufluchtsort der Raubschützenbande. Der Krätzenbube und seine Gefährten pflegten noch mehrere andere Verstecke zu nutzen, wenn ihnen der Boden aus irgendeinem Grund zu heiß wurde. So gab es etwa unweit von Lamerden, am südlichen Saum des Lechfelds, eine Hütte inmitten eines Sumpfgebietes, zu der kein

Uneingeweihter den Weg zu finden vermochte. Weiter nördlich wiederum, eineinhalb Meilen vom Weiler Graben entfernt, hausten die Wilderer manchmal auf einer kleinen Insel, die von einem Altwasser umgeben war und die nur mit Hilfe eines im Ufergestrüpp verborgenen Nachens erreicht werden konnte.

Aufgrund der Verschlagenheit der Raubschützen und der diversen Rückzugsmöglichkeiten, über welche die Männer um Xaver Bobinger verfügten, schafften es die Herrschaftsjäger auch in der Zeit nach dem dramatischen Zwischenfall in Dopshofen nicht, der Bande das Handwerk zu legen. Mehr oder weniger unangefochten wilderten der Krätzenbube und seine Kumpane weiterhin und genossen ihr freies, ungebärdiges Leben. Dies ging so bis in den August hinein; dann jedoch, als die Sommerhitze drückend wurde, kam es zu einer heftigen Auseinandersetzung zwischen Bobinger und dem Brentan-Hiasl, wie der Vierundzwanzigjährige von den anderen genannt wurde.

Seit einer ganzen Weile schon hatte Hiasl immer wieder an die Baumüller-Tochter denken müssen, die in der Mitte des Erntemonats niederkommen würde. Und jetzt, da es höchstens noch eine Woche bis zur Geburt seines Kindes dauern konnte, vermochte sich der werdende Vater nicht mehr zu beherrschen: Er musste nach Kissing; um jeden Preis!

Als er dies jedoch dem Anführer der Wildschützenbande eröffnete, fuhr Xaver Bobinger auf: »Bist du von allen guten Geistern verlassen?! Was liegt dir an dem blöden Weib, das gewiss nichts mehr von dir will?! Und an dem Balg, um das du dich sowieso nicht kümmern kannst?!«

»Was mir an Monika und dem Kind liegt?!«, schrie Hiasl. »Mein Leben waren sie einmal! Meine Hoffnung auf eine schöne Zukunft!« Er blieb einen Moment stumm; dann fügte er leise hinzu: »Ja, ich habe all das verloren. Aber nun muss ich trotzdem noch mal nach Kissing. Muss wissen, ob wenigstens bei der Geburt alles gut abgeht.«

»Nein! Du bleibst!«, beharrte Bobinger. »Sonst bringst du uns alle in Gefahr! Falls sie dich schnappen würden ...«

»Ich gehe!« Der Vierundzwanzigjährige griff nach seinem Stutzen. »Und wenn du mich aufhalten willst, musst du mit dem Gewehr schneller sein als ich!«

Der Krätzenbube zerknirschte einen Fluch zwischen den Zähnen; sein pockennarbiges Gesicht lief vor Wut feuerrot an. Doch Hiasl scherte sich nicht darum. Ohne ein weiteres Wort ließ er Xaver Bobinger stehen und machte sich auf den Weg zum Dorf an der Paar.

Die folgenden Tage und Nächte verbrachte er im Wald unweit des Baumüller-Hofes, wo ihm die Kapellenruine im Notfall ein leidlich sicheres Versteck bieten konnte. Von einer Buschinsel am Forstrand aus beobachtete er das Anwesen; am vierten Vormittag sodann sah er aus dem Schornstein des Bauernhauses ungeachtet der Augusthitze dichten Rauch aufsteigen. Gleich darauf erspähte er zwei Mägde, die zum Hofbrunnen rannten, mehrere Eimer füllten und wieder ins Haus eilten.

Die Anzeichen waren klar: Bei Monika musste die Geburt eingesetzt haben, weshalb heißes Wasser benötigt wurde. Hiasl begann vor Aufregung zu schwitzen; er glaubte vor sich zu sehen, wie sich die Kreißende quälte, und während der nächsten Stunden litt er innerlich mit ihr. Schließlich, am frühen Nachmittag, verließ ein Knecht den Hof und lief in Richtung der Dorfmitte davon. Wenig später kehrte er in Begleitung des Pfarrers zurück; angesichts dessen wurde der Wildschütze erneut von Ängsten heimgesucht, weil er fürchten musste, dass im Baumüller-Haus eine Nottaufe zelebriert werden sollte.

Kurz darauf aber erinnerte sich Hiasl an ein Geständnis, das ihm Monika im ausgehenden Winter gemacht hatte. Damals hatte sie gesagt: »Wenn ich mein Kind zur Welt bringe, will ich es nicht in der Kirche taufen lassen, sondern sofort nach der Niederkunft daheim. Denn nur so ist ihm die Seligkeit im

Paradies gewiss, und es wird nicht zu ewiger Höllenpein verdammt werden, falls es kurz nach der Geburt sterben sollte.«

An jenem Tag hatte Hiasl die Schwangere wegen ihrer katholischen Zwangsvorstellungen verspottet, nun jedoch atmete er auf. Das Lebewesen, das er gezeugt hatte, war geboren und getauft worden; es schien alles in Ordnung zu sein. Erleichtert beobachtete er das Anwesen weiter; nach einer Stunde verließ der Geistliche den Hof wieder; der Großbauer begleitete ihn bis zum Weg hinaus, der ins Dorf führte. Beim Anblick Joseph Baumüllers spürte Hiasl wilden Hass in sich aufsteigen; in einem zornigen Reflex umklammerte er den Stutzen und knurrte: »Wenn du nicht so ein Drecksack wärst, Baumüller, könnte ich jetzt bei meinem Weib und meinem Kind sitzen.«

Gleich darauf kroch er aus dem Gestrüpp, das ihm Deckung geboten hatte, und hastete, fast wie auf der Flucht, zur Kapellenruine. Dort haderte er bis in die Nacht hinein mit seinem Schicksal; irgendwann sprang er auf und stieß hervor: »Ich muss es wissen! Muss wissen, ob es ein Bub oder Mädchen ist, und welchen Namen sie dem Kind gegeben haben.«

Im nächsten Moment entschloss er sich, zum Hirtenhaus zu gehen. Als er dort anlangte, sah er hinter dem Küchenfenster noch einen flackernden Lichtschein. Er spähte in den Raum, erkannte die Gestalten des Vaters und der Schwester und klopfte. Michael Klostermayr kam herbei; Hiasl gab sich zu erkennen, und daraufhin öffnete ihm Regina die Haustür.

Drinnen, am Küchentisch, berichtete er seinen Angehörigen von der Geburt auf dem Großbauernhof. Danach verlangte er: »Ihr müsst alles über das Neugeborene herausfinden!«

»Aber nicht jetzt in der Nacht«, versetzte die Schwester. »Morgen höre ich mich im Dorf um. Und du versteckst dich derweil hier bei uns.«

Hiasl, der schon ewig nicht mehr in einem richtigen Bett geschlafen hatte, nahm das Angebot dankbar an. Doch ehe er sein

Ruhelager aufsuchte, saß er noch lange Zeit mit seinen Leuten beisammen, die sich inzwischen mehr oder weniger mit seinem Renegatenleben abgefunden hatten und ihm deshalb kaum noch Vorhaltungen machten.

Am nächsten Vormittag sodann brachte Regina auf dem Kissinger Dorfplatz in Erfahrung, dass die Baumüller-Tochter einem Knaben das Leben geschenkt hatte, der auf den Namen Korbinian getauft worden war.

In der Küchenstube des Hirtenhauses nahm der verstoßene Kindsvater die Nachricht begierig, aber schweigend auf; nach einer Weile murmelte er: »Wenigstens wird's dem Buben auf dem Großbauernhof an nichts fehlen. Und falls er der einzige Enkel der Baumüller-Leute bleibt, wird er das Anwesen vielleicht sogar einmal erben.«

»Möglich«, nickte Michael Klostermayr. »Bloß ich werde meinen Enkelsohn nie auf den Arm nehmen können, weil mir der alte Baumüller bereits vor Wochen verboten hat, seinen Hof noch einmal zu betreten.«

Hiasl ballte die Faust. »Der Drecksack hat kein Herz! Das weiß ich längst!« Einen Moment saß er stumm da; plötzlich sprang er auf. »Ich muss wieder fort! Kann's hier in Kissing nicht mehr aushalten!«

»Bleib doch wenigstens noch bis zum Abend«, bat Regina. »In der Dunkelheit kommst du dann ohne Gefahr weg.«

Der Wilderer schüttelte den Kopf. »Nein! Lebt wohl. Wenn's bei mir passt, sehen wir uns schon wieder …«

Damit griff er nach dem Stutzen und verließ sein Elternhaus beinahe wie auf der Flucht. Draußen schaute er sich gehetzt um; gleich darauf rannte er über die Hauswiese zur Paar, lief dort in der Deckung des Ufergestrüpps nach Süden und verschwand nach einer Viertelmeile in einem Waldstück.

Kurz nach Einbruch der Nacht erreichte Hiasl das derzeitige Quartier der Raubschützenbande jenseits des Lech:

eine windschiefe Feldscheune mit löchrigem Dach östlich von Schwabmünchen. Einer der Wildschützen hielt im Schutz einer Kopfweide nahe des morschen Gebäudes Wache; weil er den Herankommenden nicht gleich erkannte, rief er ihm ein drohendes »Halt!« entgegen.

Als Hiasl die vertraute Stimme vernahm und gleich darauf, nachdem er seinen Namen genannt hatte, mit einem derben Scherz begrüßt wurde, fühlte er sich auf seltsame Weise geborgen. Wenig später indessen, beim Eintreten in die Scheune, wo ein kleines Feuer brannte, wurde er von Xaver Bobinger reichlich unwirsch empfangen.

»Du bist ja eine Ewigkeit weg gewesen!«, schnauzte ihn der Krätzenbube an. »Und wer sagt mir jetzt, dass du durch dein Herumstreunen nicht die Jäger oder die Soldaten auf unsere Fährte gebracht hast?!«

»Von denen hat mich bestimmt keiner gesehen«, versuchte Hiasl abzuwiegeln. »Schließlich kenne ich die Schleichwege, und ich habe die ganze Zeit über aufgepasst.«

Er setzte sich neben Bobinger an den Feuerplatz, griff nach einem Brotwecken, der dort lag, und brach sich einen Brocken ab. Doch ehe er das Brot zum Mund führen konnte, schlug es ihm der Krätzenbube aus der Hand und schrie ihn an: »Du hast in den letzten Tagen nicht mit uns gejagt! Deshalb brauchst du auch nichts zu fressen!«

Hiasl sprang auf; seine Rechte zuckte zum Hirschfänger, umklammerte den Griff. »Bist du wahnsinnig geworden?! Was habe ich dir getan, dass du so auf mich losgehst?!«

Blitzschnell kam Bobinger ebenfalls auf die Beine und zog sein eigenes Waidmesser. »Es stinkt mir mit dir! Bist gegen meinen Befehl nach Kissing gegangen! Hast dich mir widersetzt! Mir, deinem Hauptmann! Aber jetzt werde ich dir beibringen, wer in der Bande anschafft, und wer zu parieren hat! Los, zieh deine Klinge! Lass es uns auskämpfen!«

Für einen Moment hingen die Dinge in der Schwebe; wutentbrannt starrten die Kontrahenten einander an, dann sagte Hiasl, seinen Zorn mühsam unterdrückend: »Das allein kann's nicht sein! Dass ich dir nicht gehorcht habe … Du hast noch mehr gegen mich. Raus mit der Sprache! Was ist es?!«

Einer aus der Schar der übrigen Wildschützen, die mittlerweile alle aufgestanden waren, murmelte: »Der Xaver fürchtet halt die Husaren, die du im April bis aufs Blut blamiert hast. Bevor du zu uns kamst, mussten wir uns bloß vor den Jägern in acht nehmen. Doch nun haben wir zusätzlich die Bedrohung durch die Soldaten am Hals.«

»Das also ist der Grund!« Plötzlich grinste Hiasl. »Hab gar nicht gewusst, dass du so ein Feigling bist, Bobinger! Dass du dir in die Hosen scheißt wegen der Uniformierten …«

Unvermittelt stach der Krätzenbube mit seinem Messer zu – aber sein Gegner packte ihn gedankenschnell am Unterarm, wand ihm die Waffe aus der Hand und schlug ihn mit einem fürchterlichen Fausthieb nieder.

Besinnungslos landete Bobinger auf dem Scheunenboden; Hiasl griff nach seinem Stutzen und ging zum Tor des Gebäudes. Dort drehte er sich noch einmal um und rief den Bandenmitgliedern zu: »Wir sind geschiedene Leute! Auf immer! Sagt es eurem Anführer, wenn er wieder zu sich gekommen ist.«

Dann verschwand der Vierundzwanzigjährige in der Finsternis, um sich irgendwo im Wald ein einsames Nachtlager zu suchen.

# Der Einzelgänger

## LECHFELD
## SPÄTSOMMER 1761 BIS FRÜHHERBST 1763

Zwischen Lamerden und Ettringen, im Auwald am Flüsschen Gennach, lauerte Hiasl auf Rehwild. Aber das Rudel, dessen Spuren er gegen Mittag an einer kleinen Bucht des Wasserlaufes entdeckt hatte, kam nicht zur Tränke. Als sich die Abenddämmerung über das Land senkte und das letzte Büchsenlicht schwand, verließ der Wildschütze sein Versteck.

Missgelaunt suchte er seinen Unterschlupf auf, den er schon am Vortag tiefer im Forst angelegt hatte: einen Windfang aus verflochtenen Erlenzweigen. Als Ruhelager diente zusammengescharrtes Laub; eine nahegelegene Quelle spendete Trinkwasser. Nachdem Hiasl seinen Durst gestillt hatte, holte er einen steinharten Brotkanten aus dem Rucksack, zerhieb ihn mit dem Hirschfänger und schlang die Stücke hinunter.

Als er satt war, legte er sich auf dem Laubhaufen nieder und schaute zu den Sternen hinauf, die vereinzelt zwischen den Baumwipfeln und langsam ziehenden Wolken zu sehen waren. Bald spürte er, wie seine Lider schwer wurden – dann jedoch ging es ihm plötzlich durch den Kopf: Heute müsste mein fünfundzwanzigster Geburtstag gewesen sein! Oder doch nicht? Vielleicht schon gestern?

Kaum war ihm dies bewusst geworden, befiel ihn ein Gefühl tiefer Verlassenheit. Es war ihm, als würde er in einen Abgrund stürzen; als würde ihm etwas den Lebensmut und die Lebenskraft wegsaugen; als wäre er mutterseelenallein und völlig hilflos auf der Welt. Mit einem wehen Aufstöhnen richtete er sich auf; tastete wie haltsuchend nach dem Stutzen, umklammerte die Waffe. Der körperliche Kontakt mit dem glatten Holz des

Schaftes und dem kühlen Metall des Laufes beruhigte ihn ein wenig; nach einem heftigen Atemzug dachte er: Ich habe es nicht anders gewollt! Habe mich für das Dasein entschieden, das ich nun führe. Für das Leben fern von den Menschen; fern von den Gemeinheiten, die sie mir zugefügt haben.

Er zog die Knie an den Leib, kauerte einen Moment zusammengekrümmt da. Dann, in einem jähen seelischen Aufbäumen, lachte er gellend und stieß hervor: »Die Wildnis ist jetzt meine Heimat! Der Wald und die Tiere. Und die Natur meint mir's gut. Da gibt's keine geschissenen Menschengesetze und keine verfluchte Obrigkeit. Keine Lügen, keinen Verrat, keine falsche Kameradschaft. Und keine Liebeshoffnung, die am Ende doch nur enttäuscht wird ...«

Mit dem nächsten Lidschlag sprang er auf und schrie in den Forst hinein: »Ihr habt mich herausgestoßen aus eurer Menschenwelt, also will ich auch ganz und gar der Vogelfreie sein! Will wie der Wolf sein, den ihr so fürchtet. Der reißende einzelgängerische Wolf, der seinen Feinden wild an die Gurgel springt. Und dem ihr nicht Herr werden könnt, ihr nichtswürdige Adels-, Pfaffen- und Staatsschranzenbrut!«

Damit zog Hiasl den Büchsenhahn auf und feuerte, wie zur Bekräftigung seines wütenden Ausbruchs, in die Finsternis hinein. Beim Dröhnen des Schusses empfand er beinahe orgastische Freude; erneut lachte er auf, diesmal wie befreit. Dann lud er den Stutzen nach, legte sich wieder nieder – und schlief nach einer Weile, nicht länger von Seelenschmerzen gepeinigt, ein.

***

Während der folgenden Wochen und Monate machte der Fünfundzwanzigjährige das gesamte Lechfeld unsicher. Er wilderte Dutzende von Hirschen, Rehen und Wildschweinen; dazu jede Menge Feldhasen, Rebhühner und Fasane. Vom Niederwild ernährte er sich; jeden Abend briet ein Hase oder ein Wildvogel am Lagerfeuer in den verschiedenen Verstecken, die er benutzte. Das Hoch- und Schwarzwild verkaufte er an Gastwirte und Bauern; das Geld, das er für das Wildbret bekam, ließ er häufig in abgelegenen Tavernen oder Winkelwirtschaften springen.

Oft hielt er dann die anderen Gäste großzügig frei. Manchmal begründete er dies mit den Sätzen: »Ich scheiß auf die Münzen, weil die Schädel der Großkopfeten darauf abgebildet sind. Die Sauschädel der Kurfürsten, der Augsburger Bischöfe oder der sonstigen gottverfluchten Landesherren. Diese Drecksäcke können nichts weiter, als uns anständige Menschen zu unterdrücken und auszurauben, und deshalb mag ich ihre Sauköpfe nicht lange in meinem Beutel herumtragen.«

Immer wenn er diese Rede hielt, erntete er Beifall von seinen Zuhörern: von Kleinbauern, Knechten und Mägden; gelegentlich auch von wandernden Handwerksburschen oder fahrendem Volk. Und falls ihm doch einmal einer vorhielt, dass das Wildern illegal sei, pflegte er zu entgegnen: »Unsinn! Das wollen uns die Adligen und Pfaffen bloß einreden, damit sie das Waidwerk einzig zu ihrem Nutzen ausüben können. Damit sie noch fetter werden als ohnehin schon. Doch die Wahrheit ist: In der alten Zeit, wo die Menschen noch frei waren, hatte ein jeder das Jagdrecht. Da gab es keine blödsinnigen Gesetze, von denen die Leute geknechtet wurden. Und so muss es auch in Zukunft wieder werden! Das sage ich euch; ich, der Matthäus Klostermayr, der dem Adels- und Pfaffenpack was scheißt!«

Mit solch revolutionären Gedanken sprach Hiasl den Armen, den zu kurz Gekommenen aus der Seele; häufig ließen sie ihn dann hochleben – und was die jungen Frauen betraf, so rannte er bei denen zuzeiten auch anderweitig offene Türen ein. Mit so mancher landete er im Heu oder nahm sie für eine Nacht mit in sein jeweiliges Versteck, und wenn er eine Bauernmagd oder eine Fahrende vögelte, konnte er die verlorene Geliebte vergessen:

die Großbauerntochter, die ihm den Sohn geboren hatte, den er nicht kannte.

Die Herrschenden allerdings, die Adligen und Kleriker, denen der Fünfundzwanzigjährige auf dem Lechfeld das Wild wegschoss, wünschten ihren Widersacher schon bald zur Hölle. Ihre Jäger wiederum, die in den Dörfern das eine oder andere in Erfahrung brachten, zweifelten bald nicht mehr an der Identität des Schwarzschützen, der es allein noch gröber als die ganze Bobinger-Bande trieb. So machten sie zunächst einzeln oder zu zweit auf Hiasl Jagd, vermochten seiner aber nicht habhaft zu werden. Deshalb schlossen sie sich ab dem Frühling 1762 zu größeren Gruppen zusammen, und damit wurde es für den Renegaten brandgefährlich. Mehrmals entkam er einem derartigen Aufgebot nur mit knapper Not und dank seiner List und körperlichen Behändigkeit – im Juni des genannten Jahres sodann geriet er unversehens völlig in die Bredouille.

Nach einem Pirschgang nordöstlich von Schwabmünchen, in dessen Verlauf er zwei Feldhasen erlegt hatte, suchte er am Spätnachmittag einen kleinen Einödhof auf, dessen Besitzer ihm gewogen waren und ihn schon öfter bei sich hatten übernachten lassen. Die Bauersleute, die ungeachtet ihres bereits fortgeschrittenen Alters ohne Dienstboten wirtschafteten, freuten sich über die Hasen, die Hiasl ihnen schenkte; die Frau sagte zu ihm: »Wenn du bis morgen Mittag bleibst, kannst du einen leckeren Braten mit uns genießen.«

Schmunzelnd nickte der Wildschütze und antwortete: »Einen Riesenhunger hätte ich aber jetzt schon.«

»Dann mache ich dir rasch einen dicken Eierkuchen«, erwiderte die Bäuerin.

Wenig später ließ sich Hiasl den in Schmalz herausgebackenen und mit Pflaumenmus bestrichenen Pfannkuchen schmecken; er ahnte dabei nichts Böses – doch plötzlich deutete der Einödbauer erschrocken zum Küchenfenster und stieß hervor: »Da draußen! Ein ganzer Trupp Herrschaftsjäger!«

Im nächsten Moment gewahrte auch der Renegat die Häscher, die ihm auf die Spur gekommen waren. Die Jäger wiederum, etwa ein halbes Dutzend Männer mit schussbereiten Gewehren, umzingelten nun das Wohnhaus, und gleich darauf brüllte einer, der vor der Haustür Position bezogen hatte: »Komm raus, Matthäus Klostermayr! Wir wissen, dass du da bist!«

»Seid ihr wahnsinnig geworden?!«, schrie der Bauer, in den Flez hinausrennend. »Wir sind anständige Leute! Mit dem Klostermayr haben wir nichts zu schaffen!«

»Wer's glaubt, wird selig«, schallte es von draußen herein. »Und wenn du den Raubschützen deckst, wirst du bestraft!«

Daraufhin begann der Hofbesitzer lautstark zu lamentieren – aber dadurch konnte er das Verhängnis nicht aufhalten, denn schon drangen drei der Herrschaftsjäger ins Haus ein.

Sie trieben den Bauern zurück in die Küchenstube; einer stieß ihn dort auf die Ofenbank und herrschte ihn an: »Rede endlich! Wo steckt der Verbrecher?! Wir haben beobachtet, wie er unter deinem Dach verschwunden ist!«

Verschüchtert, sichtlich ratlos schwieg der Einöder; seine Frau indessen fuhr auf die Häscher los: »Wenn der Klostermayr wirklich da wäre, ihr Narren, müsstet ihr ihn doch sehen, oder?!«

Tatsächlich war die Küche leer; dadurch ließen sich die Jäger aber nicht beirren, sondern ihr Sprecher warf dem Bauernpaar nun vor: »Ihr habt den Kerl irgendwo versteckt!«

»Dann sucht ihn halt«, kam es von der Bäuerin. »Stellt das ganze Haus auf den Kopf, wenn ihr wollt. Steigt meinetwegen in den Keller hinab und filzt von mir aus auch den Speicher. Doch außer Mäusen und Spinnweben werdet ihr nichts finden.«

»Das kannst du sonst wem weismachen, aber nicht uns!«, knurrte einer der Häscher; dann forderte er die beiden anderen

Jäger auf: »Lasst uns hier im Parterre anfangen. Ich hab's im Urin, dass der Lumpenhund irgendwo in der Nähe steckt.«

Während der folgenden Stunde durchsuchten die Herrschaftsjäger zuerst das Erdgeschoss und danach die übrigen Stockwerke des Bauernhauses. Doch trotz aller Bemühungen fanden sie keine Spur von dem Wilderer, so dass sie schließlich aufgeben und kleinlaut wieder abziehen mussten. Der Einöder und seine Frau beobachteten von der Haustür aus, wie die Häscher in Richtung Schwabmünchen verschwanden; als der Jägertrupp außer Sicht war, sagte der Bauer: »Jetzt bin ich genauso schlau wie die Herrschaftsjäger … Wo ist der Hiasl denn bloß hingekommen?! Hat er sich am Ende in Luft aufgelöst?!«

Die Bäuerin antwortete nicht. Sie schmunzelte nur und führte ihren Mann in eine Kammer neben der Küche, wo sich Regale mit Speisevorräten sowie eine große Holztruhe befanden. Auf dem Truhendeckel standen ein Korb mit Eiern, ein voller Milchkrug, ein irdener Schmalztopf, eine verrußte Pfanne und etliches, ziemlich ramponiertes Geschirr.

Die Frau räumte alles weg, sodann holte sie einen Schlüssel aus der Schürzentasche und sperrte das Truhenschloss auf. Nachdem sie den Deckel hochgeklappt hatte, stieg der Wildschütze grinsend aus seinem Versteck und äußerte: »Mit der Zeit ist mir das Atmen ein wenig schwer geworden. Aber sonst war es recht gemütlich in meinem Unterschlupf.«

Danach nahm er seinen Stutzen aus der Truhe und umarmte die Bäuerin, die ihn beim Auftauchen der Häscher rasch in den Nebenraum gezerrt und ihn so vor der Gefangennahme bewahrt hatte. Wenig später verzehrte er die Reste des Pfannkuchens; dabei machte er sich über die Dummheit der Jäger lustig – und dasselbe taten Hiasl und die Bauersleute am Tag darauf, als sie sich die beiden Hasen schmecken ließen.

Am nächsten Morgen nahm der Wildschütze von den Einödern Abschied; zuvor jedoch hatte er ihnen noch versprochen:

»Bei Gelegenheit komme ich wieder bei euch vorbei, und dann bringe ich euch zum Dank für das, was ihr für mich getan habt, einen schönen Rehbock mit.«

***

Auch in anderen Fällen hatten die einfachen Menschen, die auf dem Lechfeld oder in dessen Umgebung lebten, den Nutzen davon, wenn sie Hiasl vor seinen Verfolgern schützten. So konnte der Renegat den Sommer und Herbst dieses Jahres 1762 in Freiheit überstehen; ebensowenig gelang es den Herrschaftsjägern während der kalten Jahreszeit, seiner habhaft zu werden. Schließlich aber, Ende Februar 1763, sah es plötzlich so aus, als hätte das Glück den mittlerweile Sechsundzwanzigjährigen verlassen.

Nördlich von Buchloe hatte sich der Wilderer für die Nacht in einer Feldscheune verkrochen; ein Haufen altes Heu hatte ihn einigermaßen vor dem noch bissigen Spätwinterfrost geschützt. Bald nach Tagesanbruch ging Hiasl ins Freie, um an einer Hecke seine Notdurft zu verrichten – im selben Moment, da er die Hosen wieder hochzog, gewahrte er am Rand eines Waldstücks, das eine Viertelmeile entfernt lag, eine Bewegung.

Unmittelbar darauf erblickte er zwei mächtige Fanghunde, die zwischen den Bäumen heraushetzten; hinter ihnen tauchten mehrere Jäger auf: fünf oder sechs an der Zahl. Wiederum einen Augenblick später begriff der Renegat, dass die Hunde eine Fährte aufgenommen hatten – und zwar die seine, denn die Tiere rasten direkt auf die Scheune zu.

Hiasl stieß einen Fluch aus, dann rannte er ebenfalls los. In der Feldscheune warf er sich seinen Rucksack über und griff nach dem Stutzen. Als er wieder nach draußen hastete, hatten die Hunde bereits die halbe Entfernung zwischen dem Wald und dem windschiefen Gebäude zurückgelegt. Der Wildschütze floh, so schnell er konnte; die Fanghunde allerdings waren behänder als er – und deshalb blieb ihm nichts anderes übrig, als in seiner Flucht innezuhalten und zu schießen.

Die Kugel traf einen der Hunde; schrill aufjaulend überschlug sich das Tier und blieb liegen. Der zweite Fanghund kniff den Schwanz ein und raste seitlich davon; zugleich feuerten etliche Jäger. Eines der Geschosse streifte Hiasl am Oberarm und riss seinen Ärmel auf, was ihn aber nicht daran hinderte, sein Gewehr wieder zu laden. Er tat es, während er auf eine einzeln stehende Kopfweide zurannte; dort angekommen, nahm er hinter dem gedrungenen Baumstamm Deckung und sah, dass der überlebende Hund seine Angst überwunden hatte und erneut einen Angriff auf ihn versuchte.

Das Tier war höchstens noch zwanzig Meter von der Weide weg; knurrend und vor Blutdurst geifernd hetzte es heran – bis ihm der Renegat eine Kugel in den Schädel jagte. Nachdem er den Kernschuss angebracht hatte, hörte Hiasl einen der Herrschaftsjäger vor Wut aufbrüllen; die anderen feuerten eine Salve in Richtung der Kopfweide. Hiasl wurde aber nicht getroffen, weil er sich rechtzeitig hinter dem Stamm niedergeduckt hatte. Nun, da seine Feinde nachladen mussten, sprang er wieder auf und rannte, auch seine Waffe erneut schussfertig machend, nach Osten, wo sich ein ausgedehnter Laubwald erstreckte.

Die Distanz dorthin betrug eine halbe Meile. Der Wildschütze war besser zu Fuß als die Häscher; daher vergrößerte sich sein Vorsprung vor ihnen, und bald brauchte er ihre Geschosse nicht mehr zu fürchten. Dann, als er den Waldrand erreichte, schlug er einen Haken nach rechts und drang nach etwa zehn Metern durch eine Buschlücke in den Forst ein. Im Sichtschutz der Bäume wandte er sich nach links und gelangte so zu einer Lichtung, an deren nördlichem Saum eine Sölde stand.

Die Bewohner des bescheidenen Anwesens, ein jüngeres Ehepaar mit drei Kindern, waren Hiasl nicht fremd. Der Kleinbauer hatte dem Renegaten schon vor längerer Zeit erlaubt, die bewusste Feldscheune als Unterschlupf zu benutzen, und im Gegenzug hatte Hiasl ihn und seine Familie mit Wildbret versorgt. Jetzt, da er am Waldrand den Versuch gemacht hatte, seine Verfolger in die Irre zu führen, rannte der Wildschütze auf den Hofplatz der Sölde. Beim Misthaufen stand der Bauer; als er den Heranhastenden erblickte, rief er ihm entgegen: »Ich hab das Schießen gehört! Hat's dir gegolten?!«

»Und ob!«, versetzte Hiasl. »Ein Trupp Jäger ist hinter mir her! Ihr müsst mich verstecken!«

»Komm rasch mit!«, drängte der Kleinbauer, und gleich darauf waren beide im Wohnhaus verschwunden.

Wenig später kamen auch die Herrschaftsjäger, welche die List des Fliehenden schnell durchschaut hatten, auf den Hof gelaufen. Nachdem sie sich kurz orientiert hatten, bezogen einige von ihnen Posten vor den Fenstern des Hauses; die übrigen stürmten ins Innere des Gebäudes und trafen im Flur auf das Bauernpaar und die verschreckten Kinder.

Der Anführer der Häscher schrie den Kleinbauern an: »Wir haben gesehen, wie der Klostermayr, der verdammte Wilddieb, zu euch gerannt ist! Also brauchst du gar nicht erst zu leugnen, dass ihr mit ihm im Komplott seid! Raus mit der Sprache! Wo hat sich der Drecksack verkrochen?!«

»Wir kennen den Klostermayr nicht«, entgegnete die Bäuerin unerschrocken. »Aber vor kurzem ist wirklich ein Fremder vorbeigelaufen und hat sich drüben auf der anderen Hofseite in den Wald geschlagen.«

Einer der Jäger, es war derjenige, dem die erschossenen Fanghunde gehört hatten, hob drohend die Faust. »Du lügst! Und dafür wirst du bitter bezahlen, wenn wir den Verbrecher erst haben!« Er warf sich die Büchse über die Schulter, zog stattdessen eine doppelläufige Pistole und wandte sich an seine Gefährten: »Was halten wir uns mit dem Gesindel auf?! Lasst uns einfach eine Razzia machen, dann werden wir den Halunken schnell kriegen!«

Daraufhin durchsuchten die Häscher jeden Winkel des Hauses; öffneten die Schränke und Truhen, schauten unter die Betten und krochen sogar in die Abseiten des Dachbodens. Die Jäger wurden jedoch nicht fündig, woraufhin sie in ihrer Enttäuschung und Wut darauf verfielen, die ärmlichen Möbel mit ihren Gewehrkolben kurz und klein zu schlagen. Die Bauersleute mussten diese Barbarei hilflos mit ansehen, die Kinder heulten vor Angst; zuletzt brüllte einer der Häscher das verstörte Ehepaar sogar an: »Wenn ihr uns jetzt nicht endlich verratet, wo ihr den verfluchten Klostermayr versteckt habt, knallen wir euch ohne Pardon über den Haufen und zünden eure Kaluppe an!«

Aber auch diese Morddrohung fruchtete nicht. Der Kleinbauer und seine Frau wiederholten lediglich noch einmal, was sie schon die ganze Zeit über beteuert hatten: Dass der flüchtige Wilddieb an der Sölde vorbeigerannt und danach im Forst verschwunden sei.

Angesichts dessen mussten die Herrschaftsjäger schließlich unverrichteter Dinge abziehen. Die Bauernfamilie blickte ihnen nach, bis sie nicht mehr zu sehen waren; dann stieg der Einöder auf den Speicher des Hauses, wo es zwischen den Dachsparren eine Luke gab. Der Bauer hob die hölzerne Abdeckung des Dachfensters weg und rief mit gedämpfter Stimme hinaus: »Kannst wieder reinklettern, Hiasl. Die Luft ist rein.«

Gleich darauf waren von draußen schleifende und knackende Geräusche zu vernehmen. Einen Moment später ließ sich der Renegat durch die Dachluke gleiten, klopfte Rindenstücke und Baumnadeln von seiner Joppe, griff nochmals nach oben, um an den Stutzen und den Rucksack zu kommen, und sagte danach grinsend: »Es war zwar ein wenig kalt im Wipfel der alten Tanne, deren Äste bis zu den Dachschindeln herüberreichen. Doch das hat mir nichts ausgemacht. Denn ich konnte mich in meinem luftigen Versteck über die Dummheit der Jäger freuen, die nicht ahnten, dass ich direkt über ihren Köpfen saß, während sie unten im Haus vergeblich nach mir suchten.«

»Ja, du hast deinen Hals retten können«, murmelte der Einöder. »Aber ich und die Meinen haben jetzt kein einziges heiles Möbelstück mehr.«

»Ich hab's schon gehört, wie sie in den Zimmern gewütet haben«, antwortete Hiasl. »Doch wegen der kaputten Einrichtung musst du dir keine grauen Haare wachsen lassen. Weil du bald lauter neue Möbel haben wirst …« Er zog seinen Münzbeutel aus der Tasche. »Die Hälfte von dem Geld gehört dir. Damit kannst du zum Schreiner nach Buchloe gehen, und der wird dir dein Wohnhaus dreimal schöner als zuvor ausstatten.«

So kam es, dass die Kleinbauernfamilie, die solch außergewöhnlichen Mut bewiesen hatte, um den Renegaten zu schützen, am Ende statt des von den Häschern angerichteten Schadens großen Nutzen hatte. Dem Wildschützen allerdings war die Gegend, wo er sich in den Tannenwipfel gerettet hatte, vorerst verleidet. Deshalb pirschte er während der folgenden Monate in den nördlichen Teilen des Lechfelds – aber auch dort war er auf Dauer nicht vor den Herrschaftsjägern sicher.

***

In der Septembermitte des Jahres 1763, kurz nach seinem siebenundzwanzigsten Geburtstag, hielt sich Hiasl in den bischöflichen Revieren südöstlich von Bobingen auf. Als Versteck diente ihm eine Erdhütte im Schutz eines Schlehengestrüpps, die irgendwann von Landstreichern errichtet worden war. In dieser archaischen Behausung, die von Uneingeweihten kaum aufzufinden war, drohte dem Wildschützen so gut wie keine Gefahr. Doch wenn er in den pfäffischen Forsten jagte, war das anders – und eines Nachmittags, als Hiasl in einer

Buchenschonung auf einen Rehbock lauerte, schlugen seine Feinde härter denn je zu.

Eine starke Schar bischöflicher Jäger war ihm, weil er etwa eine Meile von der Schonung entfernt bereits ein Rebhuhn geschossen hatte, auf die Schliche gekommen. Die Herrschaftsjäger hatten blutige Federn und die Spur des Wildschützen entdeckt; sie waren der Fährte gefolgt und hatten zuletzt aus der Ferne mitbekommen, wie Hiasl in die Buchenschonung eingedrungen war. Daraufhin hatten sie beschlossen, den Wilddieb einzukreisen, um ihn dann von verschiedenen Seiten her unter Feuer zu nehmen. Das Heranpirschen an den Standort Hiasls war ihnen auch geglückt; der Renegat hatte nichts davon bemerkt – und jetzt krachten plötzlich sieben, acht Büchsenschüsse.

Die meisten Kugeln wurden von den Stämmen der Jungbäume abgelenkt; eine aber riss dem Wildschützen den Hut vom Kopf, und eine zweite pfiff so nahe an seinem rechten Ohr vorbei, dass er den scharfen Luftzug spürte. Sie wollen mich abknallen wie einen tollwütigen Hund!, durchfuhr es ihn; mit dem nächsten Herzschlag feuerte er zurück, tat jedoch in seiner Hast einen Fehlschuss.

Fluchend warf er sich zu Boden; robbte, so schnell er konnte, zu einer Erdfurche, die ihm einigermaßen Deckung bot. Dort lud er in höchster Eile den Stutzen nach, sprang auf und rannte nach Westen davon: auf eine Stelle der Schonung zu, wo die Jungbäume in Altwald übergingen.

An diesem Platz kniete allerdings einer der Häscher. Er hatte bereits wieder das Pulver auf der Zündpfanne und im Lauf seines Gewehrs; bemühte sich nun, die Bleikugel nachzustopfen – aber da schoss Hiasl aus der Hüfte, und diesmal gelang ihm ein Treffer, so dass dem Jäger die Waffe aus den Händen geprellt wurde.

Gleich darauf, während von hinten und von den Seiten her erneut auf ihn gefeuert wurde, drehte der Wildschütze den Stutzen um und drang mit geschwungenem Kolben auf den Mann ein, dem er den Büchsenschaft zerschmettert hatte. Feige floh der Herrschaftsjäger; Hiasl hetzte in den Wald jenseits der Buchenschonung und lief im Zickzack weiter, um den Häschern das Zielen möglichst zu erschweren. Tatsächlich gingen sämtliche Geschosse, die sie ihm nachsandten, fehl. Doch dann bemerkte der Renegat, dass die Jäger ausschwärmten und eine an den Flanken vorgezogene Schützenkette bildeten. Für den Wilderer war damit nur noch eine Fluchtrichtung offen – und die führte ihn zuletzt aus dem Forst hinaus.

Hiasl sah einen abgeernteten Kornacker vor sich; dahinter lag ein großer Bauernhof, und auf der anderen Seite des Anwesens, ungefähr eine halbe Meile entfernt, erstreckte sich Wiesenland, auf dem Menschen zu erkennen waren. Der Wildschütze, der seine Büchse inzwischen wieder schussfertig gemacht und einigen Vorsprung vor den Häschern gewonnen hatte, rannte über das Feld; er hielt dabei auf einen Findlingsfelsen inmitten des Ackers zu, bei dem sich drei Birken erhoben.

Dort kauerte sich Hiasl nieder und feuerte auf seine Verfolger; einer taumelte und stürzte mit einem Steckschuss in der Wade nieder. Daraufhin warfen sich die übrigen Jäger dort, wo sie gerade waren, zu Boden. Wenig später, weil der Renegat den Beleibtesten unter ihnen mit einem Streifschuss am Hinterteil getroffen hatte, flüchteten die Häscher, den Verwundeten mit sich zerrend, zurück in den Wald – und dies gab Hiasl die Möglichkeit, in Richtung auf das Bauernanwesen weiterzulaufen.

Als er beim Hof anlangte und über die Schulter blickte, erkannte er, dass sich das Gros der Verfolger wieder auf den Acker herausgewagt hatte. Die Jäger waren aber noch weit entfernt; daher konnte der Wilderer das Anwesen gefahrlos passieren. An Misthaufen und Kuhstall vorbei hetzte er zu der Wiese, wo er vom Forstrand aus die Hofbewohner erspäht hatte.

Die Männer und Frauen, die mit dem zweiten Grasschnitt des Jahres beschäftigt waren, sahen ihn herankommen; die Herrschaftsjäger andererseits waren jenseits der Hofgebäude im Moment nicht auszumachen. Und genau das war Hiasls Chance. Er rief den Landleuten zu: »Ich bin der Klostermayr! Die Häscher des Bischofs wollen mich umbringen! Und wenn ihr mir nicht helft, bin ich verloren!«

»Dem Hundspfaffen tu ich mit Freuden einen Tort an!«, kam es vom Hofbesitzer. »Weil er uns Bauern mit den Steuern ausschindet bis aufs Blut!«

»Und das Pfaffenwild frisst euch die Felder kahl, weil ihr es nicht jagen dürft«, setzte Hiasl, welcher die Gruppe der Hofleute nun erreicht hatte, noch eins drauf.

»So ist's!«, knurrte der Bauer; dann deutete er auf einen Grashaufen. »Leg dich daneben auf den Boden!«

Der Renegat gehorchte; der Hofbesitzer und ein Knecht stießen ihre Heugabeln in den Haufen des frisch gemähten Grases und warfen dieses über den Wilderer. Nach kürzester Zeit war der ganze Grashaufen umgeschichtet, und von Hiasl war nichts mehr zu sehen. Zufrieden grinsend wies der Bauer seine Leute an, mit der unterbrochenen Arbeit weiterzumachen; viel freilich konnten sie nicht schaffen, denn bald kamen die Herrschaftsjäger herbeigerannt.

»Habt ihr einen Kerl mit Rucksack und Gewehr gesehen?!«, schrie der vorderste Häscher.

»Gehörte der etwa zu euch?«, gab der Hofbesitzer zurück.

»Nein, du Narr!« Der Jäger blieb ein paar Schritte vor dem Bauern stehen. »Es ist der Klostermayr, der Verbrecher!«

»Du lieber Himmel! Das hätte ja böse ausgehen können!«, stieß der Hofbesitzer in gespieltem Entsetzen hervor.

»Warum?!«, fragte ein zweiter Häscher, der unterdessen ebenfalls herangekommen war.

»Weil der Lump wirklich bei uns aufgetaucht ist!«, antwortete der Bauer. »Da drüben«, er deutete zum buschbestandenen Wiesenrain hinüber, »ist er vorbeigelaufen!«

»Und wo ist er hin?!«, wollte der Herrschaftsjäger wissen.

»In den Fichtenwald dort hinter dem Rain«, entgegnete der Hofbesitzer. »Und wenn ihr ihn noch erwischen wollt, müsst ihr euch sputen! Ich wünsche euch viel Glück dazu!«

Da jetzt auch die übrigen Häscher herbeirannten, konnte der Jägertrupp dem Rat des Bauern unverzüglich folgen. In höchster Eile liefen die Männer zum Fichtenforst hinüber; als der Wald sie verschluckt hatte, bohrte der Hofbesitzer die Stiefelspitze in den bewussten Grashaufen und beschied Hiasl lachend: »Kannst wieder hervorkriechen unter deiner grünen Zudecke. Die bischöflichen Arschlöcher sind über alle Berge.«

Aufatmend befreite sich der Renegat von der Graslast, stand auf und bedankte sich bei seinen Rettern. Um ihnen ebenfalls etwas Gutes zu tun, half er ihnen bis zum Abend bei ihrer Arbeit. Als es dunkel wurde, lud ihn der Bauer ein, die Nacht auf dem Anwesen zu verbringen. Der Wilderer war gerne einverstanden, doch als er in einer leerstehenden Knechtskammer auf dem Strohsack lag, fand er lange keinen Schlaf.

Die Erinnerung an die mörderische Hetzjagd, der er am Nachmittag ausgesetzt gewesen war, ließ ihn nicht los. Zwischendurch tauchten andere Bilder vor seinem inneren Auge auf: Szenen von früher, als er ebenfalls erbarmungslos gejagt worden und nicht nur einmal in Lebensgefahr geraten war. Zuletzt dann, um die Mitternachtsstunde, fasste Hiasl einen Entschluss: Er würde das Lechfeld, wo ihm die Häscher jederzeit wieder auf die Spur kommen konnten, verlassen und sein Glück in der Fremde versuchen.

# Das Turmgewölbe

## OBERSCHWABEN
## FRÜHHERBST 1763 BIS FRÜHWINTER 1764

Der Renegat stand auf einer baumlosen, von Schafen beweideten Anhöhe in der Nähe des Weilers Waldberg. In seinem Rücken, im Osten, lag das Lechfeld, wo ihm der Boden zu heiß geworden war. Noch einmal schaute er hinüber; viel konnte er allerdings nicht erkennen, denn die meilenweit entfernte Niederung lag unter Nebelbänken verborgen.

»Hab gute und schlechte Zeiten dort gehabt«, murmelte Hiasl im Selbstgespräch; dann ließ er den Blick nach Süden, Westen und Norden wandern. Überall, so weit das Auge reichte, erstreckten sich sanfte Hügelketten; das Schwäbische Oberland, das gen Sonnenaufgang vom Lech, im Nordwesten von der Donau und gen Mittag von den Voralpen begrenzt wurde, wirkte beinahe bukolisch.

Der Wildschütze wusste, dass die Menschen in dieser Gegend nicht nur die gewöhnliche Landwirtschaft betrieben; viele verdienten sich ihr Brot als Hopfen- oder Obstbauern. Doch es gab auch dichte Wälder mit reichem Wildbestand, und angesichts dessen grinste Hiasl nun und dachte: Lange wird's nicht dauern, bis ich meinen ersten schwäbischen Rehbock auf die Decke strecke.

Schon am frühen Abend, in einem Forst zwischen Waldberg und Langenneufnach, kam ihm tatsächlich ein starker Bock vor die Büchse. Aber der Renegat verschonte das Tier, weil er hier in der Fremde niemanden kannte, dem er das Wildbret hätte verkaufen können. Hungrig musste Hiasl trotzdem nicht bleiben, denn wenig später erlegte er einen Feldhasen. Am Ufer eines Baches, wo er sich rechtzeitig vor Einbruch der Nacht einen Unterschlupf aus Baumästen und Fichtenzweigen errichtet hatte, briet er den Hasen, verzehrte das schmackhafte Fleisch, kroch unter das duftende Dach seines Windschutzes und schlief friedlich bis zum Morgen.

Zwei Tage danach pirschte er in einem Waldstück, das ungefähr vier Meilen südlich von Dinkelscherben lag, und entdeckte dabei eine jahrhundertealte Ruine: verfallenes, von Pflanzen überwuchertes Mauerwerk und im Zentrum der untergegangenen Kleinburganlage den Stumpf des einstigen Bergfrieds. In die Turmmauer war ein Loch gebrochen; als der Wildschütze hindurchkroch, gelangte er in ein Gewölbe, das noch einigermaßen intakt war.

Weil es in der Nähe der Ruine zudem eine Quelle gab und der von Urwald umgebene Burgplatz für Wegunkundige kaum zu erreichen war, entschied sich Hiasl, ihn als Standquartier für die nächsten Monate zu nutzen. In dem Turmgewölbe konnte er die kalte Jahreszeit überstehen, im nächsten Frühling dann wollte er das Schwäbische Oberland weiter erkunden.

Im Verlauf der folgenden Woche bemühte sich der Renegat, das mittelalterliche Turmgewölbe möglichst behaglich auszustatten. Er fegte den Raum aus; befreite ihn von dem Unrat, den Wildtiere und hereindringende Windstöße hinterlassen hatten; beseitigte die riesigen Spinnennetze, die an verschiedenen Stellen von der Decke herunterhingen. Danach verfertigte er aus Ästen und Zweigen einen Windfang, mit dem er das Mauerloch bei Bedarf verschließen konnte.

In der vierten Nacht nach seiner Ankunft stahl er aus einer etwas abgelegenen Scheune bei Ziemetshausen einen schweren Bund Stroh und eine verschlissene Pferdedecke, schleppte alles zur Ruine und bereitete sich daraus ein warmes Ruhelager. Eine einfache Feuerstelle hatte er gleich zu Anfang direkt vor dem Turmzugang errichtet; jetzt, nachdem die Gewölbekammer wohnlich gemacht war, schichtete er aus Steinquadern, die überall auf dem Ruinenareal herumlagen, eine Art Herd auf. Dieser Feuerplatz befand sich nun im Inneren des Turmstumpfes gleich neben dem Mauerloch, und Hiasl hatte ihn so konstruiert, dass der Rauch nach draußen abziehen konnte.

Damit verfügte der Renegat nun über eine leidlich behagliche Unterkunft, wo er sich außerdem vor der Obrigkeit sicher fühlen durfte. Und bald schoss er, gar nicht weit von seinem Refugium entfernt, seinen ersten oberschwäbischen Rehbock. Einen Hinterschlegel des Tieres behielt er selbst, um ihn später zu braten; das übrige Fleisch packte er in seinen Rucksack und marschierte damit nach Ustersbach.

Auf seinem Weg vom Lechfeld her war er an diesem Dorf vorbeigekommen; etwas außerhalb der Ortschaft hatte er eine heruntergekommene Taverne gesehen, und diese Gastwirtschaft war jetzt sein Ziel. Als Hiasl dort anlangte, sah er einen bunt bemalten Planwagen am Straßenrand stehen; in der Wirtsstube saßen fahrende Leute, und dies bestärkte den Wildschützen in seiner Hoffnung, mit dem Inhaber der Taverne ein verbotenes Geschäft machen zu können.

Tatsächlich rannte er beim Wirt, als er diesem ein geflüstertes Angebot machte, offene Türen ein. In der Küche des Gasthauses wurden beide handelseinig; Hiasl konnte das Rehfleisch für einen anständigen Preis verkaufen, und nachdem das Wildbret den Besitzer gewechselt hatte, fragte der Tavernenwirt: »Wo kommst du denn her? Hier bei mir habe ich dich noch nie gesehen; bist wohl zugewandert, oder?«

Der Renegat zögerte mit der Antwort; dann aber, weil ihm der Wirt sympathisch war, erwiderte er: »Vom Lech stamme ich. Im Friedberger Gäu bin ich geboren.«

Der Tavernenbesitzer horchte auf, musterte den Siebenundzwanzigjährigen plötzlich sehr aufmerksam. »Könntest du gar der Klostermayr sein? Der berühmte Schwarzschütze?«

»Wie kommst du da drauf?«, versetzte Hiasl leicht erschrocken.

»Brauchst keine Angst zu haben, dass ich den falschen Leuten etwas stecke.« Der Wirt zwinkerte ihm zu. »Doch wenn ich eins und eins zusammenzähle ... Deine Herkunft, dazu der saubere Blattschuss, mit dem du den Rehbock erlegt hast ... Und nicht zuletzt hat mir ein Gast den Wilderer, von dem ich gerade gesprochen habe, einmal recht genau beschrieben ...«

Hiasl schmunzelte. »Bist nicht auf den Kopf gefallen ...«

»Dann bist du's also wirklich?«, kam es vom Tavernenbesitzer.

Nachdem er sich kurz besonnen hatte, nickte der Renegat. »Ja. Aber du hältst den Mund, gell! In meiner Heimat ist mir die Luft zu bleihaltig geworden, daher bin ich ins Schwäbische herübergewandert. Doch wenn sich's herumspricht, dass ich mich hier aufhalte, habe ich die Häscher bald wieder am Hals.«

»Ich verrate dich bestimmt nicht«, versprach der Wirt. »Weil es mir gefällt, wie du die Jäger im Bayerischen genarrt hast. Und weil ich hoffe, von dir noch mehr Wildbret zu kriegen.«

»Das lässt sich einrichten«, erwiderte Hiasl. »Aber im Gegenzug nennst du mir ein paar Leute, die ebenso denken wie du und mit denen sich ab und zu auch ein Handel tätigen lässt.«

»Abgemacht!«, lautete die Antwort – und im Verlauf der folgenden Wochen und Monate nahm der Wildschütze sein altes Leben wieder auf. Ebenso wie vordem auf dem Lechfeld machte er nunmehr die Jagdreviere der Adligen und Kirchenherren im Herzen Oberschwabens unsicher. Seine Pirschgänge führten ihn bis zu den Forsten zwischen Scheppach und Zusmarshausen im Norden von Dinkelscherben, zuweilen jagte er auch weit südlich seines Refugiums in den Auwäldern entlang der Mindel. Dank der vertraulichen Hinweise, die ihm der Ustersbacher Tavernenwirt gab, hatte er bald ein halbes Dutzend Abnehmer für das Wild, das er erlegte. Und daher war sein Münzbeutel im Frühling des neuen Jahres 1764 so prall gefüllt, dass er sich von Kopf bis Fuß neu einkleiden konnte.

Bester Laune wanderte er nach Mindelheim, quartierte sich dort in einem Gasthaus ein und suchte danach den besten Schneider der Stadt auf. Fünf Tage später holte er sein maßgefertigtes moosgrünes Waidmannsgewand ab, schenkte die alten Klamotten einem Bettler und tätigte anschließend einige weitere Einkäufe, die ihm das Dasein im Ruinengewölbe erleichtern sollten. Auch erwarb er einen größeren Vorrat von Pulver, Blei und frischen Zündsteinen für den Stutzen, und ehe er zu seinem Unterschlupf im Turmstumpf zurückkehrte, leistete er sich noch eine Liebesnacht mit einer Kellnerin des Mindelheimer Wirtshauses, die ihm schon die ganze Zeit über schöne Augen gemacht hatte.

Etwa zwei Wochen nach seinem Ausflug in die Stadt brachte Hiasl einmal mehr einen Rehbock nach Ustersbach. Der Wirt zählte ihm seinen Lohn auf den Tisch; dann sagte er: »Ich hätte etwas Wichtiges mit dir zu besprechen, Klostermayr.«

»Wenn du mir genug Wein spendierst, können wir gerne bis zum Morgengrauen parlieren«, scherzte der Renegat.

»Bei dem Geschäft, das ich dir vorschlagen möchte, könntest du sehr viel mehr als das Geld für einen Umtrunk verdienen«, erwiderte der Tavernenbesitzer; sodann führte er seinen Gast zu einem Ecktisch ganz hinten in der Wirtsstube und befahl der Schankmagd: »Bring uns einen Krug Rotwein vom Besten. Bezahlen wird ihn der Högl, wenn er wieder vorbeikommt.«

Verwundert blickte Hiasl den Wirt an, bis dieser ihn aufklärte: »Der Högl-Bauer, der einen der größten Höfe in der hiesigen Gegend besitzt, hätte ein Anliegen an dich.«

»Was für eins denn?«, fragte der Wilderer.

Sein Gegenüber wollte antworten, doch da kam die Magd herbei und stellte den Weinkrug und zwei Becher auf den Tisch.

Der Tavernenwirt schenkte ein und stieß mit Hiasl an; danach beschied er ihn: »Der Högl hat immer wieder Ärger mit den Wildschweinen, die seine Äcker verwüsten. Erst neulich wieder sind ihm die Viecher in sein bestes Saatfeld eingebrochen und haben höllisch darin gehaust. Und als er mir das erzählt hat, habe ich ihm gesagt, dass du vielleicht helfen würdest.«

Verständnisvoll nickte der Renegat. »Ich weiß, wie sehr die Bauern unter der Sauenplage leiden. Sie müssen tatenlos zuschauen, wie ihnen die Schwarzkittel die Felder verwüsten. Dürfen die Schweine, die ihnen den Schaden verursachen, nicht abschießen, weil es ihnen die adligen und pfäffischen Grundherren bei schweren Strafen verbieten …« Er trank einen Schluck, blickte versonnen vor sich hin und fuhr fort: »Vor mehr als zehn Jahren, als junger Bursche, habe ich in meinem Heimatgäu schon einmal Jagd auf eine Wildschweinrotte gemacht. Ein ganzes Dutzend Schwarzkittel habe ich damals erlegt. Und die Dorfleute, die ich von der Plage befreit habe, waren mir äußerst dankbar …« Er grinste. »Zehn Kreuzer haben sie mir als Lohn gegeben, weil ich's zu jener Zeit nicht besser wusste.«

Der Wirt schmunzelte. »Da hast du halt bei deiner ersten Sauenjagd Lehrgeld bezahlen müssen. Aber diesmal bräuchtest du es nicht so billig zu machen. Ich habe dir ja bereits angedeutet, dass der Högl bereit wäre, gehörig was springen zu lassen.«

Hiasl beugte sich vor. »Wie viel denn?«

»Drei Taler«, antwortete der Tavernenbesitzer. »Und ich denke, das ist sehr anständig.«

»Da hast du recht«, stimmte ihm der Wildschütze zu – dann ließ er sich den Weg zu dem in der Nähe von Ustersbach liegenden Högl-Hof erklären.

Schon wenige Tage später erklomm Hiasl eine Stunde vor Einbruch der Abenddämmerung eine alte Eiche, die an einem Feldrain auf den Gründen des Högl-Anwesens gen Himmel ragte. Der Aufstieg fiel ihm nicht leicht, weil er gleich drei Gewehre bei sich hatte: seinen Stutzen und dazu zwei doppelläufige Büchsen, die ihm der Großbauer unter der Hand besorgt hatte. Als er festen Sitz in der Eichenkrone gefunden hatte, hieb er einige dicke Zweige von einem Ast zu seiner Linken ab und hängte die Waffen an die Stümpfe. Danach beseitigte er weiteres Zweigwerk, um freies Schussfeld auf das unter ihm liegende

Saatfeld zu haben, welches die Wildschweine in letzter Zeit auf ihrer Futtersuche gleich mehrmals umgewühlt hatten.

Während die Sonne langsam sank, hockte der Renegat fast regungslos im Baum; nur ab und zu spähte er zum Rand des Waldes hinüber, der sich unweit des Ackers erstreckte. Schließlich, im schwindenden Tageslicht, kam die Wildschweinrotte aus dem Forst. Es waren acht Tiere, darunter ein schwerer Keiler. Vorsichtig griff Hiasl nach einer der Doppelbüchsen, zog die Hähne auf und wartete ab, bis die Rotte das Feld erreicht und zu fressen begonnen hatte. Dann knallten schnell hintereinander zwei Schüsse; im nächsten Moment feuerte der Wildschütze die beiden Läufe der anderen Büchse ab, und wiederum einen Augenblick später hielt er mit dem Stutzen auf die jetzt bereits fliehende, stark dezimierte Schweinerotte.

Die Tiere rannten zum Forstsaum zurück; hastig lud Hiasl den Stutzen nach, schoss und traf erneut. Der Keiler überschlug sich im vollen Lauf; die beiden letzten Wildschweine, eine Muttersau und ein Jungtier, rasten in den Wald.

Der Wilderer hängte sich seine Waffen über die Schulter, stieg von der Eiche und untersuchte die sechs Schweine, die er innerhalb kürzester Zeit erlegt hatte. Vier von ihnen hatte er so gut getroffen, dass sie sofort tot gewesen waren. Zwei waren schwerverletzt; sie zuckten und röchelten noch, und um sie nicht unnötig leiden zu lassen, machte ihnen Hiasl mit dem Hirschfänger den Garaus.

Danach setzte er sich ins Gras beim Eichenstamm und schaute zum etwa achthundert Meter entfernten Högl-Hof hinüber, wo man die Schüsse zweifellos vernommen hatte. Bald erblickte er ein Pferdefuhrwerk, das durchs Hoftor kam. Eine Weile später zügelte der Großbauer, der von zwei Knechten begleitet wurde, die Rösser am Feldrain, sprang vom Wagenbock, betrachtete die Wildschweine und rief dem Renegaten begeistert zu: »Donnerwetter! Ein halbes Dutzend! Du bist ja ein Meisterschütze!«

»Gelernt ist gelernt«, erwiderte Hiasl grinsend. »Außerdem hat es mich, als ich auf dem Baum saß, mächtig nach einem schönen Schweinebraten mit Kraut und Erdäpfeln gelüstet.«

Der Bauer lachte. »Wenn du morgen Abend auf meinen Hof kommst, kannst du dir den Bauch nach Herzenslust vollschlagen. Und ich werde es genauso halten, weil meine Alte die beste Köchin weit und breit ist.«

»Das höre ich gern«, antwortete der Wildschütze schmunzelnd; sodann schaute er zum Forstrand hinüber. »Zwei Sauen sind mir entwischt. Aber die kriege ich auch noch. Gleich bei Tagesanbruch suche ich ihre Fährten und verfolge sie.«

»Dann wird's wohl am klügsten sein, du übernachtest bei mir«, schlug der Högl-Bauer vor.

Hiasl nickte. »Einverstanden. Und jetzt lass uns die Schweine wegbringen.«

Der Großbauer gab seinen Knechten ein Zeichen. Die sechs Schwarzkittel wurden auf den Wagen geladen; danach machte der Wildschütze die Blutspuren am Ackerrain so gut wie möglich unkenntlich. Als diese Arbeit erledigt war, trabten die Zugpferde zum Anwesen zurück, wo man die erlegten Tiere in der Scheune ausweidete und die zum Verzehr ungeeigneten Innereien im Misthaufen vergrub.

Anschließend feierten Hiasl und die Bauersfamilie die erfolgreiche Wildschweinjagd in der Wohnstube des Hofes; die Bäuerin trug Geräuchertes, Brot und Bier auf; später in der Nacht, als der Högl-Bauer schon etliche Krüge geleert hatte, fiel er dem Wilderer um den Hals und erklärte: »Du bist mir so lieb wie ein Herzbruder, weil du die Drecksviecher abgeschossen hast. Und deshalb sollst du nun sofort deine drei Taler bekommen.«

Hiasl befreite sich aus der Umarmung des Großbauern und wehrte ab: »Das Geld habe ich mir erst zum Teil verdient. Muss ja noch auf die entronnenen Schweine pirschen.«

»Klostermayr, du bist der anständigste Mensch, den ich in meinem Leben kennengelernt habe«, kam es daraufhin vom Högl-Bauern. Neuerlich umarmte er den Renegaten; sodann wies er seine Gattin an: »Geh in den Keller und bring eine Flasche von unserem besten Wein herauf. Oder nein, lieber gleich zwei. Damit wir unserem Gast mit dem Rotspon die Ehre erweisen können, die er sich verdient hat.«

Gehorsam, wenn auch etwas widerwillig, verschwand die Frau. In den Folge zechten der Großbauer und der Wilderer in schönster Eintracht weiter und ließen sich den Trinkgenuss auch dann nicht verderben, als ihnen die Bäuerin Vorhaltungen machte und zuletzt, weil ihre Ermahnungen fruchtlos blieben, vergrätzt zu Bett ging. Erst lange nach Mitternacht folgte der volltrunkene Högl-Bauer seiner Gemahlin in die eheliche Schlafkammer; Hiasl wiederum machte es sich der Einfachheit halber gleich auf der Kaminbank der Wohnstube bequem und schlief dort in seinen Kleidern ein.

Obwohl auch der Renegat sehr kräftig gebechert hatte, war er mit dem ersten Tageslicht wieder auf den Beinen. Am Brunnentrog vor dem Bauernhaus wusch er sich, nahm in der Küche ein schnelles Frühstück zu sich, schulterte eine der Doppelbüchsen und lief zu dem Mischwald, wo am Vorabend die beiden Wildschweine Zuflucht gesucht hatten.

Ohne Schwierigkeiten fand Hiasl die Fährten der Tiere; sie zogen sich tief in den Forst hinein und verloren sich zuletzt in einem dichten Schlehengestrüpp am Saum einer morastigen Bodensenke. Vorsichtig umkreiste der Wilderer das Gebüsch in einigem Abstand; nachdem er festgestellt hatte, dass keine frischen Spuren aus dem Gestrüpp herausführten, erklomm er eine große Kopfweide, die unweit des Morasts auf einer Bodenwelle stand. Im Wipfel des Baumes kniend, zog er die Gewehrhähne auf; dann griff er in die Tasche, nahm eine Handvoll Kiesel heraus, die er während seines Rundganges aufgelesen hatte, und schleuderte die Steine in das Schlehengebüsch.

Sofort wurde es in dem Gestrüpp unruhig. Gleich darauf rannten die Muttersau und das Jungtier aus dem Gebüsch heraus, und einen Herzschlag später krachten zwei Schüsse: so schnell hintereinander, dass sie fast wie einer klangen.

Das Jungschwein überschlug sich; das Muttertier stürzte, wie vom Blitz gefällt, an Ort und Stelle nieder. Hiasl sprang mehrere Meter tief zur Erde, untersuchte die toten Wildschweine und brach sie gleich an Ort und Stelle auf. Danach ging er zum Waldrand zurück und schoss die Büchse noch einmal ab.

Wenig später kam erneut das Pferdefuhrwerk vom Högl-Hof herbei; an diesem Morgen freilich saßen nur die beiden Knechte auf dem Bock. Zusammen mit ihnen verlud der Renegat die erlegten Tiere; als der Wagen dann auf den Wirtschaftshof des Anwesens rollte, stolperte der Bauer im Nachthemd aus dem Wohnhaus, rieb sich die Augen, starrte auf die Wildschweine und rief, seinen üblen Kater vergessend, freudig aus: »Jetzt hast du dir deine Taler aber endgültig verdient, Hiasl! Und der Teufel soll mich holen, wenn ich sie dir nicht gleich bezahle!«

***

Dank des Einsatzes der drei Taler hatte der Högl-Bauer nicht nur seine Saatfelder gerettet, sondern auch um die zwölf Zentner schmackhaftes Schweinefleisch bekommen. Seine Frau und die Küchenmagd legten die vielen Fleischstücke in Salzlake ein und gaben Wacholder- und Pfefferkörner sowie Knoblauchzehen hinzu. Dann wurden die Holzfässchen und Steinguttöpfe mit den Wildbretstücken in den Keller gebracht, wo das Surfleisch heranreifen konnte.

Nach einem Monat, im Frühsommer dieses Jahres 1764, war das Schweinefleisch mürbe und zugleich für einen langen Zeitraum haltbar geworden. An einem Sonntag kam der aromatische Surbraten erstmals auf den Tisch, und der Renegat, der zu Gast geladen worden war, lobte die Bäuerin: »Großartig hast du die Wildschweinsur hingekriegt! Besser kann es auch den Fuggern an ihrer gräflichen Tafel nicht schmecken.«

Die Bauersfrau lächelte geschmeichelt; ihr Gatte hingegen war bei der Erwähnung des Augsburger Adelsgeschlechts zusammengezuckt und sagte nun zu Hiasl: »Ja, der Braten ist wirklich gut – aber du hast neuerdings die Fuggerschen Jäger am Hals, wie ich gehört habe.«

»Stimmt«, versetzte der Wilderer. »Vor vierzehn Tagen habe ich einen anderen Landwirt in der Horgauer Gegend von der Sauenplage befreit. Seitdem suchen mich die Häscher und bemühen sich überall in den Tavernen, etwas über mich herauszukriegen.« Er spießte sich eine weitere Scheibe Surfleisch aus der Schüssel in der Tischmitte, legte das Bratenstück auf seinen Teller und fuhr fort: »Doch ich fürchte die Jäger nicht. In meinem Turmversteck bin ich sicher vor ihnen, da finden sie nie hin. Und wenn ich auf der Pirsch bin, passe ich schon auf, dass keiner auf Schussweite an mich herankommen kann.«

»Im Notfall wärst du gewiss der schnellere Schütze«, murmelte der Hofherr. Er blickte ins Zimmereck, wo Hiasls Stutzen an der Wand lehnte; dann schlug er dem Renegaten freundschaftlich auf die Schulter und erklärte: »Außerdem stehen wir Bauern fest hinter dir, weil wir genau wissen, was wir an dir haben.«

»Das hoffe ich«, antwortete Hiasl. »Und schon in den nächsten Tagen werde ich dafür sorgen, dass ich noch weiter in eurer Achtung steige. Denn ich habe einem Hofbesitzer in Mickhausen versprochen, auch auf seinen Gründen bezüglich der Sauen nach dem Rechten zu sehen.«

***

Im Lauf des Sommers und Herbstes schoss der Wilderer ein halbes Dutzend Wildschweinrotten ab; zudem dezimierte er auf die Bitten des einen oder anderen Landwirts hin auch das Rotwild, wenn es auf den Feldern oder in Jungpflanzungen im Forst zu große Schäden anrichtete. Angesichts dessen verstärkten die Jäger der Fuggerschen Grafschaft und bald auch die des Fürststiftes Kempten ihre Anstrengungen, um seiner habhaft zu werden. Doch immer wieder gelang es dem Renegaten, ihnen zu entkommen – im Frühwinter allerdings, ein Vierteljahr nach Hiasls achtundzwanzigstem Geburtstag, sah es plötzlich ganz so aus, als hätte das Glück ihn verlassen.

Der Wildschütze hatte sich vorübergehend in demselben Mindelheimer Gasthaus einquartiert, in dem er schon im vergangenen Frühling einmal gewesen war. Gut eine Woche lang zechte und pokulierte er dort nach Herzenslust, vergnügte sich beim Kartenspiel und verbrachte die eine oder andere Nacht im Bett einer attraktiven, noch jungen Witwe, die seinen ungebärdigen Charme unwiderstehlich fand.

Eines Abends dann kam er mit einem wandernden Schreinergesellen ins Gespräch, der ihm von einem prachtvollen Vierzehnender mit seltsam hellem, fast weißem Fell erzählte, den er auf seinem Weg von Kaufbeuren her am Saum eines Waldes in der Nähe des Weilers Lauchdorf gesehen hatte. Als Hiasl das hörte, erwachte der Jagdtrieb in ihm. Er ließ sich den Platz, wo der Hirsch geäst hatte, genau beschreiben, spendierte dem Handwerksburschen zum Dank einen Krug Wein – und brach am nächsten Morgen, ohne sich von der willigen Witwe verabschiedet zu haben, nach Süden auf.

Den Stutzen unter seinem Umhang verborgen, marschierte er über Dirlewang nach Lauchdorf. In der Vormittagsmitte sah er das winzige Dorf vor sich; er vermied es aber, den Häusern des Weilers zu nahe zu kommen. Vielmehr schlug er sich ein Stück vor dem Ortseingang in den Forst und umging das Dorf im

Sichtschutz der Bäume. Eine Viertelmeile jenseits der Ortschaft kehrte er auf die von Mindelheim nach Kaufbeuren verlaufende Fahrstraße zurück, lief auf ihr noch ein gutes Stück weiter und erblickte schließlich am Wegrand eine Marienkapelle. Hinter dem Sakralbau zog sich ein sanft ansteigender Wiesenhang zu einer ausgedehnten Waldung empor – und dort oben hatte der Schreinergeselle den Vierzehnender gesehen.

In der Deckung eines Gebüschstreifens, der am Wiesenrain wuchs, pirschte Hiasl zum Forstsaum hinauf. Tatsächlich entdeckte er nach einigem Suchen die Trittsiegel eines mächtigen Hirsches, die noch dazu frisch waren. Das Tier musste in der Morgendämmerung aus dem Wald herausgetreten sein, um auf dem Wiesengrund, wo trotz der frühwinterlichen Jahreszeit noch reichlich Gras stand, zu äsen. Und das bedeutete: Der Hirsch hatte, weil er diesen Futterplatz offenbar regelmäßig aufsuchte, sein Lager irgendwo in der Nähe im Forst.

Der Wildschütze holte seine Büchse unter dem Mantel hervor und folgte der Fährte in den Wald. Die Spur führte zunächst zu einer Quelle, die leise unter Farnwedeln rieselte; danach zog sie sich in eine schmale Erdfalte hinein, die sich nach ungefähr fünfzig Schritten wieder verlor. An dieser Stelle knickte die Fährte nach rechts ab: auf ein Holunderdickicht zu, das von einer alten Eiche mit weitausladenden Ästen überragt wurde.

Sein Instinkt sagte Hiasl, dass er den Lagerplatz des Vierzehnenders gefunden hatte. Er spannte den Gewehrhahn und überlegte, wie er weiter vorgehen sollte. Er musste den Hirsch aufscheuchen, doch das Tier durfte nicht in die falsche Richtung fliehen, weil der Schuss sonst schwierig oder gar unmöglich werden würde. Zuletzt beschloss der Wilderer, zu einer Erdkuppe oberhalb des Holundergestrüpps zu schleichen und den Vierzehnender dann durch einen scharfen Pfiff von seinem Lager hochzujagen. Von der Höhe aus werde ich den Hirsch auf jeden Fall erwischen, dachte der Renegat – doch unmittelbar darauf wurden seine Absichten zunichte, denn in seinem Rücken erscholl ein barscher Ruf: »Hände hoch, du Lump!«

Hiasl fuhr herum und erblickte zwei Jäger, die in einer Distanz von etwa zwanzig Metern mit angeschlagenen Gewehren hinter einer niedergebrochenen Esche standen. Sie müssen mich beobachtet haben, als ich über die Wiese heraufgekommen bin, schoss es ihm durch den Kopf; im nächsten Moment brach der Vierzehnender aus dem Holunderdickicht heraus und preschte in wilden Fluchten davon.

Für einen Augenblick waren die Herrschaftsjäger abgelenkt; der Wilderer nutzte seine Chance, sprang zur Seite und duckte sich im Schutz eines starken Buchenstammes nieder. Auch die Jäger nahmen blitzschnell Deckung; dann schrie der eine: »Mach keine Sperenzchen! Entrinnen kannst du uns sowieso nicht!«

Um Zeit zu gewinnen, rief Hiasl: »Wer seid ihr denn überhaupt?! Warum bedroht ihr mich?! Ich habe euch doch nichts getan!«

Ein Schuss knallte, die Kugel schlug ins Buchenholz; während sich der Pulverdampf über der Esche verzog, erklang es von dort her: »Ergib dich, du Verbrecher! Wir befehlen es dir im Namen des Fürstabtes von Kempten!«

»Den Fettpfaffen des Hochstifts dient ihr also.« Der Renegat veränderte seine Position ein wenig, um besseres Sichtfeld zu bekommen. »Schämen solltet ihr euch! Weil die Pfaffenbrut das Volk bis aufs Blut knechtet und dadurch dem Teufel dient!«

Hiasls Provokation wirkte. Der zweite Herrschaftsjäger feuerte; fast gleichzeitig schoss der Wilderer und erwischte den anderen an der Schulter. Unmittelbar danach floh der Renegat; er rannte zu dem Holundergebüsch, hechtete hinein, rollte sich ab und blieb liegen, um den Stutzen nachzuladen. Als seine Waffe wieder schussbereit war, kroch er zum jenseitigen Rand des Gestrüpps, sprang dort auf und hetzte davon. Der unverwundete Jäger sandte ihm eine Kugel hinterher, traf aber nicht;

gleich darauf verschwand Hiasl im Forst und lief, mehrmals seine Richtung ändernd, ungefähr eine Meile weiter, bis er sicher sein konnte, dass er der Gefahr entronnen war.

Zunächst noch durch die Wälder, dann auf Feldwegen marschierte der Wilderer nach Türkheim. Er war über die Maßen wütend; einerseits, weil er nicht zum Schuss auf den prächtigen Hirsch gekommen war; andererseits, weil er sich gleich einem Tölpel von den Herrschaftsjägern hatte überrumpeln lassen. Außerdem musste er sich einmal mehr sagen, dass ihm die Häscher mittlerweile auch in Oberschwaben arg im Nacken saßen; als er den Marktflecken Türkheim vor sich sah, ging es ihm durch den Sinn: Hätten die Jäger mich nicht erst angerufen, sondern ohne Vorwarnung auf mich gefeuert, wäre der heutige Tag mein letzter gewesen!

Mit eingezogenem Kopf, den Stutzen wieder unter dem Umhang verborgen, durchquerte er die Ortschaft. Er war hungrig und durstig, wagte es aber nicht, in einem der Wirtshäuser einzukehren. Erst eineinhalb Meilen nördlich des Marktes, als bereits die Abenddämmerung hereinbrach, bat er auf einer Sölde um einen Imbiss und ein Nachtlager. Er bekam einen Kanten Brot, ein Stück Käse und einen Krug Dünnbier; nachdem er in der Küchenstube der bescheidenen Hofstelle gegessen und getrunken hatte, begab er sich in die Scheune und verkroch sich dort im Heu.

Den ganzen nächsten Tag, der anders als der vergangene frostig und windig war, wanderte der Renegat weiter nach Norden. Gegen Abend erreichte er, völlig durchfroren, das Turmgewölbe im tiefen Forst. Mit klammen Händen machte er Feuer; als die Flammen prasselten, briet er sich einen Hasen, den er unterwegs erlegt hatte. Gierig verschlang er das heiße Fleisch; danach kauerte er sich auf sein Strohlager, zog die Pferdedecke über sich und überlegte, wie er, ohne die Jäger allzu sehr fürchten zu müssen, über den Winter kommen konnte.

# Die Talerspende

## OBERSCHWABEN
## WINTER 1764 BIS SOMMER 1765

Die gesamte kalte Jahreszeit hindurch pirschte Hiasl nur noch, wenn er ein Stück Wild für seinen Lebensunterhalt benötigte. Sonst blieb er meist in seinem Versteck, schlief viel und dachte oft an seine Angehörigen in Kissing, die er nun schon viele Monate nicht mehr gesehen hatte. Zuweilen konnte es aber passieren, dass er die Einsamkeit nicht mehr ertrug. Dann besuchte er für ein paar Tage die Högl-Leute, manchmal verbrachte er auch einige Stunden in der Ustersbacher Taverne.

Anfang März des neuen Jahres 1765, als sich allmählich der Frühling ankündigte, wurde seine Sehnsucht nach dem Vater und der Schwester übermächtig. Eineinhalb Tage lang wanderte er auf Forst- und Feldwegen abseits der Dörfer nach Osten; zur Mittagsstunde schlich er sich dann ans Hirtenhaus am Kissinger Ortsrand heran, spähte durchs Küchenfenster und sah seine Verwandten drinnen am Tisch sitzen.

Wenig später, als er in die Küchenstube trat, wurde ihm bewusst, wie sehr sein Vater gealtert war. Das Haar des Gemeindehirten war ergraut, zudem wirkte Michael Klostermayr müde und abgemagert. Regina hingegen, die mittlerweile in ihrem zwanzigsten Lebensjahr stand, war zu einer hübschen jungen Frau herangewachsen. Jetzt sprang sie auf und umarmte ihren Bruder; im nächsten Moment allerdings tadelte sie ihn: »Du schaust so heruntergekommen wie ein Landstreicher aus.«

»Das kommt vom freien Leben in Wald und Flur«, antwortete Hiasl grinsend. »Aber wenn du magst, kannst du mir meine Sachen ja waschen und flicken.«

»Das werde ich tun«, versprach Regina. »Schon deswegen, weil es dir dann nicht möglich ist, gleich wieder zu verschwinden.«

Der Wilderer zwinkerte ihr zu; danach drückte er die Hand des Vaters und fragte: »Wie geht's dir denn?«

»Muss schon gehen«, erwiderte der alte Klostermayr. »Die Arbeit fällt mir halt in letzter Zeit schwer. Doch es hilft nichts. Die Bauern brauchen mich auf dem Taglohn und auf den Weiden, und Regina und ich brauchen das Geld.«

Hiasl legte seinen Umhang ab und stellte den Stutzen ins Ofeneck. Dann setzte er sich zu seinem Vater, wartete, bis auch die Schwester wieder Platz genommen hatte, zog seinen prall gefüllten Münzbeutel aus der Tasche, öffnete ihn, schüttete das Geld auf die Tischplatte und sagte: »Das ist für euch, damit ihr es ein wenig leichter habt.«

Regina starrte wie gebannt auf die Taler, Kreuzer und Pfennige; der alte Klostermayr griff nach einer der großen Münzen, drehte sie zwischen den Fingern und murmelte: »Das viele Geld hast du dir wohl mit dem Schwarzschießen verdient …«

»So ist es«, bestätigte der Renegat mit leicht trotzigem Unterton. »Der Friedberger Pfleger und der Baumüller haben mir ja keine andere Wahl gelassen …« Er verstummte, nagte an seiner Unterlippe und fuhr fort: »Weil ich gerade von dem Großbauern rede … Wie geht's denn meinem Buben, dem Korbinian?«

»Der hat's gut auf dem reichen Hof«, beschied ihn die Schwester. »Die Monika kümmert sich rührend um ihn, wie man hört.«

»Aber ihr dürft ihn nach wie vor nicht sehen, oder?«, erkundigte sich Hiasl.

Michael Klostermayr schüttelte den Kopf. »Höchstens einmal von weitem kann ich einen Blick auf meinen kleinen Enkel erhaschen …«

Für eine Weile blieb es still in der Küchenstube; schließlich sagte Regina leise zu ihrem Bruder: »Über das Geld, das du uns gegeben hast, freuen wir uns natürlich.«

»Und wir danken dir auch dafür, weil wir es wirklich brauchen können«, fügte der Gemeindehirte hinzu. Er nahm ein Tuch aus der Tischschublade, knüpfte die Münzen hinein und ging in seine Schlafkammer, um das Bündel dort zu verstecken.

Während er weg war, richtete Regina einen Imbiss für ihren Bruder her: ein paar gekochte Kartoffeln, eine dünne Scheibe Rauchfleisch und ein Stück Brot. Hungrig langte Hiasl zu; nachdem er gegessen hatte, brachte die Schwester eine verschlissene Hose und eine Joppe des alten Klostermayr herbei und forderte den Bruder auf: »Gib mir jetzt dein Gewand, damit ich es waschen kann.«

Derart gestaltete sich das Wiedersehen des Wildschützen mit seinen Angehörigen. Die nächsten beiden Tage blieb Hiasl im Hirtenhaus und sprach mit dem Vater oft über die vergangenen Zeiten, als sie beide mit Bernhard Wörsching auf die Jagd gegangen waren. Am dritten Morgen nahm er in beklommener Stimmung Abschied; unter der Haustür sagte Michael Klostermayr zu ihm: »Ich verstehe recht gut, warum du dein gefährliches Leben führen musst. Aber beim Andenken an deine verstorbene Mutter bitte ich dich: Treib's nicht gar zu wild. Denn sonst könntest du noch im Kerker enden!«

»Ich bin ja sowieso schon zahmer geworden«, entgegnete der Renegat mit schiefem Lächeln. »Den ganzen Winter über habe ich nur so viel geschossen, wie ich für meinen Lebensunterhalt gebraucht habe.«

»Doch dabei wird's wohl auf Dauer nicht bleiben«, versetzte der grauhaarige Gemeindehirte.

Darauf antwortete Hiasl lieber nicht. Stattdessen umarmte er seinen Vater und Regina ein letztes Mal, dann riss er sich los und verschwand im ziehenden Morgennebel nach Westen.

***

Während der nächsten Wochen führte der Wildschütze erneut sein Eremitenleben im Turmstumpf. In der Aprilmitte aber, als das Wetter zuerst sehr mild und danach beinahe schon sommerlich wurde, packte ihn einmal mehr unwiderstehliche Jagdlust. In den Fuggerschen Forsten zwischen Dinkelscherben und Diedorf erlegte er innerhalb weniger Tage vier Rehe sowie ein gutes Dutzend Rebhühner. Seine Beute verkaufte er an einen Müller, der etwas abseits des Dorfes Kutzenhausen auf seinem heruntergekommenen Anwesen saß und mit Wildbret hehlte.

Als er seinen Münzbeutel auf diese Weise wieder gefüllt hatte, suchte der Renegat eine Winkelwirtschaft bei Zusmarshausen auf und vertrank den Großteil seines Geldes in Gesellschaft einer Possenreißertruppe, die sich auf der Wanderschaft von Augsburg nach Ulm befand. Zu dieser Truppe gehörte auch eine junge, drallbusige Italienerin, die Hiasl schöne Augen machte, woraufhin er sie in der zweiten Nacht seines Aufenthalts in der Taverne vögelte.

Das Schäferstündchen endete allerdings blutig, denn kaum waren die Schwarzhaarige und ihr Galan vom Heuboden in die Gaststube zurückgekehrt, griff der volltrunkene Anführer der Possenreißer den Wildschützen in einem Anfall von Eifersucht an. Es kam zu einer Schlägerei, bei der etliches Mobiliar zu Bruch ging; zuletzt, nachdem er seinem Kontrahenten das Nasenbein gebrochen und ihm dadurch den Kampfgeist geraubt hatte, blieb Hiasl Sieger. Doch die Gesellschaft der Fahrenden war ihm nun verleidet; er bezahlte dem Wirt den angerichteten Schaden, zog sich, noch eine Flasche Fusel mitnehmend, in den Wald zurück und trat am darauffolgenden Morgen den Heimweg zu seinem Ruinenversteck an.

Eineinhalb Wochen später, als der Renegat vor dem Eingang zum Turmgewölbe saß und gerade einen Feldhasen bratfertig machte, hörte er ein gedämpftes Geräusch und gewahrte eine Bewegung im nahen Forst. Hastig griff er nach dem Stutzen und spannte den Hahn – gleich darauf aber erkannte er den Mann, der am Waldrand auftauchte. Aufatmend setzte er den Büchsenhahn wieder in Ruhe und wartete ab, bis der Högl-Bauer, der schon seit dem Vorjahr um sein ungewöhnliches Refugium wusste, herangekommen war.

Seufzend ließ sich der Großbauer auf einem Steinquader nieder, wischte sich den Schweiß von der Stirn und sagte: »Das war jetzt ein langer Marsch von meinem Hof zu dir.«

Hiasl grinste; dann fragte er: »Warum hast du ihn denn auf dich genommen?«

Der Bauer rückte auf dem Stein herum, bis er eine bequemere Sitzposition gefunden hatte. »Weil ich dir ein Geschäft vorschlagen möchte, bei dem du viel Geld verdienen könntest.«

Erstaunen malte sich in den Augen des Renegaten. »Ich wüsste nicht, dass ich unter die Krämer gegangen wäre.«

»Ich rede von einem speziellen Handel«, erwiderte der Högl-Bauer. »Von einem, bei dem Pulver und Blei im Spiel wären.«

Nun begriff Hiasl. »Du meinst, ich könnte mir die Münzen mit meiner Büchse verschaffen?«

»So ist es«, bestätigte der Großbauer; sodann klärte er den Renegaten auf: »Ein Verwandter von mir besitzt einen Hof in Fischach, und er hat mir kürzlich sein Leid wegen der Wildschweine geklagt. Gleich mehrere Rotten von diesen verdammten Viechern treiben ihr Unwesen auf den Fischacher Feldern. Alle Landwirte sind von der Heimsuchung betroffen und werden einen Großteil der Ernte verlieren, wenn nichts gegen die Wildsauen unternommen wird. Die Bauern haben deshalb bereits vor einiger Zeit eine schriftliche Petition an die Kanzlei der Grafen Fugger in Augsburg gesandt und dringend um Abhilfe gebeten. Aber man hat sie keiner Antwort gewürdigt, und als daraufhin eine Delegation der Hofbesitzer beim Oberjäger des hiesigen Fuggerschen Reviers vorstellig wurde, erreichte sie auch nichts. Die Bauern wurden vielmehr mit Hohn und Spott überschüttet; unter anderem sagte ihnen der Großkotz von Herrschaftsjäger, dass es eine Ehre für sie sein müsse, wenn sich die gräflichen Wildschweine auf ihren Äckern mästeten, ehe sie von den Fuggern und ihren Standesgenossen erlegt würden.«

»Man sollte diesem Saubären von Oberjäger eins auf den Pelz brennen!«, stieß Hiasl wütend hervor.

»Verdient hätte er es«, knurrte der Högl-Bauer. »Er und die ganze Adelsbrut dazu. Verbrecher sind sie alle miteinander! Können nichts weiter, als den ehrlich arbeitenden Menschen das Leben schwer zu machen und aus ihrer Bösartigkeit noch Profit zu ziehen!« Zornig spuckte er aus, dann beugte er sich zu dem Renegaten hinüber und berührte dessen Unterarm. »Jetzt weißt du, worum es geht, Hiasl, und ich soll dich im Namen der Fischacher bitten, der Wildschweinplage ein Ende zu machen. Damit du es aber nicht umsonst tun musst, haben sie untereinander fünfzehn Taler gesammelt, die dir gehören sollen, sofern du die Drecksviecher abschießt.«

»Fünfzehn Taler«, murmelte der Wilderer. »Das ist wirklich ein Haufen Geld ...« Er legte den abgebalgten Hasen beiseite. »Doch du sagtest auch, es wären mehrere Rotten?«

»Drei sind es«, erklärte der Großbauer. »Zwischen fünfundzwanzig und dreißig Schweine.«

»Das wird nicht einfach.« Hiasl nagte an seiner Unterlippe. »Ich bräuchte auf jeden Fall wieder ein paar zusätzliche Gewehre. Aber selbst dann könnte ich die Sauen nur nach und nach erlegen ...« Er überlegte mit gerunzelter Stirn. »Außer, wir würden es ganz anders anpacken und ...«

»Du hilfst den Fischachern also?«, unterbrach ihn der Högl-Bauer.

Der Renegat nickte. »Ja. Zum einen, weil sonst am Ende noch die Hungersnot in ihrem Dorf ausbricht. Und zum anderen«, er zwinkerte seinem Gegenüber zu, »weil mich die fünfzehn Taler mächtig jucken.« Er griff wieder nach dem Feldhasen. »Den braten wir uns jetzt und lassen ihn uns schmecken. Und morgen

Vormittag komme ich zu dir, und du spannst dann deine Rösser ein, damit wir nach Fischach fahren können.«

Am nächsten Nachmittag beredete sich Hiasl mit den Landwirten des unter der Fuggerschen Herrschaft stehenden Dorfes. Bald waren sämtliche Einzelheiten geklärt; die Hofbesitzer versprachen, die nötigen Vorbereitungen zu treffen, und der Wilderer kehrte mit dem Högl-Bauern zu dessen Anwesen zurück.

Er übernachtete dort und blieb auch am folgenden Tag, einem Freitag, auf dem Hof. Am Samstagmorgen sodann, kurz nach Sonnenaufgang, fuhren der Großbauer und Hiasl erneut nach Fischach. Als sie auf dem Dorfplatz anlangten, wurden sie von einer vielköpfigen Bauernschar empfangen, und der Dorfvorsteher eröffnete ihnen mit verschmitzter Miene: »Wir haben alles in die Wege geleitet – auch was den Pfarrer angeht.«

»Den Pfaffen darf man nie trauen«, knurrte der Renegat. »Die halten es immer mit den Mächtigen. Sind dieselben Blutsauger wie das Adelspack!« Er spielte mit dem Gewehrhahn. »Wie habt ihr den krummen Hund denn außer Gefecht gesetzt?«

Der Ortsvorsteher feixte. »In der vergangenen Nacht hat ihn der Kirchenwirt, der gestern ebenso wie der Pfarrer seinen Namenstag gehabt hat, mit Bier und Schnaps freigehalten. Und der hochwürdige Herr hat so kräftig gebechert, dass er am Schluss unter den Tisch gefallen ist. Daraufhin haben wir ihn auf einem Schubkarren ins Pfarrhaus transportiert. Dort schläft er jetzt seinen Kanonenrausch aus, und weil er bestimmt erst am Abend oder gar in der Nacht wieder zu sich kommt, wird er nicht mitkriegen, was heute im Dorf vorgeht.«

»Sehr gut!«, freute sich der Högl-Bauer; Hiasl fragte: »Und die Köchin des Pfaffen?«

»Die Lisa wird uns nicht verraten«, beschied ihn ein Hofbesitzer, der neben dem Dorfvorsteher stand. »Sie ist eine Nichte von mir und wird dem Pfarrer deshalb gewiss nichts stecken.«

»Und die Herrschaftsjäger brauchen wir auch nicht zu fürchten«, nahm wieder der Ortsvorsteher das Wort. »Die hat ein Bauer aus Gessertshausen, der mit uns im Bunde ist, auf eine falsche Fährte gelockt. Hat ihnen am gestrigen Nachmittag weisgemacht, er hätte in der Nähe seines Dorfes schon mehrmals und immer am Samstag einen Schwarzschützen beobachtet. Und daher sind die Jäger nun allesamt da oben im Norden.«

»Dann kann's ja losgehen«, stellte der Renegat zufrieden fest – wenig später verließen ungefähr fünfzig Fischacher Männer und Burschen zusammen mit Hiasl und dem Högl-Bauern die Ortschaft in südlicher Richtung. Den Fußgängern folgten drei Frachtwagen, die von kräftigen Pferden gezogen wurden; auf einem der Wagen befand sich eine schwere Holztruhe, in der es ab und zu metallisch klirrte.

Nach einer dreiviertel Stunde erreichte man ein großes Waldstück. Auf einer Wiese, die sich am Rand des Forstes ein wenig in den Wald einbuchtete, hielt der Zug an. Die Rösser wurden ausgeschirrt und am nördlichen Wiesensaum angepflockt; danach gab der Wildschütze den Fischachern die letzten Instruktionen. Nachdem dies geschehen war, teilten sich die meisten Männer und Burschen in zwei Haufen auf und machten sich auf den Weg, um den ausgedehnten Forst im Osten und Westen zu umgehen.

Hiasl wiederum lud unter Mithilfe des Högl-Bauern die Truhe von dem einen Fuhrwerk ab. Als die Lade auf der Erde stand, hob der Dorfvorsteher, der mit drei weiteren Fischachern bei dem Renegaten geblieben war, den Deckel hoch. Im Inneren der Holztruhe lagen Waffen: ein halbes Dutzend ein- und doppelläufiger Gewehre; dazu eine Menge Schießbedarf. Der Reihe nach nahm Hiasl die Büchsen heraus und untersuchte sie; schließlich sagte er zu den Dörflern: »Ihr habt neulich nicht zuviel versprochen. Die Waffen werden ihren Zweck erfüllen; allerdings nur, wenn ihr das Eurige dazu tut.«

»Das werden wir«, versicherte der Ortsvorsteher. »Du kannst dich auf uns verlassen, wenn es soweit ist.«

Der Wilderer nickte; dann lud er die sechs Gewehre, lehnte sie nebeneinander an die Truhe und überprüfte danach seinen Stutzen. Als er sich vergewissert hatte, dass das Pulver auf der Zündpfanne trocken war, wandte er sich wieder an die anderen und äußerte: »Ein Schluck Zielwasser würde mir nicht schaden, bevor der Tanz losgeht.«

Einer der Fischacher, es war der Kirchenwirt, holte eine tönerne Halbliterflasche aus der Joppentasche und reichte sie Hiasl. »Lass dir's schmecken. Aber pass auf, denn der Schnaps hat's in sich. Es ist derselbe, der in der vergangenen Nacht den Pfarrer ins Jenseits befördert hat.«

»Das hätte ich mir nicht träumen lassen, dass ich den gleichen Messwein wie der Pfaffe zu saufen kriege.« Der Renegat nahm einen kräftigen Schluck, gab die Bouteille zurück und fügte hinzu: »Allzu lange wird's jetzt nicht mehr dauern, bis Leben in den Wald kommt.«

Ungefähr eine halbe Stunde später stiegen in der Ferne über dem südlichen Forstrand Vogelschwärme auf und zogen eilig davon. Nach einer weiteren Viertelstunde vernahmen die Männer auf der Wiese gedämpften Lärm aus dem Wald: Rufe und das Krachen von Holz gegen Holz. Allmählich waren die Treibergeräusche deutlicher zu vernehmen – und dann brachen die ersten Wildtiere durch die Büsche am Forstsaum.

Es handelte sich um Hasen, die hakenschlagend zur Seite davonstoben, als sie die Menschen bei den Fuhrwerken gewahrten. Hinter ihnen kamen Rehe, auch einige Füchse; plötzlich preschte ein kapitaler Hirsch auf den Wiesengrund, verharrte kurz, warf sich herum und setzte seine Flucht nach Osten fort.

Hiasl war versucht, den Zwölfender aufs Korn zu nehmen. Doch er bezwang sich und wartete, bis das Schwarzwild auftauchte: anfangs nur einzelne Tiere, gleich darauf ein gewaltiger

Pulk. Erst jetzt schoss der Renegat, setzte den Stutzen ab, griff nach einer Doppelbüchse, die ihm der Högl-Bauer reichte, und feuerte erneut. Dann schlug er ein drittes, viertes, fünftes Gewehr an; die abgeschossenen Waffen wurden von den Männern, die bei der Truhe standen, eilig nachgeladen – und so konnte Hiasl ein höchst wirksames Dauerfeuer unterhalten.

Die in rascher Folge fallenden Schüsse mähten die Wildschweine förmlich nieder. Immer mehr Schwarzkittel blieben tot oder schwerverwundet auf der Wiese liegen; am Ende waren es um die dreißig Stück. Nur zwei Sauen glückte es, an den Wagen vorbeizukommen – aber der Wilderer erwischte auch sie noch, indem er ein Doppelgewehr packte, sich auf eines der Fuhrwerke schwang und den Wildschweinen von dort oben aus weitere Kugeln nachsandte.

Danach sprang Hiasl wieder vom Wagen und rief: »Teufel auch! Ich hab sie alle gekriegt! Das macht mir keiner nach!« Sein Gesicht war vom Pulverdampf geschwärzt, seine Augen glühten wie im Blutrausch; er machte den Eindruck, als sei er halb von Sinnen. Doch dann, nachdem ihm der Kirchenwirt die Schnapsflasche gereicht und er getrunken hatte, wurde er ruhiger. Er stellte die Büchse weg, zog den Hirschfänger und murmelte: »Etliche Sauen leben noch. Die müssen abgetan werden …«

Wenig später hatte der Renegat auch diese blutige Arbeit erledigt; nun konnten die Fischacher darangehen, die toten Wildschweine auf die Fuhrwerke zu laden. Am Mittag sodann langte der Zug der Männer, Burschen und Pferdegespanne wieder im Dorf an; dort wurden die Frachtwagen auf den Hof des größten Anwesens gefahren, wo eine Gruppe von Frauen bereits den Misthaufen vor dem Kuhstall beiseitegeräumt hatte.

Jetzt schaufelte ein halbes Dutzend Männer eine Grube in der jauchegetränkten Erde aus; als sie tief genug war, brach man die erlegten Tiere auf und warf die Eingeweide in das Erdloch. Anschließend wurden die Wildschweine in Gemeinschaftsarbeit abgezogen, zerlegt und die Fleischstücke entbeint; nachdem diese Arbeit getan war, verschwanden auch die Knochen und dazu die nackten Schweineschädel in der Grube. Danach wurde das Loch wieder geschlossen und der Dunghaufen an seinen alten Platz gebracht; zuletzt sagte der Ortsvorsteher sehr aufgeräumt zu den Nächststehenden: »Falls die Fuggerschen Jäger irgendwie von unserer Treibjagd Wind bekommen und bei uns auftauchen sollten, werden sie das Geschlinge und die Gebeine bestimmt nicht mehr finden.«

»Es sei denn, sie würden ihre Nasen abgrundtief in den Mist stecken«, erwiderte eine der Dorffrauen lachend.

»Zuzutrauen wäre es den gräflichen Schnüfflern«, spottete eine andere Bäuerin; wenig später dann verteilten die Fischacher die vielen Zentner Schweinefleisch auf die einzelnen Höfe. Dort wurde der Großteil des Wildbrets eingesalzen und in die Keller gebracht; die schmackhaften Innereien wie Herzen und Lebern sowie die besten Fleischteile hingegen wurden noch am Abend gesotten oder gebraten.

Danach stiegen überall auf den Anwesen ausgelassene Gelage. Die Dörfler schwelgten im Schweinefleisch und tranken nach Herzenslust bis spät in die Nacht hinein, und immer wieder wurden Hochrufe auf den Wildschützen ausgebracht, welcher die Fischacher innerhalb kürzester Zeit von der Wildschweinplage befreit hatte.

Hiasl selbst feierte mit dem Dorfvorsteher und dessen Familie sowie dem Högl-Bauern. Um die Mitternachtsstunde sodann erhob sich der Hausherr, ging in die Schlafstube und kehrte mit einem kleinen Lederbeutel zurück, in dem sich der Lohn des Renegaten befand: die fünfzehn Taler, welche die Landwirte von Fischach unter sich gesammelt hatten.

Schmunzelnd nahm Hiasl den Beutel entgegen, zählte die Silbermünzen durch, verwahrte das Geld in der Hosentasche und sagte scherzend zum Ortsvorsteher: »Ich danke dir und den Fischachern aufrichtig für die großzügige Talerspende, denn durch sie bin ich ein reicher Mann geworden. Bloß fürchte ich, dass dieser erfreuliche Zustand nicht lange anhalten wird, weil ich das Geld wahrscheinlich schon bald in den Tavernen zwischen Dillingen und Mindelheim auf den Kopf hauen werde.«

»Wenn du dann wieder pleite bist, kannst du ja ein anderes Dorf von der Sauenplage erlösen«, versetzte der Högl-Bauer.

»Eine gute Idee«, antwortete der Wilderer augenzwinkernd – und ahnte dabei nichts von dem Verhängnis, das sich bereits in naher Zukunft über ihm zusammenbrauen sollte.

***

Mit nacktem Oberkörper saß Hiasl auf einem Mauerrest der Burgruine und genoss die Wärme der Junisonne. Seit Tagen war das Wetter prächtig; überall prangte der Wald in frischem Grün. Der Renegat fühlte sich leicht und entspannt; er ließ seine Gedanken wandern, wohin sie wollten; mit einem Mal wurde ihm bewusst: Übermorgen ist Mittsommer, und im ganzen Land werden auf den Dorfangern die Sonnwendfeuer brennen.

Hiasl glaubte, die lodernden Flammen vor sich zu sehen, die hoch hinauf in den Nachthimmel stiegen; er meinte, junge Frauen zu erblicken, die ihn verführerisch anlächelten – im nächsten Moment stieß er hervor: »Ich muss wieder einmal unter die Leute! Bin seit der Fischacher Wildschweinjagd fast immer allein gewesen.«

Aus Vorsicht hatte er sich während der vergangenen eineinhalb Monate in sein Turmversteck zurückgezogen; hatte lediglich das Kleinwild gejagt, das er für seinen Lebensunterhalt benötigte, und war in dieser ganzen Zeit nur einmal auf dem Högl-Hof gewesen, um mit dem Großbauern ein paar Schnäpse zu trinken. Bei dieser Gelegenheit hatte er erfahren, dass die gräflichen Jäger auf irgendeine Weise Wind von der Treibjagd auf die Schweinerotten bekommen hatten. Sowohl in Fischach als auch auf etlichen Einödhöfen im Umkreis des Dorfes waren die Menschen verhört und manchmal sogar bedroht worden. Doch am Ende, weil die Bauern dichtgehalten hatten, war den Herrschaftsjägern nichts anderes übriggeblieben, als ihre fruchtlosen Nachforschungen einzustellen.

Trotzdem war dem Wildschützen klar: Die Häscher würden nicht einfach aufstecken; sie würden weiterhin alles tun, um ihm, ihrem Erzfeind, auf die Spur zu kommen. Wer bei Fischach auf die Wildschweine geschossen hatte, ahnten sie vermutlich. Ein unbedeutender Schwarzschütze, der sich mit geringer Beute zufriedengab, kam ja kaum in Frage; ihm aber konnten sie die Tat zutrauen. Deshalb hatte sich Hiasl in seinem so gut wie unauffindbaren Versteck verkrochen – nun jedoch, da er sich seiner Einsamkeit bewusst geworden war, drängte es ihn mit aller Macht nach menschlicher Gesellschaft; insbesondere nach weiblicher.

Am Sonnwendtag verließ der Renegat seinen Zufluchtsort und lief zwei Stunden nach Südwesten: zum Dorf Münsterhausen, wo er bei früherer Gelegenheit einmal mehrere hübsche Bauernmägde gesehen hatte. Gegen Mittag langte er in der Ortschaft an, leistete sich in einer Gastwirtschaft einen Braten sowie zwei Maß Bier und ging danach auf den Dorfplatz hinaus. Etliche Burschen waren bereits damit beschäftigt, den mächtigen Holzstoß für das Sonnwendfeuer aufzurichten. Hiasl schaute ihnen eine Weile zu; dann gewahrte er eine junge, dunkelhaarige Frau, die vor der nahen Schmiede auf der Hausbank saß und ihn anlächelte.

Der Wilderer schlenderte zu ihr hinüber und sprach sie mit einem Scherzwort an; bald darauf nahm er neben der Braunhaarigen Platz und erfuhr, dass sie Lena hieß und ebenso wie er in Münsterhausen zu Besuch war. Im Verlauf der nächsten Stunde wurde das Gespräch zwischen Hiasl und der Dunkelhaarigen, die einem Abenteuer durchaus nicht abgeneigt schien, immer vertrauter; schließlich kamen die beiden überein, einen Spaziergang durch die Dorfwiesen zu unternehmen. Arm in Arm wanderten sie in die freie Natur hinaus; der Renegat hatte nur noch Augen für Lena – und bemerkte deshalb den Jäger nicht, der soeben auf der etwa fünfzig Meter entfernten Landstraße von Süden herankam.

Der Waidmann hingegen, der einige Monate zuvor noch im Sold des Kemptener Hochstifts gestanden hatte und dann aus familiären Gründen in Fuggersche Dienste übergetreten war, wurde auf den Grüngekleideten aufmerksam. Er stutzte; im nächsten Moment erkannte er den Mann an der Seite der Braunhaarigen und stieß überrascht hervor: »Donner und Doria! Der Halunke von Lauchdorf!«

Schlagartig war ihm die blutige Szene wieder präsent geworden, die er vor eineinhalb Jahren, im Frühwinter 1764, in der Nähe des genannten Ortes erlebt hatte: Wie er und sein Jagdkamerad den Wildschützen bei einem von einer Eiche überragten Holunderdickicht gestellt hatten; wie es zum Schusswechsel gekommen war; wie die Kugel aus dem Stutzen des Grüngekleideten seinem Gefährten die Schulter aufgerissen hatte.

In einer ersten, wütenden Regung wollte der Herrschaftsjäger losrennen und sich auf den Wilderer stürzen. Dann aber, weil er wusste, wie gefährlich der Schwarzschütze war, unternahm er nichts, sondern beschleunigte lediglich seine Schritte, um schneller ins Dorf zu gelangen.

Hiasl wiederum spazierte ahnungslos mit Lena weiter. Nach einer Viertelstunde kam das Paar zu einer Heuhütte auf freiem Feld, und nachdem sie sich zuerst noch ein wenig geziert hatte, ließ sich die Dunkelhaarige juchzend hochheben und ins Innere der Hütte tragen. Dort liebten sich die beiden auf einem Heuhaufen; da der Renegat schon seit langer Zeit keine Frau mehr gehabt hatte, dauerte es bis zur Abenddämmerung, ehe seine mehrmals von neuem erwachende Begierde befriedigt war. Erst bei Einbruch der Nacht kehrten Hiasl und die Braunhaarige auf den Dorfplatz zurück – gerade noch früh genug, um zu sehen, wie der meterhohe Holzstoß in Brand gesteckt wurde.

Bald fauchten die Flammen mächtig gen Himmel. Das Paar gab sich dem archaischen Anblick hin, später tanzten die beiden zusammen mit anderen jungen Leuten um den lodernden Scheiterhaufen. Als ein Teil des Holzstoßes herabstürzte und auf der Erde weiterbrannte, setzten der Renegat und Lena mit einem kräftigen Sprung über dieses kleinere Feuer hinweg; ein halbes Dutzend Liebespaare tat es ihnen nach. Die übrigen Dörfler jubelten und klatschten Beifall – plötzlich aber wurde das ausgelassene Treiben gestört, weil sich mehrere mit Gewehren bewaffnete Männer durch die Menge drängten.

Es handelte sich um den Herrschaftsjäger und drei handfeste Knechte, die aus dem Nachbarort Burtendorf stammten, wo es einen Fuggerschen Gutshof gab. Der Jäger hatte die Gutsknechte zu seiner Verstärkung herbeigeholt; jetzt umringten die vier Männer den Wildschützen; einer der Knechte stieß die Dunkelhaarige rüde beiseite, dann richtete der Herrschaftsjäger den Büchsenlauf auf den Renegaten und brüllte ihn an: »Erkennt du mich wieder, du Verbrecher?!«

Hiasl starrte; mit dem nächsten Lidschlag begriff er, wen er vor sich hatte. Wiederum einen Augenblick später wurde ihm bewusst, dass er im Gegensatz zu den Häschern unbewaffnet war, weil er den Stutzen und den Hirschfänger im Turmgewölbe zurückgelassen hatte. Trotzdem wollte er sich nicht ergeben; unversehens sprang er den Jäger an und packte den Lauf von dessen Büchse, um das Gewehr an sich zu reißen.

Einen Moment kämpften beide um die Waffe; kurz sah es so aus, als würde der Renegat die Oberhand behalten – doch dann holte einer der Gutsknechte mit dem Büchsenkolben aus. Der Schlag traf Hiasl am Hinterkopf; Lena schrie entsetzt auf; der Wilderer brach wie vom Blitz gefällt nieder.

Besinnungslos blieb Hiasl auf der Erde liegen. Der Herrschaftsjäger versetzte ihm einen Fußtritt; gleich darauf machten sich zwei Burtendorfer Knechte daran, den Ohnmächtigen zu fesseln, und als sie damit fertig waren, rief der Jäger den verstörten Dörflern triumphierend zu: »Der Drecksack da ist der Klostermayr! Der Raubschütze, der vom Teufel besessen ist! Aber jetzt kriegt er seine Strafe! Jetzt kommt er vors Fuggersche Gericht in Augsburg, und danach wird er im Kerker verrotten!«

# Das Zuchthaus

## LANDSBERG/AU BEI MÜNCHEN
## SOMMER 1765 BIS FRÜHLING 1766

Wie betäubt hockte Hiasl in einem Gitterkäfig auf der Ladefläche eines Pferdewagens, der durch das Lechtal nach Süden fuhr. Der Wilderer war auf seiner Sitzbank angekettet; hinter dem Käfig saßen zwei schwerbewaffnete Gendarmen, welche den Gefangenen nicht aus den Augen ließen, und ein dritter Uniformierter lenkte die Rösser.

Am frühen Morgen hatte das Gefährt Augsburg verlassen, wo Hiasl nach seiner Festnahme in Münsterhausen einen vollen Monat lang eingekerkert gewesen war. Im modrigen, rattenverseuchten Verlies, das er sich mit mehreren anderen Delinquenten teilen musste, hatte er auf seinen Prozess vor dem Fuggerschen Strafgericht gewartet.

Doch dann, am vergangenen Abend, hatte ihm der Gefangenenwärter eröffnet, dass er nach Landsberg zur Aburteilung gebracht werden sollte, weil das dortige kurfürstliche Gericht seinen Fall an sich gezogen hatte. Zunächst hatte der Wilderer nicht begriffen, warum so entschieden worden war; bald aber war ihm klargeworden: Man wollte ihn wahrscheinlich nicht nur wegen des Schwarzschießens, sondern zudem wegen seiner Jahre zurückliegenden Flucht aus Friedberg verurteilen.

Kurz nach Sonnenaufgang, als ihn die Gendarmen aus dem Kerker geholt und zum Pferdefuhrwerk gebracht hatten, war seine Vermutung zur Gewissheit geworden. Denn einer der Uniformierten hatte zynisch grinsend zu ihm gesagt: »Jetzt dauert es nicht mehr lange, bis du gnadenlos verdonnert wirst! Für deine Verbrechen als Wilderer kriegst du mindestens fünf Jahre und noch mal so viel für deine Fahnenflucht aus der Armee des Kurfürsten.«

Nun, da der Wagen unter bedecktem Julihimmel über die vom Morgentau noch feuchte Landstraße rollte, zermarterte sich Hiasl den Kopf nach einer Fluchtmöglichkeit. Doch wie schon den ganzen Weg von Augsburg her blieb sein verzweifeltes Grübeln ergebnislos; die Eisenschellen, die er an den Armen und Beinen trug, waren mit Schlössern gesichert, und die Gitterstäbe des Käfigs bestanden ebenfalls aus Metall. Wie einen Mörder behandeln sie mich!, dachte er. Zornig bäumte er sich gegen die Ketten auf; einer der Gendarmen in seinem Rücken wies ihn barsch zurecht – gleich darauf erblickte der Gefangene vorne, zwischen den Pferdeköpfen, ein vertrautes Bild.

Am Horizont tauchte sein Heimatdorf auf: Kissing, wo er geboren, aufgewachsen und bis zum Ende seiner Liebesbeziehung mit Monika, der Baumüller-Tochter, glücklich gewesen war. Jetzt, da er die Ortschaft wiedersah, schossen ihm Tränen in die Augen; ein wehes Ziehen breitete sich in seiner Brust aus; im nächsten Moment befürchtete er, sein alter Vater oder die Schwester könnten mitbekommen, wie er im Schandkäfig durch das Dorf gefahren wurde.

Aber zumindest in dieser Beziehung hatte er Glück. Zwar liefen, als das Fuhrwerk den Brunnenplatz von Kissing passierte, etliche Männer und Weiber zusammen, und eine Schar Buben rannte bis zum Dorfrand hinter dem Pferdewagen her. Doch Michael Klostermayr oder Regina waren nirgends zu sehen; dafür erkannte Hiasl von ferne das Hirtenhaus und musste sich Mühe geben, ein Aufschluchzen zu unterdrücken.

Jenseits des Ortes dann kauerte er geraume Zeit zusammengeduckt in seinem Gitterkäfig. Erst als Kissing bereits meilenweit hinter dem Wagen lag, richtete er sich wieder auf und bereitete sich innerlich auf die Ankunft in Landsberg vor.

In der Nachmittagsmitte langte das Gefährt an seinem Bestimmungsort an und kam vor dem Bayertor in der östlichen Wehrmauer der Stadt zum Stehen. Der Gendarm auf dem Bock wechselte einige Sätze mit den Torwächtern, danach polterte der Wagen nach Landsberg hinein. Drinnen in der Lechstadt zogen die Rösser das Fuhrwerk mit dem Schandkäfig durch enge Gassen und an gaffenden Bürgern vorbei den Schlossberg hinauf.

Die Festung auf der Hügelkuppe über dem Fluss stammte noch aus dem Mittelalter. Das graue Mauerwerk mit seinen schlitzförmigen Schießscharten und schmalen Fensterbögen wirkte abweisend; da und dort hatte der Zahn der Zeit Steinbrocken herausgebrochen, so dass hässliche Narben an der Gebäudefront entstanden waren. Über eine hölzerne Grabenbrücke rumpelte der Wagen vor das geschlossene Burgtor aus Eichenplanken, die mit rostigen Eisenbändern verstärkt waren. Hart vor dem Tor zügelte der Kutscher die Pferde; wartete, bis eine Luke im Festungstor geöffnet wurde, und rief dann: »Wir bringen den Klostermayr, der morgen abgeurteilt werden soll.«

Wenig später schwangen die schweren Torflügel knarrend auf; drinnen im engen, düsteren Burghof entriegelten die Gendarmen den Käfig, schlossen die Hand- und Fußschellen des Gefangenen auf und zerrten ihn vom Fuhrwerk. Mit vorgehaltenen Gewehren trieben sie Hiasl zum wuchtigen, jahrhundertealten Bergfried; im Inneren des Turmes musste er ins Kellergeschoss hinabsteigen. Dort unten wurde er in ein niedriges, enges Gewölbe gestoßen und von einem brutal wirkenden Schergen, der sich im Bergfried aufgehalten hatte, so an die feuchte Mauer gekettet, dass er ein wenig Bewegungsfreiheit hatte. Nachdem die Uniformierten verschwunden waren, brachte der Kerkerwärter dem Gefangenen einen Krug Wasser und ein Stück Brot. Sodann versperrte er die Gewölbepforte von draußen, und Hiasl blieb mit dem Ungeziefer, das in dem Verlies wuselte, und seinen quälenden Befürchtungen allein.

Er verbrachte eine schreckliche Nacht; am nächsten Vormittag trat er, abermals von zwei Bewaffneten bewacht, im Palas der Burg seinem Richter gegenüber. In einem Raum mit einem riesigen offenen Kamin saß der kurfürstliche Gerichtsherr, ein schon betagter Adliger mit weißgepuderter Perücke, unter einem metergroßen Kruzifix hinter einer schwarzlackierten Holzbalustrade. Zu seiner Linken hatte der Gerichtsschreiber Platz genommen: ein magerer Mittvierziger, welcher den Delinquenten feindselig musterte.

Der Richter hingegen war überraschenderweise umgänglich. Nachdem er Hiasl nach seinem Lebenslauf befragt hatte, tauschte er sich längere Zeit über das Waidwerk im Allgemeinen und das Wildern im Besonderen mit dem Schwarzschützen aus. Weil der Gerichtsherr derart großes und zuweilen sogar freundliches Interesse an ihm und der Jagd zeigte, witterte Hiasl Morgenluft. Bald ging er aus sich heraus und gab schließlich sogar einige heitere Erlebnisse aus seinem Wildererleben zum Besten. Leise schmunzelnd lauschte der Richter seinen Worten; selbst der Schreiber schaute jetzt nicht mehr so missgünstig drein – plötzlich aber schrie der Gerichtsherr den Delinquenten an: »Genug davon, du Halunke! Oder glaubst du etwa, du könntest mich mit deinen Geschichten einwickeln?!«

Hiasl duckte sich; im nächsten Moment fuhr der Richter fort: »Du hast über Jahre hinweg Wildraub begangen! Hast dadurch den Kurfürsten, den Adel und die Kirche geschädigt! Außerdem hast du dich im April 1761 in Friedberg der Fahnenflucht schuldig gemacht! Denn obwohl du Handgeld von den Soldatenwerbern angenommen hattest, bist du kurz darauf wieder aus der Armee unseres Landesherrn entwichen!«

»Der Waibel hat mir den Münzbeutel damals mit Gewalt aufgedrängt!«, rief der Renegat aufgebracht. »Freiwillig hätte ich das Geld nie und nimmer angenommen!«

»Kusch!«, schnauzte ihn der Gerichtsherr an. »Ich will nichts mehr hören!« Er wandte sich dem Schreiber zu. »Du notierst folgenden Urteilsspruch in der Sache Matthäus Klostermayr: Der

Angeklagte wird zu zehn Jahren Kerkerhaft bei Wasser und Brot sowie zu wöchentlicher Auspeitschung verdonnert!«

Entgeistert starrte Hiasl auf den Richter; dann stieß er hervor: »Das könnt Ihr nicht machen, Herr!« Er fiel auf die Knie nieder. »Das wäre … unmenschlich! Ein ganzes Jahrzehnt … und dazu die Peitsche! Das ist zu grausam! Da will ich lieber …«

»Was willst du lieber?!«, unterbrach ihn der Gerichtsherr. »Am Galgen sterben, weil dir das weniger schlimm erscheint?!«

Der Renegat wusste nichts zu erwidern; er blickte nur flehend auf den Richter – mit einem Mal veränderte sich dessen Gesichtsausdruck; er lachte und sagte: »Jetzt habe ich dich ins Bockshorn gejagt, was? Hast gefürchtet, dass du im Verlies elend verrotten musst. Aber sie hat dir nicht geschadet, deine Höllenangst. Vielmehr wird sie dir hoffentlich eine Lehre sein und dich dazu bringen, ein anständiges Leben zu führen, wenn du deine Strafe abgebüßt hast.« Er verscheuchte eine Fliege, die um seinen Kopf summte; sodann befahl er dem Wildschützen: »Steh auf, damit du nun das Urteil entgegennehmen kannst, das ich dir in Wahrheit zugedacht habe.«

Hiasl gehorchte; gleich darauf hörte er: »Weil du ein Kind armer Leute ohne rechte Erziehung warst und womöglich auch deshalb auf die schiefe Bahn geraten bist, will ich noch einmal Gnade vor Recht ergehen lassen. Zur Strafe für deine Missetaten sollst du neun Monate Haft verbüßen, wozu du ins Zuchthaus in Au bei München verbracht wirst.«

Der Renegat schluckte; mehrmals setzte er zum Sprechen an, schließlich stammelte er: »Habt Dank für Eure … Milde, Herr!«

»Enttäusche sie nicht!«, erwiderte der Gerichtsherr; dann wies er die Uniformierten an: »Geleitet den Klostermayr zurück ins Loch, und morgen soll er in die Strafanstalt überführt werden.«

***

Früh am darauffolgenden Tag stolperte Hiasl, erneut in Eisenfesseln, auf den Burghof, wo diesmal ein geschlossener Pferdewagen wartete. Im Inneren des Gefährts wurde der Gefangene an die Sitzbank gefesselt; ihm gegenüber nahmen zwei mit Pistolen bewaffnete Gendarmen Platz, und nachdem der eine Uniformierte den Wagenschlag verriegelt hatte, trieb der Kutscher draußen auf dem Bock die Rösser an.

Die Fahrt nach München zog sich schier endlos hin, erst nach Einbruch der Nacht langte der Wagen im Dorf Au etwas außerhalb der kurfürstlichen Residenzstadt an. Daher konnte Hiasl lediglich das finstere Mauerwerk der verschiedenen Zuchthausgebäude erkennen. In einem der Häuser, in dem es nach Kohlsuppe und vor der Tür eines Aborts übel nach Fäkalien roch, wurde der Verurteilte von einem griesgrämig aussehenden Schließer von seinen Ketten befreit und in eine Zelle gesperrt. Zu essen bekam er nichts mehr; ebenso wurde ihm, als er danach fragte, ein Kerzenleuchter verweigert, so dass er sich im Dunkeln auf die harte Bretterpritsche legen musste.

Sehr zeitig am nächsten Morgen, nachdem er zum Frühstück eine Wassersuppe bekommen und sich über einem Kübel im Zelleneck erleichtert hatte, wurde Hiasl von einem Aufseher in seinen künftigen Tagesablauf eingewiesen. »Du arbeitest von Sonnenaufgang bis Sonnenuntergang in der Tuchwalkerei«, sagte der Uniformierte zu ihm. »Mittags hast du eine Stunde Pause für die Zellenreinigung und fürs Essen. Am Abend nimmst du an der Andacht in der Zuchthauskirche teil; wenn du dich weigerst, gibt es kein Nachtmahl. Ansonsten führst du jeden Befehl deiner Vorgesetzten widerspruchslos aus; zeigst du dich rebellisch, kommst du in Dunkelhaft.«

Stumm, mit gepressten Lippen nickte der Gefangene; daraufhin forderte der Wärter feixend: »Sag mir laut und deutlich, dass du mit diesen Regelungen einverstanden bist! Außerdem redest du mich gefälligst mit Herr an!«

»Jawohl, das bin ich, Herr Aufseher«, zwang sich Hiasl zur verlangten Antwort.

»Gut«, grinste der andere. »Und jetzt komm mit, damit du deinen Arbeitsplatz kennenlernst.«

Durch lange Korridore und über eine Treppe führte der Wärter den Gefangenen in den Innenhof des Zuchthauskomplexes. Als Hiasl dort Schwibbögen erblickte, die ihn an einen Kreuzgang erinnerten, fragte er: »Haben hier früher Mönche gelebt, Herr Aufseher?«

Der Wärter nickte. »Das Zuchthaus war vor vielen Jahren ein Paulanerkloster. Und du sitzt in einer der ehemaligen Mönchszellen ein.«

»Das hätte ich mir nicht träumen lassen, dass ich einmal so fromm werden würde«, erwiderte der Gefangene mit schiefem Lächeln.

»Mach keine blöden Witze!«, fuhr ihn der Aufseher an; dann deutete er über den Hof. »Da drüben wirst du schuften, bis dir die Schwarte kracht.«

Das Gebäude, in dem sich die Walkerei befand, war niedrig und erinnerte an eine Stallung. An seiner Rückseite floss der Auer Mühlbach; ein schmutziges, träge dahinziehendes Gewässer, das einen fauligen Geruch ausströmte. Im Inneren des aus Bruchsteinen errichteten Bauwerks gab es mehrere große, aus Ziegeln aufgemauerte Becken. In jedem dieser flachen Bassins stampften mehrere Sträflinge mit nackten Beinen auf dicken Stofflagen herum, die von einer ekelhaften Flüssigkeit bedeckt waren: von Pferde- und Rinderurin aus den Viehställen des Dorfes Au.

Angeekelt, mit einem flauen Gefühl im Magen starrte Hiasl auf eines der Ziegelbecken; undeutlich und wie von ferne vernahm er dabei die Stimme des Wärters, der ihn hergebracht hatte: »Der Wollstoff, der in den Becken liegt, muss vom Fett befreit werden, bevor er gewalkt werden kann. Das geht am besten mit Hilfe der Viehpisse, die von den Füßen der Männer durch den Stoff gepresst wird. Und einer der Kerle, die in der Pisse herumtrampeln, wirst von heute an du sein. Also zieh jetzt deine Schuhe aus, kremple die Hosenbeine hoch und steig in das Becken dort drüben.«

Wütend wollte der Gefangene auffahren; doch er beherrschte sich und tat, was der Aufseher von ihm verlangt hatte. Der Wärter schaute ihm eine Weile zu, wie er sich, immer wieder würgend, zwischen den anderen Sträflingen bewegte. Schließlich verschwand der Aufseher; gleich darauf aber kam ein anderer Gefangenenwärter herbei, der mit einem Gewehr bewaffnet war. Angesichts dessen blieb Hiasl nichts übrig, als weiterhin in dem stinkenden Ziegelbecken herumzutrotten: Stunde um Stunde, bis es endlich Mittag wurde und die Zuchthaussträflinge, nachdem sie sich draußen am Mühlbach notdürftig gewaschen hatten, in ihre Zellen zurückkehren durften.

Im Lauf des Nachmittags dann gewöhnte sich der neue Häftling allmählich an den Gestank im Becken. Er nahm jetzt auch mehr Notiz von seinen Leidensgenossen; kam sogar mit einem von ihnen ins Gespräch und erfuhr von ihm, was sich weiter hinten in der Tuchwalkerei abspielte.

Dort nämlich befand sich ein mächtiger, an einem Drehlager befestigter Balken, der sich, durch Wasserkraft angetrieben, rhythmisch hob und senkte und bei jeder Abwärtsbewegung mit dem verbreiterten Ende auf einen Tuchballen hämmerte. Als Hiasl nach dem Sinn dieser Vorrichtung fragte, erklärte ihm der Mithäftling: »Wenn wir hier mit den Wolltüchern fertig sind, werden sie gründlich ausgespült, danach zusammengerollt und unter den Schwanzhammer gelegt. Der besorgt das eigentliche Walken des Tuches; der Stoff wird durch die Hammerschläge immer dichter, und am Ende hat man festes Loden.«

»Wie es die Jäger tragen …«, murmelte Hiasl und sehnte sich im nächsten Moment derart heftig nach der Freiheit der Wälder, dass es ihn schier körperlich schmerzte. Damit der andere nichts merken sollte, wandte er sich brüsk ab und setzte seinen Weg durch die Urinbrühe fort. Irgendwann dann rief einer der Aufseher zynisch: »Feierabend, die Herren!«, und die Sträflinge versammelten sich müde bei der Tür der Tuchwalkerei, um dort zu warten, bis sie zur abendlichen Körperreinigung an den Mühlbach geführt wurden.

So verlief der erste Arbeitstag des verurteilten Wildschützen im Zuchthaus von Au; als sich Hiasl bei Einbruch der Nacht erschöpft und mit dem Gefühl, zutiefst gedemütigt worden zu sein, auf seine Bretterpritsche fallen ließ, dachte er verzweifelt an Flucht. Aber bald wurde ihm klar, dass er kaum eine reelle Chance hatte, aus der Strafanstalt zu entkommen. Trotzdem nahm er sich vor, den Gedanken nicht einfach aufzugeben; ehe er in schweren, alptraumhaften Schlaf fiel, flüsterte er noch: »Vielleicht ist es ja doch irgendwie zu schaffen …«

Während der folgenden Tage und Wochen indessen wurden solche Anwandlungen des Gefangenen seltener. Er stumpfte ab, was ihm die ekelhaften Aufenthalte im Urinbecken erleichterte; zudem schenkte ihm der eine oder andere Sträfling durch menschliche Zuwendung einen gewissen inneren Halt. Am Ende des Sommers sodann wurde Hiasl für einige Zeit zur Arbeit am Walkhammer abgestellt, was er angesichts der reinen Luft dort beinahe als Geschenk empfand. Als er allerdings ins Ziegelbecken zurückkehren musste, fiel ihm das Trotten in der stinkenden Brühe umso schwerer. Aber er gewöhnte sich auch daran wieder, und im Spätherbst durfte sich der mittlerweile Neunundzwanzigjährige sagen, dass er nun schon die Hälfte seiner Strafe hinter sich gebracht hatte.

Zu Beginn des neuen Jahres 1766 verbesserte sich sein Los deutlich. Er wurde in ein anderes Gebäude des Zuchthauskomplexes versetzt, wo die Lodenstoffe mit Hilfe von grünen, braunen oder blauen Pflanzenextrakten eingefärbt wurden. Diese Arbeit machte Hiasl manchmal sogar Freude; besonders dann, wenn er beim Grünfärben von Jägerloden von den Wäldern und der Jagd träumen konnte.

So verstrichen die letzten Wintermonate; als sich der Frühling ankündigte, begann der Strafgefangene die Wochen bis zu seiner Entlassung zu zählen, und Ende April war es soweit. Reichlich derbe ermahnte der Zellenwärter den Neunundzwanzigjährigen, künftig ein gesittetes Leben zu führen. Danach brachte er ihn zum Zuchthaustor, und gleich darauf, nachdem sich die schwere Pforte krachend hinter ihm geschlossen hatte, war Hiasl wieder ein freier Mann.

# Der Fanghund

## KISSING/OBERSCHWABEN/MERING
## FRÜHLING 1766 BIS FRÜHSOMMER 1767

In zweieinhalb Tagen hatte Hiasl den weiten Weg von Au nach Kissing zurückgelegt; hatte unterwegs im Forst geschlafen und sich sein Essen auf dem einen oder anderen Bauernhof erbettelt. Jetzt, da er sich dem Hirtenhaus näherte, war er innerlich hin und her gerissen. Einerseits drängte es ihn dazu, den Vater und die Schwester in die Arme zu schließen; zugleich aber fühlte er sich beklommen, weil er nicht wusste, wie seine Angehörigen ihn, den Zuchthäusler, aufnehmen würden.

Doch dann fielen seine Ängste von ihm ab. Die Haustür öffnete sich; Regina kam mit einem Wäschekorb heraus, erblickte den Bruder, ließ den Korb fahren und lief Hiasl entgegen. Gleich darauf begrüßte sie ihn mit überschwänglicher Freude, drückte ihn an sich und stieß hervor: »Dass du nur wieder da bist!«

Wenig später, im Haus, verhielt sich Michael Klostermayr ähnlich. Mit feuchten Augen hieß er seinen Sohn willkommen und fügte hinzu: »Wir haben jeden Tag an dich gedacht! Die ganze Zeit, wo du im Kerker hast schmachten müssen.«

»Ganz so schlimm war's nicht«, erklärte Hiasl grinsend. »Sie haben mich nicht ins Verlies, sondern bloß in eine uralte Mönchszelle gesperrt.« Danach, am Küchentisch sitzend, erzählte er einiges von seinen Erlebnissen in Au; als er geendet hatte, fragte ihn die Schwester: »Wirst du nun bei uns bleiben?« Sie tastete nach seiner Hand. »Du könntest Vater bei der Arbeit helfen und hättest dadurch dein Auskommen.«

Der Neunundzwanzigjährige senkte den Kopf. »Ich kann es mir ja überlegen … Auf jeden Fall wäre es mir recht, wenn ich erst einmal bei euch unterkriechen könnte. Aber ich muss auch hinüber ins Schwäbische. Hab den Stutzen und meine anderen Sachen noch dort …« Er richtete den Blick wieder auf Regina. »Wie geht's denn meinem Buben, dem Korbinian?«

»Der wächst heran auf dem Baumüller-Anwesen«, antwortete anstelle seiner Tochter der alte Klostermayr. »Nur … sehen dürfen wir ihn nach wie vor nicht.«

»Ich werde es trotzdem versuchen«, murmelte Hiasl mit gepressten Lippen – und am nächsten Morgen schlich er sich durch den Kapellenwald an den Großbauernhof heran.

Vom Forstrand aus spähte er stundenlang zu dem Anwesen hinüber, und am frühen Nachmittag erblickte er seinen Sprössling tatsächlich. An der Hand Monikas kam der Fünfjährige aus dem Wohnhaus des Hofes, riss sich los und tollte in Richtung Pferdestall davon. Seine Mutter folgte ihm; wenig später fuhren beide in einem Einspänner in Richtung Mering weg. Hiasl schaute dem Wagen nach, bis er in einem Hohlweg verschwand; nachdem das Gefährt außer Sicht gekommen war, stieß er bitter hervor: »Ich hätte es mir ersparen sollen!«

Wie auf der Flucht hastete er zum Hirtenhaus zurück; zwei Tage danach verabschiedete er sich von seinen Angehörigen und schlug den Weg durch die Wälder zum Lech ein.

Bei Königsbrunn brachte ihn ein Fischer in seiner Zille über den Fluss; als der entlassene Strafgefangene anschließend über die Feldwege und durch die Auwälder des Lechfelds wanderte, spürte er Jagdlust in sich aufkeimen. Doch er hatte keine Waffe bei sich; deshalb konnte er lediglich an die vielen Pirschgänge denken, die er in früheren Jahren in dieser Gegend unternommen hatte. Später dann, im Oberschwäbischen, war es ähnlich. Auch wenn es ihm nicht möglich war, ein Stück Wild aufs Korn zu nehmen, fand Hiasl dank der vielfältigen waidmännischen Erinnerungen mehr und mehr in seine ureigene Welt heim. Und als er das Waldstück südlich von Dinkelscherben erreichte, in dessen Tiefe sich die Burgruine verbarg, konnte er den Moment kaum mehr erwarten, da er endlich wieder seinen Stutzen in den Händen halten würde.

Die letzten Meter zum Ruinengelände rannte er fast – aber nachdem er das Gewölbe im Turmstumpf betreten hatte, musste er feststellen, dass der halbdunkle Raum leer war. Die Holzkiste, in der er vor seiner Gefangennahme das Gewehr, den Schießbedarf, den Hirschfänger, den Großteil seines Geldes, seinen Rucksack und einige Kleidungsstücke aufbewahrt hatte, war verschwunden; einzig seine einfache Schlafstätte schien unangetastet.

Wie vom Schlag getroffen stand der Neunundzwanzigjährige da. Er starrte auf den Platz, wo sich die Abdrücke der Kiste noch im Bodenstaub abzeichneten; nach einem heftigen Atemzug stieß er wütend hervor: »Verflucht! Irgendein Drecksack hat mir meine Sachen geraubt!«

Verstört ging er wieder nach draußen und überlegte, was er nun tun sollte. Nach einer Weile entschloss er sich, den Högl-Bauern aufzusuchen, wo er bestimmt etwas zu essen und ein Bett für die Nacht bekommen würde.

Stunden später, schon in der Abenddämmerung, langte er auf dem Ustersbacher Hof an. Die Högl-Familie und die Dienstboten nahmen gerade das Nachtmahl ein, als er in die Küchenstube platzte; bei seinem Anblick sprang der Großbauer überrascht auf und rief ihm freudestrahlend entgegen: »Hiasl, mein Freund! Wo kommst du denn auf einmal her?«

»Das kannst du dir doch denken«, erwiderte der Neunundzwanzigjährige unter schiefem Grinsen. »Oder hast du's nicht gewusst, dass sie mich zu einem dreiviertel Jahr im Zuchthaus von Au verurteilt haben?«

»Freilich haben wir davon gehört«, mischte sich die Bäuerin ein. »Überall hat man ja im vorigen Sommer von deiner Gefangennahme in Münsterhausen und von der Gerichtsverhandlung in Landsberg geredet. Bist schließlich nicht irgendwer. Bist weitum geachtet und beliebt unter uns Landleuten, weil du uns gegen das viele Schadwild geholfen hast.«

»Jawohl, das hab ich«, versetzte Hiasl. »Und zum Dank dafür hat man mir alle meine Sachen aus dem Turmloch gestohlen!«

»Was sagst du da?« Der Högl-Bauer vermochte ein Schmunzeln nicht zu unterdrücken; er wirkte ganz so, als hätte er gerade einen guten Witz vernommen.

»Mir ist überhaupt nicht zum Lachen zumute!«, fuhr der Neunundzwanzigjährige auf ihn los. »Mein Stutzen ist weg! Mein ganzes Geld dazu! Und wenn ich den Lumpen erwische, der mir das angetan hat, dann kracht's gewaltig!«

»Jetzt setz dich erst mal und iss etwas«, kam es von der Bäuerin, die ähnlich wie ihr Gatte vom Missgeschick des abendlichen Besuchers nicht sonderlich betroffen zu sein schien.

»Hungrig bin ich wirklich«, antwortete Hiasl. Gleich darauf langte er kräftig zu; sättigte sich am Rauchfleisch, dem Kraut und den Erdäpfeln und leerte einen großen Krug Bier. Zuletzt lehnte er sich, etwas weniger missmutig als zuvor dreinschauend, auf seinem Stuhl zurück und sagte: »Das hat mir gut getan. Aber dass mir mein Gewehr geraubt worden ist … kreuzkruzifix!«

»Das Schimpfen bringt dir deinen Stutzen gewiss nicht zurück«, äußerte daraufhin der Högl-Bauer mit undurchdringlichem Gesichtsausdruck. »Und ich«, er erhob sich, »muss schnell noch etwas erledigen. Ist mir gerade eingefallen …«

Damit ging er nach draußen, kam aber schon nach kurzer Zeit wieder zurück und stellte einen schweren Gegenstand, der mit einer Wolldecke verhüllt war, zu Füßen seines Gastes nieder.

»Was schleppst du denn da an?«, fragte Hiasl verblüfft.

»Schau halt nach«, entgegnete der Großbauer.

Daraufhin schlug der Neunundzwanzigjährige die Decke beiseite – und erblickte seine vermeintlich gestohlene Holzkiste.

Im selben Moment begannen der Högl-Bauer und die anderen schallend zu lachen; dann erfuhr Hiasl von der Bäuerin: »Mein

Mann hat deine Sachen nach deiner Verhaftung aus dem alten Turm geholt, weil wir dachten, dass sie bei uns sicherer wären als in der Wildnis. Und nun sieh nach, ob noch alles da ist.«

Der Neunundzwanzigjährige öffnete den Kistendeckel, untersuchte das Gewehr, schüttelte freudig den schweren Münzbeutel und erklärte danach zufrieden: »Jawohl, jetzt passt's wieder. Der Stutzen ist da, mein Geld auch. Und schon bald werde ich mir einen schönen Braten schießen, ganz wie früher.«

»Gut so!« Der Großbauer schlug ihm anerkennend auf die Schulter. »Du hast dir deinen Mut bewahrt. Sie haben ihn dir im Zuchthaus nicht brechen können.«

»Eine Zeitlang hat's fast so ausgesehen, als hätten sie es geschafft«, murmelte der Renegat. »Aber nun …« Er hob das Gewehr aus der Kiste, schlug die Waffe an, zielte auf das Kruzifix im Herrgottswinkel der Küchenstube. »Aber nun, wo ich wieder ein freier Mann bin …« Feixend spannte er den Gewehrhahn.

»Halt ein!«, rief die Bäuerin. »Du wirst doch nicht unseren Herrn Jesus von der Wand herunterknallen wollen?!«

»Mein Herr ist der Angenagelte nicht«, schnappte Hiasl. »Genauso wenig wie die Adligen und die Pfaffen.« Er setzte den Hahn in Ruhe, stellte die Büchse ab, deutete auf seinen leeren Bierkrug und forderte eine der Mägde auf: »Füll mir den Krug nach. Damit wir auf mein neues Leben anstoßen können.«

Die Magd stand auf, um dem Wunsch des Wildschützen nachzukommen; der Högl-Bauer fragte Hiasl: »Hast du denn vor, hier in der Gegend zu bleiben? Oder willst du dir ein neues Jagdrevier suchen?«

»Das weiß ich noch nicht«, antwortete der Renegat. »Doch auf jeden Fall würde ich heute gerne bei euch übernachten, weil es mich schwer dürstet und ich deshalb am Ende womöglich den Weg zu meinem Turmversteck nicht mehr finden könnte.«

***

Am nächsten Tag, als er zum Ruinenareal zurückkehrte, schoss Hiasl einen Rehbock und briet sich im Turmgewölbe einen Schlegel des Tieres. Am darauffolgenden Morgen packte er das übrige Wildfleisch in seinen Rucksack und brachte es in die Ustersbacher Taverne. Der Wirt begrüßte ihn nicht weniger freudig als tags zuvor der Högl-Bauer und kaufte ihm das frische Wildbret gerne ab. Nachdem das Geschäft getätigt war, begossen die beiden Männer das Wiedersehen mit Wein, und bald wollte auch der Tavernenwirt wissen, welche Pläne der Renegat für die Zukunft hatte.

Als ihm Hiasl dieselbe Antwort wie dem Großbauern gab, sagte der Wirt: »Wärst du in Münsterhausen nicht allein gewesen, sondern hättest ein paar Gleichgesinnte bei dir gehabt, dann wäre es den Häschern nicht geglückt, dich festzunehmen.«

Der Renegat beugte sich vor. »Du meinst, ich sollte mich mit anderen Wildschützen zusammentun?«

Der Tavernenwirt nickte. »Das wäre mein Rat. Und einen ersten mutigen Jagdkumpan könntest du ganz leicht finden …«

»So?«, kam es von Hiasl. »Was für einen denn?«

»Er heißt Joseph Ortlieb, ist in Buchloe geboren und hat dort das Sattlerhandwerk erlernt«, beschied ihn der Wirt. »Weil ihm aber das Schwarzschießen im Blut liegt, ist er im Buchloer Gäu mehrmals mit den Herrschaftsjägern aneinandergeraten, und vor ungefähr zwei Monaten hat er sogar einen Kemptener Jäger angeschossen. Deshalb musste er seine Heimat verlassen und pirscht jetzt meistens südlich von hier in der Gegend zwischen Fischach und Mickhausen. Doch manchmal, wenn er ein Stück Wild übrig hat, kommt er auch bei mir vorbei, und wenn du möchtest, kann ich dich mit ihm bekannt machen.«

Hiasl nagte unschlüssig an seiner Unterlippe. »Ich weiß nicht … Hab schon einmal zusammen mit anderen gejagt, mit der Bobinger-Bande. Aber es ist nicht gutgegangen …«

Der Tavernenbesitzer zog die Brauen hoch. »Der Xaver Bobinger war ja auch ein Scheißkerl …«

»War?«, unterbrach ihn der Renegat. »Lebt er etwa nicht mehr?«

»Hast wohl in Au nicht mitgekriegt, was ihm im vorigen Herbst passiert ist«, erwiderte der Wirt. »Zuletzt war er im Günzburger Gäu zugange. Dort hat er jedoch kaum noch gewildert, hat sich vielmehr Raubüberfälle und Einbrüche geleistet. Am Ende haben sie ihn dann geschnappt und ihn auf der Fronfeste in Günzburg mit dem Richtschwert einen Kopf kürzer gemacht.«

»Das hätte ich ihm jetzt doch nicht gewünscht …«, murmelte Hiasl beklommen. Wie haltsuchend griff er nach seinem Weinbecher und trank.

Sein Gegenüber tat es ihm gleich; danach blieb es eine Weile still am Tisch, schließlich sagte der Wirt: »Ja, der Bobinger ist tot, da beißt die Maus keinen Faden mehr ab. Und was den Ortlieb angeht, von dem ich dir vorhin erzählt habe, so kannst du es dir ja überlegen …«

»Ich werde darüber nachdenken«, antwortete der Renegat. Anschließend sprachen die beiden noch stundenlang über andere Dinge, wobei sie kräftig weiterpokulierten, und erst am späten Nachmittag machte sich der Wildschütze auf den Rückweg zu seinem Ruinenversteck.

Während der nächsten Tage ging ihm das Angebot des Tavernenbesitzers nicht mehr aus dem Kopf. Mehr noch: Er begann einen Plan zu schmieden, wie er ihm vor seiner Zeit im Zuchthaus nie in den Sinn gekommen wäre – und nach einer Woche suchte er die Ustersbacher Gastwirtschaft erneut auf.

Als er in die Schankstube trat, blickte ihm der Wirt, der allein vor einem Krug Bier saß, forschend ins Gesicht und sagte: »Ich sehe dir an, dass du etwas Wichtiges auf dem Herzen hast.«

»Da liegst du nicht falsch«, bestätigte Hiasl. »Bring mir auch ein Bier, danach reden wir.«

Nachdem der Wildschütze seinen ersten Durst gestillt hatte, eröffnete er dem anderen: »Es geht um den Joseph Ortlieb. Ich möchte ihn kennenlernen.«

Der Tavernenwirt grinste. »Zwei Büchsen treffen mehr als eine, was? Und der Joseph passt zu dir, da bin ich sicher. Er hasst die Obrigkeit genauso wie du, und mit dem Gewehr kann er auch bestens umgehen. Bei den Rehen, die er mir verkauft hat, sind seine Kugeln immer genau ins Blatt gegangen.«

»Das hört sich gut an.« Hiasl verscheuchte eine Fliege von seinem Bierkrug. »Wann kann ich den Ortlieb treffen?«

»In drei Tagen, am Sonntag«, lautete die Antwort. »Da spielen hier Zigeuner zum Tanz auf, und das Vergnügen will sich der Joseph nicht entgehen lassen, wie er mir neulich sagte.«

»Dann werde ich mir die Zigeunermusik wohl ebenfalls anhören müssen«, äußerte der Renegat schmunzelnd. »Und vielleicht kann ich bei dieser Gelegenheit auch wieder mal eine resche Dirn pimpern.«

»Wenn du dich mit dem Joseph zusammentust, werdet ihr beide bald so viel Geld haben, dass euch die Weiber in Scharen nachrennen«, scherzte der Wirt.

»Zuerst will ich wissen, ob ich wirklich mit dem Ortlieb kann«, dämpfte Hiasl den Überschwang des Gastwirts. »Denn wenn ich mich auf die Gemeinschaftsjagd mit anderen Schwarzschützen einlasse, muss es rundum stimmen.«

Der Wirt horchte auf. »Das hört sich ja so an, als ob du eine ganze Wildererbande zusammenbringen wolltest?«

Der Renegat nickte. »Möglicherweise versuche ich es … Jedenfalls habe ich in den letzten Tagen viel darüber nachgedacht. Und bin immer wieder zu dem Ergebnis gekommen, dass es so wahrscheinlich am besten wäre. Weil die Jäger gegen ein halbes oder gar ein volles Dutzend Gewehre so gut wie gar nichts mehr ausrichten könnten.«

»Donnerwetter!«, rief der Tavernenwirt aus. »Das wäre eine Sache! Und die Bauern würden landauf, landab auf Biegen und Brechen hinter dir und deinen Kumpanen stehen. Ihr müsstet ihnen bloß überall die Wildschweine und das übrige Schadwild wegschießen, dann würden sie für euch durchs Feuer gehen.«

»Ja, das wäre wohl so«, stimmte Hiasl zu. Auf einen Zug leerte er seinen Bierkrug. »Und jetzt stell eine Flasche Schnaps auf den Tisch, damit wir was Besseres als den Gerstensaft zu trinken kriegen.«

»Wenn du dich vollsäufst, wirst du aber am Ende deinen Heimweg nicht mehr finden«, warnte der Wirt feixend.

»Macht nichts«, erwiderte der Wilderer. »Weil ich gerade beschlossen habe, hierzubleiben, bis der Ortlieb kommt.«

Drei Tage lang ließ es sich der Renegat in der Ustersbacher Taverne gutgehen; am Sonntag sodann lernte er den aus Buchloe stammenden Wilderer kennen. Der ehemalige Sattlergeselle, ein drahtiger, rotblonder Kerl, war etwa fünfundzwanzig Jahre alt. Mit seinen blitzenden hellblauen Augen und dem buschigen, an den Mundwinkeln lang herabgezogenen Schnauzbart wirkte er verwegen und draufgängerisch. Hiasl verstand sich auf Anhieb bestens mit ihm, und nach dem Tanzfest, während eines Frühschoppens am Montagvormittag, kamen die beiden überein, sich zusammenzutun.

Sie besiegelten ihren Pakt, indem sie kräftig miteinander anstießen; danach verabschiedeten sie sich vom Wirt der Taverne und gingen zu einem Waldstück, wo Joseph Ortlieb am Vortag seine Schusswaffen versteckt hatte: eine schöne Doppelbüchse sowie eine ebenfalls doppelläufige Pistole.

Auf dem Weg zur Burgruine scheuchten sie einen Feldhasen auf, der hakenschlagend floh. Da Hiasl seinen Stutzen nicht bei sich hatte, feuerte Ortlieb und traf das Tier auf sechzig Schritt Entfernung. Anerkennend nickte ihm sein Gefährte zu – und einige Stunden später briet der Hase über der Feuerstelle im Turmgewölbe. Nachdem die beiden Wilderer das Fleisch verzehrt hatten, sagte Ortlieb: »In den nächsten Tagen müssen wir in die Mickhausener Gegend, weil in einer Erdhöhle dort noch ein paar Sachen von mir liegen.«

»Aber bloß deshalb laufen wir nicht meilenweit«, erwiderte Hiasl. »Wir schauen schon auch, dass wir den Zwölfender erwischen, von dem du mir gestern erzählt hast.«

»Klar«, antwortete der Sattler – und noch ehe die Woche herum war, hatten die beiden neuen Freunde den Hirsch erlegt.

***

Im Lauf der folgenden Monate jagte das Wildschützenduo vor allem im nördlichen Oberschwaben, wo einmal mehr eine Schweineplage ausgebrochen war. Im Raum Wertingen und später im Umland von Burgau schossen Hiasl und Joseph fast ein Dutzend Sauenrotten ab und bekamen dafür viel Geld von den Bauern, denen die Tiere die Felder verwüstet hatten.

Mitte August dann, kurz vor Hiasls dreißigstem Geburtstag, stieß ein weiterer Schwarzschütze zu dem Sattlergesellen und dem Renegaten aus Kissing. Es handelte sich um einen Sohn des Sternwirts in Thannhausen; der Achtzehnjährige hatte in den heimatlichen Wäldern gewildert und war deswegen von seinem Vater aus Furcht vor der Obrigkeit des Elternhauses verwiesen worden. Doch der Wirtssohn hatte die Taverne nicht verlassen, ohne sein Gewehr mitzunehmen; mit Hilfe der Büchse hatte er sich geraume Zeit in den Forsten durchgeschlagen, bis er zuletzt bei Scheppach mit den beiden älteren Wildschützen zusammengetroffen war. Nachdem er einen Beweis für seine durchaus beachtliche Schießkunst erbracht hatte, kamen Hiasl und Joseph überein, ihn als Dritten in ihrem Bund aufzunehmen, und von da an hatte der Sternputz, wie er sich nannte, wieder so etwas wie eine Familie.

Als die Herbstnebel über der Erde brüteten, wuchs die Klostermayr-Bande um zwei weitere Mitglieder. Ende Oktober schloss sich ihr ein zwanzigjähriger Schwarzschütze namens Adam Locherer aus Rain am Lech an, und im November bewahrten die vier Gesetzlosen einen gewissen Georg Brandmaier, der aus Steindorf stammte und erst sechzehn Jahre alt war, vor der Festnahme durch Fuggersche Häscher.

Es geschah südlich von Bobingen, nahe des Lechfelds. Hiasl und seine Gefährten vesperten im Sichtschutz eines Holzstoßes am Waldrand; plötzlich knallten in der Ferne, jenseits eines Sturzackers, Schüsse, und gleich darauf tauchte dort drüben ein bewaffneter Bursche auf. Er hetzte durch einen Gestrüppstreifen am Ackerrain und rannte auf das Feld hinaus; kaum war er einen Steinwurf weit gekommen, brachen zwei Jäger durch das Gebüsch und verfolgten ihn über den Acker. Im Laufen zog der eine Häscher eine Pistole und feuerte – im nächsten Moment jedoch warf er sich ebenso wie der andere Jäger zu Boden, denn die Wilderer am Forstsaum hatten eine ganze Salve Warnschüsse auf die Fuggerschen abgegeben.

So entkam der Sechzehnjährige den Häschern und zog sich mit seinen Rettern in die Tiefe des Waldes zurück, wo es eine verlassene Köhlerhütte gab, welche der Klostermayr-Bande zu dieser Zeit als Standquartier diente. Dort erzählte der halbwüchsige Georg Brandmaier seine Geschichte: Weil ihn sein Vater, ein versoffener Tunichtgut, zu den Soldaten hatte schicken wollen, um das Handgeld zu kassieren, war der Bursche von daheim ausgerissen. Nachdem er sich eine Weile als Bettler durchgeschlagen hatte, war es ihm gelungen, in eine Jagdhütte einzubrechen, wo er ein Gewehr und eine warme, ziegelrot eingefärbte Lodenjoppe gestohlen hatte. Von da an hatte er sich monatelang mit Wildraub durchgebracht, aber dann waren ihm die Herrschaftsjäger auf die Schliche gekommen.

Als Georg seine Erzählung beendet hatte, bat er inständig darum, in die Bande aufgenommen zu werden. Hiasl überlegte;

sodann sagte er zu dem mageren, dunkelhaarigen Burschen: »Nach allem, was du durchgemacht hast, mag ich dich nicht abweisen, obwohl du noch arg jung bist. Aber eins musst du mir schwören: Dass du mir, dem Matthäus Klostermayr, gehorsam bist und dich von mir und den anderen anleiten lässt.«

»Der Klostermayr bist du?!«, stieß Georg hervor. »Jetzt bin ich der glücklichste Mensch auf der Welt! Weil ich mir schon immer gewünscht habe, mit dir jagen zu dürfen. Mit dem berühmten Klostermayr!« Er strahlte Hiasl an. »Von Herzen gern will ich dir in allem gehorchen!«

»Dann ist's gut«, schmunzelte der Renegat. Er musterte die ziegelrote Joppe des Halbwüchsigen; gleich darauf schaute er auf Adam Locherer, der eine indigoblaue Hose trug, und mit dem nächsten Lidschlag erklärte er lachend: »Nun haben wir zwei recht farbige Kerle unter uns, einen Roten und einen Blauen« – und dieser Scherz bewirkte, dass die beiden Bandenmitglieder von da an die entsprechenden Spitznamen trugen.

Zu der Zeit, in der Georg Brandmaier Mitglied der Klostermayr-Bande wurde, war der November bereits weit fortgeschritten. Weil wenige Tage später außerdem Schneefall einsetzte, marschierten die fünf Wilderer zur Burgruine, um sich dort für den Winter einzurichten. Das Turmgewölbe, in dem Hiasl bis vor kurzem noch allein gehaust hatte, bot allerdings kaum ausreichend Platz für alle. Deshalb wurde im Lauf des Dezembers ein weiterer Raum im Ruinenturm, der über dem Gewölbe im Fundament lag, wohnlich gemacht. Die Wildschützen dichteten die teilweise offene Geschossdecke mit Holzstangen, Lehm, Tannenflechten und Moos ab und verkleideten die feuchten Mauern mit Brettern, die sie vom Högl-Hof bekamen; zudem erbauten sie auch dort oben eine Feuerstelle.

Zwei Wochen vor dem Jahreswechsel von 1766 auf 1767 waren die Arbeiten erledigt, und die Schwarzschützen konnten sich wieder vermehrt der Jagd widmen. Am Tag der

Wintersonnenwende hatte der sechzehnjährige Georg Brandmaier großes Waidmannsglück. Es gelang ihm, einen Hirsch zu schießen, und so konnten sich die Wilderer, ganz wie es sich gehörte, zum Weihnachtsfest ein üppiges Festmahl gönnen.

In der Silvesternacht feierte die Bande ausgelassen im Ustersbacher Wirtshaus, wo auch diesmal wieder die Zigeuner zum Tanz aufspielten. Irgendwann setzte sich ein Bauernknecht, der Verwandte in der Gegend von Kissing hatte, neben Hiasl und sagte: »Klostermayr, ich muss dir was aus deinem Heimatgäu berichten, das dich bestimmt interessieren wird.«

»Neuigkeiten aus der Heimat höre ich immer gerne«, antwortete der Renegat, und daraufhin erzählte der Knecht: »Der Putzmüller, der sein Anwesen eine Wegstunde westlich von Mering am Lech hat, meint es dir nicht gut. Er schreit überall herum, dass du ein Verbrecher wärst, und dass er, der Müller, alles daransetzen würde, um dich zu fangen. Er macht aber nicht bloß leere Worte, sondern hat sich schon vor einiger Zeit einen riesigen Fanghund gekauft und ihn auf den Mann dressiert. Dieses bösartige Vieh will er auf dich hetzen, sobald du ihm einmal über den Weg läufst, und wenn dich der Hund dann niedergerissen hat, möchte er dich fesseln und der Obrigkeit übergeben, weil er sich einbildet, für deine Festnahme eine hohe Belohnung zu bekommen.«

»An die Häscher will er mich also verkaufen, der Drecksack!«, stieß Hiasl mit wütend blitzenden Augen hervor. »Doch es könnte leicht sein, dass der Schuss für ihn nach hinten losgeht!«

»Wäre ich du, so würde ich ihm einen Besuch abstatten, den er so schnell nicht wieder vergisst«, versetzte der Bauernknecht.

Der Renegat trank einen Schluck Bier, überlegte eine Weile und entgegnete: »Ich werde dem Putzmüller das Schandmaul stopfen, darauf kannst du dich verlassen. Aber jetzt, im Winter, habe ich keine Lust, die vielen Meilen bis zum Lech zu laufen, und meinen Kameraden möchte ich es auch nicht zumuten.

Doch im Frühling, wenn der Schnee weggetaut ist, soll der Müller sein blaues Wunder erleben!«

***

Schwerer Schneefall und eisiger Frost hielten bis weit ins neue Jahr hinein an, so dass die Klostermayr-Bande die meiste Zeit über an ihr Ruinenversteck gefesselt blieb. Immerhin brauchten die Wilderer dank ihrer Schießkunst keinen Mangel an Nahrung zu leiden, und im Februar, als die Kälte allzu bitter wurde, konnten sie für eine Woche auf dem Högl-Hof unterkriechen.

In der Märzmitte sodann kamen sie einer Bitte der Bauernschaft des zwischen Dinkelscherben und Mindelheim gelegenen Dorfes Aichen nach und schossen in der Nähe dieser Ortschaft vierzehn Schwarzkittel ab. Da ihnen aber nach der Treibjagd die Herrschaftsjäger auf die Spur kamen, mussten sich Hiasl und seine Gefährten bis zum Monatsende noch einmal in die Turmruine zurückziehen, weshalb es dem Renegaten erst im April möglich wurde, den Vorsatz, den er in der Ustersbacher Taverne gefasst hatte, in die Tat umzusetzen.

Zusammen mit seinen Gefährten marschierte Hiasl nach Osten; nördlich von Merching liehen sich die Wildschützen einen Kahn aus, überquerten den Lech und langten eine Stunde später bei der Putzmühle an. Da es gerade Mittag war, hielt sich niemand von den Müllersleuten im Freien auf. Aus einem Schuppen allerdings erklang, als sich die Bande dem Wohnhaus näherte, grimmiges Bellen und Knurren, was Hiasl zu der launigen Bemerkung veranlasste: »Das Hundsvieh ist auf jeden Fall daheim, und ich hoffe, dasselbe gilt für den Müller.«

»In dessen Haut möchte ich jetzt nicht stecken«, grinste Adam Locherer; gleich darauf drangen die Wilderer in das Haus ein.

Der Putzmüller, sein Weib, zwei Kinder, eine Magd und ein schon älterer Knecht saßen in der Küchenstube beim Essen.

Sie hatten das Hundegebell zwar gehört, hatten ihm aber keine Bedeutung beigemessen – und nun starrten sie umso erschrockener auf die Bewaffneten, die in den Raum stürmten.

Locherer, Ortlieb und der halbwüchsige Georg Brandmaier stellten sich mit vorgehaltenen Gewehren vor den Fenstern der Stube auf; der Sternputz blockierte die Tür. Dann trat Hiasl, den Stutzen im Arm, vor den etwa vierzigjährigen Müller hin und herrschte ihn an: »Weißt du, wer ich bin, du Großmaul?!«

Schwitzend vor Angst schüttelte der andere den Kopf und presste hervor: »Ich hab … keine Ahnung.«

»Wirklich nicht?!«, insistierte der Renegat. »Hast mich doch früher gewiss öfter gesehen, als ich noch im Kissinger Hirtenhaus daheim war.«

Notgedrungen entschloss sich der Putzmüller, die Wahrheit zu sagen. »Ja … jetzt erkenne ich … dich wieder«, stotterte er. »Bist der … Matthäus Klostermayr.«

»Da schau her, es geht doch«, spottete Hiasl; unmittelbar darauf jammerte die Müllersfrau: »Tu uns nichts an, Klostermayr! Mein Mann hat's gar nicht so gemeint! Hat dir nie etwas Böses gewollt! Ich schwör's!«

»Dann hast du also niemals vorgehabt, deinen Fanghund auf mich zu hetzen und mich den Bütteln auszuliefern?!«, fuhr Hiasl den Putzmüller an.

»Nein!«, beteuerte der Hausherr. »Ganz bestimmt nicht!«

Plötzlich schmunzelte der Renegat. »Ich will es dir glauben. Offenbar ist mir da was Falsches zugetragen worden. Und das hat mich so zornig gemacht, dass ich dir eine Kugel in den Kopf schießen wollte.« Er hob den Stutzenlauf etwas an; nachdem der Müller jäh zurückgewichen war, winkte er den jungen Brandmaier heran, übergab ihm die Waffe und fuhr, wieder an den Hausherrn gewandt, fort: »Aber nun, wo sich deine Unschuld herausgestellt hat, können wir Freunde sein, oder?«

»Freunde … selbstverständlich«, stammelte der Putzmüller.

»Schön.« Hiasl lächelte ausnehmend freundlich. »Und weil wir jetzt gute Freunde sind, wirst du sicher nichts dagegen haben, mir deinen Hund zu zeigen.«

»Warum denn?«, fragte der Müller mit belegter Stimme.

»Warum?«, wiederholte der Renegat. »Weil ich gehört habe, dass das Vieh so richtig bösartig ist – ebenso wie ich, falls mich die Wut packt. Und daher würde ich auch mit deinem Fanghund gerne Freundschaft schließen.«

»Lass es sein!« Der Hausherr blickte den Wilderer beinahe flehend an. »Wenn du ihm zu nahe kommst, zerreißt er dich!«

»Mach dir deshalb keine Sorgen«, entgegnete Hiasl. »Und nun hol das Vieh her!« Scharf fixierte er den anderen und berührte dabei den Griff seines Hirschfängers. »Oder soll ich dir und den Deinen die Kehlen durchschneiden?!«

Die Müllersfrau kreischte entsetzt auf; die Magd begann wimmernd zu beten – im nächsten Moment eilte der Putzmüller aus der Küchenstube und kehrte nach einer Weile mit dem Fanghund, den er an einer Rinderkette führte, zurück.

Der Hund hatte fast Kalbsgröße; sein struppiges braunes Fell war von schwarzen Streifen durchzogen, sein Gebiss wirkte furchteinflößend. Beim Anblick der Fremden begann er grollend zu knurren und zerrte wild an der Kette. Nur mit Mühe konnte der Müller den riesigen Rüden bändigen; als er es geschafft hatte, sagte er zum Anführer der Wildschützen: »Jetzt hast du meinen Tyras gesehen und bist hoffentlich zufrieden.«

»Keineswegs«, antwortete Hiasl. »Das Anschauen allein genügt mir nicht. Ich möchte schon auch ein Tänzchen mit deinem Riesenvieh wagen. Also hetz den Tyras auf mich. Los, trau dich!«

»Nein!«, stieß der Putzmüller hervor. »Ich bin doch kein Mörder, Klostermayr!«

Hiasl schaute zu Joseph Ortlieb hinüber. »Ich zähle bis drei. Und wenn der Hund bis dahin nicht von der Kette ist, erschießt du den Müller!«

»Wird gemacht«, feixte der Sattler, schlug seine Doppelbüchse an und nahm den Hausherrn aufs Korn.

Der Putzmüller wurde totenbleich; Hiasl reizte den Fanghund durch eine aggressive Bewegung – und als das Tier daraufhin wie rasend zu toben begann, gab der Müller den Hund frei.

Vor Wut geifernd sprang das riesige Tier den Anführer der Wildschützen an; versuchte, seine Zähne in dessen Kehle zu schlagen. Mit knapper Not konnte Hiasl den Angriff des Fanghundes abwehren; er wurde dabei aber gegen die Zimmerwand gedrängt – und dort begann nun ein wüster Kampf zwischen Mensch und Tier.

Zunächst noch stehend, dann auf dem Fußboden liegend verteidigte sich der Wilderer gegen den nach seinem Blut lechzenden Hund. Mehrmals sah es so aus, als würde das Riesenvieh die Oberhand gewinnen – zuletzt jedoch glückte es Hiasl, den Arm um den Nacken des Fanghundes zu schlingen und dem Tier dadurch die Luft abzuwürgen.

Der Hund gab den Kampf auf und begann mit dem wenigen Atem, der ihm noch verblieben war, in panischer Angst zu winseln. Daraufhin packte ihn der Sieger im Genick, beutelte ihn kräftig, ließ ihn wieder los und erhob sich. Der Fanghund blieb zitternd auf dem Boden liegen; nach einigen heftigen Atemzügen kam er halb auf die Vorderläufe hoch, kroch zu Hiasl und leckte ihm unterwürfig den Stiefel.

»Brav so, Tyras!«, lobte ihn der Wildschütze; dann, während der Hund langsam aufstand und sich an ihn schmiegte, wandte sich Hiasl an den Putzmüller: »Jetzt ist die Sache ein wenig anders ausgegangen, als du gedacht hast, nicht?«

Der Müller wusste nichts zu erwidern, worauf der Wilderer fortfuhr: »Der Tyras hat mich keineswegs zerfleischt, wie du gehofft hast. Vielmehr hat er gerade begriffen, dass er ab sofort einen neuen Herrn hat – und deshalb wirst du wohl einverstanden sein, wenn ich ihn mitnehme, oder?«

»Das kannst du nicht machen …«, jammerte der Putzmüller.

»Und ob ich es kann«, entgegnete Hiasl grinsend. »Der Hund gehört nun mir. Und das ist deine Strafe dafür, dass du vorgehabt hast, mich den Bütteln auszuliefern.«

Damit drehte sich der Renegat auf dem Absatz um und ging, wobei Tyras an seiner Seite blieb, zur Tür. Hinter Hiasl und dem gezähmten Fanghund verließen auch die übrigen Wildschützen das Haus. Draußen brachen sie in Hochrufe auf ihren Anführer aus; sodann machten sie sich lachend und ausgelassen untereinander scherzend auf den Rückweg zu dem Platz am Lechufer, wo der Fischerkahn lag.

***

Während der nächsten Wochen verbrachte Hiasl viel Zeit mit Tyras und richtete ihn für die Jagd ab. Als sich der Frühling allmählich in den Sommer drehte, war der Hund zu einem ausgezeichneten Helfer der Wildschützenbande geworden, und von da an pirschte der Renegat nie wieder ohne seinen riesenhaften tierischen Begleiter.

# Der Waisenjunge

## LECHFELD/OBERSCHWABEN/KISSING
## SPÄTSOMMER 1767 BIS JANUAR 1769

Einige Monate nach ihrem Besuch beim Putzmüller, in den letzten Augusttagen, jagte die Klostermayr-Bande auf dem Lechfeld. Nachdem Hiasl und seine Gefährten ein halbes Dutzend Rehe geschossen hatten, marschierten sie nach Schwabmünchen, wo sie seit einiger Zeit einen Wildbrethehler kannten. Ihm verkauften sie das Rehfleisch; danach wanderten sie nach Großaitingen, um es sich in einer Winkelwirtschaft am Dorfrand gutgehen zu lassen.

Die Schwarzschützen zechten beinahe die ganze Nacht hindurch; erst im Morgengrauen krochen sie in der Scheune des Wirtshauses ins Heu und schliefen tief in den nächsten Tag hinein. Dann, nachdem sie kräftig gefrühstückt hatten, beschlossen sie, gleich noch einmal auf die Rotwildpirsch zu gehen; diesmal aber weiter nördlich als zuvor. Also zogen sie in Richtung Ottmarshausen davon – und im Auwald zwischen dieser Ortschaft und Großaitingen erblickten sie in einiger Entfernung einen schmächtigen Jungen, der mit dem Rücken zu ihnen an einem Feuer saß und offenbar ein Stück Fleisch briet.

»Still!«, raunte Hiasl seinem Fanghund zu; sodann schlichen sich die Wildschützen an den Burschen heran. Er gewahrte sie erst, als sie schon fast bei ihm waren; erschrocken sprang er auf und floh – doch der Sternputz rannte ihm nach, packte ihn am zerschlissenen Joppenkragen und brachte ihn, obwohl er sich kräftig wehrte, zur Feuerstelle zurück.

Dort gab der etwa vierzehnjährige Junge seinen Widerstand auf. Es schien, als hätten ihn die Kräfte verlassen; verängstigt starrte er die Wilderer und den riesigen Hund an, dann stieß er hervor: »Bitte! Tut mir nichts!«

»Keine Angst«, kam es von Adam Locherer. »Wir fressen keine Kinder.« Er deutete auf Tyras. »Noch nicht einmal der da.«

Daraufhin entspannte sich der Bursche etwas. Der Sternputz gab ihn frei; zugleich fragte Hiasl den Jungen: »Wie heißt du denn? Und wo bist du daheim?«

»Andreas … Andreas Mayr«, antwortete der Bursche. »Und daheim bin ich nirgends.«

Mitleidig legte Joseph Ortlieb ihm die Hand auf die Schulter. »Hast du denn keine Eltern? Keine sonstigen Angehörigen?«

Der Junge senkte den Kopf. »Nein … Meine Eltern sind im Winter am Lungenfieber gestorben. Erst die Mutter, eine Woche später auch der Vater … Und meine Verwandten sind blutarm, von denen konnte mich keiner aufnehmen … Daher wollte mich der Pfarrer in ein Kloster bringen, dort hätte ich für die Mönche arbeiten sollen. Aber weil mir einer aus unserem Dorf erzählt hat, dass er als Bub bei den Kuttenbrunzern dienen musste und ihn einer von denen in der Nacht immer gezwungen hat, ihn zu wichsen, hat's mir vor den Geschorenen gegraust. Deshalb bin ich ausgerissen …«

Für eine Weile herrschte Stille; schließlich wollte Georg Brandmaier wissen: »Und wo kommst du her? Wo sind deine Leute begraben?«

»In Baiersberg bei Mering«, erwiderte Andreas.

Hiasl trat einen Schritt näher an ihn heran. »Aus Baiersberg stammst du! Ich selber bin in der gleichen Gegend geboren. In Kissing. Und aus diesem Grund werde ich mich deiner wohl annehmen müssen. Es sei denn, du willst nichts mit dem Klostermayr und seiner Bande zu tun haben …«

Die Augen des Burschen leuchteten auf. »Du bist der berühmte Schwarzschütze! Eigentlich hätte ich es mir gleich denken können … Ja, ich möchte bei dir bleiben. Was Besseres könnte mir gar nicht passieren. Und ich hab ja auch schon gewildert. Wie hätte ich mich sonst seit meiner Flucht aus

Baiersberg durchbringen sollen? Den Hasen da überm Feuer hab ich …«

»Mit der Schlinge gefangen«, unterbrach Hiasl schmunzelnd den Redefluss des Jungen. »Und nun solltest du ihn besser von der Glut heben, sonst verkohlt er dir noch.«

Andreas beeilte sich, diesem guten Rat nachzukommen. Wenig später saß er inmitten der Bande und teilte das Wildfleisch mit den anderen. Nachdem die Bratenstücke verzehrt waren, wandte sich Hiasl an seine Gefährten: »Ich hoffe, es hat keiner von euch etwas dagegen, dass wir den mutigen Burschen da in unsere Gemeinschaft aufnehmen?«

Alle sprachen sich im Sinne ihres Anführers aus; dieser nickte zufrieden und sagte zu Andreas: »Du hast es gehört. Jetzt bist du einer von uns, hast wieder eine Familie. Aber damit du ein echter Wildschütze werden kannst, brauchst du ein Gewehr.«

»Dafür würde ich meinen linken Arm geben!«, stieß der Junge hervor.

Hiasl lachte. »Den behältst du lieber. Brauchst ihn schließlich, weil du sonst nicht ordentlich schießen kannst.« Er blickte Adam Locherer an. »Du hast dich doch neulich darüber beklagt, dass du schon lange keine Stadtluft mehr geschnuppert hast. Und nach Augsburg hättest du es von hier aus nicht weit …«

»Du meinst, ich könnte einen Ausflug dorthin machen, um unserem Buben eine Büchse zu besorgen?« Locherer überlegte kurz. »Warum eigentlich nicht. Wenn ich gleich losgehe, bin ich bis zum Abend in der Stadt und kann mich in einer Taverne verlustieren. Morgen kaufe ich ein Gewehr, das für Andreas passt, und danach komme ich zurück.«

»Am besten treffen wir uns dann beim Winkelwirt in Großaitingen«, schlug der Sternputz vor.

»So machen wir's«, stimmte Hiasl zu. »Und nun lasst uns eine kleine Sammlung unter uns veranstalten, damit Adam die Büchse nicht allein bezahlen muss.«

Wenig später brach Locherer nach Norden auf; die übrigen Wildschützen machten sich nach Süden auf den Weg – und am nächsten Tag bekam der vierzehnjährige Andreas Mayr seine Waffe: einen schönen, nagelneuen Stutzen, den er im Hof hinter dem Großaitinger Wirtshaus sofort ausprobierte.

Während der folgenden Wochen sodann entwickelte sich der Bub, wie ihn die Bandenmitglieder bald nannten, zu einem guten Schützen. Schon in der Septembermitte erlegte er etliche Feldhasen; im Oktober schoss er sein erstes Reh, und im Spätherbst, als die Schwarzschützenbande im Raum zwischen Dillingen und Gersthofen Treibjagden auf Wildschweinrotten durchführte und dafür von den Bauern großzügig entlohnt wurde, stand Andreas ganz wie die Älteren seinen Mann.

***

Den Winter verbrachte die nunmehr sechsköpfige Wildererbande teils im Ruinenversteck; teils, wenn das Wetter allzu kalt wurde, in diversen Gasthäusern im südlichen Oberschwaben. Wenn sich Hiasl und seine Gefährten in einer solchen Taverne aufhielten, durften sie sich sicher fühlen. Denn der Landbevölkerung lag es fern, die Wildschützen an die Obrigkeit zu verraten, und die Herrschaftsjäger, von denen es in den jeweiligen Revieren nur wenige gab, wagten sich, falls sie doch einmal Wind von ihr bekamen, nicht an die Klostermayr-Bande heran.

Im März 1768 allerdings, als sich der mittlerweile einunddreißigjährige Hiasl und seine Kumpane auf einem Jagdzug im Norden des Schwäbischen Oberlandes befanden, geriet die Bande unversehens in die Bredouille. Bei Balzhausen, westlich von Krumbach, wurden die sechs Schwarzschützen von ebenso vielen Fuggerschen Jägern gestellt. Die Herrschaftsjäger lauerten auf den Randhöhen eines Hohlweges, welchen die Wilderer ahnungslos passierten – plötzlich schallte es von droben herab: »Ergebt euch! Ihr seid umzingelt, habt keine Chance!«

Blitzschnell gingen die Wildschützen in Deckung; Hiasl, neben seinem Fanghund liegend, brüllte: »Das wollen wir erst mal sehen, ob ihr uns erwischt!«

Kaum aber hatte er den Satz gerufen, krachte eine Gewehrsalve. Georg Brandmaier wurde von einer Kugel getroffen und stieß einen Schmerzensschrei aus; die übrigen Bandenmitglieder schossen zurück; gleich darauf befahl Hiasl: »Weg hier!«

So schnell sie konnten, flohen die Wilderer in die Richtung, aus der sie gekommen waren. Der Sternputz und Locherer zerrten den Verwundeten mit sich, die anderen luden im Rennen ihre Waffen nach. Auch die Jäger machten ihre Büchsen wieder feuerbereit; dann knallten auf beiden Seiten erneut mehrere Schüsse, und eine der Wildschützenkugeln fuhr in den Oberarm eines Fuggerschen, der sich beim Zielen zu weit aus der Deckung eines Baumstammes hervorgewagt hatte.

Im nächsten Moment war die Klostermayr-Bande hinter einer Krümmung des Hohlweges verschwunden und flüchtete von dort aus weiter in den dichten Wald. Erst tief im Forst machten die Wilderer Halt; ihr Anführer beruhigte den grollend knurrenden Tyras, danach fragte er Georg, der auf den Boden gesunken war: »Wie weit fehlt's dir denn?«

»Hätte schlimmer kommen können«, antwortete Brandmaier und deutete auf seine breite, metallene Gürtelschnalle. »Das Blei ist genau hier aufgeschlagen und hat mir die Luft geraubt. Aber sonst ist mir nichts passiert.«

»Dann hattest du mehr Glück als der Jäger, der sich eine von unseren Kugeln eingefangen hat«, versetzte Hiasl grinsend. »Doch nun lasst uns weitergehen. Wenn wir uns beeilen, können wir bis zum Abend das Turmversteck erreichen. Und dort wollen wir ein paar Schnäpse darauf trinken, dass unser Abenteuer so glimpflich abgegangen ist.«

Während der folgenden Woche hielten sich die Schwarzschützen verborgen; anschließend wanderten sie nach Südwesten und jagten einige Zeit in den Flussauen der Roth zwischen Illertissen und Weißenhorn. Ende April sodann stieß ein weiterer Gesetzloser zu ihnen: ein knapp vierzigjähriger, vollbärtiger Allgäuer, der Urban Lechenhör hieß und bislang allein in den Voralpen gepirscht hatte. Zuletzt aber war ihm der Boden dort zu heiß geworden, weshalb er sich auf die Suche nach der Klostermayr-Bande gemacht hatte, von der inzwischen auch im Gebirge viel und keineswegs Schlechtes geredet wurde.

Mit dem Allgäuer war die Bande auf sieben Köpfe angewachsen, und im Lauf des Sommers schlossen sich ihr noch drei Wilderer an. Zunächst kam ein gewisser Joseph Porth aus Amberg in der Oberpfalz hinzu; er war bereits in den Fünfzigern, jedoch noch ausgesprochen rüstig. Für die Jagd benutzte er ein altertümliches Gewehr, das mindestens ebenso viele Jahre auf dem Buckel hatte wie er selbst; ungeachtet dessen fehlte er mit dieser vorsintflutlichen Büchse höchstens dann, wenn er einen Schluck Zielwasser aus seiner Taschenflasche zu viel intus hatte, was gelegentlich geschah.

Kurz nachdem der Amberger-Sepp, wie er bald genannt wurde, Bandenmitglied geworden war, bat ein noch junger Tiroler, der seinen Namen nicht verraten wollte, um Aufnahme in die Klostermayr-Bande. Sie wurde ihm, nachdem er einige Probeschüsse aus seiner schweren Doppelbüchse abgegeben hatte, gerne gewährt. In seiner Freude darüber verriet er sodann immerhin, dass er, bevor er nach Oberschwaben gekommen war, nicht nur in den Tiroler Bergen, sondern auch in der Schweiz gepirscht hatte. Bei den Helvetiern, so erzählte er außerdem, sei er aber in eine sehr heftige Auseinandersetzung mit der Obrigkeit verwickelt worden, weshalb er anonym bleiben wolle.

Als der Tiroler zur Bande stieß, hielt sich diese im Schongauer Raum auf. Ein paar Wochen später, während Hiasl und seine nunmehr acht Gefährten zwischen Landsberg und dem Ammersee jagten, trafen sie auf einen Mann, der ebenso wie zuvor der Allgäuer, der Amberger und der Renegat aus Tirol auf der Suche nach dem berühmten Klostermayr war.

Es handelte sich um einen blonden, knebelbärtigen Mittdreißiger, der eine gelbe Joppe, blau und beige karierte Hosen, schwarze Stiefel und ein purpurrotes Kopftuch trug; um den Leib hatte er eine ebenfalls rote Schärpe geschlungen, hinter der zwei Pistolen und ein langes Messer steckten. Zudem trug er eine gute Büchse auf der Schulter, und als ihn Hiasl nach seiner Herkunft fragte, erwiderte er: »Ich bin ein Bayer wie du und arbeitete in München als Bäcker. Aber dann wurde es mir zu eng daheim, daher wanderte ich zur Hafenstadt Genua. Dort heuerte ich auf einem Schiff an und kam bis zur Stadt Lissabon, welche in einem fernen Land mit Namen Portugal liegt.«

»Aber da hat es dich offenbar auch nicht auf Dauer gehalten«, stellte Joseph Ortlieb fest.

Der Buntgekleidete strich sich über den Bart. »Nein. Das Südland ist zwar schön, und die Weiber sind willig, wenn nicht gerade ein Pfaffe in der Nähe ist. Doch irgendetwas fehlte mir trotzdem in Lissabon. Deshalb bin ich wieder heimgekommen, habe dann in Augsburg von euch gehört und habe mir gesagt: Wenn mich die Klostermayr-Bande aufnähme, gäbe es für mich auch in den bayerischen und schwäbischen Landen schöne Abenteuer zu erleben.«

»Wir könnten dich schon brauchen«, erklärte Hiasl. »Bloß – wie heißt du denn eigentlich, du Weltenbummler?«

»Hans Huber, wie tausend andere auch«, lautete die etwas verlegene Antwort.

»Das passt nicht so ganz zu einem Kerl wie dir«, versetzte der Sternputz schmunzelnd.

»Richtig«, stimmte Hiasl zu. »Und daher bist du für uns der Lissaboner-Bäck, wenn's dir recht ist.«

»Hört sich eindeutig besser an«, entgegnete der Knebelbärtige – und im Verlauf der nächsten Wochen wuchs er schnell in die Wildschützengemeinschaft hinein. Denn er konnte ausgezeichnet mit der Büchse umgehen, die er aus Portugal mitgebracht hatte; außerdem schätzten seine neuen Kameraden das spannende Seemannsgarn, das er am abendlichen Lagerfeuer oder in den Tavernen zu spinnen pflegte.

***

Der Lissaboner-Bäck war im August zur Klostermayr-Bande gestoßen; Anfang September dann, als er sein zweiunddreißigstes Lebensjahr vollendete, bekam Hiasl plötzlich starke Sehnsucht nach seinem Heimatdorf Kissing. Mehrere Nächte hintereinander hatte er von seiner früheren Geliebten Monika und seinem Sohn Korbinian geträumt; einmal auch vom Vater und Regina, und am Morgen nach seinem Geburtstag beschied er die Gefährten: »Wir gehen nach Norden. Ich muss endlich wieder einmal das Dorf sehen, wo ich aufgewachsen bin.«

Bei Sonnenuntergang des gleichen Tages langten die zehn Wilderer in Kissing an. Das Hirtenhaus stand unverändert da; als die Bande sich näherte, kamen Michael Klostermayr und seine Tochter ins Freie. Gleich darauf umarmte Hiasl seine nach wie vor unverheiratete Schwester und zog den noch deutlicher als früher gebeugten Vater an seine Brust. Dann machte er seine Angehörigen mit den einzelnen Bandenmitgliedern sowie mit Tyras bekannt und fragte zuletzt Regina: »Was gibt's Neues von meinem Sprössling?«

»Der ist kürzlich sieben Jahre alt geworden«, antwortete die Schwester. »Geht jetzt schon zur Schule … Aber viel mehr weiß ich nicht, weil der alte Baumüller uns noch immer nicht an ihn heranlässt.«

»Er ist und bleibt ein Drecksack!« Mit verkniffenen Lippen starrte der Anführer der Schwarzschützenbande in die Richtung, wo der Großbauernhof lag. »Doch es könnte durchaus sein, dass der herausgefressene Baumüller ...« Er vollendete den Satz nicht; wandte sich dem Vater zu. »Ich und meine Leute bleiben eine Weile hier. Und nun lass uns ins Haus gehen. Wir haben unterwegs vier Feldhasen geschossen, die geben ein gutes Nachtmahl für uns alle.«

Zwei Stunden später waren die Hasen gebraten. Nachdem man gegessen hatte, schlugen die Wilderer im Mondlicht ihr Nachtlager auf der Hauswiese auf; Hiasl hingegen legte sich in seiner einstigen Kammer zu Bett. Aber er fand lange keinen Schlaf; wie zwanghaft dachte er an Monika und seinen Sohn, und erst um Mitternacht überwältigte ihn die Müdigkeit. Am nächsten Morgen sodann, als er mit seinen Angehörigen beim Frühstück saß, eröffnete er ihnen: »Heute soll der Baumüller eine Lektion erhalten, die er nicht wieder vergessen wird!«

Eine halbe Stunde später brach die ganze Klostermayr-Bande samt dem grauhaarigen Gemeindehirten und dessen Tochter zum Großbauernhof auf. Mit ihren Gewehren auf den Schultern marschierten die Schwarzschützen durch Kissing; Hiasl, an dessen Seite der riesige Hund lief, hielt die Spitze. Beim Anblick der bewaffneten Schar rannten die Dörfler zusammen; viele riefen dem jungen Klostermayr Grußworte zu, und einige ließen ihn und seine Gefährten sogar hochleben.

Am nördlichen Ortsrand bog die Kolonne auf den Feldweg ein, der zum etwas abseits gelegenen Baumüller-Anwesen führte. Kurz bevor die Wilderer dort ankamen, schlossen zwei Knechte hastig das Hoftor. Wenig später jedoch sprengten mehrere Schwarzschützen die Torflügel mit Hilfe ihrer Büchsenkolben wieder auf, und danach drangen die Bewaffneten, gefolgt von Michael Klostermayr, Regina und Dutzenden von Dorfleuten, im Laufschritt über den wie ausgestorben daliegenden Hofplatz zum Wohnhaus des Anwesens vor.

Auch dessen Tür war von innen verriegelt – aber als Hiasl einen Schuss in die Luft abgab und nach dem Bauern rief, öffnete sich ein Fenster im ersten Stock des Gebäudes, und Joseph Baumüller brüllte in den Hof hinunter: »Verschwindet, ihr Verbrecher! Ich mag nichts mit euch zu schaffen haben!«

»Das kann schon sein, doch ich bestehe darauf, mit dir zu reden!«, gab der Anführer der Wildschützenbande zurück. »Und damit wir dabei nicht so plärren müssen, kommst du jetzt auf der Stelle her, Baumüller!«

»Den Teufel werde ich tun!«, scholl es von oben herab.

»Wenn du nicht parierst, brechen meine Leute die Haustür auf und holen dich mit Gewalt heraus!«, drohte Hiasl.

Daraufhin stieß der Großbauer einen Fluch aus; kurz danach aber kam er mit hochrotem Kopf auf den Hofplatz und fuhr den Vater seines Enkels an: »Was willst du von mir, Klostermayr?!«

Hiasl drückte ihm die Mündung seines Stutzens unters Kinn. »Das sollst du sofort erfahren. Erstens leistest du mir Abbitte dafür, dass du damals zusammen mit dem Friedberger Pfleger die Soldatenwerber auf mich gehetzt hast. Zweitens sorgst du dafür, dass ich endlich einmal meinen Sohn sehen und mit ihm reden kann. Und drittens schwörst du mir bei deinem Seelenheil, dass der Bub künftig jeden Samstag seinen Großvater und seine Tante im Hirtenhaus besuchen darf.«

Für einen Moment schien es, als wollte der Bauer, des Gewehrlaufes nicht achtend, mit geballten Fäusten auf den Renegaten losgehen. Doch gleich darauf, weil Tyras zu knurren begann, besann sich Joseph Baumüller und sagte stockend und mit gepresster Stimme: »Es soll so geschehen … mit dem Korbinian … wie du es verlangst … Ich verspreche es dir … auf meine Ehre und Seligkeit. Und wegen der Husaren … bitte ich dich um Verzeihung.«

»Gut«, versetzte Hiasl und senkte die Büchse. »Alle hier haben gehört, was du mir geschworen hast. Und falls du deinen Eid brichst«, der Stutzenlauf ruckte noch einmal hoch, »wirst du sehr teuer dafür bezahlen! Dann kommen ich und meine Freunde nämlich irgendwann in der Nacht und brennen dir deinen Hof bis auf die Grundmauern nieder!«

Der Bauer erbleichte; vergeblich rang er nach Worten – ehe er einen Ton herausbrachte, vernahm er erneut die Stimme des Renegaten: »Und nun lass meinen Buben herkommen!«

Mit unsicheren Schritten ging Joseph Baumüller ins Haus zurück; wenig später erschienen Monika und der siebenjährige Korbinian unter der Tür. Hiasl hängte sich die Waffe über die Schulter und kniete, nachdem er einen langen Blick auf die Braunhaarige geworfen hatte, vor dem Jungen nieder. Eine Weile schaute er seinen Sohn, dessen Augen dieselbe grüngraue Farbe wie seine hatten, stumm an; dann sagte er leise zu ihm: »Ich bin dein Papa, Korbinian.«

»Die Mama hat schon manchmal mit mir über dich geredet«, antwortete der Bub.

»Und was hat sie dir erzählt?«, fragte der Renegat.

»Dass du ein Wilderer bist …« Korbinian streckte die Hand aus und berührte den Stutzenkolben. »Und du wohnst im Wald. Nicht in einem Haus, wie andere Leute.«

»So ist es.« Hiasl zog seinen Sohn an sich und verwuschelte ihm das lockige Haar. »Ich bin in den Wäldern daheim, deshalb hast du mich bis jetzt nicht kennengelernt. Aber nun weißt du, wie dein Papa aussieht.«

»Und die vielen Männer mit den Gewehren? Sind das auch Wilderer?«, erkundigte sich der Bub.

»Ja, die gehören zu mir«, erwiderte der Renegat. »Das sind meine Freunde. Genau wie der große Hund. Tyras heißt er. Möchtest du ihn gerne streicheln?«

Der Siebenjährige zögerte. »Vielleicht beißt er mich …«

»Bestimmt nicht.« Hiasl raunte dem Rüden etwas zu. »Trau dich nur, Korbinian.«

Nachdem er Mut gesammelt hatte, überwand sich der Junge. Er kraulte das Nackenfell des Hundes und tätschelte ihm den Hals – bis sich Monika einmischte: »Hör jetzt auf damit, Korbi. Der Tyras ist kein Spielhund. Lass ihn wieder in Ruhe.«

Der Bub gehorchte, er trat einen Schritt zurück und schmiegte sich an seine Mutter. Gleichzeitig erhob sich der Renegat und sagte zu der Braunhaarigen: »Das wäre nicht nötig gewesen … Monika.«

»Ich trage die Verantwortung für meinen Sohn«, entgegnete die Großbauerntochter.

»Für unseren Buben, Monika …« Ein beinahe bittender Unterton schwang in Hiasls Stimme mit.

»Das ist uns nicht vergönnt gewesen«, flüsterte die Braunhaarige. »Und wird uns nie vergönnt sein …« Ihre Augen wurden feucht. »Geh jetzt wieder, bitte! Und in Zukunft bringe ich … unseren Sohn jeden Samstag zu deinem Vater und Regina. Darauf kannst du dich verlassen.«

»Danke!« Für einen Moment sah es so aus, als wollte der Renegat die junge Mutter umarmen; dann jedoch ließ er sich noch einmal auf die Knie nieder, küsste Korbinian auf die Stirn, sprang auf und rief seinen Leuten zu: »Abmarsch!«

***

Nachdem sie zwei weitere Tage auf dem Hirtenanwesen verbracht hatten, machten sich die Schwarzschützen auf den Weg nach Oberschwaben. Den ganzen Herbst hindurch schossen sie im Patrimonialgebiet der Grafen Fugger das Schadwild ab; insbesondere Sauenrotten. Mehrmals organisierte Hiasl große Treibjagden, und bei solchen Gelegenheiten wuchs die Bande auf bis zu vierzig Mann an, weil ihr Anführer Knechte und

Bauernburschen aus den Gegenden, wo gerade gejagt wurde, als zusätzliche Treiber rekrutierte.

Angesichts der zahlreichen Wildtiere, die von der Klostermayr-Bande zur Strecke gebracht wurden, konnte es nicht ausbleiben, dass die Jäger vor Wut kochten. Um den Schwarzschützen beikommen zu können, schlossen sie sich nun öfter zu starken Häschergruppen zusammen. Aber trotzdem gelang es ihnen nicht, die gewieften Gesetzlosen zu stellen. Denn sobald diese durch ihre bäuerlichen Unterstützer Wind von einer herannahenden Jägerschar bekamen, zogen sie sich aus den Fuggerschen Revieren zurück und flüchteten in angrenzende Herrschaftsgebiete, wohin ihnen die in gräflichen Diensten stehenden Häscher nicht folgen durften.

Im Verlauf dieser aufregenden Monate entwickelte sich ein besonderes Verhältnis zwischen Hiasl und dem Waisenjungen Andreas Mayr. Schon gleich nach dem Besuch in Kissing hatte sich der Anführer der Wildschützenbande vermehrt des Halbwüchsigen angenommen; er hatte es aus dem Empfinden heraus getan, dass er dadurch vielleicht seinen inneren Schmerz lindern könnte: den Schmerz wegen des eigenen Sohnes, der ohne Vater aufwachsen musste.

Aus diesem Grund verbrachte Hiasl viel Zeit mit Andreas und bemühte sich, ihm die verlorenen Eltern so gut wie möglich zu ersetzen. Der Junge dankte es ihm auf seine Weise; obwohl er einen eher ungebärdigen Charakter besaß, zeigte er sich seinem väterlichen Freund gegenüber stets fügsam. Willig führte er die Anordnungen aus, die Hiasl ihm gab. Darüber hinaus tat er dem Bandenführer so manchen kleinen Gefallen: putzte, ohne dazu aufgefordert worden zu sein, die Büchse des Renegaten, goss Kugeln für ihn, reinigte seine Stiefel und trachtete ansonsten danach, so oft wie möglich in Hiasls Nähe zu sein.

So verstrichen der Herbst und der Frühwinter des Jahres 1768; im Januar dann zogen sich die Schwarzschützen, weil ihnen der Fuggersche Boden zu heiß wurde, ins Türkheimsche Herrschaftsgebiet zurück. Dort hatte die Bande noch nie gejagt; nur Hiasl war, als er noch allein gepirscht hatte, gelegentlich in dieser Gegend gewesen. Daher glaubten die Wildschützen, im Adelspatrimonium von Türkheim sicher zu sein – dies allerdings stellte sich bald als gefährlicher Trugschluss heraus.

Die Wildererbande hielt sich seit einigen Tagen in einer einschichtigen Winkelwirtschaft auf, die eine knappe Meile vom Dorf Simnach entfernt lag und von einem kinderlosen Tagelöhnerpaar betrieben wurde. Bei Bier, Wein und Rehbraten ließen es sich Hiasl und seine Kumpane gutgehen; dann aber erklärte der Wirt, dass ihm der Rotspon ausgegangen sei. Die meisten Schwarzschützen fanden dies nicht allzu schlimm, weil noch genügend andere Getränke vorhanden waren; ihr Anführer jedoch äußerte: »Himmel, Arsch und Wolkenbruch! Gerade dieser Rotwein hat mir geschmeckt. Und jetzt kann ich den sauren Weißen oder am Ende gar dünnen Scheps saufen.«

»Im Gasthaus von Simnach haben sie den gleichen Wein«, erklärte daraufhin der Winkelwirt. »Man müsste bloß einen Korb voller Flaschen herholen. Aber ich kann leider nicht weg, weil ihr mich hier zur Bedienung braucht. Und für meine Alte ist der Weg zu anstrengend, denn sie hat einen kranken Fuß.«

Als der halbwüchsige Andreas das hörte, rief er: »Ich werde ins Dorf gehen. Ist ja nicht weit. In einer halben Stunde bin ich mit dem Rotspon wieder da.«

»Wenn ich dich nicht hätte, Bub.« Hiasl öffnete seinen Münzbeutel und gab dem Burschen das Geld für den Wein; der Wirt holte einen Weidenkorb aus der Küche, und dann verschwand Andreas, um die Besorgung zu erledigen.

Die Wilderer tranken weiter; ihr Anführer gönnte sich nun doch einen Schoppen Weißwein – schließlich, eben als der Sternputz sagte: »Jetzt müsste der Bub aber bald zurück sein!«, flog die Wirtshaustür auf, und ein etwa fünfzehnjähriges, verstört wirkendes Mädchen kam in die Schenke gerannt.

»Greta, du?!«, stieß der Winkelwirt hervor. »Du schaust ja ganz verschreckt aus! Ist etwas passiert?!«

»Ja …«, keuchte das Mädchen atemlos. »Sie haben den Burschen mit dem Gewehr … geschnappt! Bei uns daheim … in der Gaststube …«

»Kommst du aus Simnach?!«, fiel ihr Hiasl ins Wort.

Greta nickte. »Der Wirt dort … ist mein Vater. Und der Bub, den sie festgenommen haben … hat mir zuvor gesagt, dass er Wein für euch hier …«

»Wer hat ihn geschnappt?!«, unterbrach diesmal der Tiroler das Mädchen.

»Herrschaftsjäger«, lautete die Antwort. »Türkheimsche, die bei uns im Hinterzimmer saßen. Wie sie die Büchse des Burschen gesehen haben, sind sie wild geworden. Haben ihn gepackt, geschlagen und ihm vorgeworfen, ein Raubschütze zu sein.«

Adam Locherer griff nach seinem Gewehr. »Und jetzt wollen sie ihn wahrscheinlich nach Türkheim bringen, oder?«

»Ja, noch heute«, erwiderte Greta. »Aber nicht gleich. Bevor ich weg bin, habe ich gehört, wie einer von den Jägern gerufen hat, dass die Festnahme des Wilderers gefeiert werden müsse.«

»Und wie bist du darauf gekommen, uns zu verständigen?«, fragte Hiasl.

»Weil mich euer Kamerad noch schnell darum gebeten hat, ehe die Häscher über ihn herfielen«, erklärte das Mädchen. »Ihr werdet ihm doch helfen?!«

»Der Teufel soll uns holen, wenn wir es nicht tun!«, kam es vom Amberger-Sepp – und gleich darauf machten sich die Schwarzschützen, gefolgt von Greta, auf den Weg nach Simnach.

Als sie beim dortigen Dorfwirtshaus anlangten, verloren sie keine Zeit. Mit schussbereiten Waffen stürmten sie in das Gebäude, drangen durch die große Gaststube an einigen erschrockenen Zechern vorbei ins Hinterzimmer vor und erblickten vier Herrschaftsjäger sowie Andreas, der in einer Ecke gefesselt auf einem Stuhl saß.

Joseph Ortlieb feuerte eine Kugel in die Zimmerdecke; Hiasl, die Leine seines Fanghundes in der Linken und den Stutzen in der Rechten, schrie die Jäger an: »Hände hoch!«

Drei der Türkheimschen gehorchten; einer jedoch griff nach einer Pistole, die er im Gürtel stecken hatte. Der Allgäuer hetzte zu ihm hin, um ihm die Waffe zu entwinden; zugleich hasteten Georg Brandmaier und Hiasl zu Andreas ins Stubeneck. Während sie sich bemühten, den Burschen von den Stricken zu befreien, die um seine Hand- und Fußgelenke geschlungen waren, entwickelte sich zwischen dem Allgäuer und dem Jäger mit der Kurzwaffe eine heftige Rauferei. Joseph Ortlieb, der Amberger-Sepp und der Sternputz wollten ihrem Kameraden beispringen; wegen des Gedränges in der Wirtsstube behinderten sie sich aber gegenseitig – und im nächsten Moment nutzte einer der drei Herrschaftsjäger, die sich zuvor bereits ergeben hatten, das Tohuwabohu, um einen Fluchtversuch zu wagen.

Der Türkheimsche packte sein Gewehr, riss das rückwärtige Stubenfenster auf, schwang sich auf die Fensterbank und sprang ins Freie hinaus. Sofort witterten auch die beiden anderen Jäger ihre Chance. Auf demselben Weg wie der erste Türkheimsche flohen sie, nachdem sie ihre Waffen ergriffen hatten, aus der Gaststube; gleichzeitig setzte drinnen der Lissaboner-Bäck den Jäger, der nach wie vor mit dem Allgäuer rang, durch einen Kolbenhieb außer Gefecht.

Besinnungslos, mit einer Platzwunde auf der Stirn, stürzte der Türkheimsche zu Boden. Über ihn hinweg schoss der Sternputz durchs offene Fenster; kaum war das Mündungsfeuer aus dem Büchsenlauf gefahren, brüllte Ortlieb: »Die Sauteufel dürfen uns nicht entkommen! Ihnen nach!«

Einer nach dem anderen folgten die Wilderer den Herrschaftsjägern über die Fensterbank; auch Hiasl, Brandmaier und Andreas, der nun seiner Fesseln ledig war. Draußen ließ der Bandenführer den Hund von der Leine; Tyras hetzte auf der Spur der flüchtigen Türkheimschen davon, und die Schwarzschützen rannten dem Fanghund hinterdrein.

Weil die Jäger aber einen Vorsprung hatten, kamen sie ungeschoren durchs Dorf. Gleich am Ortsrand begann der Wald; die Türkheimschen fanden Deckung hinter den Bäumen und gaben eine Salve auf ihre Verfolger ab. Daraufhin rief Hiasl den Hund zurück; als Tyras wieder bei ihnen war, feuerten auch die Wilderer, konnten jedoch keinen der Herrschaftsjäger erwischen.

Immerhin setzten die Türkheimschen nun ihre Flucht fort; auch die Schwarzschützen drangen in den Forst ein – und so entwickelte sich unter den verschneiten Bäumen eine Hetzjagd, die in Richtung des Dorfes Ettringen führte und bei der immer wieder Schüsse gewechselt wurden.

Jenseits des ausgedehnten Waldes schließlich wurden die Jäger auf leicht gefrorenes Ackerland hinausgetrieben, das ihnen nur wenig Deckung bot. Die drei Türkheimschen konnten sich lediglich in die Feldfurchen werfen, wenn die Wilderer auf sie feuerten; manchmal auch fanden sie notdürftigen Schutz hinter buschbewachsenen Ackerrainen. Zuletzt dann, als er kaum noch eine Viertelmeile von den ersten Ettringer Anwesen entfernt war, wurde einer der Herrschaftsjäger leichtsinnig. Er rannte, ohne weiter Deckung zu suchen, auf die nächstgelegene Hofstelle los; mehrere Schwarzschützen nutzten die Chance und schossen. Eine Kugel traf den Türkheimschen am rechten Arm, eine zweite riss ihm die Schädelschwarte auf und fegte ihn von den Beinen.

Die unverletzten Jäger feuerten in Panik zurück und flohen danach ebenfalls kopflos. Angesichts dessen wäre es den

Wilderern ein Leichtes gewesen, auch sie mit ihren Geschossen zu erwischen – doch Hiasl rief seinen Leuten zu: »Lasst sie laufen! Der im Wirtshaus hat seine Strafe erhalten; der andere, der da vorne liegt, auch. Und wenn wir die beiden Hasenfüße entkommen lassen, haben wir den Nutzen davon. Denn dann werden sie ihrer Herrschaft in Türkheim berichten, dass es blutige Köpfe gibt, falls man sich mit der Klostermayr-Bande anlegt.«

Lachend stimmten die Schwarzschützen ihrem Anführer zu; als die unverwundeten Jäger verschwunden waren, trat die Bande den Rückmarsch nach Simnach an. Andreas hielt sich an Hiasls Seite; mehrmals bedankte er sich für seine Rettung, und als die Wilderer zu der Gastwirtschaft kamen, wo der Bursche gefangen gewesen war, sagte er zu seinem väterlichen Freund: »Nun kriegst du endlich deinen Wein, und die Wirtstochter, die euch verständigt hat, kriegt einen Kuss von mir.«

Wenig später machte Andreas seine Ankündigung bezüglich des Mädchens wahr, und während er mit Greta beschäftigt war, erkundigten sich Hiasl und die anderen beim Besitzer der Taverne nach dem Verbleib des Türkheimschen, welchen der Lissaboner-Bäck mit dem Gewehrkolben niedergeschlagen hatte.

»Der Jäger ist wieder zu sich gekommen, war aber noch ganz taumelig und jammerte arg«, erklärte der Wirt. »Deshalb haben wir ihn oben im Haus in ein Bett gelegt. Morgen, wenn er sich einigermaßen erholt hat, kann er sich auf den Heimweg machen.«

»Sag ihm einen schönen Gruß von uns, bevor er verschwindet«, spottete Adam Locherer.

»Wird gemacht«, beschied ihn der Gastwirt feixend; dann wandte er sich Hiasl zu. »Der Bursche, der da drüben mit meiner Tochter schäkert, wollte in deinem Auftrag Wein bei mir kaufen, als er vor einer Stunde auftauchte, oder?«

»Richtig«, nickte der Bandenführer. »Pack ein Dutzend Flaschen Rotspon in den Korb, den mein junger Gefährte mitgebracht hat, damit ich und meine Leute beim Winkelwirt draußen vor dem Dorf den Sieg über die Türkheimschen feiern können.«

Als der Weidenkorb mit den Weinflaschen gefüllt war und der Tavernenwirt sein Geld bekommen hatte, verkündete der Sternputz schalkhaft: »Ich werde die Bouteillen tragen, weil ich als Wirtssohn den richtigen Umgang mit ihnen gelernt habe.«

Damit schwang er sich den Korb auf die Schulter und schritt zur Tür, die übrigen Wilderer schlossen sich ihm an. Hiasl ging als Letzter; ehe er die Gaststube verließ, drehte er sich noch einmal um und rief den Simnachern grinsend zu: »Falls die Herrschaftsjäger, die wir nach Ettringen gejagt haben, erneut hier auftauchen sollten, verratet ihr ihnen hoffentlich nicht, wo wir dem Rotspon die ihm gebührende Ehre antun.«

»Nie im Leben würden wir euch hinhängen!«, beteuerte einer der Dörfler unter dem Beifall der anderen. »Wir stehen auf eurer Seite, und es war uns allen eine große Freude, dich und deine Kameraden kennengelernt zu haben, Klostermayr.«

# Der Racheakt

## OBERSCHWABEN
## SPÄTWINTER 1769 BIS DEZEMBER 1769

In der Zeit nach der Schießerei von Simnach bürgerte sich unter der Landbevölkerung im Schwäbischen Oberland der Name Bayerischer Hiasl für den Anführer der Wildschützenbande ein – weil der Renegat aus dem Kurfürstentum Bayern stammte, aber zusammen mit seinen Kumpanen fast ausschließlich in Schwaben, also jenseits der kurbayerischen Grenzen, jagte. Für so manchen Dorfbewohner schwäbischer Zunge war er deshalb so etwas wie ein Ausländer; ungeachtet dessen konnte die Klostermayr-Bande fast überall in den Landstrichen westlich des Lech auf den Rückhalt durch die von Adel und Kirche unterdrückten Einheimischen bauen.

Denn allein die Schwarzschützen wagten es, wider den Stachel der verhassten Obrigkeit zu löcken. Sie sprangen den Bauern bei, wenn die Flurschäden durch die Wildschweinrotten oder die Rotwildrudel zu schlimm wurden, und deshalb schützten zahlreiche einfache Menschen die Gesetzlosen nach Kräften. Hiasl und seine Gefährten durften darauf zählen, bei Gefahr Zuflucht in Dutzenden von abgelegenen Weilern, Einödhöfen und Tavernen zu finden. Auf diese Weise entzogen sie sich immer wieder den Nachstellungen der Jäger oder der Gendarmentrupps, die nun gelegentlich ebenfalls gegen sie ausgesandt wurden. Außerdem wichen sie, wenn ihnen der Boden in einem Adels- oder Kirchenterritorium allzu heiß wurde, wie früher schon in ein anderes Herrschaftsgebiet aus.

So schlug die Wildererbande den Häschern so manches Schnippchen und konnte sich danach ins Fäustchen lachen. Bei anderen Gelegenheiten jedoch ging es, ähnlich wie in Simnach, hart auf hart. Dann wurde geprügelt, wurden die Hirschfänger gezückt, wurden die Büchsen und Pistolen losgebrannt – und ab dem Frühling des Jahres 1769 kam es zu einer ganzen Reihe derartiger schwerer Gewalttaten.

***

Zwei Monate nach der Simnacher Schießerei hielt sich die Klostermayr-Bande in der Gegend von Münsterhausen auf; dort, wo Hiasl im Sommer 1765 gefangengenommen worden war. Als die Wildschützen eines Nachmittags beim Kirchenwirt des Dorfes saßen, kam ein junger Landwirt in die Gaststube gerannt und rief den Gesetzlosen zu: »Um die zehn Herrschaftsjäger sind hierher unterwegs, um euch zu fangen! Sie kommen von Krumbach her und werden in höchstens einer halben Stunde hier sein!«

»Schaut verdammt so aus, als hätte uns irgendein Drecksack verraten!«, stieß der Tiroler hervor.

Andreas griff nach seinem Gewehr und richtete den Blick auf Hiasl. »Wir werden kämpfen müssen, oder?«

Der Anführer der Bande überlegte und schüttelte den Kopf. »Nein! Ich habe keine Lust, mich mit den Jägern anzulegen. Du hast es ja gehört. Es sind ungefähr so viele wie wir, und wenn wir uns ihnen stellen würden, könnte es ein Blutbad geben. Das aber will ich nicht riskieren, deshalb ziehen wir uns in den Wald zurück. Dort sind wir sicher vor den Häschern.«

Als die Herrschaftsjäger in Münsterhausen anlangten, war weit und breit nichts von den Schwarzschützen zu sehen. In derselben Gaststätte, wo die Wilderer gezecht hatten, trösteten sich die Häscher mit einem ausgiebigen Umtrunk und sprachen dabei über die Beweggründe, die sie ins Dorf geführt hatten. Erst gegen Abend marschierten sie wieder ab; Andreas, der unweit der Straße am Waldrand in einem Baumwipfel saß, beobachtete sie dabei, und nachdem er seinen Kameraden Entwarnung gegeben hatte, kehrten die Wildschützen zum Kirchenwirt zurück. Dort steckte ihnen der Inhaber des Gasthauses: »Das Auftauchen des Jägertrupps habt ihr zwei Hiesigen zu verdanken: dem Balthasar Herm und dem Georg Müller.«

»Du meinst die beiden Herrschaftsjäger, die in der Forststation zwischen hier und Edelstetten hausen?«, fragte Hiasl.

Der Wirt nickte. »Die haben euch beobachtet, als ihr gestern ins Dorf gekommen seid. Und daraufhin hatten sie nichts Besseres zu tun, als nach Krumbach zu rennen und euch beim dortigen Oberjäger hinzuhängen, damit dieser ein Aufgebot zusammenstellen und es gegen euch aussenden sollte.«

»Lasst es uns den Lumpenhunden heimzahlen!«, stieß der Lissaboner-Bäck wütend hervor.

»Genau das werden wir tun!«, kam es von Hiasl. »Morgen rechnen wir mit dem Herm und dem Müller ab!«

Bei Sonnenaufgang des nächsten Tages machten sich die Wilderer auf den Weg zum Forsthaus. Als das einschichtige Anwesen, das von den Herrschaftsjägern und ihren Familien bewohnt wurde, jenseits einer Fichtenschonung in Sicht kam, beratschlagten die Schwarzschützen im Schutz der Jungbäume, wie sie weiter vorgehen sollten. Einige rieten, das Haus einfach zu stürmen; der Sternputz aber gab zu bedenken: »Wenn wir das tun, ziehen wir die Frauen und Kinder mit hinein, und das sollte besser nicht passieren; vor allem wegen der Kleinen.«

»Richtig«, stimmte ihm Hiasl zu. »Die Weiber und Kinder haben uns nichts getan. Deshalb legen wir uns hier auf die Lauer und warten, bis die Jäger einen Pirschgang unternehmen.«

Etwa eineinhalb Stunden verstrichen, dann kamen die Herrschaftsjäger aus dem Forsthaus und entfernten sich in Richtung Edelstetten. Die Wildschützen folgten ihnen; da sie jede Deckung nutzten, kamen sie ungesehen immer näher an Balthasar Herm und Georg Müller heran – und zuletzt, in einem Hohlweg, überrumpelten sie die beiden Jäger.

Von zwei Seiten drangen sie auf Herm und Müller ein. Im Nu waren die Herrschaftsjäger entwaffnet, und nachdem die Schwarzschützen die Gewehre, Pulverhörner, Kugelbeutel und Waidmesser ihrer Feinde an sich gebracht hatten, herrschte der Bandenführer die verstörten Gefangenen an: »Kennt ihr mich, ihr krummen Hunde?!«

»Du bist … der Klostermayr«, stammelte Balthasar Herm.

»Derselbe, den ihr gestern habt fangen wollen«, versetzte Hiasl feixend. »Aber nun seid ihr stattdessen mir und meinen Kameraden in die Falle gegangen. Und das bedeutet, dass ihr schwer für euren Gang nach Krumbach büßen müsst!«

»Was habt ihr mit uns vor?!« Zitternd vor Angst starrte Georg Müller den Anführer der Gesetzlosen an.

Hiasl ruckte am Halsband von Tyras, der knurrend und mit gefletschten Lefzen dastand. »Gute Lust hätte ich, meinen Fanghund auf euch zu hetzen, damit er euch zerfleischt!«

»Das wäre Mord!«, keuchte Herm. »Dafür würdet ihr hängen! Du und deine ganze Bande!«

»Um uns an den Galgen bringen zu können, müsste man uns erst einmal erwischen«, versetzte Georg Brandmaier. »Und das wird niemals passieren!« Er wandte sich Hiasl zu. »Ich würde sagen: Lass den Tyras los!«

Der Angesprochene wiegte den Kopf. »Ich weiß nicht recht … Aber eins weiß ich ganz gewiss …« Scharf fasste er die beiden Herrschaftsjäger ins Auge. »Dass ihr nämlich jetzt eine mächtige Tracht Prügel bekommen werdet!«

Kaum hatte er dies angekündigt, fielen seine Gefährten über die Jäger her. Teils mit den Gewehrkolben, teils mit den Fäusten schlugen sie auf Herm und Müller ein, bis beide blutend und wimmernd auf der Erde lagen.

Erst dann ließen die Schwarzschützen von ihren Opfern ab, und ihr Anführer brüllte die zusammengeschlagenen Herrschaftsjäger an: »Die Prügel werden euch hoffentlich eine Lehre sein! Doch wenn es euch nochmals einfallen sollte, etwas gegen uns ins Werk zu setzen, werdet ihr nicht mehr so billig wie heute davonkommen, sondern mit eurem Leben bezahlen! Das schwöre ich euch, so wahr ich der Klostermayr bin.«

Damit zog Hiasl den Hahn seines Stutzens auf und schoss. Die Kugel fuhr zwischen den Oberkörpern der Jäger in den Boden; ein hochfliegender Steinsplitter traf Herm an der Wange und riss ihm die Haut vom Jochbein. Der Herrschaftsjäger stieß einen gellenden Schrei aus; die Wilderer quittierten ihn mit lautem Gelächter, sodann rief ihr Anführer: »Abmarsch, Freunde! Zurück zum Kirchenwirt in Münsterhausen. Dort trinken wir noch einen auf die Freiheit in den Wäldern, und danach suchen wir uns ein Jagdrevier, wo keine Arschlöcher mit vollgeschissenen Hosen im Forst herumliegen.«

***

Einige Monate nach dem brutalen Zusammenstoß mit den Waidmännern aus der abgelegenen Jagdstation, im Frühsommer des Jahres 1769, pirschte die Bande einmal mehr im Türkheimer Adelspatrimonium. Dort hörten die Wildschützen, dass ein Jäger namens Leonhard Schenk aus dem Weiler Wald in verschiedenen Wirtshäusern der Gegend ganz gotteslästerlich auf die Klostermayr-Bande geflucht und ihren Mitgliedern die ewige Verdammnis gewünscht hatte.

Daraufhin beschlossen die Gesetzlosen, auch ihm eine Lektion zu erteilen. Zu diesem Zweck fielen sie eines Morgens in das einzige Gasthaus des unweit von Wald gelegenen kleinen Dorfes Schnerzhofen ein. Dort, so hatten sie herausgefunden, pflegte Schenk regelmäßig zu verkehren – und tatsächlich kam der Jäger gegen Mittag, als die Wilderer bereits tüchtig gebechert hatten, in den Ort.

Ahnungslos, die Büchse umgehängt, näherte er sich der Taverne; gespannt beobachteten ihn die Schwarzschützen durch die Fenster der Schankstube, plötzlich rief Joseph Ortlieb: »Er geht vorbei! Hat nicht vor, hereinzukommen!«

»Das wird er aber müssen«, versetzte Hiasl; dann befahl er seinem Schützling Andreas: »Lauf ihm nach, gib dich als Bursche eines durchreisenden Edelmannes aus und sag ihm, dass dein Herr die Dienste eines Waidmannes benötigt.«

»Wird gemacht«, grinste der blutjunge Wilderer und rannte ohne sein Gewehr nach draußen. Wenig später führte er den Herrschaftsjäger in die Wirtsstube; als Leonhard Schenk erkannte, mit wem er es in Wahrheit zu tun hatte, stieß er Andreas beiseite und machte einen Fluchtversuch.

Doch es glückte ihm nicht, zu entrinnen, da ihm der Sternputz einen Stuhl zwischen die Beine warf. Der Jäger kam zu Fall; gleich darauf entwaffneten ihn der Allgäuer und der Amberger-Sepp, schleppten ihn zur Ofenbank, wo der Anführer der Bande thronte, und zwangen den Waidmann dort auf die Knie nieder.

Schweigend musterte Hiasl den Herrschaftsjäger von oben bis unten; schließlich sagte er: »Du scheinst mir ein fürchterlich unchristlicher Mensch zu sein! Einer, der mit dem Leibhaftigen im Bunde ist, anstatt brav der römisch-katholischen Religion anzuhängen.«

»Warum … behauptest du so etwas?!«, presste Schenk hervor.

»Weil du das christliche Gebot nicht beachtest, wonach du verpflichtet bist, deine Feinde zu lieben«, beschied ihn der Renegat mit todernster Miene. »Stattdessen hegst du einen sündigen Hass auf uns Schwarzschützen und wünschst mir und den anderen sogar die ewigen Höllenqualen. Das jedoch ist, wie ich dir gerade erklärt habe, bestimmt nicht im Sinne des Herrn Jesus Christus.«

»Aber ihr seid doch Verbrecher!«, entfuhr es dem Jäger.

»Du predigst ja schon wieder Hass und trittst die heilige christkatholische Religion erneut mit Füßen!«, wies ihn Hiasl scharf zurecht. »Es ist wahrlich eine Schande mit dir! Ein grässlicher Todsünder bist du! Einer, der dringend eine Beichte nötig hat. Und nachdem du bereits auf den Knien liegst, kannst du sofort damit beginnen …«

Fassungslos starrte Schenk auf den Wildschützenhauptmann; er rang nach Worten, endlich brachte er stockend heraus: »Du bist aber … kein Pfarrer, Klostermayr.«

»Das macht nichts«, feixte Hiasl. »Ob ich geweiht bin oder nicht, spielt keine Rolle. Wichtig ist nur eins: Dass du deine Übeltaten gestehst und gelobst, künftig nicht mehr zu sündigen.«

»Den Teufel werde ich tun!«, fuhr der Jäger auf.

Blitzschnell griff der Renegat nach seinem Stutzen und drückte Schenk die Mündung der Waffe unters Kinn. »Sprich mir auf der Stelle nach: Ich habe mich gegenüber Matthäus Klostermayr und seinen Freunden außerordentlich unchristlich benommen, indem ich ihnen etwas abgrundtief Böses gewünscht habe. Diese schwere Verfehlung bereue ich zutiefst, und um Vergebung zu erlangen, schwöre ich bei Gott und allen Heiligen, in Zukunft nur noch freundlich und wohlmeinend über die mutigen Schwarzschützen zu reden.«

Das Gesicht des Herrschaftsjägers lief dunkelrot an; es sah aus, als wollte sich Schenk ungeachtet des Gewehrlaufes an seinem Hals wutentbrannt auf Hiasl stürzen. Doch als der Renegat den Büchsenhahn aufzog und gleichzeitig Tyras zu knurren begann, schien der Jäger in sich zusammenzusacken. Im nächsten Moment wiederholte er die Sätze, die Hiasl ihm vorgegeben hatte; danach bat er: »Lass mich nun gehen, Klostermayr. Du hast deinen Willen bekommen.«

Hiasl schüttelte den Kopf. »Das Beichtsakrament ist erst mit der Absolution beendet. Das solltest du als guter Christ wissen. Ehe ich dir aber deine Sünden vergeben kann, musst du einen

Bußakt hinter dich bringen. So schreibt es die heilige Mutter Kirche vor.«

»Buße … was meinst du damit?«, stammelte Schenk.

»Das sollst du sofort erfahren«, erwiderte der Renegat und blickte die beiden Wilderer an, welche den Jäger zu ihm geschleppt hatten. »Ihr habt doch eure Ladestöcke zur Hand, oder?«

»Haben wir«, versicherte der Allgäuer grinsend; gleich darauf zogen er und der Amberger-Sepp die Hartholzstöcke aus ihren Gewehrschäften und verprügelten den Herrschaftsjäger damit unter dem begeisterten Johlen der übrigen Bandenmitglieder nach allen Regeln der Kunst. Erst als sie ihn grün und blau geschlagen hatten, ließen sie von ihm ab. Hiasl versetzte dem Jäger, der jetzt nur noch ein Bündel Elend war, einen Fußtritt; sodann erklärte er ihm: »Das war der erste Teil deiner Bußübung, und der zweite folgt sogleich. Steh auf und stell dich dort drüben an die Wand!«

Taumelnd kam Schenk auf die Beine; der Sternputz packte ihn am Oberarm und führte ihn zur Küchenwand der Gaststube. Auf einen Befehl Hiasls hin drehte der Wildschütze den Jäger dort so, dass er mit einer Schulter an der Wand lehnte. Als dies geschehen war, erhob sich der Anführer der Schwarzschützenbande von der Ofenbank und schlug den Stutzen an.

»Halt ein!«, kreischte Schenk in Todesangst. »Du wirst mich doch nicht erschießen wollen!«

»Nein, wo denkst du denn hin?«, kam es von Hiasl. »Ich bin schließlich ein frommer Christ und liebe meine Feinde ebenso, wie du es neuerdings tust. Und deshalb werde ich dir, um deinen Bußakt zu vollenden, mit meiner Kugel bloß die Nase aus der Visage putzen.«

Mit dem letzten Wort gab der Renegat Feuer. Das Geschoss streifte die Nasenspitze des Jägers und krachte in die Holzvertäfelung der Stubenwand.

Schenk schrie auf, griff sich ins Gesicht; kaum hatte er begriffen, dass er weitestgehend unversehrt war, vernahm er erneut Hiasls Stimme: »Verflixt! Jetzt habe ich glatt einen Fehlschuss getan! Doch beim zweiten Mal werde ich besser treffen!«

Während der Herrschaftsjäger, außer sich vor Furcht, um Gnade flehte, lud der Renegat seine Büchse nach und zog abermals den Hahn auf. Dann aber, wie in einem plötzlichen Entschluss, setzte er den Gewehrhahn wieder in Ruhe und sagte zu dem zitternden Schenk: »Ich habe es mir anders überlegt. Will keine weitere Kugel an dich verschwenden. Und deshalb erteile ich dir nun, obwohl du deinen Zinken noch hast, in christlicher Barmherzigkeit die Absolution. Aber falls es dir einfallen sollte, neuerlich schlecht über mich oder meine Freunde zu reden, holt dich der Teufel! Hast du das kapiert?!«

»Ja!«, stieß der Jäger hervor.

»Sehr gut!«, grinste Hiasl; sodann flüsterte er seinem Fanghund etwas zu – und gleich darauf jagte Tyras den zutiefst gedemütigten Leonhard Schenk unter wildem Gebell durch die Wirtsstube und auf die Straße hinaus.

***

Nachdem der Bayerische Hiasl den Türkheimschen Jäger gedemütigt hatte, zog er sich mit seiner Bande in den Norden des Schwäbischen Oberlandes zurück. Den Sommer und Frühherbst über pirschten die Schwarzschützen zunächst im Dillinger Gäu und später in den Adels- und Kirchenrevieren südlich von Günzburg; Ende November wanderten sie wieder nach Süden und quartierten sich im bewährten Ruinenversteck unweit von Dinkelscherben ein.

Es dauerte einige Tage, ehe der Turmstumpf, der längere Zeit verlassen dagestanden hatte, wieder bewohnbar gemacht war. Als sie es geschafft hatten, gaben sich die Wilderer eine Woche lang dem Nichtstun hin; dann bekam Hiasl Lust auf einen Jagdausflug in den Krumbacher Raum. »Dort stehen immer prächtige Hirsche«, erklärte er seinen Gefährten, »und wir könnten den einen oder anderen kapitalen Burschen schießen.«

Gleich am nächsten Morgen brach das Gros der Wildererbande in Richtung des Mindeltales auf. Nur zwei Schwarzschützen blieben in der Turmruine: Joseph Ortlieb, der sich eine arge Erkältung eingefangen hatte, und der junge Andreas, welcher den Kranken pflegen sollte. Nach achtstündigem Fußmarsch erreichte die Bande die Ackerbreiten nördlich des Dorfes Ursberg zwischen Thannhausen und Krumbach. Jenseits der mit leichtem Bodennebel bedeckten Felder waren bereits die Ursberger Häuser zu erkennen, aus deren Kaminen Rauch aufstieg, und angesichts dessen sagte der Tiroler zu dem neben ihm gehenden Adam Locherer: »Höchstens eine Meile noch, bis wir uns am Wirtshausofen aufwärmen können.«

Locherer wollte etwas erwidern – aber im selben Moment krachten von Osten her, wo die Feldbreiten an einen Wald angrenzten, mehrere Büchsenschüsse.

»Jäger!«, stieß Hiasl hervor – doch damit lag er nicht unbedingt richtig. Denn jetzt hetzte ein Mann in bäuerlicher Kleidung aus dem etwa zweihundert Meter entfernten Forst heraus. Er trug ein Stück Wild auf den Schultern; ein Schmalreh, wie es schien, und als nun erneut ein Gewehrschuss knallte, begriffen die Gesetzlosen: Es handelte sich um einen Schwarzschützen, der offenbar von Herrschaftlichen gejagt wurde.

Instinktiv suchten die Bandenmitglieder Deckung; warfen sich in die tiefen, feuchten Ackerfurchen – gleich darauf wurden drüben am Waldrand vier Jäger sichtbar, welche den Flüchtigen auf das freie Feld hinaus verfolgten. »Verdammt, wir müssen ihm beispringen!«, rief Hiasl und machte mit fliegenden Händen seinen Stutzen schussbereit. Aber weder er noch seine Kumpane kamen dazu, dem Fliehenden mit Hilfe ihrer Gewehre Luft zu verschaffen, weil wieder einer der Herrschaftlichen feuerte – und den Schwarzschützen in den Rücken traf.

Der Mann stürzte; er war jedoch nicht tot, sondern versuchte verzweifelt, wegzukriechen. Die Jäger ihrerseits brüllten ihren Triumph heraus und rannten zu dem Verwundeten hin. Im Laufen zog einer von ihnen, ein Hüne mit schulterlanger rotblonder Haarmähne, eine Pistole aus dem Gürtel, und unmittelbar darauf wurden die Angehörigen der Klostermayr-Bande Zeugen eines eiskalten Mordes: Sie sahen, wie der Kerl mit der Faustfeuerwaffe dem Verletzten eine Kugel in den Kopf schoss.

Nachdem sie ihren ersten Schock überwunden hatten, waren Hiasl und seine Gefährten drauf und dran, die Jäger ebenfalls niederzuknallen. Letztlich aber beherrschten sie sich; mit zusammengebissenen Zähnen schauten sie zu, wie die Herrschaftlichen dem Toten die Büchse abnahmen und seine Taschen filzten. Danach packte einer von ihnen das gewilderte Reh in seinen Rucksack, und anschließend verschwanden die Jäger, den Ermordeten auf dem Acker zurücklassend, wieder im Forst.

Die Mitglieder der Klostermayr-Bande warteten eine Weile, bevor sie zu dem Erschossenen gingen. Er war noch jung, zählte höchstens zwanzig Jahre. Die Pistolenkugel war in seinen Hinterkopf eingedrungen; seine offenen Augen starrten wie in unsäglichem Entsetzen. Behutsam schloss ihm der Sternputz die Lider; als es getan war, sagte der Amberger-Sepp: »Wir müssen ihn heimbringen. Wahrscheinlich stammt er aus Ursberg. Und falls nicht, werden wir dort erfahren, wohin er gehört.«

Als die Wilderer mit dem Toten auf den Dorfplatz kamen, liefen zahlreiche Ursberger herbei und bestürmten die Schwarzschützen mit entsetzten Fragen. Nachdem sie erfahren hatten, was passiert war, erklärte ein älterer, graubärtiger Bauer: »Ich habe den Bastian öfter vor der verbotenen Jagd gewarnt. Aber er hat nicht auf mich hören wollen, und nun ist es zu spät.«

»War er denn einer von euch hier aus dem Ort?«, erkundigte sich Hiasl.

»Nein«, lautete die Antwort. »Er hat als Knecht auf einem Einödhof bei Balzhausen gearbeitet.«

»Dann sollte er dort auch aufgebahrt werden«, erwiderte der Anführer der Wildschützen.

Der Graubärtige nickte. »Ich werde mich darum kümmern.«

Hiasl dankte ihm; dann wandte er sich seinen Gefährten zu. »Lasst uns ins Wirtshaus gehen. Für den Ermordeten können wir vorerst nichts mehr tun.«

In der Dorftaverne erfuhren die Wilderer bald mehr über die Hintergründe der grauenhaften Bluttat. Einige aufgebrachte Ursberger, die sich zu den Gesetzlosen gesellten, erzählten, dass die Jägerschaft der Gegend von einem gewissen Joseph Labner, einem reichen Freibauern mit Jagdrecht, aufgehetzt worden war. Labner, der auf einem Gutshof zwischen Ursberg und Thannhausen saß, hatte schon seit Monaten den sofortigen Tod eines jeden ertappten Schwarzschützen gefordert. Immer wieder, wenn er mit anderen Waidmännern zusammengewesen war, hatte er hasserfüllt verlangt: »Die Verbrecher müssen ausgerottet werden! Für diese Sauteufel darf es keinerlei Pardon geben!«

Nachdem er das gehört hatte, knurrte der Tiroler: »Gute Lust hätte ich, dem Freibauern das Maul für immer zu stopfen!«

»Am Ende war er sogar selbst der Mörder!«, kam es von Adam Locherer.

»Wie schaut dieser Joseph Labner denn aus?«, wollte Hiasl von den Einheimischen wissen.

»Er ist groß, fast ein Riese, und hat rotblondes Haar, das ihm bis auf die Schultern reicht«, beschied ihn einer der Dörfler.

»Der Kerl mit der Pistole!«, rief Georg Brandmaier aus. »Du hast richtig vermutet, Adam! Der Labner ist der Drecksack, der den Bastian auf dem Gewissen hat!«

»Kein Zweifel!« Hiasls grüngraue Augen blitzten zornig. »Und schon sehr bald wird der Mörder für seine Untat bezahlen!«

Bei Sonnenaufgang des nächsten Tages machte sich die Bande auf den Weg zum Gutshof des Freibauern. Das Wetter war diesig; es schneite leicht, und so kamen die Wilderer ungesehen an das Anwesen heran. Erst als sie auf den Hofplatz rannten, gewahrte sie ein Knecht, der jedoch bei ihrem Anblick rasch in die Scheune floh. Die Schwarzschützen achteten seiner nicht weiter, sondern stürmten das Wohnhaus; in der Küchenstube trafen sie auf Joseph Labner, der zusammen mit seiner Gemahlin und zwei halbwüchsigen Kindern, einem Mädchen und einem Jungen, beim Frühstück saß.

Jetzt fuhr der Freibauer von seinem Platz hoch und schrie die Eindringlinge an: »Was habt ihr hier zu suchen, ihr Pack?!« Im nächsten Moment ahnte er, mit wem er es zu tun hatte; er starrte auf den Anführer der Wildschützen und fügte, fast kreischend, hinzu: »Du bist der Klostermayr, der verfluchte …«

»Jawohl, ich bin's«, schnitt ihm Hiasl das Wort ab. »Und ich und meine Leute haben gestern gesehen, wie du auf einem Feld außerhalb von Ursberg einen Mord begangen hast!«

Labner fiel auf seinen Stuhl zurück. »Das … das ist nicht wahr«, stammelte er.

Empört über die Lüge versetzte ihm der Sternputz einen Faustschlag ins Gesicht; Hiasl wies den Tiroler und den Amberger-Sepp an: »Bringt die Frau und die Kinder weg. Sperrt sie in eine Kammer. Und danach sorgt ihr draußen dafür, dass keiner vom Gesinde den Hof verlässt.«

Die beiden Schwarzschützen trieben die jammernde Bäuerin und die Halbwüchsigen aus der Küche. Als die Tür ins Schloss gefallen war, schlug der Sternputz den Freibauern ein zweites Mal; dann brüllte er: »Gib den Meuchelmord zu, du feige Sau!«

In einer wütenden Aufwallung platzte der Gutsbesitzer heraus: »Es war kein Mord! Der Wildräuber hatte es nicht anders verdient! Der hatte das Reh in meinem Revier geschossen! Deshalb hatte ich jedes Recht, mit den anderen Jägern ...«

»Und wir nehmen uns jetzt das Recht heraus, dich für deine Bluttat zu bestrafen!«, unterbrach ihn Hiasl. Er schlug den Stutzen an. »Sprich dein letztes Vaterunser! Und danach ergeht's dir genauso wie dem Knecht, den du umgebracht hast!«

Labner begann heftig zu zittern. »Nein! Bitte nicht! Lass mich leben! Ich habe Geld. Ich gebe dir alles, was ich besitze.«

»Entweder betest du jetzt, oder du fährst so zur Hölle!«, schrie der Sternputz und richtete sein Gewehr ebenfalls auf den Freibauern.

Für einen Moment sah es so aus, als wollte sich Labner fügen – plötzlich aber sprang er mit einem gellenden Schrei auf, packte ein Fleischmesser, das auf dem Tisch lag, und stach damit auf den Anführer der Schwarzschützen ein. Dieser konnte der scharfen Klinge nicht rasch genug ausweichen; die Messerspitze drang in seinen rechten Oberarm. Im Schock feuerte Hiasl den Stutzen ab; gleichzeitig schoss auch der Sternputz – und der Freibauer brach, von zwei Kugeln getroffen, zusammen.

Für eine Weile herrschte wilder Aufruhr in der Küchenstube; dann, als die Gesetzlosen den blutüberströmten Körper des Gutsbesitzers untersuchten, stellten sie fest, dass Joseph Labner tot war. Das eine Geschoss war ihm ins Herz gegangen, das andere von unten durch die Kinnlade in den Schädel. Der Hinterkopf des Freibauern war aufgeplatzt, und nachdem der Sternputz die schreckliche Wunde gesehen hatte, sagte er mit belegter Stimme: »Ob das da meine oder deine Kugel angerichtet hat, Hiasl, können wir nicht so leicht herausfinden. Doch eins ist gewiss: Nun ist der Labner wirklich ohne ein letztes Gebet zur Hölle gefahren.«

»Dabei hatte ich gar nicht vor, ihn zu erschießen«, antwortete der Bandenführer. »Letztlich wollte ich ihm bloß eine Bleikugel ins Knie knallen und ihm dadurch die Jagd auf Mensch und

Tier für immer unmöglich machen. Aber jetzt ist es halt anders gekommen …«

Er tastete nach seinem verletzten Arm, was den Lissaboner-Bäck zu der Frage veranlasste: »Wie weit fehlt's denn bei dir eigentlich?«

»Ich glaube, es ist nur ein Kratzer«, erwiderte Hiasl. »Kaum Blut, und bewegen kann ich mich auch noch recht gut.«

»Dann sollten wir machen, dass wir von hier verschwinden«, kam es vom Allgäuer.

Die übrigen Schwarzschützen stimmten ihm zu, und wenig später marschierte die Bande eilig davon: nach Norden, wo Joseph Ortlieb und Andreas das Ruinenversteck hüteten.

***

Der Freibauer war in der Dezembermitte gestorben; in der darauffolgenden Zeit bis Weihnachten wirkte der dreiunddreißigjährige Anführer der Wildschützen oft bedrückt und in sich gekehrt. Der Tod Labners, den er nicht gewollt hatte, machte ihm seelisch zu schaffen. Oft, wenn er nachts schlaflos auf seiner Strohschütte lag, dachte er: Ich habe doch immer nur ein Jäger und ein freier Mensch sein wollen, aber nun klebt Blut an meinen Händen. Und wenn er sich innerlich derart quälte, stiegen häufig weitere brutale Bilder aus dem abgelaufenen Jahr vor seinem geistigen Auge auf: Bilder, die sich ihm bei Münsterhausen und in Schnerzhofen eingebrannt hatten, wo es ebenfalls zu gewaltsamen Zusammenstößen mit den Waidmännern gekommen war; zudem das Bild des erschossenen Bauernknechts auf dem nebelverhangenen Acker bei Ursberg.

Am ersten Weihnachtstag schließlich bat der Renegat, der sich anders nicht mehr zu helfen wusste, den Tiroler, ihn auf einem Pirschgang zu begleiten. Draußen im Forst dann forderte er den Gefährten auf: »Erzähl mir von der Schweiz, wo du ja früher gelebt hast.«

Der Tiroler tat es; er beschrieb dem Freund die hohen Berge, die malerischen Seen und die abgeschiedenen Gebirgstäler im Land der Helvetier und berichtete von den Menschen dort, die er als friedlich und zugleich kämpferisch freiheitsliebend schilderte. Als er geendet hatte, schwieg Hiasl lange und schaute wie träumend in die Ferne, nach Südwesten; endlich sagte er leise und ein wenig rätselhaft zu seinem Begleiter: »Hab Dank … Ich glaube, du hast mir einen Weg gewiesen …«

Eine knappe Woche danach, zwischen Weihnachten und Neujahr, eröffnete der Dreiunddreißigjährige seinen neun Kameraden: »Ich habe mich entschlossen, mein altes Leben aufzugeben und ein neues anzufangen. Das aber kann ich am besten, wenn ich in die Schweiz auswandere, wo mich keiner kennt. Sobald ich meine Angehörigen in Kissing noch einmal besucht habe, werde ich aufbrechen. Und ihr könnt ja …«

»Bist du verrückt geworden?!«, fiel ihm der Sternputz ins Wort; Andreas starrte seinen väterlichen Freund entsetzt an.

Hiasl senkte den Kopf und murmelte: »Was auf dem Freibauernhof passiert ist, lässt mich nicht mehr los … Der Racheakt, der ein Menschenleben gekostet hat … Damit werde ich nicht fertig, deshalb will ich in die Fremde. Weil ich nur dort meinen Frieden wiederfinden kann …«

»Und uns willst du im Stich lassen?!«, rief der Tiroler empört. »Gottverflucht! Warum habe ich dir bloß von der Schweiz erzählt!«

Adam Locherer packte den Dreiunddreißigjährigen am Arm. »Wir brauchen dich! Ohne dich sind wir nichts! Ohne dich gibt's die Klostermayr-Bande nicht mehr!«

Gleich darauf bestürmten alle Wilderer ihren Anführer, sein Vorhaben noch einmal zu überdenken – doch Hiasl blieb hart und wiederholte nur ständig: »Ich werde es tun, weil ich es tun muss! Weil mich sonst die furchtbaren Erinnerungen auf ewig verfolgen werden!«

# Die Gewaltorgie

OBERSCHWABEN/LECHFELD/KISSING
JANUAR 1770 BIS DEZEMBER 1770

Das bäuerliche Anwesen, das den Namen Krauthof trug, lag eine Wegstunde östlich von Ulm in der Donauniederung. Soeben graute der Morgen; über die nur schemenhaft sichtbaren Dächer der Hofgebäude fegte eisiger Schneewind hinweg. Als Hiasl aus dem Wohnhaus trat, um am Misthaufen sein Wasser abzuschlagen, fröstelte er; während er den Hosenlatz öffnete, dachte er missmutig: Bei der Kälte friert's mir noch den Schwanz ab. Gleich darauf erleichterte er sich und genoss das befreiende Gefühl trotz des Frostes – plötzlich, gerade als er die Hose wieder zuknöpfen wollte, erschrak er bis ins Mark.

Denn drüben, unterm Tor des Vierseithofes, tauchten vier, fünf Jäger auf; im nächsten Moment feuerten sie auf ihn. Eine der Kugeln riss dem Renegaten die Joppe über der Hüfte auf; die übrigen schnalzten in den Dunghaufen, und Hiasl, der unbewaffnet war, konnte sich nicht verteidigen.

Es blieb ihm nichts übrig, als geduckt zur Haustür zu rennen; ehe er die Eichentür hinter sich zuschlug, erspähte er weitere Häscher in der Lücke zwischen Kuh- und Pferdestall. Hastig verriegelte er die Tür und brüllte nach den drei Gefährten, die zusammen mit ihm in den Ulmer Gäu gewandert waren.

Sofort kamen Joseph Ortlieb, der Amberger-Sepp und Andreas, die durch die Schüsse ohnehin schon aufgeschreckt worden waren, vom Oberstock heruntergehastet. Der Halbwüchsige hatte Hiasls Stutzen samt Pulverhorn und Kugelbeutel bei sich; während der Dreiunddreißigjährige nach seiner Büchse griff, fragte Ortlieb gehetzt: »Was ist los?!«

»Herrschaftsjäger! Ein ganzer Haufen!«, stieß Hiasl hervor. »Besetzt die Fenster hier im Parterre! Knallt jeden nieder, der dem Haus zu nahe kommt!«

Die drei Wilderer beeilten sich, den Befehl ihres Anführers zu befolgen. Hiasl scheuchte die eigentlichen Bewohner des Anwesens, die nun verstört herbeiliefen, in den Keller; danach bezog er Posten im Fenstererker der auf den Hof hinausgehenden Küchenstube.

Während er dort auf ein Ziel lauerte, verfluchte er sich selbst, weil er sich zu Jahresanfang von seinen Kumpanen hatte breitschlagen lassen. Ihnen zuliebe und insbesondere wegen seines Schützlings Andreas war er letztlich doch nicht in die Schweiz gegangen; war in seinem Heimatland geblieben und vor einer Woche gemeinsam mit seinen drei gegenwärtigen Begleitern zur Hirschjagd in den Ulmer Gäu aufgebrochen. Auf dem Krauthof, dessen Besitzer mit der Klostermayr-Bande sympathisierte, hatten sie Unterkunft gefunden – und jetzt sah es ganz so aus, als würde ihnen das einschichtige Anwesen zur tödlichen Falle werden.

Eben als ihm dies durch den Kopf ging, sah Hiasl, wie zwei Jäger vom Pferdestall her zum Misthaufen rannten, von wo aus sie sich vermutlich ein besseres Schussfeld auf das Bauernhaus erhofften. Er feuerte und erwischte den einen Häscher am Schenkel; auch aus den anderen Fenstern wurde geschossen, doch der zweite Jäger kam durch und verschanzte sich hinter der hölzernen Umrandung des Dunghaufens.

Kaum hatten die Schwarzschützen nachgeladen, feuerten die Waidmänner aus ihren verschiedenen Deckungen heraus eine Salve auf das Bauernhaus ab. Um die fünfzehn Gewehrkugeln rissen Stein- und Holzsplitter aus den Fenstereinfassungen oder krachten in die Räume dahinter; die Wilderer konnten nur eins tun: sich blitzschnell wegducken. Gleich darauf aber schossen sie zurück, und draußen bei den Wirtschaftsgebäuden des Anwesens wurden drei weitere Jäger mehr oder weniger schwer getroffen.

Wenig später rief einer der Häscher vom Hoftor zum Wohnhaus hinüber: »Dürfen wir unsere Verwundeten bergen?«

»Bringt sie weg«, antwortete der Anführer der Gesetzlosen. »Doch eure Waffen legt ihr vorher ab!«

Die Verletzten wurden in die Scheune getragen; nach einer Weile erschien in deren Toröffnung ein Jäger, der ein Tuch schwang. Vorsichtig trat er ein paar Schritte auf den Hofplatz hinaus; dann hörte er Hiasls Stimme: »Willst du verhandeln?«

»Ja«, erwiderte der Waidmann. »Darf ich zum Haus kommen?«

Es wurde ihm erlaubt; er ging zu dem Fenster, hinter welchem der Bandenführer stand, spähte hinein und sagte: »Du bist der Bayerische Hiasl, stimmt's?«

Scharf musterte der Renegat den schon älteren, spitzbärtigen Jäger, über dessen linke Wange sich eine zackige Narbe zog; mit einem Mal grinste er und erwiderte: »Wenn ich es nicht wäre, hättet ihr es wohl kaum für nötig gehalten, mit einer halben Armee gegen mich und meine Leute anzurücken, oder?«

»Ihr habt eben einen sehr üblen Ruf«, versetzte der Narbige.

»Und der ist bis zu euch in die Ulmer Gegend gedrungen, obwohl wir doch hier beinahe Fremde sind.« In gespieltem Erstaunen wiegte Hiasl den Kopf. »Seltsam, seltsam …«

»Eure abscheulichen Verbrechen sind überall bekannt!«, schnappte der Jäger. »Und ihr werdet sie am Galgen büßen!«

»Das also habt ihr uns zugedacht.« Der Renegat sagte es leise, fast versonnen. »Wer seid ihr überhaupt? Wem dient ihr?«

»Wir sind Waidmänner des Grafen Fugger zu Kirchberg«, lautete die Antwort.

»Fuggersche, aha …«, murmelte Hiasl. »Mit euresgleichen habe ich schon so manchen Strauß ausgefochten.« Seine Stimme wurde wieder lauter. »Und wie seid ihr mir und meinen Freunden auf die Spur gekommen?«

»Ein paar von uns haben halt die Augen offen gehalten«, feixte der Narbige. »Und weil gar nicht weit von hier gerade eine Jägerversammlung stattfand …«

»Habt ihr es nicht schwer gehabt, das Aufgebot zusammenzustellen«, unterbrach ihn der Renegat. »Nun gut … Jetzt sitzen wir Schwarzschützen im Haus in der Falle. Aber ihr habt auch ein Problem, weil ihr inzwischen gemerkt habt, wie treffsicher wir mit unseren Büchsen sind.«

»Trotzdem werdet ihr euch früher oder später ergeben müssen«, erwiderte der Jäger.

»Wieso denn?«, fragte Hiasl.

»Falls es zu weiteren Schusswechseln kommt, wird euch bald die Munition ausgehen«, gab der Narbige zu bedenken.

Der Renegat biss sich auf die Unterlippe, er wirkte auf einmal unsicher und schwieg.

»Siehst du!«, triumphierte der Jäger. »Auf Dauer habt ihr keine Chance. Deshalb solltet ihr klugerweise gleich kapitulieren!«

Es schien, als wollte Hiasl wütend auffahren; doch dann sagte er mit gepresster Stimme: »Allein kann ich das nicht entscheiden … Ich muss mich mit meinen Gefährten besprechen.«

»Nur zu«, versetzte der Narbige. »Aber lasst euch nicht zu viel Zeit mit eurer Beratung!«

»Eine Weile wird's schon dauern«, entgegnete der Renegat. »Und du garantierst mir, dass ihr uns solange nicht angreift.«

»Abgemacht.« Der Jäger wandte sich um und rief seinen Genossen zu: »Ich habe einen Waffenstillstand ausgehandelt.« Danach ging er, sichtlich zufrieden, zur Scheune zurück; Hiasl wiederum wartete ab, bis der Narbige nicht mehr zu sehen war, ehe er sich langsam vom Fenster entfernte.

Eine Viertelstunde verstrich; allmählich wurden die Fuggerschen, die mittlerweile alle auf dem Hofplatz standen, ungeduldig. Wenig später bedrängten mehrere Jäger den Parlamentär, nochmals zum Haus zu gehen – doch da erscholl

Hiasls Stimme: »Wir sind uns einig geworden. Wollen uns ergeben.«

»Kommt einzeln zur Tür heraus!«, forderte der Narbige. »Aber ohne eure Waffen!«

»Gleich sind wir soweit«, beschied ihn Hiasl. »Wir müssen bloß noch unsere Sachen zusammenpacken.«

Daraufhin näherten sich die Fuggerschen mit schussbereiten Büchsen der Haustür, um die Wildschützen dort zu empfangen. Doch drinnen im Bauernhaus blieb es still – plötzlich aber wurde an der Rückseite des Gebäudes aufgeregtes Hühnergegacker laut, und gleichzeitig flog ein Taubenschwarm auf.

Die Jäger brauchten einen Moment, um zu begreifen; dann schrie einer: »Die Wilderer sind da hinten ins Freie hinaus!«

Sofort rannte die ganze Schar der Fuggerschen los; die Männer drängten sich durch eine Holzpforte an der einen Seite des Hauses, passierten einen engen Gang, welcher das Wohnhaus von einem angrenzenden Wagenschuppen trennte, und gelangten so in den Obst- und Gemüsegarten des Anwesens.

Die Schwarzschützen befanden sich bereits am jenseitigen Ende des Gartens. Soeben sprangen Joseph Ortlieb und Andreas über den Staketenzaun; der Amberger-Sepp und Hiasl hingegen, die in diesem Augenblick die Verfolger bemerkten, gingen blitzschnell in die Knie und feuerten auf die Jäger. Der Narbige und ein weiterer Fuggerscher stürzten nieder; zugleich schossen auch die Waidmänner – und eine ihrer Kugeln traf den Amberger-Sepp in den Kopf. Blut und Gehirnmasse spritzten; der Wilderer war tot, ehe sein Körper auf der gefrorenen Erde aufschlug. Hiasl starrte entsetzt auf ihn; mit dem nächsten Lidschlag flankte er über den Zaun, den Gefährten hinterher.

»Weg!«, brüllte er seinen Kumpanen zu, die mit rauchenden Gewehren dastanden. »Dem Sepp ist nicht mehr zu helfen!«

Die drei Gesetzlosen hasteten über die Hauswiese davon; im Laufen luden sie ihre Büchsen nach, gingen am Wiesenrain in Deckung und gaben Feuer. Zwei Fuggersche wurden tödlich verwundet, ein dritter Jäger stürzte mit zerschmettertem Knie zu Boden. Die übrigen Häscher verloren den Mut und flohen in den Bauernhof zurück; die Überlebenden der Klostermayr-Bande brüllten ihnen Verwünschungen nach und liefen dann zu einem Waldstück, das an die Wiese angrenzte.

***

Die Schlacht beim Krauthof hatte fünf Tote gekostet. Der Leichnam des Amberger-Sepp, der eineinhalb Jahre lang Hiasls treuer Gefährte gewesen war, wurde von den Herrschaftsjägern in der Nähe des Anwesens verscharrt; ein anständiges Begräbnis wollten die Fuggerschen dem Schwarzschützen nicht gönnen. Die Wilderer trauerten im Ruinenversteck um ihren erschossenen Kameraden; im Februar sodann zogen sie in die Gegend von Kaufbeuren und machten dort die Forste des Irrseeischen Adelspatrimoniums unsicher.

Aber auch in diesem Gäu blieb die Klostermayr-Bande nicht lange unbehelligt. Wütender denn je stellten die Waidmänner den berüchtigten Wildschützen nach; zudem wurden nun sogar kleinere Militäreinheiten gegen die Bande aufgeboten. Und im März dieses Jahres 1770 kam es neuerlich zu einer schweren Konfrontation zwischen den Gesetzlosen und ihren Feinden.

Hiasl und seine Kumpane hatten in der Nähe des an der Wertach gelegenen Dorfes Schlingen fünf Hasen erlegt und wollten sich die Tiere in einer Taverne der genannten Ortschaft zubereiten lassen. Dummerweise hatte jedoch ein Jäger schon am Tag zuvor von ihrer Anwesenheit Wind bekommen. Der Waidmann hatte den Befehlshaber des Militärpostens in Kaufbeuren informiert – und als sich die Bandenmitglieder dem Dorfrand von Schlingen näherten, um die dort in den Ort führende Wertachbrücke zu überqueren, rannten sie erneut in eine Falle.

Im Gestrüpp der Uferböschung sowie in einem Postenhäuschen am Zugang zur Brücke lauerte nämlich ein Dutzend Uniformierter. Sie ließen die Schwarzschützen bis auf Schussweite heran; als die Wilderer nahe genug waren, kamen die Soldaten mit vorgehaltenen Waffen aus ihren Verstecken, und der Waibel, der sie kommandierte, rief den Gesetzlosen zu: »Hände hoch! Sonst knallen wir euch auf der Stelle ab!«

Diese wüste Drohung aber bewirkte bei den Wilderern das Gegenteil dessen, was sich der Unteroffizier erhofft hatte. Gedankenschnell feuerten die Schwarzschützen eine Salve ab; mehrere Soldaten wurden getroffen; die übrigen Uniformierten, auch der Waibel, rannten in Panik und eher blindlings Schüsse nach hinten losknallend über die Wertachbrücke davon. Die Wilderer hetzten ihnen nach; im Rennen bemühte sich Hiasl, seinen Stutzen nachzuladen – doch ehe er die Kugel pfropfen konnte, feuerte der Unteroffizier mit einer Pistole auf ihn.

Der Anführer der Gesetzlosen taumelte und stürzte nieder. Im nächsten Moment aber raffte er sich wieder auf, rammte den Wergpfropfen in den Stutzenlauf, zielte kurz und erwischte den Waibel. Der Unteroffizier wurde gegen das hölzerne Brückengeländer geschleudert; die angemorschten Bretter zersplitterten, und der Waibel fiel, sich überschlagend, in den Fluss.

Seine noch unverletzten Untergebenen flüchteten ins Dorf hinein, doch sie schafften es nicht, sich in den Bauernhäusern zu verstecken. Denn die Wilderer blieben ihnen, immer wieder Schüsse über ihre Köpfe hinweg abgebend, auf den Fersen; trieben sie durch ganz Schlingen hindurch und ließen erst von den Uniformierten ab, als diese jenseits der Ortschaft in einem Waldstück verschwanden.

Bei einem Findlingsstein kamen die Schwarzschützen zum Stehen; der Sternputz rief aus: »Das war eine Hetzjagd nach meinem Geschmack! Die Arschlöcher werden es nicht noch einmal wagen, uns in die Quere zu kommen!«

»Und Rache für den Amberger-Sepp haben wir auch genommen!«, knurrte der Tiroler. »Der wird sich da, wo er jetzt ist, mächtig darüber gefreut haben, dass sich die Soldatenbrut vor Angst in die Hosen geschissen hat!«

Beifallheischend schaute er auf Hiasl, der am Felsen lehnte; als er sah, dass die Hose des Dreiunddreißigjährigen unterhalb des Gürtels blutdurchtränkt war, stieß er hervor: »Kreuzkruzifix! Dich hat's ja erwischt! Hab gar nicht mehr daran gedacht. Wie weit fehlt's dir denn?!«

»Das werden wir gleich sehen«, antwortete Hiasl. Er öffnete den Leibgurt, ließ das Beinkleid herunter und untersuchte, während seine Gefährten näher traten, die Schusswunde an seiner rechten Hüfte. Dann spuckte er aus und erklärte: »Schwein gehabt. Die Kugel des Unteroffiziers hat mir bloß eine flache Schmarre durchs Fleisch gerissen. In ein, zwei Wochen ist's vernarbt.«

»Gut!«, freute sich der junge Andreas; Adam Locherer versetzte: »Aber mit dem Marschieren oder Pirschen wirst du in nächster Zeit Probleme haben.«

»Wahrscheinlich«, nickte Hiasl. »Und deshalb schlage ich vor, dass wir für eine Weile untertauchen. Zwischen Eggenthal und Rettenbach gibt es einen einschichtigen Bauern, dem ich früher einmal eine Rotte Wildsauen weggeschossen habe. Bei dem können wir unterschlüpfen. Doch zu Fuß werde ich es nicht bis dorthin schaffen, und daher müssen wir uns hier im Dorf einen Leiterwagen besorgen, auf dem ihr mich zu der Einöde bringen könnt.«

Keine halbe Stunde später brach die Bande nach Westen auf. Andreas und der Allgäuer zogen den kleinen Wagen, auf dem ihr Anführer saß, dem eine Schlingener Bäuerin die Hüfte verbunden hatte. Außerdem hatte die Frau dem Verwundeten zum Abschied eine Schnapsflasche zugesteckt, und aus diesem Grund brachte er den langen Transport recht fidel hinter sich.

***

Nach Hiasls Genesung kehrte die Wildschützenbande für einige Wochen ins Ruinenversteck zurück; den Spätfrühling und Sommer über jagten die Schwarzschützen teils auf dem Lechfeld, teils im nordöstlichen Oberschwaben. Im September, bald nach seinem vierunddreißigsten Geburtstag, verspürte der Bandenführer einmal mehr Sehnsucht nach seinem Sprössling sowie nach dem Vater und Regina. Zusammen mit den Gefährten besuchte er sein Heimatdorf Kissing, wo er einen Tag mit dem mittlerweile neun Jahre alten Korbinian verbrachte und vom alten Klostermayr und der Schwester erfuhr, dass der Bub auf dem Baumüller-Anwesen gut gehalten wurde und regelmäßig zu Besuch ins Hirtenhaus kommen durfte.

Nach einer knappen Woche verließen die Wildschützen das Dorf an der Paar wieder; in der zweiten Oktoberhälfte sodann, als sie im Raum zwischen Landsberg und Mindelheim pirschten, wurde ihnen etwas zugetragen, das ihren ohnehin stets wühlenden Zorn auf die adlige und pfäffische Obrigkeit stärker denn je aufflammen ließ.

Im Wirtshaus des Weilers Waal nämlich berichtete ihnen ein Mühlenbesitzer, der mit ihnen sympathisierte: »Der bischöfliche Pfleger von Buchloe, das herausgefressene Adelsschwein Johann Baptist Heß zu Tesertingen, macht sich bei jeder Gelegenheit über euren toten Kameraden, den Amberger-Sepp, auf die schändlichste Art lustig. Er behauptet, es sei dem Sepp nicht nur der Schädel, sondern auch der Schwanz weggeschossen worden, und als man den Leichnam untersucht habe, hätte man festgestellt, dass der Verbrecher ein Eunuch gewesen sein müsse, weil er keine Eier besessen habe.«

Als die Wilderer das hörten, brach ein wütender Aufruhr unter ihnen los, und wenig später steigerte sich ihre Empörung noch. Denn der Müller berichtete weiter: »Der Heß zu Tesertingen gibt sich aber nicht damit zufrieden, den Toten auf solch infame Weise durch den Dreck zu ziehen. Er pflegt außerdem herumzuschreien, er werde euch früher oder später allesamt in seine Gewalt bekommen, und dann werde er eigenhändig dafür sorgen, dass ihr, bevor man euch an den Galgen hänge, ebenso wie der Amberger kastriert würdet.«

»Wir sollten den Spieß umdrehen und der Adelssau den Sack samt dem Schwengel abschneiden!«, brüllte der Sternputz außer sich vor Grimm.

»Oder ihn an seinen Eiern am Galgenbaum hochziehen!«, rief Georg Brandmaier.

»Auf jeden Fall wird er es bitter bereuen, dass er sein dreckiges Schandmaul dermaßen gegen uns gewetzt hat!«, kam es von Hiasl – und gleich am folgenden Morgen machte sich die Klostermayr-Bande auf den Weg nach Buchloe.

Am Nachmittag langten die Schwarzschützen in dem bischöflich-augsburgischen Marktort an und marschierten schnurstracks zum Pfleghaus. Manche Bürger flohen beim Anblick der neun Bewaffneten und des riesigen Fanghundes, den Hiasl wie üblich bei sich hatte; andere winkten den Gesetzlosen teils schüchtern, teils begeistert zu.

Vor dem Portal des protzigen Gebäudes, in dem Johann Baptist Heß zu Tesertingen residierte, stießen die Wilderer auf zwei Wachtposten, die Gewehre und Kurzsäbel trugen. Einer der beiden Wächter begann vor Angst zu zittern; der zweite Posten brachte den Mut auf, den Schwarzschützen zuzurufen: »Halt! Keinen Schritt weiter! Sonst wird euch die Strafe des Augsburger Bischofs treffen!«

»Auf den Fettpfaffen scheißen wir!«, gab ihm der Lissaboner-Bäck heraus; gleich darauf wollte Hiasl wissen: »Ist der Pfleger da?! Der Tesertingen?!«

Der beherztere Wachtposten nickte.

»Sehr gut!«, versetzte der Bandenführer. »Und jetzt schmeißt eure Büchsen und die Säbel weg, sonst passiert was!«

Die Wächter zögerten einen Moment – und das nahmen Joseph Ortlieb, der Sternputz, der Allgäuer und Andreas zum

Anlass, sich auf sie zu stürzen. Mit den Büchsenkolben griffen sie die Posten an; der ungleiche Kampf währte nur kurz, dann lagen die Bischöflichen blutend und besinnungslos am Boden.

Der Tiroler sammelte ihre Waffen ein, zerbrach die Kurzsäbel über dem Knie und warf die Gewehre in einen Brunnentrog, der sich neben dem Portal des Pfleghauses befand. Als dies geschehen war, stürmten Hiasl und fünf weitere Wilderer das Gebäude; die übrigen drei Gesetzlosen blieben draußen, um ihren Kameraden den Rücken freizuhalten.

Im Inneren des Pfleghauses stießen die Eindringlinge auf einen älteren Schreiber, der ihnen, vor Furcht schlotternd, den Weg zu den Wohngemächern der Adelsfamilie im oberen Stockwerk wies. Die Wildschützen rannten die Treppe hinauf und drangen in die Privaträume des Johann Baptist Heß zu Tesertingen ein. Der etwa vierzigjährige Pfleger hielt sich zusammen mit seiner Gemahlin im Schlafgemach auf; das Paar war nur dürftig bekleidet und hatte sich die wenigen Gewandstücke offenbar gerade erst in aller Hast angezogen.

Jetzt starrten Johann Baptist Heß zu Tesertingen und sein Weib wie gebannt auf die Gesetzlosen; Hiasl ließ sie einen Augenblick schmoren, ehe er den Pfleger anherrschte: »Weißt du, wer ich bin?!«

»Der … der Klostermayr«, stammelte Tesertingen; kaum war der Name des Renegaten gefallen, stieß die Frau einen spitzen Angstschrei aus.

»Richtig«, feixte Hiasl. »Ich bin der Matthäus Klostermayr, der dir zusammen mit seinen Freunden die Aufwartung macht.« Das Grinsen verschwand aus seinem Gesicht. »Und du bist der letzte Drecksack! Weil du infame Lügengeschichten über unseren toten Kameraden, den Amberger-Sepp, erzählst! Und weil du herumplärrst, dass du mich und meine Gefährten erst entmannen und dann an den Galgen bringen willst!«

»Davon … davon … weiß ich nichts«, stotterte der Pfleger.

»Bist du zu feige, es zuzugeben?!«, schrie der Sternputz. »Oder hast du dir vorhin das Gedächtnis aus dem Hirn gefickt?!«

»Gnade!«, jammerte die Gattin des Adligen. »Mein Mann hat es doch gar nicht so gemeint …«

»Kusch!« Drohend hob Joseph Ortlieb die Faust gegen die Frau. »Dich hat keiner gefragt!«

Die Pflegerin begann hysterisch zu heulen; Hiasl stieß sie beiseite und packte ihren Gemahl am Hemd. »Also, was ist jetzt?! Gestehst du ein, dass du uns, die Herren der Wälder, aufs schwerste beleidigt hast?!«

Tesertingen wand sich unter dem Griff des Renegaten, gab jedoch keine Antwort – und daraufhin schlug Hiasl zu. Sein Fausthieb ließ den Pfleger gegen das Bett taumeln; im nächsten Moment fielen die übrigen Wilderer über den Adligen her. Sie misshandelten ihn, bis er mit gebrochenem Nasenbein, aufgeplatzten Lippen und einer ausgerenkten Schulter auf den Dielen lag; zuletzt versetzte ihm Adam Locherer noch ein paar Fußtritte, und zugleich fuhr Hiasl die Frau an, die von Andreas festgehalten wurde: »Wo habt ihr euer Geld und eure Wertsachen versteckt?!«

»Was wollt ihr … damit?!«, presste die Pflegerin heraus.

»Die Sachen werden konfisziert!«, schnappte der Allgäuer. »Zur Strafe für die Verbrechen deines Mannes!«

»Nein …«, wimmerte die Frau. »Das dürft ihr nicht …«

Sie verstummte, weil ihr Hiasl die scharfe Klinge seines Hirschfängers gegen die Kehle drückte; gleichzeitig begann Tyras grollend zu knurren. Daraufhin ergab sich die Pflegerin in ihr Schicksal und deutete mit zitternder Hand auf ein Ölgemälde an der Rückwand des Schlafgemachs, auf dem mehrere nackte Nymphen sowie ein Faun dargestellt waren.

Der Sternputz sprang über das Bett und riss das Bild von der Wand; dahinter wurde ein eingemauerter Tresor sichtbar. Der Schlüssel allerdings fehlte, doch nachdem Locherer den plötzlich trotz seiner Verletzungen wild aufbegehrenden Tesertingen brutal geohrfeigt und ihn dann nach dem Tresorschlüssel gefragt hatte, stöhnte dieser: »Im linken Bettpfosten … am Kopfende …«

Hiasl entfernte den beweglichen Pfostenknauf und holte den Schlüssel aus seinem Versteck; gleich darauf wurde das Geheimfach geplündert. Es enthielt über zweitausend Gulden an Steuergeldern sowie eine Schatulle mit Gold-, Silber- und Perlenschmuck. Die Wildschützen sackten den Schatz ein; danach erklärte der Bandenführer dem Pfleger: »Das Geld und die Pretiosen nehmen wir als Wiedergutmachung dafür, dass du dein Schandmaul über unseren erschossenen Gefährten gewetzt hast! Und wegen der bösartigen Drohungen, die du dir uns anderen gegenüber geleistet hast, werden wir dir jetzt das ganze Haus ausplündern!«

Während der folgenden Stunde musste das Ehepaar Tesertingen, von Andreas und dem Fanghund in Schach gehalten, die Schwarzschützen durch sämtliche Gemächer des Pfleghauses begleiten und mit ansehen, wie sich die Gesetzlosen alles Wertvolle aneigneten. Die Wilderer trugen Waffen, Gemälde, Zierkruzifixe, Weihwasserfässchen, Wandteppiche, Geschirrgarnituren, Besteckkästen, Stand- und Tischuhren, Brokatvorhänge und selbst die Prunkgewänder sowie die hübsch bemalten Nachttöpfe des Pflegerpaares zu Haufen zusammen und brachten ihre Beute am Ende ins Freie, wo Georg Brandmaier, der Tiroler und der Lissaboner-Bäck warteten.

Der Anführer der Bande legte vier Jagdgewehre, um die er den Ledergurt eines Kugelbeutels geschlungen hatte, auf dem Pflaster des Platzes vor dem Haus ab; dann fragte er seine drei Kumpane, die Wache gestanden hatten: »Ist hier draußen alles ruhig geblieben?«

»Im Prinzip ja«, antwortete Brandmaier. »Die beiden Posten, die sich aufmüpfig zeigten, haben wir gefesselt und beim Brunnentrog abgelegt, so dass sie keine weiteren Sperenzchen machen konnten. Als wir noch mit ihnen beschäftigt waren, kam ein alter Schreiber aus der Haustür gehumpelt, den wir großmütig laufen ließen. Und eine Weile später zeigten sich dort drüben am Ausgang der schmalen Gasse, wo sich jetzt die Schaulustigen drängen, ein paar Gendarmen. Aber die gaben rasch wieder Fersengeld, als wir unsere Büchsen auf sie anschlugen und ihnen zuriefen, dass der Bayerische Hiasl im Pfleghaus eine persönliche Unterredung mit dem Tesertingen habe.«

»Gut gemacht«, schmunzelte der Bandenführer. »Und nun müssen wir bloß noch ein Fuhrwerk besorgen, damit wir die Sachen wegbringen können, die uns der Pfleger zur Buße für seine Verfehlungen überlassen hat.«

»Ich glaube, im hinteren Teil des Anwesens gibt's einen Stall und eine Remise«, äußerte der Lissaboner-Bäck.

»Schau nach«, wies ihn Hiasl an.

Der Bäck verschwand; bald kam er zurück und meldete aufgeräumt: »In der Wagenremise stehen zwei prächtige Kutschen, und vier kräftige Rösser sind auch da.«

»Dann werden wir wie die großen Herren davonfahren«, freute sich Andreas.

Wenig später standen die beiden Kaleschen mit den Pferden an den Deichseln vor dem Portal des Pfleghauses. Die Gesetzlosen beluden die Kutschen mit dem Beutegut; danach stieg ein Teil der Wilderer auf die Böcke, die restlichen Schwarzschützen zwängten sich in die vollgepackten Kaleschen. Als alle ihren Platz gefunden hatten, knallte Hiasl, der auf einem der Kutschböcke saß, mit der Peitsche. Sofort galoppierten die Rösser an, und die Kaleschen, neben denen Tyras rannte, donnerten an gaffenden, Verwünschungen rufenden oder auch lachenden Bürgern vorbei durch die Gassen von Buchloe und sodann ins offene Land hinaus.

***

Einige Tage nach dem Raubüberfall verkauften die Wildschützen ihre Beute samt den Kutschen und Pferden an einen Hehler in

Augsburg. Anschließend wanderten sie zum Ruinenversteck, wo sie die Gulden aus dem Tresor und die Münzen, die sie in der Bischofsstadt erlöst hatten, gerecht unter sich aufteilten.

Dies geschah Ende Oktober dieses Jahres 1770; Anfang November besuchte Hiasl seine Angehörigen in Kissing und übergab dem grauhaarigen Vater und der Schwester zwei Drittel seines nicht ganz legal erworbenen Vermögens. Der alte Klostermayr und Regina konnten sich vor Freude über den unerwarteten Geldsegen kaum fassen; beim Abschied allerdings ermahnte der betagte Gemeindehirte seinen Sohn: »Halt dich jetzt einmal eine Weile still, bis Gras über die Sache in Buchloe gewachsen ist.«

Die Schwester nickte dazu; Hiasl erwiderte: »Nun, wo der Winter kommt, ist es sowieso besser, sich auf die faule Haut zu legen.«

Danach umarmte er den Vater und Regina, hielt sich noch ein paar Stunden bei Korbinian auf dem Baumüller-Hof auf und machte sich schließlich wieder auf den Rückweg zu seinen Kumpanen in der Turmruine. Als er nach zweitägigem Fußmarsch dort anlangte, begrüßte ihn der Sternputz mit den Worten: »Hier in der Wildnis nützen uns die vielen Gulden leider gar nichts, und daher sollten wir in der nächsten Zeit über die Dörfer ziehen, wo es jede Menge Tavernen gibt, in denen wir unseren Reichtum bei Wein, Weib und Gesang verputzen können.«

»Das ist eine ausgezeichnete Idee«, erwiderte Hiasl und fügte grinsend hinzu: »Am besten brechen wir gleich morgen auf, damit insbesondere die jungen Frauen nicht zu lange auf uns warten müssen.«

Während der folgenden November- und Dezemberwochen sodann genossen die Mitglieder der Klostermayr-Bande in den verschiedensten Wirtshäusern des Schwäbischen Oberlandes das süße Leben – und ahnten dabei nicht, welch furchtbares Verhängnis sich über ihren Köpfen zusammenbraute.

# Der Premierleutnant

## AUGSBURG/OBERSCHWABEN/BUCHLOE/DILLINGEN
## JANUAR 1771 BIS ANFANG SEPTEMBER 1771

Im Liebfrauendom zu Augsburg hatten sich an diesem frostigen Vormittag kurz nach Neujahr etwa zwei Dutzend weltliche und kirchliche Adlige samt ihrem Gefolge versammelt: die Oberhäupter der Grafenfamilie Fugger, die Äbte der Klöster des Schwäbischen Oberlandes und des angrenzenden kurbayerischen Lechgäus; dazu die Freiherren, Ritter und Pfleger, die auf den diversen Patrimonien der genannten Gebiete saßen.

Andächtig lauschten die Edelleute der Messe, welche der Augsburger Bischof höchstpersönlich las. Nachdem der Kirchenfürst das »Ite missa est« gesprochen hatte, folgten ihm die Adligen in seinen Palast. Im großen Speisesaal wurde ein opulentes Mahl von fünf Gängen aufgetragen; während sie tafelten, tauschten sich die Edelleute nur über ein einziges Thema aus – und zuletzt, als allgemeiner Konsens zwischen ihnen hergestellt war, verkündete der Bischof: »Wir sind uns also einig darin, dass dem gotteslästerlichen Treiben der Klostermayr-Bande endlich mit aller Härte Einhalt geboten werden muss!«

»Wenn wir diese Verfluchten nicht vor den Richter bringen und ein blutiges Exempel an ihnen statuieren, treiben sie noch das ganze Land in den Aufruhr gegen uns!«, rief der älteste Fugger. »Doch es wird, wie ja bereits gesagt wurde, eine veritable Armee nötig sein, um diese mit dem Teufel verbündeten Schurken zu Paaren zu treiben!«

»Mit der Hilfe unseres Herrn Jesus Christus wird der Kreuzzug gegen die Todsünder gewiss von Erfolg gekrönt sein«, erwiderte der Bischof. Er bekreuzigte sich; sodann hob er seinen Weinpokal und forderte die Adligen auf: »Lasst uns nun auf den

Sieg der gerechten Sache und den Untergang unserer vom Leibhaftigen besessenen Feinde trinken!«

***

Eine Woche später, am elften Januar dieses Jahres 1771, marschierte ein fast dreihundert Mann starker Truppenverband von Landsberg nach Mindelheim. Die Kampfeinheit wurde von einem schon etwas älteren, in fürstbischöflichen Diensten stehenden Premierleutnant namens Joseph Schedel befehligt, der Erfahrung in Kriegseinsätzen besaß. Unter seinem Kommando standen sowohl bischöfliche als auch bayerisch-kurfürstliche Militärverbände; außerdem Soldaten, Jäger und Gerichtsbüttel der verschiedenen klerikalen und weltlichen Territorialherren Oberschwabens und des Augsburger Raumes. Späher hatten dem Premierleutnant am Abend zuvor gemeldet, dass die Klostermayr-Bande nördlich der Stadt Mindelheim bei einer verlassenen Sölde gesichtet worden war, und nun wollte Schedel versuchen, die Gesetzlosen dort zu stellen.

Als die Truppe ihr Ziel erreichte, waren die Schwarzschützen aber bereits wieder über alle Berge. Ihre Spuren allerdings zeichneten sich auf dem verschneiten Erdboden ab, so dass die Häscher ihnen folgen konnten.

Die Fährte führte in Richtung des Dorfes Frankenried; anfangs ging der Marsch der Kampfeinheit dorthin zügig vonstatten; dann jedoch, in der Mitte des zweiten Tages nach dem Aufbruch von Landsberg, setzten pludernde Windstöße und heftiger Schneefall ein. Dadurch wurde das Vorwärtskommen von Stunde zu Stunde schwieriger; den Nachmittag über mussten sich die Männer durch immer höher werdende Schneeverwehungen kämpfen, und als die Nacht hereinbrach, befand sich die Truppe noch meilenweit von Frankenried entfernt auf freiem Feld.

Erst gegen drei Uhr morgens langten die völlig erschöpften Häscher in der kleinen Ortschaft an. Mit krächzender Stimme gab der Premierleutnant der Vorhut seiner Streitmacht den Befehl, die Gewehre schussbereit zu machen und das einzige Wirtshaus des Dorfes zu umstellen. Nachdem dies geschehen war, feuerte Schedel seine Pistole in die Luft ab, ging hinter einem nahe der Gastwirtschaft abgestellten Bierkarren in Deckung, wartete einen Moment und schrie sodann in fistelndem Tonfall zur straßenseitigen Hausfront des Anwesens hin: »Ergib dich, Klostermayr! Die Taverne ist von einer Übermacht umzingelt! Gegen jeden deiner Leute stehen dreißig von uns! Sei also klug und komm mit deinen Spießgesellen unbewaffnet und mit erhobenen Händen aus dem Haus!«

Ein fauchender Windstoß trieb Schneeschwaden vom Dach der Gaststätte, ansonsten passierte zunächst gar nichts. Erst nach einer Weile, als der Premierleutnant gerade einen zweiten Warnschuss abgeben wollte, öffnete sich die Tür der Taverne. Im Licht einer Laterne wurde die Gestalt eines Mannes sichtbar, der mit einem Nachthemd und einer über die Schultern geworfenen Joppe bekleidet war. Es handelte sich um den Inhaber des Wirtshauses; Schedel hastete auf ihn zu, fuhr ihn an: »Wo steckt der Klostermayr?!« – und bekam zur Antwort: »Der ist nicht da!«

Das hagere Gesicht des Premierleutnants verzerrte sich vor Wut und Enttäuschung. »Du lügst! Willst den Hundsfott schützen! Steckst mit ihm unter einer Decke!«

»Nein!«, beteuerte der Gastwirt. »Ich schwöre bei meinem Seelenheil, dass der Bayerische Hiasl nicht hier ist. Er und seine Kumpane sind zwar gestern bei mir eingekehrt, doch am Spätnachmittag sind sie wieder verschwunden.«

Aggressiv reckte Schedel das Kinn mit dem vereisten Knebelbart vor. »Und du hast sie beherbergt?! Hast ihnen Speise und Trank gegeben?!«

»Was hätte ich denn machen sollen?«, verteidigte sich der Tavernenbesitzer. »Die Bande war neun Mann stark. Alle bewaffnet. Und dann auch noch der gefährliche Fanghund. Ich war heilfroh, als die Kerle sich entschlossen, weiterzuziehen.«

Der Premierleutnant trat bis auf Tuchfühlung an den Wirt heran. »Möglich, dass du ein anständiger Mensch bist und dich vor den Verbrechern gefürchtet hast. Ebenso könntest du aber mit ihnen im Bunde sein. Könntest ein Versteck in deiner Gaststätte haben, wo sich die Klostermayr-Bande verbirgt.«

»Überzeugt Euch von meiner Unschuld«, bot der Wirt an. »Durchsucht von mir aus mein Haus von oben bis unten.«

»Das werden wir auch!«, schnappte Schedel und erteilte seinem Adjutanten die entsprechende Order. Gleich darauf, während nun zahlreiche Dörfler von den Nachbarhäusern herankamen, stürmten zwanzig Soldaten in die Taverne, trieben die Frau und die Kinder des Inhabers, die zitternd im Hausflur standen, in die Küche und inspizierten danach jeden einzelnen Raum.

Wenig später war klar, dass der Gastwirt die Wahrheit gesagt hatte. Der Premierleutnant, der mittlerweile in der Schankstube saß und sich mit Branntwein aufzuwärmen versuchte, befahl den Tavernenbesitzer noch einmal zu sich und fragte ihn: »Hast du eine Ahnung, wo die Bande stecken könnte?«

»Die Wilderer sind auf der Landstraße nach Osterzell zum Dorf hinaus«, lautete die Antwort.

»Wie weit ist es bis dorthin?«, wollte Schedel wissen.

»Bei gutem Wetter ungefähr eineinhalb Wegstunden«, erwiderte der Wirt. »Aber jetzt, wo der Sturmwind wütet und die Straße vom Schnee verweht ist ...«

Nachdenklich strich sich der Premierleutnant den Kinnbart, der inzwischen aufgetaut war. Eine Weile überlegte er; dann wandte er sich dem neben ihm sitzenden Adjutanten zu und eröffnete ihm: »Wir brechen in einer halben Stunde, sobald sich die Männer ein wenig erholt haben, wieder auf!«

Gegen vier Uhr formierte sich die Marschkolonne von neuem; gut drei Stunden später, im Morgengrauen, langten die dreihundert Häscher in Osterzell an. Das Dorf lag in Waldnähe, der Forstsaum zog sich hufeisenförmig um die Anwesen herum. Mit zusammengekniffenen Augen rekognoszierte Schedel das Terrain; dann kommandierte er zweihundert Mann ab, damit diese den Waldrand besetzen und so eine etwaige Flucht der Wildschützen in den Forst vereiteln sollten.

Während die beiden Hundertschaften ihre Stellungen bezogen, führte der Premierleutnant den Rest seiner Streitmacht zum Dorfplatz, in dessen Mitte ein zugefrorener Teich zu erkennen war. Als die Vorhut nur noch ein paar Dutzend Schritte von dem vereisten Gewässer entfernt war, öffnete sich ein Hoftor, und ein feister Bauer kam auf die Soldaten zugelaufen. Schedel winkte ihn zu sich heran; gleich darauf stieß der Dörfler hervor: »Wie gut, dass Ihr da seid, Herr Offizier! Gewiss jagt Ihr den Klostermayr, und ich …«

»Wo steckt der Lump?!«, unterbrach ihn der Premierleutnant. »Hält er sich hier im Ort auf?!«

Der Fettleibige nickte. »Da drüben im Wirtshaus ist er! Der Klostermayr und seine ganze Bande! Und ich hoffe, die Sauteufel werden jetzt endlich an den Galgen kommen!«

Schedel verzog die Lippen zu einem schmalen Grinsen. »Du magst die Schwarzschützen nicht, was?«

»Ich bin Großbauer, und meine Frau stammt aus einer Adelsfamilie«, versetzte der Feiste.

»Meine Hochachtung!« Der Premierleutnant klopfte ihm anerkennend auf die Schulter; sodann drehte er sich zu seinem Adjutanten um. »Lass die Taverne von der Hälfte unserer Leute umstellen! Danach werden wir zusammen mit den übrigen fünfzig Mann das Anwesen stürmen!«

Wenig später war das Gasthaus von allen Seiten abgeriegelt. Schedel überprüfte seine Pistole; wollte anschließend den Befehl zum Großangriff geben – doch im selben Augenblick flog im Oberstock der Taverne ein Fensterladen auf, und unmittelbar darauf krachte ein Schuss.

Die Kugel traf einen Soldaten, der neben dem Premierleutnant stand. Der Uniformierte stürzte in den Schnee; gleichzeitig verschwand der junge Andreas Mayr, der aus seinem Stutzen gefeuert hatte, wieder vom Wirtshausfenster und schrie seinen Gefährten, die hinter ihm erschrocken von ihren Nachtlagern hochfuhren, zu: »Häscher! Dutzende von ihnen!«

»Verflucht!«, brüllte Hiasl und griff nach seiner Waffe. »Alle hinab ins Parterre! Sie dürfen nicht ins Haus kommen!«

Die Wilderer packten ihre Gewehre, Pulverhörner und Kugelbeutel und rannten die Treppe ins Erdgeschoss hinunter. Die Soldaten wiederum setzten nun zum Sturm an; bevor die ersten Uniformierten aber die Tavernentür erreichten, schossen die Gesetzlosen aus den rasch aufgerissenen Parterrefenstern und verwundeten mit ihrer Salve acht Angreifer.

Daraufhin erteilte der entsetzte Schedel mit sich überschlagender Stimme einen Rückzugsbefehl und floh zusammen mit seinen Leuten in Deckung. Die Soldaten warfen sich bei den alten Bäumen nieder, die auf dem Dorfanger wuchsen; flüchteten in die Haus- und Hofeingänge benachbarter Anwesen; zehn, zwölf Mann rannten zu einer Kapelle, die gegenüber der Gastwirtschaft stand.

Drinnen in der Taverne luden die Wildschützen hastig ihre Büchsen nach; kaum waren Hiasl und seine Kameraden wieder feuerbereit, rief der Premierleutnant, der zur alten Dorflinde beim Teich retiriert war, zum Gasthaus hinüber: »Ergib dich, Klostermayr! Der Kampf ist aussichtslos! Ich kommandiere dreihundert Bewaffnete!«

»Eher sind es inzwischen fast ein Dutzend weniger!«, gab ihm Hiasl durch ein schmales Fenster direkt neben der Wirtshaustür zur Antwort. »Und wenn du ein Herz im Leib hättest, würdest du die Verletzten wegbringen lassen, statt herumzuplärren!«

»Garantierst du eine Feuerpause?«, kam es von Schedel.

Der Bandenführer bejahte; daraufhin sorgte der Premierleutnant dafür, dass die Verwundeten in eines der Bauernhäuser getragen wurden.

Als die Blessierten geborgen waren, verlangte Hiasl von dem Offizier: »Nun musst du mir auch einen Gefallen tun! Ich möchte die Wirtsleute und ihr Gesinde vom Hals haben. Lass sie ungeschoren aus dem Haus!«

Schedel erklärte sein Einverständnis; kurz darauf kamen die Genannten einzeln durch die Gasthaustür und liefen draußen weg. Als Letzte erschien eine Küchenmagd unter dem Türstock – kaum war sie im Freien, hetzte auch Tyras aus der Taverne.

Der Blutgeruch, der vom Dorfplatz in das Gebäude drang, hatte den Fanghund erregt; jetzt raste er knurrend und geifernd auf Schedel zu. Ein gellender Pfiff seines Herrn vermochte das außer Rand und Band geratene Tier nicht zu stoppen; Tyras wollte nur eins: den Premierleutnant niederreißen und ihm die Zähne in die Kehle schlagen – doch bevor der riesige Fanghund den Offizier anspringen konnte, krachten mehr als ein Dutzend Schüsse.

Die Kugeln zerfetzten Tyras förmlich; sein Schädel schien zu zerplatzen; während er sich in vollem Lauf überschlug, schien eine unsichtbare Gewalt Fleisch- und Fellteile aus seinem Körper herauszusprengen. Direkt vor den Füßen des wie gelähmt dastehenden Premierleutnants blieb der blutüberströmte Fanghund liegen; im nächsten Moment erscholl von der Taverne her ein grauenhafter Schrei.

Hiasl hatte ihn ausgestoßen; nun feuerte er auf Schedel, traf aber nicht den Premierleutnant, sondern dessen Adjutanten, der sich instinktiv in die Schussbahn geworfen hatte. Der Uniformierte sank neben dem toten Tyras nieder; gleich darauf brüllte der Anführer der Wildschützenbande: »Es gibt keine Verhandlungen mehr! Und die Waffen werden ich und meine Leute nie und nimmer strecken!«

Sofort schlug der Sternputz die Wirtshaustür zu und verriegelte sie von innen. Danach besetzten die Wilderer wie zuvor die Fenster im Parterre und erwarteten den Angriff der Soldaten. Dieser kam rasch; die Uniformierten deckten die Taverne zuerst mit mehreren Salven ein und versuchten dann erneut, das Gebäude zu stürmen.

Die Gesetzlosen schlugen sie aber auch diesmal zurück; wieder mussten die Soldaten fliehen, und auf dem Platz vor dem Gasthaus blieben zwei tödlich getroffene Männer und sieben Schwerverletzte liegen. Daraufhin ließ Schedel auf einigen Bauernhöfen, deren Bewohner vor Angst außer sich waren, mehrere Fuhrwerke requirieren. Die Heu- und Frachtwagen wurden mit Strohballen beladen; danach schoben die Uniformierten sie bis auf zehn Meter an die Taverne heran und begannen hinter den Fuhrwerken hervor zu feuern.

Dank der Strohladungen auf den Wagen waren die Soldaten recht gut gegen die feindlichen Kugeln geschützt. Sie konnten nun effektiver als zuvor schießen, und schließlich gelang es einem kleinen Trupp von drei Mann, während die anderen Uniformierten die Wirtshausfenster unter Salvenfeuer nahmen, zur Eingangstür der Gaststätte vorzudringen. Dort stopften die drei Soldaten eine Sprengladung in den Spalt zwischen Tür und Schwelle, krochen hastig wieder in Deckung und zündeten den Pulverbeutel durch einen Gewehrschuss. Die Detonation riss die Tavernentür aus den Angeln; sie flog krachend in den Hausgang hinein, und unmittelbar darauf trieb Schedel seine Leute zum dritten Sturmangriff an.

Da die Wilderer von der Explosion überrascht worden waren und jetzt verstört reagierten, glückte die Attacke. Unter dem heftigen Feuer der Uniformierten mussten die Gesetzlosen den Flur und den Schankraum der Taverne räumen. Sie flüchteten in die Wirtshausküche, die an den Gastraum angrenzte, und verschanzten sich dort. Nachdem sie die beiden Türen des Küchengewölbes, die in die Schänke und in den Hausgang führten, besetzt hatten, stellte sich heraus, dass zwei der Wildschützen verletzt waren: der Lissaboner-Bäck, der einen Streifschuss am Hals abbekommen hatte, und Adam Locherer, der aus einer Armwunde blutete.

Notdürftig wurden die Blessierten von ihren Kameraden verbunden; danach knurrte der Sternputz: »Hier sitzen wir sauber in der Falle!«

»So ist's«, erwiderte der Tiroler und fügte in einem Anflug von Galgenhumor hinzu: »Doch die Sache hat nicht nur ihr Schlechtes. Zwar können wir nicht hinaus, aber unsere Feinde können auch nicht herein.«

»Zumindest so lange nicht, wie wir Pulver und Kugeln haben«, kam es von Joseph Ortlieb.

»Früher oder später werden wir uns verschossen haben«, sagte Hiasl mit belegter Stimme. »Dann bleibt uns bloß noch eins: mit den Hirschfängern und Waidmessern weiterkämpfen. Und am Ende wird's auch nichts helfen ...« Er knirschte mit den Zähnen. »Doch was soll's?! Seit ich gesehen habe, wie sie den Tyras abgeknallt haben, scheiß ich eh auf alles. Mein Hund ist hin, und wir werden es ebenfalls bald sein ...«

Der Allgäuer öffnete den Mund zu einer Antwort – aber da brüllte draußen im Gasthausflur einer der Soldaten: »Ergebt ihr euch jetzt, ihr Raubgesindel?!«

»Nein!«, schrie der halbwüchsige Andreas zurück.

Im nächsten Moment wurden im Flur mehrere Schüsse gegen die Küchentür abgegeben. Die Bleikugeln vermochten die Eichenbretter der Tür jedoch nicht zu durchschlagen; es sprangen drinnen lediglich ein paar Risse im Holz auf.

Wiederum einen Augenblick später zog Georg Brandmaier die andere Tür des Küchengewölbes einen Spalt weit auf und feuerte seine Büchse in den Schankraum hinaus ab. Er traf einen Uniformierten, der neben dem Kachelofen der Gaststube stand, in die Brust; der Soldat wurde wie von einem mächtigen Fausthieb nach hinten gegen eine mit Bierkrügen gefüllte Etagere geschleudert, deren Glasscheiben bei seinem Aufprall zersplitterten. Unmittelbar darauf schoss auch der Sternputz durch den Türspalt in die Schänke und erwischte einen zweiten Uniformierten; die Kugel fuhr ihm zwischen den Augenbrauen in die Stirn und tötete ihn auf der Stelle.

Im Verlauf der folgenden eineinhalb Stunden gelang es den Wilderern sodann, die Soldaten draußen einigermaßen in Schach zu halten, indem sie immer wieder eine der beiden Küchentüren kurz öffneten und feuerten. Die Uniformierten konnten den Beschuss nur aus ungünstigen Positionen heraus und deshalb eher wirkungslos erwidern – doch dann beschloss der Premierleutnant, die Angriffstaktik zu ändern, und befahl seinen Leuten, das erste Stockwerk der Taverne zu besetzen.

Vom Hausgang aus führte eine Holztreppe ins Obergeschoss empor; allerdings war es den Gesetzlosen möglich, diese Stiege mit ihren Kugeln zu erreichen. Daher feuerte ein Teil der Soldaten nun erneut Salven auf die beiden Türen zum Küchengewölbe ab, und immer wenn das geschah, rannte ein anderer Uniformierter die Treppe hinauf. So gelangten acht Männer ins obere Stockwerk und führten dort eine weitere Order Schedels aus: In einem Raum, der direkt über der Küche lag, entfernten sie mit Hilfe von mitgebrachten Äxten die Bodendielen und begannen danach, den darunterliegenden, zwischen zwei Gewölbebögen verankerten Fehlboden aufzubrechen.

Die Gesetzlosen versuchten dies zu verhindern; ihre Schüsse verwundeten, als der Durchbruch schon fast bewerkstelligt war, einen und wenig später noch einen Soldaten. Zuletzt aber klaffte ein großes Loch in der Küchendecke, und durch diese Öffnung konnten die Uniformierten jetzt die Schwarzschützen von oben unter Feuer nehmen. Die Klostermayr-Bande verteidigte sich verzweifelt; die Wilderer befanden sich aber nun derart im Hintertreffen, dass innerhalb kurzer Zeit zwei von ihnen fielen.

Zuerst traf es den Lissaboner-Bäck. Eine Kugel fuhr ihm zwischen Hals und linkem Schlüsselbein in den Brustkorb und zerfetzte ihm die Lunge. Als er röchelnd und Blut spuckend am Boden lag, erwischte ihn noch einmal ein Geschoss und riss ihm die Schädeldecke weg, worauf er augenblicklich starb.

Kaum eine Viertelstunde danach folgte ihm der Allgäuer ins Jenseits. Todesmutig bemühte er sich, einen Stuhl unter den Durchbruch zu bringen, um über diese Steighilfe einen Angriff auf die droben lauernden Feinde unternehmen zu können. Es gelang ihm auch, den Küchenstuhl zu besteigen und sich durch einen Schuss nach oben ein wenig Luft zu verschaffen. Kaum aber hatte er nach den Rändern des Lochs gegriffen, um sich hochzuziehen, hackte ihm ein Soldat mit dem Beil die Hand ab; zugleich feuerten zwei andere Uniformierte mit ihren Gewehren auf ihn. Sie trafen ihn von links und rechts in den Kopf, und der Allgäuer stürzte tot auf die Küchendielen.

Bald wurden weitere Wildschützen verwundet. Adam Locherer, der ohnehin schon blessiert war, bekam einen Pistolenschuss in die Kniescheibe; dem Tiroler fuhr eine Kugel in den Schuh und riss ihm drei Zehen weg. Der junge Andreas wurde durch einen Querschläger verletzt, der sich in seine linke Wade bohrte; Hiasl schließlich musste, nachdem es ihm geglückt war, einem der Feinde die Kinnlade wegzuschießen, mit einer Gewehrkugel im Oberschenkel weiterkämpfen.

Trotzdem verteidigten sich die Gesetzlosen auch jetzt noch mit äußerster Tapferkeit. Die Soldaten vermochten weder durch die Öffnung in der Decke noch durch eine der Türen in das Küchengewölbe einzudringen; stattdessen erlitten sie im Lauf des wütenden Gefechts immer mehr Verluste. Zuletzt dann, als der wilde Schusswechsel bereits eine halbe Stunde angedauert hatte, schlug sich der Premierleutnant unter der Bedeckung durch vier Mann in den Raum oberhalb der Küche durch, um das Kommando dort höchstpersönlich zu übernehmen.

»Wir müssen die Verbrecher anders als bisher attackieren!«, rief er, nachdem er sich in einer Zimmerecke niedergeduckt und die Lage rekognosziert hatte.

»Aber wie?!«, stieß der Waibel hervor, der mit Schedel heraufgekommen war.

»Hier oben wird es doch irgendwo ein Bett geben«, lautete die rätselhafte Antwort des Premierleutnants. »Mach dich auf die Suche und bring den Strohsack aus der Bettstatt her!«

Verwirrt gehorchte der Unteroffizier; während zwischen seinen Kameraden und den Wilderern abermals Schüsse gewechselt wurden, verließ er den Raum und kehrte wenig später mit einer prall gestopften Strohmatratze zurück.

»Jetzt schneidest du das Sackleinen auf und schnürst ein Dutzend feste, armdicke Bündel aus dem Stroh«, ordnete Schedel an. »Danach machst du dir aus Leinenfetzen Säckchen, füllst sie mit Pulver und stopfst sie in die Strohbündel.«

Der Waibel begriff, feixte freudig und ging zusammen mit zwei weiteren Uniformierten ans Werk. Rasch war die Arbeit getan; allerdings wurde im selben Moment, da das letzte Bündel fertig war, erneut ein Soldat verwundet. Er hatte direkt neben dem Premierleutnant gekniet und stürzte nun mit einem Bauchschuss auf den Offizier; achtlos stieß Schedel den Schwerverletzten beiseite und befahl dem Unteroffizier: »Steck die Strohbündel in Brand und wirf sie zu den Verbrechern hinunter!«

Es dauerte nicht lange, bis das erste Bündel ins Küchengewölbe hinabflog und unten fauchend explodierte. Gleich darauf folgten die übrigen brennenden Strohbündel – und das Ergebnis war, dass die Gesetzlosen in schwerste Bedrängnis gerieten.

Verschiedene Möbelstücke und selbst die Kleidung der beiden Erschossenen, die nahe beieinander lagen, fingen Feuer.

Stinkender Qualm verbreitete sich in der Küche, und diese Heimsuchung wurde noch schlimmer, als die Uniformierten im Oberstock ganze Arme voller Stroh herabwarfen, um die Feuerherde zu nähren. Zerbrochene Holzdielen und sonstiges Brennmaterial folgten; die Lohe breitete sich immer weiter aus, und bald hatten die Wilderer das grauenhafte Empfinden, von der Hitze gebraten und vom Rauch erstickt zu werden.

Dessen ungeachtet kämpften sie weiter; schossen durch das Loch in der Decke und achteten dabei nicht auf die Kugeln, die von droben abgefeuert wurden. Doch der verzweifelte Kampf war aussichtslos geworden; die Soldaten hatten jetzt eindeutig die Oberhand gewonnen, und nur wenige Minuten nachdem das Küchengewölbe in Brand geraten war, brach der Widerstand der Gesetzlosen, die nun alle verwundet waren, zusammen.

Der heftig blutende Andreas kroch, von Panik gepackt, in den Backofen neben dem Herd; Joseph Ortlieb kletterte in den Räucherkamin hinter der Kochstelle. Die übrigen Männer versuchten ebenfalls, sich irgendwie vor den Flammen und den Schüssen der Uniformierten zu schützen. Einzig Hiasl, der mittlerweile zwei Steckschüsse in den Beinen und dazu eine tiefe Verletzung an der linken Wange hatte, behauptete sich noch und brüllte, während er einmal mehr auf die Feinde feuerte, seinen Hass auf die Häscher heraus.

Plötzlich aber verließ auch ihn der Mut; kraftlos und wie betäubt sank er nieder – irgendwann dann hörte er einen keuchenden Ruf: »Gebt uns Pardon! Wir strecken die Waffen!«

Erst ein paar gejagte Herzschläge später begriff er, dass die Worte aus seinem eigenen Mund gekommen waren; im nächsten Moment vernahm er die Stimme des Premierleutnants: »Begebt euch mit erhobenen Händen in den Hausgang!«

Hiasl taumelte in den Flur, zwei seiner Mitkämpfer folgten ihm. Draußen wurden die noch gehfähigen Wilderer von Soldaten gepackt und ins Freie getrieben; während dies geschah, trugen andere Uniformierte die Schwerverwundeten aus der Küche und nahmen den halbwüchsigen Andreas sowie nach kurzer Suche auch Joseph Ortlieb fest.

Auf dem Platz vor der Taverne wurden die Gefangenen gefesselt. Schedel, welcher die Gaststätte unterdessen verlassen hatte, stand mit gespannter Pistole dabei – auf einmal kam das Wirtsehepaar herbeigerannt, und die Frau schrie: »Das ganze Haus brennt uns ab, wenn Ihr nicht löschen lasst, Herr Offizier!«

Der Premierleutnant brüllte einigen seiner Leute zu: »Bildet eine Eimerkette vom Dorfteich zur Taverne!« – doch der Befehl erwies sich als sinnlos, weil zum einen der Teich zugefroren war und sich zum anderen auf die Schnelle nicht genügend Wasserbehälter auftreiben ließen.

Daraufhin erinnerte sich Schedel an einen großen Holzbottich mit Biersud, den er im Raum über dem Küchengewölbe gesehen hatte. Zusammen mit zwei Soldaten rannte der Premierleutnant nochmals in den Oberstock des Wirtshauses hinauf; dort kippten die Uniformierten den zweihundert Liter fassenden Bottich am Rand des Lochs im Fußboden um und konnten so das Feuer im Küchengewölbe unter Kontrolle bringen.

Anschließend wurden die letzten Brandherde mit Hilfe von rasch mit Bier getränkten Tischdecken und Vorhängen aus der Schankstube ausgeschlagen, und als die Gefahr gebannt war und sich der Qualm einigermaßen verzogen hatte, ließ Schedel die beiden toten Wildschützen bergen: den Lissaboner-Bäck und den Allgäuer.

Die Leichen, welche der Feuersbrunst schutzlos ausgesetzt gewesen waren, sahen furchtbar aus. Ihre Gesichter waren schwarz verkohlt; andere Körperteile waren in der Gluthitze förmlich angebraten worden; von der rechten Hand des Lissaboner-Bäcks waren nur noch die Knochen übrig.

Auf halbem Weg zwischen der Taverne und dem Dorfteich legte man die Toten in den Schnee; die erschossenen Soldaten wurden ebenfalls zu diesem Platz gebracht. Ein Stück entfernt kümmerte sich ein Feldscher mit seinen Gehilfen um die Uniformierten, die im Verlauf des stundenlangen Kampfes mehr oder weniger schwer verletzt worden waren; danach wurden auch die verwundeten Wildschützen versorgt.

Als Hiasl und seine sechs überlebenden Gefährten verbunden waren, holten ein paar Soldaten drei Langschlitten herbei, die mit Pferden bespannt waren und gewöhnlich zum Transport von Schlachtkälbern benutzt wurden. Die Gefangenen wurden an die Holzgitter des einen Schlittens gebunden; die Toten verlud man auf den zweiten, und auf den dritten kamen die verletzten Uniformierten.

Nachdem alles für den Abmarsch aus Osterzell vorbereitet war, begab sich der Premierleutnant zu dem Fuhrwerk, auf dem die sieben Wilderer hockten oder lagen. Scharf fasste Schedel den Anführer der Schwarzschützenbande ins Auge; dann feixte er bösartig und sagte: »Jetzt ist es aus und vorbei mit dir, Klostermayr! Wir bringen dich und deine Kumpane nach Buchloe. Dort werden die beiden Angehörigen eurer Verbrecherbande, die schon zur Hölle gefahren sind, schandbar außerhalb der Friedhofsmauer verscharrt werden! Ihr aber fliegt in der Buchloer Fronfeste ins finsterste Verlies und könnt im eigenen Schmant schmoren, bis der Richter am Ende den Stab über euch brechen wird!«

***

Mit seiner Ankündigung, wonach die Gesetzlosen in Buchloe abgeurteilt werden würden, hatte sich der Premierleutnant jedoch getäuscht. Die sieben Wildschützen blieben nur wenige Tage in dem Marktort mit seinem Pfleggericht; schon in der Januarmitte wurden sie auf Veranlassung des Augsburger Bischofs und der Grafen Fugger in die schwerbefestigte und unter fürstbischöflicher Herrschaft stehende Stadt Dillingen überführt.

Der Transport der Gefangenen erfolgte unter Bewachung durch eine starke Militäreinheit und unter großer Anteilnahme der Landbevölkerung; in der Donaustadt kerkerte man Hiasl und seine Gefährten, verteilt auf zwei Gemeinschaftszellen, in der bischöflichen Fronfeste ein. Im Lauf der folgenden Wochen und Monate wurden die Gefangenen, die sich allmählich von ihren Verwundungen erholten, wieder und wieder verhört; Anfang Juli dann bewiesen vier der Wilderer noch einmal, aus welchem Holz sie geschnitzt waren.

In einer Gewitternacht glückte dem jungen Andreas Mayr, dem Sternputz, dem Tiroler und Joseph Ortlieb die Flucht aus ihrer Kerkerzelle. Die Gesetzlosen hatten den Coup geschickt vorbereitet; nun lockten sie einen Wärter unter einem Vorwand zu sich herein, überwältigten, fesselten und knebelten ihn, nahmen ihm seine Schlüssel ab und schafften es, aus der Feste zu entrinnen. Auf Nimmerwiedersehen verschwanden sie in der von Blitzen durchzuckten Nacht, kamen ungesehen aus der Stadt und eilten, während der Donner grollte, nach Südwesten davon: dorthin, wo die Schweiz lag.

Hiasl, Adam Locherer und Georg Brandmaier hingegen mussten weiterhin in ihrem Kerkerloch ausharren. Am dritten September dieses Jahres 1771 schließlich – es war der fünfunddreißigste Geburtstag des Renegaten aus Kissing – fand eine kurze Gerichtsverhandlung statt. Sie erschöpfte sich darin, dass der fürstbischöfliche Richter den drei Männern, die in Ketten vor ihm standen, ihre in seinen Augen gotteslästerlichen Verbrechen vorhielt; danach verurteilte er Brandmaier und Locherer mit knarrender Stimme zum Tod durch Enthaupten.

Entsetzt hatte Hiasl den Urteilsspruch vernommen; jetzt richtete der adlige Gerichtsherr den Blick auf ihn und erklärte mit sadistischem Ausdruck in den Augen: »Dir, Matthäus Klostermayr, wird die Gnade eines raschen Todes nicht gewährt!

Vielmehr werde ich heute in drei Tagen den schwarzen Stab über dich brechen, und dann …«

Der Fünfunddreißigjährige taumelte. Es war ihm, als würden ihm die Sinne schwinden; als würde die Stimme des Richters plötzlich wie knatternd aus sehr großer Entfernung kommen, so dass er kein Wort mehr verstehen konnte – und erst als ihn die Schergen zurück in den Kerker schleppten, wurde ihm bewusst, was der Vertreter des Fürstbischofs weiter gesagt hatte.

# Epilog

## DILLINGEN AN DER DONAU
## 6. SEPTEMBER 1771

Hiasl, gefesselt und in ein grobes, knielanges Leinenhemd gekleidet, starrte im noch schwachen Schein der wolkenverhangenen Morgensonne zu den schwarzgekleideten Männern auf der Freitreppe des Rathauses empor. Er starrte wie gelähmt, und in seine mentale Lähmung hinein drang die knarrende Stimme des adligen Richters, der einen Schritt vor der Front der anderen Dunkelgekleideten stand. Doch es war ihm, als könnte er die Worte des Mannes in der protzigen, höllenschwarzen Robe nicht wirklich verstehen. Die Sätze schienen, ähnlich wie drei Tage zuvor, heranzuknattern und gleichzeitig irgendwo im Nichts zu verhallen. Nicht messbare Zeit ging dies so; der Delinquent starrte stumm, der Gerichtsherr bellte seine Anklagen heraus. Am Ende dann, nachdem das letzte Wort verklungen war, lief ein dumpfes Stöhnen durch die riesige Menschenmenge, die sich auf dem Stadtplatz drängte.

Der Richter hatte sich einen schwarzlackierten Holzstab reichen lassen und ihn im nächsten Moment zerbrochen. Gleich darauf, während verschiedene Horden in der Menschenmasse zu grölen und gellend zu pfeifen begannen, packten zwei Stadtknechte den Gefesselten. Sie zerrten ihn zu einer hölzernen Trage, die am Fuß der Rathaustreppe auf dem Steinpflaster des Platzes bereitstand, und zwangen ihn auf den Schragen, welcher mit der noch feuchten, blutbefleckten Haut einer frischgeschlachteten Kuh bedeckt war. Als Hiasl ausgestreckt auf der Trage lag, schlugen die Magistratsknechte die losen Seitenteile der Kuhhaut von links und rechts her über seinen Körper und zurrten sie mit Seilen eng zusammen. Einzig der Kopf und die gefesselten Hände blieben frei; letztere ragten aus einem Schlitz in der Tierhaut heraus – und nun traten die Stadtknechte zurück und machten vier Pfaffen Platz.

Die katholischen Kleriker umringten den Delinquenten. Einer der Priester redete beschwörend auf ihn ein; ein anderer drückte ihm, nicht ohne Schwierigkeiten, ein grob geschnitztes Kruzifix zwischen die verkrampften Hände. Dann kamen erneut die beiden Magistratsknechte heran. Sie nahmen die Stricke auf, die an der Vorderseite des Schragens festgeknotet waren, und schleiften die Trage vom Rathaus weg. Die Pfaffen flankierten den Schragen; die Schwarzgekleideten, welche mittlerweile die Freitreppe herabgestiegen waren, gingen hinter der Trage her. Ihnen wiederum schlossen sich auf dem Weg quer über den Stadtplatz die Schaulustigen an: erst Dutzende, dann Hunderte, schließlich Tausende.

Teils schweigend, teils betend, teils johlend oder Zoten reißend, folgte die Menschenmenge dem Schragen, auf dem Hiasl unter der Kuhhaut lag. Er wirkte auch jetzt wieder wie gelähmt; wie gebannt starrte er auf das Holzkreuz, das ihm die Kleriker überlassen hatten: starrte mit hervorquellenden Augäpfeln auf den Korpus des Gekreuzigten. Außer dem Kruzifix schien er nichts wahrzunehmen; nicht die Menschen an den Rändern der engen Gassen, durch die er nun geschleift wurde; nicht den Unrat, der dann und wann auf ihn geschleudert wurde; nicht die Hunde, die ihn, vom Blutgeruch der Kuhhaut erregt, umkläfften.

Zuletzt dann passierte die Spitze der schauerlichen Prozession den dunklen Schlund des Donautors in der Stadtmauer und die Brücke über den Fluss. Jenseits der Donau ging es auf einem holprigen Pfad zwischen abgeernteten Feldern und Viehweiden weiter – und am Ende des Karrenweges kam ein düster aussehendes Gebäude in Sicht: das Schinderanwesen, hinter dem sich ein künstlich aufgeschütteter Hügel erhob. Auf dessen

Kuppe sah Hiasl, der seinen Blick jetzt vom Kruzifix losgerissen hatte, den Galgen. Den freilich brauchte er nicht zu fürchten – ganz im Gegensatz zu dem liegenden, aus kantigen Balken zusammengezimmerten Andreaskreuz dort oben, das er mehr erahnte als tatsächlich gewahrte.

Um die Hinrichtungsstätte hatten sich schon bald nach Sonnenaufgang zahlreiche Stadtbürger, ambulante Kleinhändler, Gaukler und anderes fahrendes Volk versammelt. Nun, da sich der vieltausendköpfige Zug dem Galgenhügel näherte, begannen viele der bereits Anwesenden freudig zu toben oder wilde Possen zu reißen. Der Lärm umtoste den Delinquenten; das mörderische Geschrei verstärkte seine ohnehin schon grauenhafte Todesangst noch. Verzweifelt +bäumte er sich gegen die schwere, nasse Kuhhaut auf; das Kruzifix in seinen Fäusten drohte zu zersplittern. Doch er vermochte sich nicht aus der zwängenden, nach Blut stinkenden Hülle zu befreien.

Daher wuchs seine Panik jetzt ins Unermessliche. Sie steigerte sich dermaßen, dass er sich übergab; dass er während des Würgens und Speiens wie ein Irrer wimmerte. Dann, ein paar Dutzend gejagter Herzschläge später, brach er mental aus der grauenhaften Realität aus und flüchtete sich in eine seit langem verlorene Welt: in die ärmliche, aber behütete Welt seiner Kindheit.

Eine Fülle von Bildern raste an seinem inneren Auge vorbei; er erblickte das Hirtenhaus, die Eltern, die Geschwister; sah sich selbst vom Kleinkind zum jungen Burschen heranreifen. Gleich darauf erlebte er noch einmal seine ersten Pirschgänge; war unvermittelt ein erwachsener Mann, jagte auf dem Lechfeld, arbeitete auf dem Baumüller-Hof, verliebte sich in Monika. Wiederum einen Funken Zeit später wurde Korbinian geboren; wurde er selbst zum Renegaten in Oberschwaben, sammelten sich die anderen Wildschützen um ihn. Zuletzt dann schienen die Bildfetzen einen blutigen Wirbel zu bilden, der ihn einsaugte und quälte – und ihn wieder ausspie: in die grauenhafte Realität seines Todestages hinein.

Die Stadtknechte hatten den Schragen mit dem in die Kuhhaut eingezwängten Delinquenten bis zum Fuß des Galgenhügels geschleift. Nun ließen sie die Zugstricke fallen und traten beiseite; dasselbe taten die Pfaffen, die zu beiden Seiten der Trage bis zur Hinrichtungsstätte mitgelaufen waren. Während sich die vier Kleriker zu einem Rudel zusammendrängten und in lateinischer Sprache zu beten begannen, kamen die beiden Gehilfen des städtischen Scharfrichters vom Hügelplateau herab. Sie schnitten Hiasl aus der Tierhaut, halfen ihm auf die Beine, packten ihn an den Oberarmen und zerrten ihn über ein Dutzend Stufen, die ins Erdreich eingegraben und mit Brettern verstärkt waren, zur Richtstätte hinauf.

Droben, hinter dem horizontal auf einer Balkenplattform liegenden Andreaskreuz, stand der Henker. An den leeren Galgen gelehnt, wartete er ab, bis seine Knechte den sich nur schwach wehrenden Delinquenten auf das Schrägkreuz niedergezwungen, seine Arme und Beine an den Kreuzbalken festgekettet und ihm das Leinenhemd vom Körper gerissen hatten. Als Hiasl nackt war, hievte der Scharfrichter ein schweres, mit Eisen bereiftes Wagenrad vom Boden hoch, hob es waagrecht über seinen Kopf, um es der geil aufjohlenden Menschenmenge zu zeigen – und ließ es senkrecht auf den linken Unterschenkel des Delinquenten niederkrachen.

Die eisenbeschlagene Lauffläche des Rades zerschmetterte Hiasls Schienbein; der Fünfunddreißigjährige schrie gellend auf, kämpfte verzweifelt gegen die Ketten und wurde im nächsten Moment erneut von dem Wagenrad getroffen. Diesmal zersplitterte der Knochen in seinem rechten Unterschenkel; wenig später, während der Delinquent wie ein Tier brüllte, zerbrach ihm der Henker auch die Oberarmknochen.

Am Ende der grauenhaften Tortur verlor Hiasl das Bewusstsein. Der Scharfrichter, der damit gerechnet hatte, nickte seinen Gehilfen zu, worauf diese ein Schaff Wasser über dem Kopf des Ohnmächtigen ausschütteten. Unter röchelndem Stöhnen kam Hiasl wieder zu sich; undeutlich sah er, wie sich ihm der Henker mit einem Kälberstrick in der Hand näherte. Gleich darauf spürte er den Strick um den Hals; dann strangulierte ihn der Scharfrichter bis nahe ans Ersticken. Erst als der Delinquent in Todesnot keuchte, lockerte der Henker die Schlinge – aber nur, um sein Opfer kurz darauf erneut auf die gleiche bestialische Art zu quälen.

Viermal musste Hiasl die widermenschliche Folter ertragen; endlich ließ der Peiniger von ihm ab und gab seinen Knechten abermals ein Zeichen. Daraufhin trug einer der Gehilfen einen flachen Weidenkorb heran und stellte ihn unter Hiasls Hinterkopf; der andere Knecht überreichte seinem Herrn das Richtschwert, und dann trennte der Henker dem blutüberströmten und wie panisch nach Luft ringenden Delinquenten das Haupt vom Rumpf.

Als Hiasls Kopf in den Korb fiel, begann die Menge frenetisch zu toben; beinahe noch wilder und viehischer wurde der Lärm, während der Scharfrichter und seine Gehilfen den Enthaupteten ausdärmten und ihn anschließend vierteilten. Zuletzt wurden die Eingeweide des Toten beim Galgenstamm verscharrt; den Schädel und die rechte Hälfte des Oberkörpers hängten die Henkersknechte an den Galgenbaum.

Danach rief der Scharfrichter den jetzt zumeist stumm starrenden Zeugen des Gemetzels zu: »Die übrigen drei Körperviertel des Matthäus Klostermayr werden auf Schandkarren nach Schwabmünchen, Oberndorf und Füssen gebracht. Dort werden sie ebenfalls auf den Galgenhügeln zur Schau gestellt, bis die Aasvögel das Fleisch gefressen und die Gebeine zerstreut haben. Ihr aber, Leute von Dillingen, lasst euch das Schicksal des Klostermayr zur Warnung dienen! Denn jeder, der wider den Stachel der vom einzig wahren Gott eingesetzten Obrigkeit löckt, wird wie der Erzverbrecher aus Kissing enden!«

Kaum aber war das letzte Wort des Henkers verklungen, öffnete sich die Wolkendecke am Firmament, und ein Strahl der Septembersonne tauchte Hiasls Kopf in weiblich warmes Licht.

# Glossar

**Anmerkung zum Vornamen des Bayerischen Hiasl:** In der Literatur sind zwei verschiedene Vornamen Klostermayrs zu finden: Matthäus beziehungsweise Matthias. Der erste Biograph Klostermayrs, der Kissinger Lehrer Johann Nepomuk Nöggler, gibt aber auf dem Vorsatz seines 1867 erschienenen Buches »Der Bayrische Hiesel« Matthäus als vom Kissinger Pfarramt bestätigten Taufnamen an, und deshalb wird dieser Vorname auch im vorliegenden Roman verwendet.

***

**Allerheiligen:** Katholisches Fest des Totengedenkens am 1. November.

**Altweibersommer:** Spätsommer.

**Andreaskreuz:** Kreuz, das aus zwei diagonal zusammengefügten Balken in der Form eines X besteht.

**Ar:** Süddeutsches Flächenmaß, dessen Bezeichnung auf das keltische Wort für fruchtbares Land zurückgeht. Ein Ar umfasst 100 Quadratmeter.

**Austragsbauer/-bäuerin:** Landwirte, die ihren Hof bereits an den Erben übergeben hatten und im Austrag (im Ruhestand) lebten.

**Bader:** Heilkundiger.

**Cisa von Augsburg:** Römisches Medusenhaupt, das in früheren Jahrhunderten in einer Wand der Ulrichskirche eingemauert war und sich heute im Römischen Museum der Stadt befindet.

**Einschichtig:** Einsam gelegen.

**Etagere:** Mehrbödiges Regal mit Glasscheiben.

**Feldscher:** Militärarzt.

**Flez:** Hausgang.

**Freibauer:** Von Abgaben befreiter Großbauer. Manche Freibauern gehörten dem niederen Adel an.

**Fronfeste:** Befestigtes Verwaltungs-, Gerichts- und Gefängnisgebäude.

**Fugger:** Steinreiches Augsburger Financiers- und Adelsgeschlecht, das ausgedehnte Jagdgründe im Schwäbischen Oberland besaß.

**Galsterweib:** Hexe.

**Gunzenlee:** Der frühgeschichtliche Grabhügel dieses Namens ist in historischen Textquellen dokumentiert. Er lag offenbar in der Nähe von Kissing und wurde, wie eine Quelle angibt, im 15. Jahrhundert während eines Lech-Hochwassers zerstört. Anderen Quellen zufolge diente der Gunzenlee in frühmittelalterlicher Zeit als Thingstätte. Später sollen bei dem vermutlich bronzezeitlichen oder keltischen Grabhügel auch Gerichtstage und sogar Reichstage in Anwesenheit karolingischer und sächsischer Könige abgehalten worden sein.

**Hofmark:** Herrschaftsterritorium, das entweder einem Adligen oder der Kirche gehörte. Die Hofmarksherren besaßen eine eigene Gerichtsbarkeit und konnten in vielen Fällen sogar Todesurteile verhängen.

**Insthaus:** Kleines Wohnhaus; Nebengebäude auf einem größeren Bauernhof.

**Ite missa est:** Schlussformel einer katholischen Messe.

**Kaluppe:** Minderwertige, ärmliche Behausung.

**Kathreintanz:** Mit dieser Tanzveranstaltung im November endeten im alten Bayern die fröhlichen Dorffeste eines Jahres. Danach durften bis zum Fasching aufgrund eines kirchlichen Verbots keine öffentlichen Tänze mehr stattfinden.

**Krammetsvogel:** Wacholderdrossel.

**Kuttenbrunzer:** Süddeutsche Vulgärbezeichnung für einen Mönch.

**Lechfeld:** Landstreifen südlich von Augsburg entlang des westlichen Lechufers. Im Jahr 955 besiegte dort der spätere deutsche Kaiser Otto der Große, damals noch König, ein mächtiges ungarisches Heer. Otto beendete dadurch die verheerenden Ungarneinfälle in Deutschland, wodurch die Schlacht auf dem Lechfeld historische Bedeutung gewann.

**Lichtmess:** Bäuerlicher Feiertag am 1. Februar, an dem Knechte und Mägde oft ihre neuen Dienststellen antraten.

**Matthäi am Letzten** (sein)**:** Redewendung mit der Bedeutung: Etwas ist aussichtslos.

**Meile:** Altes Entfernungsmaß, circa 1,6 Kilometer.

**Mesner:** Kirchendiener.

**Palas:** Das Hauptgebäude einer mittelalterlichen Burg, wo die Burgherrenfamilie lebte.

**Patrimonialamt:** Hohes Amt in einer Hofmark; beispielsweise das des Richters.

**Premierleutnant:** Oberleutnant.

**Rauchnächte:** Alte Bezeichnung für die sagenumwobenen Nächte zwischen Weihnachten und Heiligdreikönig (6. Januar).

**Saufeder:** Jagdspieß mit kräftiger, breiter Klinge, der speziell auf der Wildschweinjagd benutzt wurde.

**Scheps:** Dünnbier.

**Schlagfluss:** Schlaganfall, Gehirnschlag.

**Schwertfeger:** Schmied, der Schwerter, Säbel und ähnliche Waffen herstellte.

**Sodomit:** Nach dem klerikalen Sprachgebrauch des 18. Jahrhunderts ein Mensch, der ungewöhnliche Sexualpraktiken ausübt; auch ein Homosexueller.

**Sölde:** Kleinbauernhof.

**Tagwerk:** Bäuerliches Flächenmaß in Bayern; ein Drittel eines Hektars, also 3.333 Quadratmeter.

**Tarock:** Bayerisches Kartenspiel.

**Wagner:** Stellmacher.

**Wichtelenloch:** Im Roman wird ein geheimnisvoller Ort dieses Namens beschrieben, der in der Nähe des Kissinger Schlossareals tatsächlich existiert. Es handelt sich um einen sogenannten Erdstall: eine spätheidnische Sakralanlage. Erdställe wurden im süddeutschen Sprachraum (aber auch anderswo in Mitteleuropa) seit dem Mittelalter von überlebenden Heiden angelegt, damit diese Menschen in den unterirdischen Gängen und Kammern heimlich die vom Christentum geächtete alte Religion ausüben konnten. Die ältesten Erdställe wurden um das Jahr 1000 erbaut, die jüngsten stammen aus der Frühen Neuzeit. In den Erdställen fanden Totenkulte und Riten zu Ehren der alteuropäischen Erdmuttergöttin statt.

**Wilbeth, Borbeth und Ambeth:** Göttinnentrinität, die auch als die »Drei Bethen« bekannt ist. Die Bethen gehen auf die Dreifache Göttin der Kelten zurück; sie stehen für Jugend, Reife sowie Alter/Tod – und damit auch für den Lebenskreislauf. Die heidnisch-keltische Bethenverehrung erhielt sich im süddeutschen Sprachraum bis in die Neuzeit herauf. Allerdings wurden die Bethen seit dem Mittelalter teilweise christlich vereinnahmt, weshalb Bethendarstellungen in Gestalt weiblicher katholischer Heiliger auch in Kirchen zu finden sind.

**Winkelwirt:** Betreiber einer illegalen Gaststätte; in Winkelwirtschaften verkehrten oft zwielichtige Gestalten.

**Zille:** Flussboot aus Holz mit flachem Boden; Nachen.

**Zuchtl:** Hure.

Buchhinweise

**Prophet der Finsternis**

Leben und Visionen des Alois Irlmaier

*Manfred Böckl*

ISBN 978-3-86680-561-3

13,90 € [D]

Buchhinweise

**Agnes Bernauer**
Hexe, Hure, Herzogin

*Manfred Böckl*

ISBN 978-3-86680-761-7
12,00 € [D]

Buchhinweise

**Scherben des Glücks**

Das Leben der Wilhelmine von Bayreuth

*Cornelia Naumann*

ISBN 978-3-86680-460-9

14,90 € [D]

# Buchhinweise

**Der Ruf der Walküren**

Ein Nibelungenroman

*Gunnar Kunz*

ISBN 978-3-86680-677-1 | 12,00 € [D]

SUTTON VERLAG

Weitere Romane und Krimis finden Sie unter:

**www.sutton-belletristik.de**